さかなやの四季

梶原得三郎

海鳥社

本扉カット・梶原玲子
題字・松下竜一
本文写真撮影・提供　梶原得三郎

梶原得三郎、和嘉子夫婦

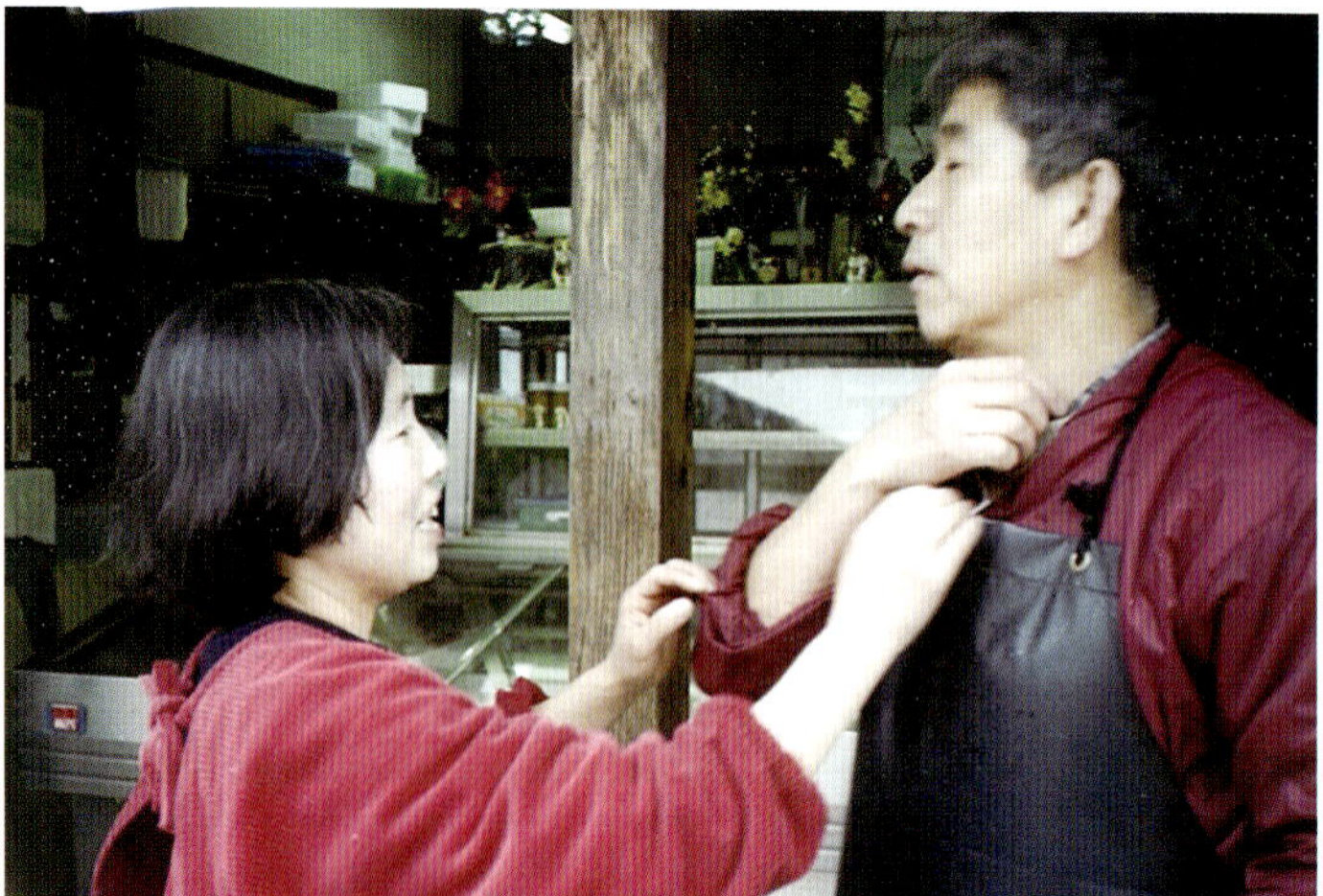

さかな屋時代の家族（上）と２人

本書『さかなやの四季』の装幀などに関し、ここに挙げるべき方々のお名前を欠落させておりました。
深くお詫びし、左記の通り訂正させていただきます。

装幀について
木の葉の枠（カバー）・今井とも子
旧版の為に描かれたものを、色を変更し使わせていただきました。
題字（カバー、表紙、本扉）・松下竜一
さかな屋夫婦の絵（カバー、表紙、本扉）・梶原玲子
デザイン・新谷コースケ

写真について
口絵写真（1頁）撮影・三丸祥子
本文写真（12頁、14頁、414頁）撮影・今井のり子
そのほかの写真は著者提供

さかなやの四季◉目次

さかなやの四季……9

さかなやの四季

編者緒言

一九七二年春頃から中津市・豊前市を中心に始まった周防灘総合開発反対・豊前火力発電所建設反対運動が、残念ながら少数者の運動に終始しながら、それでも息永く続いてきたのは、運動をになった一人一人の人柄の誠実さによる。そのことは同志の一人梶原得三郎に接するとき、直ちに首肯されるであろう。

豊前火力発電所建設差止裁判（豊前環境権裁判）の原告の一人梶原得三郎が、この反対運動での最も熱い行動者であったことは誰しもが認めるところである。九州電力が明神海岸の埋立を強行着工した一九七四年六月二六日、彼はその阻止行動の先頭に立ったが、それが威力業務妨害罪等に問われて逮捕され、のちに刑事裁判（豊前海戦裁判）に付された。このため、永年勤めた住友金属小倉工場をやめ、一家の生活は激変した。

彼が耶馬溪の谷間の里で魚の行商を始めたのは、一九七五年晩秋からである。もともと彼は大分県下毛郡本耶馬渓町（現・中津市）跡田の産で、のちに隣町耶馬溪町津民《つたみ》の縁戚に養子に行き、この養家の両親がさかな屋を営んでいたという事情による。在住する中津市で職を探しあぐねて、耶馬渓へと行商に通うことにしたのだ。

以後、反対運動の機関誌『草の根通信』に、毎月彼の「さかなやの四季」が連載されるようになり、小文ながら多くの愛読者を得ることになった。
本書は、彼が六年余の行商生活を切り上げて「さかなやの四季」の連載を完結したことを機に、編者の責任において、『草の根通信』誌上の関連文章とも合わせて一冊にまとめたものである。

一九八二年　秋

松下竜一

（単行本発刊時に付されたもの）

一九七五年

さかな屋になりました——序にかえて

一九七五年一二月

いよいよとなれば、そうしようと思っていた通り、田舎のさかな屋になりました。父が二五年間やってきていますから、その跡継ぎということになります。

製鉄所の工員であった頃から、友人には「得さんは商売に向いている」などといわれていました。念のために申し添えますが、これは別に「商魂たくましい」からというわけではありません。なぜなら、友人も最後にはきっと「儲けることは無理やろな」と付け加えていましたから。要するに人当りがそうだというのでしょう。

一一月二二日からのさかな屋修業ですが、この日からになったのは別に意味はありません。八月一杯で失業保険が終り、そのあとは退職の際手にしたいくらかのもので過ごしましたから、何かしなければという時期であったことは確かです。それに秋祭りが二二日を皮切りにいくつか続くということで商売の方が忙しくなり、応援を頼まれたのを機にしたというだけのことです。

さて、そのさかな屋ですが、店（養家）は中津から二五キロほどの耶馬溪町で、津民《つたみ》という谷

軽トラックでの行商

にあります。

毎朝五時五〇分に家を出て中津の魚市場で仕入れをすませ、この谷に入ってから売りながら帰って、九時頃店に着きます。そこで早い昼食をすませてから、店に来る人たちのために少し魚を降ろして、今度は奥の方に出かけます。

今のところ、仕入れから家に着くまでは父が一緒です。仕入れでむずかしいのは、どんな種類の魚が、どれくらいの値段ならば、どれほど売れるかを知らなければならないことです。それを知るためにもと思って、もう奥の方には一人で行っています。

「こりから、わし方ん伜《せがれ》が、毎日登っちくんなき、一つたのんます」

「ほう、そらあいいこっちゃなあ」

「あんた方にゃ、こげな立派な若い衆があったかあんたな」

「こりから、毎日登っちきちくれないよ」

最初の日に、父に紹介されながら廻ったときの様子です。紹介されるたびに「どうぞ、よろしくお願いします」と頭を下げながら、単なるさかな屋とその客との関係だけではないものを強く感じました。

もともとの性格からしても、商人に徹し切れるはずはありませんし、海を通じて、日本人の食糧についても考えるところがありますので、むしろ基本的な魚類蛋白《たんぱく》の供給者として、骨身を惜しまず働こうと思っています。

さかな屋を継ぐとすれば、妻子を連れて耶馬溪に帰ってくるものと考えていた父は、闘争のためにもそれができないことを告げたとき、悲しそうでした。年寄りを喜ばせたいという思いは強かったのですが、こればかりは「この闘争は、自分にとって生涯の課題だから」と強引に説き伏せました。

ですから、魚市場の休日（日、祭）と、学習会の木曜日以外は店で寝ます。もうしばらくして、一人で仕入れができるようになれば、行商を終えて中津に帰り、朝、魚市場からそのまま田舎に、という形をとろうと考えています。それまでは何かと仲間に負担をかけることになり、つらいのですが許してもらっています。

旧津民村の地図を見ていただければ分りますが、栃木が店のある所です。そこから奥へ、中畑、柚ノ木《ゆのき》、大野、落合と登り、ここで道が二つに分れますが、左へは柾木《まさき》を経て奥畑まで、落合まで引返して今度は右へ両午《りようご》まで、これが毎日のコースです。

曲がりくねった一五度くらいの坂や、でこぼこ道もありますが、元気に走り廻っています。家に入って来たのをつかまえたとかで、ムササビを飼っている家や、これも捕えたイノシシを飼っている家もあるほどの山の中です。途中には、柾木の滝、落合の滝といういい所もあります。そして、何よりも住む人々の心が暖かい所です。

昨年七月の逮捕以来、各地の皆さんには一方ならぬ御心配を頂きました。

他事ながら、御安心を願いたくて、報告申し上げる次第です。

向寒の折柄、風邪など召しませんように、御自愛頂きたいと思います。

焚火の輪

一九七五年一二月

五里霧中の修業中の身に、さかな屋の目を通しての世相を日記で書けという。

もうしばらくして、気持の上でゆとりが持てるようになるまで待ってくれればいいものを！

わが編集部の冷酷非情はかくの如くである。

ともあれ、意を決して山峡のさかな屋になったのは、わが故郷も全山の紅葉が盛りを過ぎて、ややわびしくなった頃であった。

12月2日

紅葉も散り果て、木枯らしに似つかわしい景色に変ってしまった。

魚の売行きもかんばしくない。

大野八幡宮のヤンサ祭を見に行く。

夜の十時頃から始まったヤンサ餅と臼倒しの行事は、本来ならば二一人の若者によってとり行われるものだが、一五、六人の中老年ではやはり物足りない。

12月10日

奥まで行っての帰り道、道路わきで焚火に手をかざす人たちの輪に入れてもらう。切り出した檜の皮をむくおばさんたちの仕事場で、もう何度も灰にまみれた餅を御馳走になった場所でもある。商売の様子を聞かれて、「奥さんも留守の家が多いんですね」と答えると、中の一人が「今は、この谷の人たちも一〇戸のうち八戸までは女も働きに出ているんじゃないかな」という。

それから、ひとしきり昔の田舎の生活が話され、政府、自民党の悪口から町長、町議一般までをこきおろして、「一体これから先はどうなるのか」というところで、それぞれの持場に帰って行ったが、野良仕事で留守だと思っていた主婦たちが、八割近くもマイクロバスで中津の中小企業や、遠くの工事現場に出かけているという。

豊前火力の工事にも出かけているという。この谷の人の言葉でいうと、「あん人は、豊前の発電所ん工事に行きよる」ということになる。

わがふるさとの人たちと豊前火力との関係は、今のところ、それ以上でもなければ、それ以下でもない。

12月20日

魚市場から帰って、この谷に入ると、しきりに雪が降っている。

毎年、冬のうち何日かは、雪で車を動かせない日があるという。

そんな日には、マイクロバスも出せずに、主婦たちは骨休めをするのだろうか。それとも溜った家事に精出すのであろうか。いずれにしても、そんな日こそ一家の団らんに魚を食べたいと思うのかも知れない。そこに魚を届けられないとなれば、自称魚類蛋白配達人は辛いことになる。

タイヤにチェーンを巻いてでも、できるだけ頑張ろうと思う。

一九七六年

山の神祭り

一九七六年一月

暮の三一日から一月四日までは、魚市場のセリがない。

仕入れの見込違いもあって、魚が足りず、おとくいさんには不自由をさせてしまった。

これを商人として考えれば、儲けそこなったということになるのであろうか。

1月1日

「毎日新聞」の新シリーズ「海」の第一回に写真入りで登場。もちろん魚市場で魚の目ききをしているところ。

この記事を見た二人の人から電話がかかる。一人は中津市の隣町に住む人で「あなたの主張を全面的に支持します」というありがたいもの。

いま一人は、ここ一〇年ほど消息を知らなかった高校時代の友人で、「近い内に家内と子供を連れて行く」とのこと。そういえば、結婚したことは風の便りに聞いていた。

1月5日

初セリ。おとくいさんの台所も魚を切らしているものと思い、やや多めに仕入れる。ところが、ほとんどの家で「正月の魚が残っているから」という。ここらへんがむずかしいところと承知する。

夜は松下宅で新年会、豊前の原告も参加して飲み、かつ食う。

1月12日

奥の方では雪が深い。終点の方向転換でタイヤがすべってヒヤリとした。

魚の売行きもようやく平常に戻る。

1月14日

山の神祭り。山仕事の男たちが集落ごとに集まって飲むのだが、その席には刺身と吸物が欠かせない。いくつもの集落に調理したものを配達する。明日から山仕事を始めるのであろう。さかな屋同様、神主さんも忙しい日である。

それにしても、このような行事が今もとり行われているというのはいい。古人から引継いだ、自然に対する畏敬の一表現なのだから。

1月21日

風邪の引きかけか、ここ三日ほど微熱が続き、体がだるい。心配したテント小屋の住人コテツ君が応援に来てくれる。「まあ、番頭さんを連れて!」などと、奥さんたちにひやかされながら廻る。

一方の谷は積雪のために入れず、商品のテンプラをパクつきながら、わが谷の名所として有名な二つの滝に案内する。かかる風景に心を動かすとも思えぬコテツ君もさすがに感嘆しきり。

思いのほか魚も売れて、調子がいい。

コテツ君には内緒だが、どう考えても彼が同乗したからではないと思う。

一九七六年二月

猫柳など

これまで何の関わりもなかった「ニッパチ」という言葉を実感している。二月と八月はサッパリだ、という商売の方のジンクスらしいのだが、その根拠は知らない。ただ、魚市場に魚が少ないのと、値段が高くて、仕入れても売行きがかんばしくないのは確かである。

かくなる上は、商売の実績など意に介さず、御用聞きの庭先で目を奪われた「春の使者」たちに慰めてもらいながら、ひと月を過す他はない。

2月3日
猫柳ほころぶ。

イカを商って黒くなった手を洗いに、谷川に降りて出会った。

このところ、道路工事が盛んである。実は、「津民豊前線」の工事である。この谷でさかな屋をすることになり、それが豊前火力の建設現地に繋がるというのも因縁であろう。

イカは、留守を老人に頼んで賃仕事に出掛ける若夫婦たちの弁当のおかずとして最も喜ばれるものである。

2月7日

初めて福寿草を見る。交通事故で死んだ義弟が、高校時代に彫った版画でしか見たことがなかったものである。

この何とも可憐な風情の花を庭先に咲かせた家の玄関には、まんなかに日ノ丸を置いて上に「殉国」、下に「誉れの家」と書いた、遺族であることを示す銅版を打ちつけてある。

いつも魚を買いに出るおばあちゃんに聞くと、昭和一三年に三〇歳で戦死したおつれあいだという。嫁に来て八年目、出征の時おなかにいた四人目の子供さんがもう三七歳になるといって、それからの苦労を想うような遠い目をみせた。

ずいぶん戦争を憎んだでしょうね、と訊いたが、それには答えなかった。

2月14日

梅はほぼ満開。あくまでも庭先を飾る梅である。この頃はやりの栽培ものではない。紅梅の方は蕾がまだ固い。

今日はいわしを無料で配って食べてもらった。

「生き物の命をとったんですから、ムダにしたら魚に申し訳ないのです。食べて頂けるなら差し上げます」という言葉を添えたが、売れ残りそうなものを配ったにしては、ちょっとキザだったかも知れない。とはいえ、これは本音であった。

2月23日

椿散り始める。

足元にいくつか見つけて、上を見ると崖の上に椿があった。まだ散ったのはほんの少しだが、散る前には数羽のメジロを養ったことであろう。

商売の帰りに横に乗せた小学生も、もう、れんげ草やつくしを見たという。

なぜ、まだ反対するのかと問われて

一九七六年三月

福岡県知事は、九電（九州電力株式会社）に対して、豊前市明神地先三九万平方メートルの埋立免許を出すにあたって、いくつかの条件をつけているが、その一つに「着工の日から三年以内に竣工のこと」というのがある。見るところ、その工事はきわめて順調に進んでいる。

かかる状況の中でどう考えても勝算のない反対運動に関わる者として、各自がその心情なりをさらけ出そう、というのがわが編集部の企画である。

まっさきにその企画に賛意を表したものの、さてトップバッターを押しつけられてみると、何をどう書けばいいのやら全く途方に暮れてしまう。あまり考えこむと、この期に及んでなお反対することの意味など見失ってしまうのではないか、という不安もないではないが、現実には運動の中にこそ楽しさも生きがいもあるのだから、何か書けそうな気も一方でしている。ともあれ、割り当てられた一ページだけは何とか埋めねばならない。

何よりもはっきりしていることは、性格的にタテマエとホンネを分けることができないということである。これまでに、色んな場でそれら二つのものをあまりにも器用に使い分ける人間を見すぎてしまって、それに対する強い反発もある。

タテマエとは言葉だけで足りるものであり、ホンネは行動を伴うものである。

私の場合、そもそものとっかかりから、おのれの生涯をどう生きるか、というところで飛び込んだ運動であったし、だから、相手の存在する限り、おのれの生ある限り止むことのないものだと思っている。もともと不器用で、ホンネだけでしか生きられない人間の悲劇(?)なのかも知れない。

ホンネで振り上げた拳は、環境保全協定に厳しい数値を盛り込ませたくらいでは、下ろすわけにはいかないのである。相手をその場に倒せるか否かは抜きにして、やはり満身の力をこめてその頭上に振り下ろしたい。

よほどの思想性や意志の固さを想像した向きには何とも申し訳ないのだが、実はただそれだけのことにすぎない。

だから、生涯をどう生きるかというところで飛び込んだ、などと大口を叩いても、では一人で何ができるか、といえば甚だ心細いことになる。やはり、少数ながら仲間がいて、お互いにやりたいと思ってやれないことを分担し合うことでしか、事は進まない。

特に私の実感として、仲間の一人一人に対して「この人がいてくれるからこそ、この運動があるのだ」という想いが強い。

どう転んでも差止訴訟に勝てる見通しはないし、まして実力で阻止など夢のまた夢なのだから、九電本社や福岡県庁に押しかけていた頃の緊迫感はないが、その代りにもう何があっても驚かないという居直りがある。

だから、豊前火力が完成して煙突から煙が吐き出されるようになっても、この運動を続けていける自信みたいなものがある。

何とか自分だけでも満足できる人生を送りたい、というふうにいいかえてもいい。怠けぐせは人一倍強いくせに、怠けているおのれを常に責めずにはいられないというところがあって、実は何でもいいから、精神も肉体もぎりぎりのところまで痛めつけてさえおけば満足なのである。家の者は「あんたは自分に厳しすぎる」と評するのだが、こればかりはどうにもならないのである。

何でもいい、とはいったが、やはり大義名分は欲しい。おのれ個人の利益のためだけには動けないのである。

毎月、機関紙『草の根通信』の新規申込みが十数人ずつある。また、カンパを送ってくれる人、遠くからはるばる訪ねてくれる人がある。実は、こういった人たちの存在が、われわれの運動を支えてくれているのだし、私自身も励まされているのである。

現地、豊前平野で一見孤立した運動に対して、このような全国の反響のあることは、私に次のような想いを抱かせる。

現実的な利害だけで物事を考える人には、理解しがたい、きわめて心情的なものがこの運動にあって、それは、心にある種の弦を張った人だけにしか響かないが、その弦を張った人が全国的には少なからずいる。今、心情的にしか見えない部分こそ、悠久の大義に叶うものであろう、という想いである。その想いがあるからこそ、私の性格も含めて、きわめて個人的な部分とぴったり合うのである。

誰が何といおうと、私にとってこの運動はかけがえのない拠りどころなのである。大義名分の面からしても、仲間との人間関係からしても。

ウグイス鳴く

一九七六年三月

三月に入っても魚市場に魚は少なく、値段も決して安くはならない。毎日、同じような種類の魚を組み合わせて持つことになり、それを指摘されるたびに、客にはいいわけをしなければならないし、仕入値が高かったからといって、そのまま高値で売ることも気が引けて、当然の結果としてモウケも少ない。そこで今月は、わが軽トラックの音や、御用聞きの足音に驚いて飛びたつ鳥にでも心を移しながら、走り回ることにした。

3月4日

しきりにウグイスが鳴く。ややひっこんだ家の廻りや、川っぷちの竹やぶで、もう結構上手に鳴いている。

今年初めてウグイスを聞いたこの日、車を停めるたびに耳に届いた。もしかすると、ウグイスはその初音の日を申し合わせているのかもしれない。

朝早くにマイクロバスで出掛け、夕方六時頃にしか帰ってこない、この谷の「日帰り出稼ぎ」の人たちは、たまの休日にしかわが家の庭先に美声を聴くことはできない。

3月6日

コジュケイの一つがいを見る。

谷から引いている水が出なくなって、薄暗い木立の中を歩いて水源に行く途中で、急に目の前を横切って行った。

二羽だったから、つがいに間違いはないと思うが、キジ、ヤマドリのようには雄も華麗でないようで、どちらも似たような羽の色である。羽を拡げるでもなく、ただカサコソと落葉を鳴らして走るだけである。どんなときにはばたくのであろうか。

そういえば、この谷の人たちは井戸というものを持たない。どの家も巧みに谷川の水を引き込んでいる。

一年ほど前に、耶馬溪一帯にヘリコプターで、スミチオンの空中散布をやるという中津営林署に電話で抗議したことがあったが、今年はどうするのだろうか。電話に出た係員に、レイチェル・カーソン女史の『沈黙の春』を読んでくれるように頼んではおいたが。

3月18日

ヒヨドリが急に見えなくなった。

あれほど、庭先の南天の紅い実を啄《ついば》んだり、キャベツを抱えこむようにしてつついては「追うてん、追うてんキリがねえ」と留守番の年寄りを嘆かせていたのに、すっかり影をひそめてしまった。多分人里まで来なくても、雑木林の若葉でこと足りるようになったのであろう。

この日、商売を終って中津に帰る道で、逆に耶馬溪の方に帰って来るマイクロバスの社名と台数を数えてみた。すれちがいざまに、横腹に書かれたものを読み取るのだから、運転態度としては決してほめられないが、驚くほどに多彩で数も多い。

合計で九社、一五台とすれちがったことになる。バイパスを通ったものや、残業などで遅くなったものもあるはずだから、実数はまだ多いと思う。下請企業と建設関係がほとんどなのだが、乗っているのは女性だけといっていい。

魚を買うのが、おばあちゃんであり、たまに若奥さんの出て来る家があるが、それは必ずといっていいほど、乳飲み児か寝たきりの老人のいる家である。

3月25日

間近に山鳩を見る。

これまでは、空を飛ぶ姿しか見たことはなかったのに、ほんの四、五メートルの所を車で行くのに、三羽が逃げない。麦を作らない田をトコトコ歩きながら、しきりに餌を探している。車を停めてしばらく見入ったが、小倉拘置所の窓によく来たものより少し小さく、ずっとスマートな感じである。

今日もおじいちゃんは、どの家でも薪割りをしている。風呂だけはまだ薪を焚くのである。

父の入院

一九七六年四月

二年ほど前から、朝晩しきりに咳きこんでいた父が、診療所のX線検査で胸部疾患のあることがわかり、しかも菌が出ているということで、医師のすすめもあり、中津市内の病院に入院した。

時折の助言がうるさくて、俺は商人にはなりたくないんだ、と反発していたのだが、こうしていきなり放り出されると荷が重い。四六時中が緊張の連続でやり切れない。

そこで今月は、聞くも語るも涙なしでは……という苦闘の記録となりそうだが、時は春、花があまりに美しい。

だから再び花だより。

4月1日
桜はすでに八分咲き。

どうしても午前中に病院に着きたいという父と、同行するという母、叔母を乗せて家を出る。

風流とは全く無縁のはずの父が、しきりに窓外を見やり、花や景色を話題にする。口には出さぬが、相当に悲愴な覚悟のようである。

ともすれば沈みがちになる父を叱ったり、励ましたり、それに加えて明日からの不安もあって、こちらは花どころではない。

入院時検診にひどく時間がかかり、同行の二人を田舎に送って、再び中津の自宅に帰ったのはもう夜の八時。

4月10日
今年のタケノコを食べる。イノシシに先を越されて、なかなか人間の口までは届かない、と魚を買いながらよく話していたが、近くの人から初めて貰った。

イノシシはまだ土の中にあるうちから掘り返し、皮だけを食べ残していくらしい。最近では金網を張って防いでいる家もあるという。

他にもゼンマイ・ワラビ・シイタケなどをよく貰う。山の幸はまだまだ豊かである。海もかつてはそうであったにちがいないのだ。

4月16日

サルメンエビネを見せてもらう。

この谷の婦人グループの一つに「エビネ会」というのがある。競って山の奥深く分け入り、エビネランを採取して自宅の庭や鉢に移して観賞し合う会という。

これは土中の根がエビに似ているのでそう呼ばれるのだが、いくつかの種類があって、サルメン（花が猿の顔に似ている）は稀種のせいもあって珍重されるのである。

この花を見せてくれた人の家では、庭先だけでは足りずに裏の杉木立の中にまで一面に植え込んでいる。この花は、いずれ深山からは絶滅してしまうであろう。それほどの乱採取をしているようである。

しかも、観賞し合うだけではなくて数年前から耶馬溪を訪れる観光客に売られているという。なぜ深山に生うるものをむりやり引きずりおろし、金銭に変えようとするのだろうか。万物をあるがままに楽しむゆとりを失ってしまったのであろうか。とすれば、もはや教育に於ける中教審路線を批判し得ないのではないか。

考え過ぎかも知れないが、空恐ろしい思いである。

4月25日

シャクナゲはいま花盛り。

これも山から採って来て、庭先に植えたものである。この谷では、ほとんどの家にあるのだが、蕾の間は濃いピンク色で、開くにつれて淡くなるが、その双方が半々位にあるときが見頃である。人家の軒先にあることも忘れて見惚れてしまった。

新入児の数が減って、何人か減らされそうだと心配していた保育園の保母さんたちも、今年は安泰らしい。学童総数七三名の小学校は、ついに二、三年生が複式授業となってしまったという。これからも減る傾向が見えている。

コジュケイ

一九七六年五月

わが商圏は、一面、目を奪うばかりの新緑である。イノシシと先を争ってのタケノコ掘りに始まった作業も、ワラビ、ゼンマイ採り、茶摘みと山峡の生活も忙しくなってきた。上流の集落では、すでに田植えも始まっている。

こうなると、留守番役の老人たちも何かと外に出ることが多くなり、留守宅が増えて困っている。

晴天の日にはそれだけで汗ばむほどの気温となり、売り残しを気にして仕入れはいつも控え目となる。さして多くもない魚種での荷作りの苦労もあって、ここしばらく配達人の意気はあがりそうにもない。

時間になれば道路に出て、私の車を待つ人と、二〇年ぶりに親しむふるさとの風景に支えられて、軽やかな足どりとはいかぬが、ともあれ配達人は今日も行く……のであります。

5月4日

会社勤めが永かったせいか、自営業になっても休日が嬉しい。いつでも休みたい日に休めばいいようなものだが、前もっての依頼を受けたり、急な来客などで魚を待つ人があることを思うと、魚市場のある日には勝手に休めない。それだけに日曜、祭日は天下晴れての休日といった感じである。

商売に出て、四度目に車を停める家の裏山で、コジュケイがしきりに声を張り上げて、「チョットコイ、チョットコイ」とやっている。

魚を買いに出た若奥さんの説明では、二日ほど前に家に入ったつがいのうち一羽を捕えてあるという。今鳴いているのは逃げた方で、呼んでいるのだとのこと。御亭主は「あいつもいつか捕えてやる」と構えているそうである。

「逃がして……」といいかけたとき、横にいたおじいさんが「あれはたいそうおいしいそうな」といいだして、話は野鳥の味に集まってしまった。

5月10日

どうしてこんなに多いのかとあきれるほどに、田の畦にアザミがある。

レンゲで一杯の田の周囲がアザミの花で、道路わきには、ニスを塗ったようにつやのある黄色い花びらで、散った後にコンペイトウによく似た実をつける花が多い。

山や川岸には藤の花、これは他の木に巻きついて、その木全体を花で飾る。

二〇年間離れたふるさとを、格別に自然を意識した目で見るのだから、飽きるということがない。

5月19日

このところ実によく雨が降る。

雨の日は、合羽でグショグショになりながらの商売でうんざりなのだが、その代り、どこから見ても山の眺めが素晴らしい。中腹から上を霧に包まれた遠くの山、ヒダを霧で埋めた近くの山、そのためにシルエットになって浮き出す木々の幹・枝・葉。朝ならば川面をはうモヤも加わって、さながら一幅の山水画である。

そこに住む人々にとっては、何の変哲もない風景であるらしく、口にすることもないが、何しろこちらは二〇年ぶりである。誰かに見せたくて仕方がない。

5月25日

数カ所だが、畦のアザミが枯れていた。聞くと、除草剤を撒いたという。ある所では枯れた部分に火を放っている。

あのベトナムでジャングルを枯らした薬品は、今またここで……などと考える。

そういえば、先日農協が各集落にトラックで配達した肥料は「くみあい硫加燐安」となっており、裏には「製造元・チッソ水俣工場」と印刷されていた。わが身に被害が及ぶまで、便利さや顕著な効果に頼るとすれば、まだまだ人殺し企業も安泰ということになる。

そしてこの山峡の村落（実は耶馬溪町という町）も、確実に荒廃への歩を進めていくのであろう。

クモの糸

一九七六年六月

店の車庫の入口に、いつ張ったのか大きなクモの巣がある。

その巣の中央を通って垂直に下ろした糸の先に、五グラムほどの小石がついており、何とその小石は地上四〇センチほどの所で揺れている。かのファーブル氏も目撃し得なかった例にちがいない。

想像するに、まず地面に下りたクモが、糸の先を小石につけて屋根に上がり、さてそれから、筋肉の盛り上った二本の手（きっとあるにちがいない）を使って、投げ釣りにかかった大ウナギよろしく「ヨイショ、ヨイショ」とかけ声をかけて（そういえばそんな声が聞こえたような気がしてきた）たぐり上げたにちがいない。

中津に帰って、夜集まったメンバーにその話をしたところ、誰一人驚異の目をみひらかない。

今井のりちゃんなどは、あろうことか「それはきっと何か台の上にあった小石で、誰かが後で台をのけたんじゃないの」などと言い出し、嘉年君もニヤニヤ笑いながら「そうじゃろう、そうじゃろう」と調子を合わせる始末。

ああ、こんなにも夢と想像力に乏しい者たちが、もう社会のほぼ中心部にいるのだから、この世はもはや暗闇に、座りこんだ黒牛の、背中にとまったカラスでござんす。

山椒魚

一九七六年六月

先月末に始まったこの谷の田植えも、二〇日頃には全部終った。

雨もよく降った。降りすぎて農家とさかな屋を泣かせた。

もうずっと以前からそうらしいのだが、一家の人手では足りずに互いに雇い雇われて田を植える。若者たちは自家の二日間ほど勤めを休むだけだが、達者なおばあちゃんはその前後を一〇日間ほども雇われて行く。農協の指導価格では今年の日当は二五〇〇円という。重労働の割には低いが、それは互いに助け合わねばならぬことによるのであろう。

農家の人たちは今、一段落といったところだが、配達人にはそれがない。

6月3日

途中で一息入れた谷川で山椒魚を見つける。体長三〇ミリほどの小さなものだが、たくさんいた。指先がしびれるほどに冷たい水に手を入れて、一尾をすくって持ち帰った。

娘と学習会に集まった数人に見せ、翌日もとの谷川に帰すはずでいたのに、朝見ると容器から飛び出して死んでいた。

6月8日

好奇心から、あんなかわいい生き物の命を奪ってしまった。

テント小屋住人を誘って、本耶馬渓町の生家に蛍を見に行く。もうすでに盛りを過ぎて数も少なく、おまけに土砂降りとなり、お茶を飲んだだけで帰って来た。何年も蛍を見ていないのに、今年も見損なってしまった。

6月13日

鮮魚仲買人組合の臨時総会に初めて出席。

来年の旧正月の旅行計画の件で、出された案によると、北陸へお座敷列車を借り切って四泊五日の旅とのこと。個人負担は約一万円ですむらしいのだが、さして行きたいとも思わない。

6月20日

生家の田植えを手伝う。小さい頃に一度やったことがあるだけなので、たいして役には立たない。それでも苗運びをし、弟と綱を張った。全く二〇年ぶりの作業だったが、ハダシで水田に入るのはそれだけで充足感のあるものである。

6月25日

保健所に営業許可の更新に行き、その条件について説明を受ける。

猶予期間はあるが、相当の車輌改造を求められる。頭の痛いことである。

一九七六年七月

保冷庫

梅雨明け以来、何とも暑い毎日である。

田の草取り、稲の消毒が盛んになり、もう油蟬が鳴きはじめて夏もたけなわといったところだが、一方ではススキの穂がすでに白くなりはじめて、秋の気配も感じられている。

こんな山峡の小学校にもプールがあって、子供たちは川で泳ぐことを禁じられているのだが、それでもやはり川遊びに興じて、唇を紫色にした子を時折り見かける。プールと自然の川とのちがいは、子供たちが一番よく知っているのである。

こうして季節は、見た目にもくっきりと違いを見せて移っていくのだが、人の世もまた、ゆるやかにもせよ変りつつあるのであろうか。

7月4日

「今日は逮捕されて二年目の記念日よ」と家人がひやかす。

何となくこうなったという実感しかないが、やはり一つの事件ではあった。「われに七難八苦を与え給え」と天に祈ったという山中鹿之助ほどの心意気は持ち合わせていないけれど、少々のことなら耐えられる自信は持てた。

7月8日

仕入れの帰りに、中津市のはずれでススキの穂を見つけた。不思議なもので、一度気がつくとあちこちに見える。ひとむらの形は何種類かあるが、最も多い形はマンジュウ形である。

まだ出たばかりで、穂先は薄紫色に煙って見える。この日、初めて蜩《ひぐらし》を聞いた。

7月15日

稲の消毒が盛んである。道路わきの田の場合だと、薬剤が車の窓から入って来てやり切れない。

散布する人は布マスクをしているが、大して効果はないらしく、はずした顔の鼻のまわりには白い粉がついている。はたして、消毒をした日は胸がむかついて食欲がないという話を聞いた。

7月22日

中津保健所の斡旋で頼んであった保冷庫を業者が取付けに来た。軽トラックの荷台一杯のもので、内外装はステンレス、一五〇キロの重さで、総費用は二九万円。幸い父の蓄えがあって、何とか支払えた。「大変ですね」と同情を寄せてくれる人が多いが、中には「さかな屋は儲かるらしいから」などという客もある。来年の今頃にこの指示を受けたのなら、廃業することも考えられたと思うが、今はとにかくこうする他に食う術がない。

娘と

一九七六年八月

早いもので、稲穂はすでに垂れはじめ、樹間の賑わいはミンミンゼミとツクツクホウシだけとなった。この山峡では朝夕の冷気も感じられて、秋も間近のようである。

夏場は魚も大して売れないようだし、魚種も限られていて値も高く、したがって同じような荷を続けて持つことになり、配達人としては気が重い。

さかな屋仲間のおばあちゃんにそんな話をしたところ「そらぁあんた、夏はもう何とかオマンマが食べられりゃいいと思わにゃ」とのことである。二月に確認したニッパチのジンクスはここでも証明されたわけである。

めったに連休がないのに、お盆の四日間もアッという間に過ぎてしまった。生活に追われるというのは何ともやり切れないものである。

8月2日

夏休みになったら一度同乗したいといっていた娘が、朝の仕入れからつき合ってくれた。オヤジの職業を見せておくのもよかろうと思ってのことだったが、車を停めるたびに先に降りて保冷庫を開け、集まった客に魚の名前と値段、それと使い方を説明する。受け売りなのになかなかのものである。客のいう魚を秤《はかり》にのせて値をいい、金を受けとるところまでするので、こちらはやっと釣銭を渡すだけで、どちらが手伝いかわからなくなった。「そんなことはお父さんがするから」というのだが、「面白いからいい」といってきかない。

8月11日

四歳ちがいの兄が二年間の約束でイランに出発したが、こちらは海戦裁判の第九回公判で見送れず。K電設という電話工事の会社にいるのだが、海外出張は本人のたっての希望とか。最後まで不賛成だった義姉は羽田まで見送ってどうやらあきらめがついたらしい。

8月13日

入院中の父に外出許可が出たので、盆中を家で過ごすべく帰ってくる。入院時と大して変った様子もないようである。家にいても何の趣味もない人間なので退屈らしい。それにしても四カ月半ぶりの帰宅ではあった。

8月26日

ここ一〇日間ほど体調の悪かった母がどうやら本来の調子を取り戻した。たった一人では無理な商売なので、一時はどうなることかと心配したが、この分ならまだしばらくはいけそう。もう無理はさせられないようだが。

一九七六年九月

秋の味覚

山峡の秋はまだ豊かである。畦を彼岸花で飾った田んぼには、一面に稲穂が垂れ、畑にトウキビ・大豆・小豆が収穫を待ち、里芋・甘藷・ナス・キュウリがある。野山には柿・栗・茗荷の花・柚子が実り、シメジ・ヒガンタケ・マツタケもとれはじめたという。道路からは見えないが、アケビも山芋も多い所である。

二〇年ぶりに親しむわがふるさとは、九月半ばの今、すでに朝夕は震え上がるほど寒い。台風一七号のあとに始まった冷え込みだが、どうもこのまま初冬へとずり込みそうな気配である。しかし、山はまだ紅葉の兆しを見せない。

今月は秋の味覚で都会に住む読者に自然を伝えられればと思う。

9月6日

柚子をもらう。

奥の方に一軒父方の親戚があって、いつも一休みさせてもらうのだが、この家の周囲には実にいろいろな木があって、季節ごとに実をつける。
柚子はまだもぐには惜しい若さで、中の酢を使うよりも表皮をおろし金でおろし、香の物にするが、熱い汁物に一つまみ落したときの香りはこたえられない。
9月11日
初物の栗を食べる。店の裏に二本の栗があり、一本は大粒、他の一本は小粒の実を落とす。毎朝それを拾うのが母の楽しみの一つである。栗は小粒になるほど味がよくなる。
9月16日
茗荷《みょうが》を籠一杯もらう。川向うの奥さんが「採ってん採ってんきりがねえ」といって持って来た。田舎の人たちはこれを塩漬けにし、後で味噌漬けにして長期保存するのだが、とりあえずこれも汁の実か香のものとするのがいい。
9月21日
甘柿をたくさんもらう。どこの家にも柿の木は何種かあって、渋柿はあおしたり（渋を抜くこと）、干柿にしているが、甘柿ばかりは保存の方法がない。この頃では子供たちは柿の実なんぞ見向きもしないという。だから、ほとんどの甘柿は木の上でくさってしまう。
9月24日
シメジ・ヒガンタケをもらう。店の近隣は不思議に若奥さんが仕事に出ないし、魚を買いに来るときには何かを持参するのである。ハモとキノコの水炊きを柚子の酢を使って食べた。

不作

一九七六年一〇月

九月の終り頃に始まった秋の取り入れも、一〇月二〇日を過ぎる頃にはもうモミスリまで終ってしまった。田植えの終ったのが六月二〇日過ぎだから、わずかに四カ月間である。

しかし、この間の農家の作業は大変なものである。消毒、ヒエ取り、水の管理から畦草切り、取り入れが近くなるとイノシシとの闘いもある。こうした時期には、マイクロバスによる日帰り出稼ぎはほぼ途絶える。

この里では麦作をあまりしないので、一一月になればまた平常通りとなり、田は来春レンゲを咲かせてしまうまでは放ったらかしとなり、男も女も現金稼ぎに精を出すことになる。

どこの家にも耕耘機とバインダー（刈り取り機）が備えられているが、これらのほとんどはそういった農外収入によって購われたものである。

10月6日

どこに行っても今年の稲の不作を聞く。「一番大きな原因は何ですか」と聞けば、「寒の降りるのが早すぎた」という。冷害は東北地方だけではなかったということである。

三〇歳を過ぎた人ならば、子供の頃の四季の実感と最近のそれとを較べて、どこか違うものを感じるのではあるまいか。

10月10日

生家の取り入れを手伝う。今年からバインダーを使うようになったので、農機具店の営業主任が指導に来て、三畝ほども刈ってみせた。

何事も経験と、やらせてもらったが、手刈りとのあまりの違いように驚いた。その速さや手軽さにではなく、その粗雑さに驚いたのである。

綱を張って手で植え込んだ稲は、やはり手刈りでなければやり切れない。何しろ、刈り残しはタイヤで踏みしだき、少し倒れた稲はその穂先だけを切り落してしまうことになるのである。

農協で育てた苗を田植機で植え、コンバインで取り入れをする農家ならば、値段さえ折合えばいつでも企業に田を売れるのではないかと思われた。

こうして農民と田との間をつないだ血管は断ち切られていくのであろう。

10月30日

公民館だった建物がブラジャーの縫製工場になった。これまで家にいた若奥さんたちはほとんどどこで働くという。

現金なしでは一日も過ごせぬようにしておいて、企業が進出してくる。流れ作業なので話もできないらしいと心配顔で話していた。

アンケートに答える

一九七六年一一月

問1　四年前、あなたがもっとも熱意を抱いていたことを三つあげて下さい。

四年前、まだ三五歳だった。あの頃はまだ……あ、いかん。

パラパラ（ノートをめくる音）うん、あった。北九州に開設された労働大学に入校、三交代勤務に中津から通勤しながら、まああの出席率で、第一期生としての修了証を貰っている。

この講座は、この年の四月に開設されて、期間は半年ほどだったから、途中で（七月三〇日）「中津の自然を守る会」に入ったことになる。

ああ、そうだ、完全に労務部の分室と化した住友金属小倉製鉄所労働組合の中で、ほんの数名の同志と語らいながら、この時期にしきりに考えていたことがある。それは何人か集まったときにのみ何かがされるというだけでは、個人の自立がむずかしい。やはり、俺にはこれがある、といえるものを持った個人が集まって、共通の課題に取組んでこそ運動の質も高まり、幅も深さも増すのではないかというものであって、主として求めたのは、おのれの自立であったように思う。

三つ挙げよとのことだが、他には思い出すものがない。

問2　四年後の今、それはどうなっていますか。

そうした想いで「中津の自然を守る会」に入ったが、ここでもたちまちにして極少数の中の一人となり、北九州と中津では、物理的に二つの運動をになうことになって、どちらかといえば、居住地でのこの運動を優先させて来た。そうさせたのは、今にして思えば、やはりタテマエで動くのとホンネで動くのとの差が両者の間にあり、ホンネで動く方が性に合っていたということになろう。求めた自立は、まだまだ遠い所にあるような気がしている。目標に向かってまっすぐ歩いている確信はあるのだが。

問3　この四年間に、あなたにはどんな変化（内的・外的）がありましたか。

この四年間の変化については、（当然ながら）離婚はしていない。子供もふえない。収入はやや減。さかな屋に転職した。内的、精神的には目につく変化なし。肥りもしないし、痩せもしないが、シラガとシワがややふえた（但し、同じ三九歳の松下氏に較べて、断然若く見えると皆は言う）。

問4　この運動が五年近く続いてきていることを、あなたはどう受けとめていますか。

この運動が、今日まで続いたことについては、仲間の一人一人を想うことで納得できる。どの一人に対しても、この人がいたからだなあという実感がある。これは当り障りのない世辞では決してない。五年近くになるということだが、これについては、へえ、もうそんなになるのかといったところである。

縫製工場

一九七六年一一月

さかな屋修業も丸一年目である。もっとも仕入れを一人でやるようになったのは今年の一月からだから、本当の修業はもうちょっと短い。

どんなことがあっても最低一年間はさかな屋をやってみて、その上でもう一度考えてみようというのが、この一年間の支えだったが、何とか食えることは確かめたものの、ほぼ一二時間を拘束されること、こちらの都合だけでは休めないこと、何よりも行商に出た後、店に残った母に負担がかかりすぎることなどがあって考えざるを得ない。そもそも、まだしばらくは父が元気で、ある程度の手助けはあるものと期待した出発に甘さがあったわけである。

それはそれとして、わが山里はすでに晩秋である。ここ数日の大霜で、畑や道路わきには霜枯れの葉が目立つようになった。

11月1日

魚を買いに出て来るはずの若奥さんたちの姿が見えないと思ったら、今日は進出してきたブラジャー縫製工場の入社式とのこと。二三名を採用したというから、昼間家にいた若奥さんのほとんど全部といっていい数である。

マイクロバスで出掛ける他に、この地で働くには道路工事（拡幅、舗装が盛んである）か製材所、農協、保育所、小学校の事務員、電報配達（委託）、町役場などがあるが、道路工事を除けば、ほとんどが閉ざされた門である。

久方ぶりに台所に立つことになったおばあちゃんたちが、魚の買い方にとまどっている。

11月10日

奥の方にイノシシ射ちの名人がいる。今年の初獲物は三〇貫もあったということで、おすそわけにあずかる。刺身がうまいとすすめられたが、焼肉で食べた。

今年もイノシシはあちこちで憎まれている。畑一面のサツマイモや里芋を一晩で平らげてしまうという。稲掛けにかけた稲を監視するために一〇日ほども山中の小屋に泊りこんだ一家もある。

11月20日

紅葉は昨年ほどの美しさを見せぬままに終りそうである。もしかすると久し振りに見た昨年の印象が強すぎて、それほどに見えなかったのかも知れないとも思う。

それにしても、手の届く限り杉を植え込んで、その万年緑は艶消しである。

四季折り折りに微妙な違いを見せる樹種は、山頂に追われて小さくなっている。

番外の記　今井のり子

（一九七六年一二月）

「得さんの仕事ぶりを写真に撮って来なさい。新年号の表紙です」と、いきなり編集顧問の命令。どういうわけか、レンズを人の正面に向けられなくて、いつも後ろ姿しか撮れないこの私なのに。

　どうせつきまとうなら本格的にと、前夜から得さん宅の離れに泊り込み、早朝の魚市場へ同行。まるで喧嘩のように値を争うところには、君子(?)の得さんは近付きません。それでもトロ箱の上を飛びまわって戦場のよう。

　一時間ばかりで、ベニイカ・クロメバル・オナガ・サバ・ハモ・ナマコ、それに予約の大ブリなどを仕入れた。最近は売れゆきが悪く、仕入れも減らしているとのこと。今日はカワイイ私が乗っちょるきグーンと売れるわ、等と無責任なことをいう。

撮影＝今井のり子

田舎は好奇心が強いから覚悟しちょきなさいと得さんにいわれたが、なるほど、心配した通りで、かなり無遠慮な視線が集中する。

「今日は学校休んだの?」

これは、明らかに得さんの娘玲子ちゃん（小五）と間違えてのことだろうが、とっさにいわれたので私は目を白黒。

「むすこもおったんかえ?」といったおばあちゃんにはガックリ。この豊かな胸のふくらみが目に入らないなんて、きっとひどい老眼なのよね。

「奥さんかね」「彼女?」なんてのも多かった。中年のおっさん、おばさん連中だったな。松下さんではないが、このところ年を意識して仕方がない――百人一首でいえば、〈花さそう嵐の庭の雪ならでふりゆくものは我が身なりけり〉というところ――私にとって、これもショック。

ところで、得さんのさかな屋も一年一カ月、客との応対も谷間の自然にとけこんでいる。魚が好きな寺の住職、盲腸で入院している人の家に声をかけて病人の経過を聞いたり、魚を売る以外の雑用も厭な顔をせず引受けている。家の名前なんて序の口で、家族構成、出かせぎ先の仕事に至るまで記憶している。これでなければ、こんな田舎の商売は出来ないのだろう。

それにしても安く売っている。正月用に頼まれたブリを、一万七〇〇〇円で仕入れたのに、一万九〇〇〇円で売る始末。あとでみんなにいったら「馬鹿だなあ、二万五〇〇〇円の値をつけても当然だ」と口々にいったものです。

「そうかなあ、そんなもんかなあ」と得さんは考え込んでしまった。これではもうけないはずです。

「さかなやの四季」の真相も、ほんとはキビシイのです。笑顔をふりまいた得さんも、帰路はむっつりでした。

一九七七年

イノシシ

一九七七年一月

元日から四日までの休みは腰を落ち着ける間もなく過ぎてしまった。

一月は魚市場の定休日の他に裁判が二回入ったから、労働日数はわずかに二〇日間である。

店番が無理になるのか母は、余分に休めるのを喜ぶようになった。大黒柱としては救われる思いである。

暮れから続いた寒気は店の簡易水道を一〇日ほども凍らせて、川からの水汲みに骨を折ったが、そのあと、底冷えのする日はあっても一日中水の出ないということはなくなった。

先月号の「真相」とやらで、商売下手は暴露されたが、今のところ魚種もほどほどにあり、仕入値も落着いているので、商いの方もまあまあといったところである。

昨年は二月に苦労したから、海が荒れて入荷が少なくなるのはこれからかもしれない。

1月9日

仲買人の定期総会に出席。中津魚市場の登録仲買人は六八名だが、出席はその約半数。組合長の話では、七八年までに魚市場が移転することになったという。理由は現在のものが手狭になったということらしく、五倍ほどの広さになるとのこと。沿岸を埋め尽し、今また二〇〇カイリ元年といわれるとき、さかな屋に将来はあるのだろうか。

1月15日

アラ掃除係現わる。

家で売る魚はほとんど調理をすることになるので、頭や内臓などが毎日相当な量になる。裏山に穴を掘って埋めるのだが、最近夜のうちにイノシシが掘り返しはじめた。思いついて埋めずにほうり出しておいたら翌朝きれいに片付いていた。

野生のイノシシとさかな屋の助け合いが始まったわけである。魚を買いに立寄ったシシ射ち名人が足跡を見て、相当な大物が三頭は来ている、という。

射たないように頼んではあるのだが。

1月26日

未知の人から電話がかかる。魚市場の移転先に住む人で、昨日初めて計画を知らされたという。道路端だけに家のある所で、車の増えるのが心配だという。他にも夏季の悪臭、早朝からの騒音もあることだし、もっともな心配である。予定地の地主が地元の住民ではないのでやりにくいらしい。

是非一度会ってほしい、近所の人に集まってもらうことにしてあるからというので、近いうちにきっと、と約束をした。「私も今、さかな屋をしています」というと「あらまあ、そうですか」。

講組

一九七七年二月

近年まれな冷え込みようで、手の甲はヒビだらけになってしまった。

どんなに寒くても雨さえ降らなければ辛いと思ったことはないのだが、今回の寒気団は、積雪とその後の凍結とで、零細企業梶原鮮魚店を都合三日ほども臨時休業に追い込んだ。

店の簡易水道は再び凍りつき、魚の調理や車に積んだ保冷庫（ステンレス）の内と外の水洗いにも川から汲まねばならなかった。

母は「そんなに毎日洗わなくても」と止めるのだが、それは私の性格が許さないのである。そんなこんなで後始末にも時間をとられ、中津に帰るのが遅くなってしまう。

私にとって自分を取り戻すのは、中津に着いてから寝るまでの時間しかない。そういった面ではきつかったけれど、しかし労働が天候に左右されるというのは、何となしに心の落ち着くものである。

一八年間働いた製鉄所は、どんな台風が来ても全く平常通りに稼働したが、あれではやはりそこに働く者が、自らを生態系の一部と自覚することはできない。まして、四季の風物を目にすることもない都会に住んで、疲れて帰った自宅でテレビに見入る労働者は、もしかしたら自分が生身の人間であることも忘れさせられているのではあるまいか。そんな気がして仕方がない。

2月7日

昨日、店の裏山で四人組の鉄砲射ちがイノシシを三頭仕止めたという。多分、調理後の残滓を食べてくれたイノ君たちであろう。何頭か残ったにしても、もう寄りつかなくなるのではあるまいか。折角、梶原鮮魚店との助け合いが始まったというのに。

2月13日

中津魚市場の仲買人組合の総勢は、昨日から湯の町別府に一泊旅行である。特に親しい人がいるわけでもないし、話に聞けば酒を飲むばかりともいうので、最初から参加する気はなかった。年に一度、旧正月を利用して四泊くらいの旅行をしてきたらしいのだが、今年から二年間ほど一泊旅行にするという。

理由は移転する魚市場の中に、仲買人のための設備を造らせるため、何がしかの金額を出さねばならないからだという。組合費も一挙に五倍の五〇〇〇円になった。

やはりイノシシは姿を消してしまったようである。

2月20日

店の隣家が改築のための取り壊しで終日手伝いをする。本誌の原稿締切りも迫ってきて、気が気でないのだが、これはわが里のしきたりである。一〇〇年以上にもなるというワラぶきの家で、二年ほど前までカマドを焚いていたということだし、土壁作りなので、いやもう舞い立つススとホコリのすごいこと。全員がどちらを向いているのかわからないほどになってしまった。

講組になっている家からは、男女で二名ずつ出てくるのだが、男ばかりの休憩時間に焚火にあたりながら出た話題の中心は「折角の日曜日がこんなふうにとられてはたまらない」ということであった。そういえば、男手は全員早朝から中津あたりに出て行く賃金労働者である。しきたりがしきたりとして継続する基礎条件は、すでに壊れてしまっているのである。

2月24日

所得税の確定申告をすませたが、初めてのことなのでヒヤヒヤしながらの申告だった。魚市場が発行した年間仕入総額証明書と、諸支出の伝票だけですんなり片付いた。このための所要時間わずかに三〇分。

年間所得

一九七七年二月

年間所得二八万三二九六円。これは町役場の徴税課員がハジキ出してくれた梶原鮮魚店の実態である。持参した資料をもとにして計算しながら、「これでは生活ができないのではないですか」と心配そうに私の顔をのぞき込んだものである。

読者の皆さんに心配させることになってはいけないので、少々注釈をつけねばならない。

私の昨年度の仕入総額は六五〇万八四二四円であり、交渉の中で利益率は二割五分ということになった。金額としては一六〇万円ほどになるのだが、その中から商店主の父は私に一〇〇万円を賃金として支払わなければならないのである。残りの六〇万円の中から、商売のための経費を支出すると、残りが冒頭の金額となり、これは商店主の所得である。実はこの中から諸保険の支出があるわけで、そのための資料も揃えていたのだが、徴税課員は「そんなのを入れたらマイナスになるかも知れないから」ということで、相談の結果無視することにした。

ところで、このような金額でなぜ承諾してくれたかというと、オヤジの入院に関しては経費はかからない（結核のため）し、加えて老齢年金が二二万円ほど入ってくるからである。

読者の皆さんの中には、ひょっとして私が相当強引に捻じ伏せたにちがいないと感じている人があるかも知れない。まことに残念ながらこれはほとんど事実である。

田舎の酒盛り

一九七七年三月

毎日、一〇〇人ほどの人と挨拶を交わすのだが、それも永い間口ぐせになってしまった「お寒うございます」から、ようやく「今日はあったかくていいですね」に変った。

三月は卒業や入試の月である。魚を買いながらの話題もそんなことが中心になる。大学へ進む例は今のところ聞かないが、高校には全員が進むようである。

町内にも県立高校が一校あるのだが、町内といっても広域にわたるので、下宿をして中津市内の高校に行くことが多い。以前は耶馬渓鉄道が走っていて、この谷からも通学できていたし、片道四〇分ほどをガタゴト揺られるのも結構楽しかったものだが、昔のことになってしまった。

だから、そんな家では高校入学と同時に一人減ってしまう。卒業すればまた、どこかに行ってしまうので、親と子がくっついて暮らせるのは一五歳までということになる。

そうしたことは以前から当り前になっていて、それほど深刻なことでもないらしい。

3月12日

隣家の上棟式でさかな屋は休業。

いわゆる「棟上げ」に参加して、一部始終を体験する機会というのは、大工さんでもない限り滅多に得られるものではない。夕方の餅まきには一俵分がまかれたが、最近は拾い手も少なくて、皆一抱えほども拾って帰った。

そのあとは参加者全員が膳についての酒盛りとなり、早々に退散して中津に帰ったが、後日の話では翌朝六時頃までも続いて唄に踊り、それに喧嘩も入って賑やかだったとのこと。今どきでも、田舎で家を新築すれば、酒その他の飲食費が相当な額になるというのがよくわかった。

3月22日

職員への御用聞きで農協に立寄ったとき、花の種の陳列棚が目を引いた。千成瓢箪・百日紅《さるすべり》・矢車草・大輪コスモス・大輪朝顔、それぞれ四袋ずつも買い込んだが、さて畑もなし、どこに蒔こうかと目下思案投げ首中である。

3月26日

小学校の終業式で、早く終ったのかところどころの庭先に子供たちが集まっていて賑やかである。保育園や学校に行くので、商売の途中で子供に会うのはこんなときか夏休みなどでしかない。留守番役の老人たちはどの家でも「学校が始まるまではやかましいことで」とこぼすが、人なつっこい子供たちと言葉を交わすのは楽しい。

若奥さん

一九七七年四月

ほとんど麦を作らない田圃は、一面のレンゲで、どの家の庭先にもシャクナゲ・シバザクラ・エビネ・テッセン・ツツジがまっ盛りである。

両側に迫った山には、それぞれに微妙な色合いの差で若葉が溢れ、ところどころに藤の花が薄紫色を添えている。このところ魚の仕入値が高く、魚種も限られている上に、各家とも炊事当番のおばあちゃんが、ワラビやゼンマイ、タケノコを採りにおにぎり持参で山に入るので、商売の方は冴えないが、そんなことも忘れてしまうほどに周りの風物が美しい。

もちろん、ウグイスやコジュケイの声もしきりで、時折り車を停めては目と耳を楽しませるのだが、思わぬ時間を過ごしてしまう。

人々の生活も、寒さから解放されていきいきしてきた。集落毎の春祭りも中旬から下旬にかけて賑わったし、結納・娘別れ・結婚と都合六回ぐらいもあったろうか。小さな谷間の村落だが人々の営みは結構多彩である。

結婚して、この谷に住むようになった女性は、四月だけで三人いるが、高校入学と同時に寮や下宿に移った者と高卒で就職して行った数の方がはるかに多いから、人口は一〇名ほどの減少である。どうみても、この谷の人口が今以上に増えることは考えられない。それは同時に梶原鮮魚店の先行不安の因でもあるのだが……。

4月3日

この谷の春祭りは、この日の中畑集落を皮切りにして次々と続く。どの集落の場合も、祭り元の年番が決められていて、その年に当った者たちが、早朝から境内と神殿、舞台の掃除をし、神官を迎えておごそかな儀式（春は五穀の豊穣と世界平和の祈願）をとり行い、それから酒宴を張ることになる。父が入院中なので、今年初めてその場に出たのだが、神官は祝詞に先立って、正座した氏子の方へ向き、春の祭礼の意味について一言述べる。

話す方も聞く方も、何十回となく繰り返されたにちがいないのだが、いとも神妙である。曰く、農作業をおろそかにせず日々いそしむこと、世界平和の礎は一家の平和にあること、というわけである。神官は町内に二人しかいないので、この時期には大忙しで、もちろん稼ぎ時でもある。何しろ十数日にわたって連日、酒宴に招かれる上に、少なからぬ謝礼を懐にし、神殿のお供え魚は全て彼が持ち帰ることになっているのだから。

4月11日

おばあちゃんたちの中に、月二回ほど集まるグループがあって、造花やブローチ作りなど手芸の研究会のようなことをやっている。この中の一人が、昨日、私から買ったグチを食べる際、その頭部から耳石が転がり出て、それはブローチの材料にもってこいだという。花びらのように並べてくっつければ純白の花ができそうだというのである。

それからというもの、店で調理した魚の頭は全て脳天唐竹割りの憂き目にあうことになった。一尾から二個ずつ採れるので、もうあれから一〇〇個ほども渡したろうか。

4月16日

明日に結婚式を控えた家から魚の注文を受ける。いわゆる結婚式と身内の祝宴である本座とは別に場所をとるので、自宅では近隣や友人を招待する〝タル〟が持たれるのが普通である。それが大体四〇人前ほどになり、魚（刺身・吸物・フライなど）の他に鶏肉・野菜・カマボコの類まで一切を頼まれることになる。

この日のS家の場合、魚代請求書には四万五〇〇〇円也を記入したが、イキのいいブリを使って、注文通りに厚く切るとその金額になってしまう。聞けば、この頃では結納金は五〇万円が相場というから、そんなものと比較すれば、さしてさかな屋への支払いが高いとは思わないのであろう。

それにしても、五〇万円の結納金とは大変である。私の場合はたしか五万円だったと思う。

4月20日

おばあちゃんにまじって新婚の若奥さんが魚を買いに出てきた。万緑叢中紅一点といった感じで、にわかに華やかな雰囲気が醸し出される。

おばあちゃんたちも親切で、この魚はこうして食べると美味しいから、などと教えたり、「こん魚を買いなさい。二尾もあればよかろう」などとおせっかいをやいている。

車を停める場所は父のときから決まっているので、どこでも三人から五人位が集まって、互いに挨拶を始め、魚を買いに来たことを忘れたように話に花が咲くことがある。私もそれには馴れていて、荷工合を直したり、景色を見たりして待っている。

4月25日

弁当持ちで山の幸（ゼンマイ・タケノコ・ワラビなど）を採りに行くおばあちゃんが多くて留

守になっている。採ったものは、ほとんどゆでて乾燥させたり、塩漬にして保存しておくのだが、これは都会に出ている子供たちに送ったり、客への手土産にするという。

ゼンマイ・タケノコは今が最盛期で、ワラビはボツボツといったところだが、何人か一緒に山に入ってゆくと意地の悪い人はすぐわかるという。たくさんある所を見つけると、他の者に知らせないために呼ばれても返事をしなくなるというのである。何ごとにも欲はつきもののようで、無念そうに話すのを面白いと思いながら聞いていた。

被告であることとさかな屋であること　一九七七年五月

私にかかわる刑事裁判（通称海戦裁判）も、今回（第一六回・五月一六日）からは小法廷である。予定された検察側証人が不出頭となり、裁判長は、「まあ、せっかく時間をとったのですから」と、五人の傍聴者を苦笑させ、それに「笑いごとではありませんよ」と応じた後で、「検察官の立証事項のうち、被告側が不同意として争う分で、まだ調べてないものをやりましょう」ということになったが、海上保安部がわれわれを逮捕した朝、ガサ入れで押収したものの明細、松下氏の「豊前火力に反対する理由」等を読み上げただけで、二〇分ほどで終ってしまった。遠い佐賀関からも二人の被告を呼び出しておきながら、そのいいかげんさに腹が立ってならない。また五名とはいえ、傍聴者の中には関西からの人もいたのである。

裁判官と検事にとって、裁判は飯の種であり、われわれ住民運動にとっては、被告・原告・傍聴のいずれを問わず、少なくとも一日の休業である。さらに、自宅から裁判所までの交通費という出費を伴う。このあたり、考えてみればおかしなものである。

公費（税金の意）で動く彼等こそがこちらの指定する場所に出てくるのが当然ではないか。法廷はどこでも構わない。晴天ならば空地、公園があり、雨天なら公民館でやればいい。わが家の離れだって提供する。

ここまでは裁判報告と、被告のわれわれにとって大して意味のない事実調べの連続に、いささかうんざりしてのうっぷんばらしである。

＊

山里のさかな屋として、二七年間の暖簾《のれん》を誇る「梶原鮮魚店」の責任の重さに、実は当惑している。他に二人の同業者が車で毎日入ってくるし、一日おきぐらいには更に別の二人もやって来るので、そんな日は小さな谷間に五人のさかな屋ということになる。

だから、いつ休んでも客は困らないかというと、そうではない。この谷の入口から奥へ一〇キロほどの、最も人家の多い部分のほとんどは梶原鮮魚店の顧客であり、余程の場合を除いて他のさかな屋から買わない。

おまけに、祝い・仏事・来客・家族の者の帰省から、あらゆる種類の祭りや共同作業に魚を欠かさない生活であるから、毎日少なくとも一件は、この種の注文を受ける。下手をすると、魚市場の休日にも調理と配達のために出掛けねばならない。

だから、平日に休むというのは大変な気の重さを伴うのである。民事や刑事の公判で休む場合は、前日の行商で、「明日はどうしてもはずせない用があって、すみませんが休ませて頂きます」と、ことわるのだが、前日に留守の家もあって、休んだ翌日、「昨日は待っていたのに、ほんとに困った」という苦情が必ずある。

それが申し訳なくて気が重いのである。買うかどうかはあなたの勝手なんだから（押売りじみたことは絶対しない）売るかどうかはこちらの勝手にさせて欲しい、と割り切りたいのだが、山里の人情はそれを許さない。

一つには、他にさかな屋が来るにしても、地つきのさかな屋は梶原鮮魚店だけということがあると思うし、さらに「梶原さんの魚が一番新しくて安いし、どんな頼みでも聞いてくれる」という評判もある。仕入れでは鮮度と値段で苦心を払うし、頼まれれば、一度行商で売った魚を持ち帰り、調理して配達するし、フライで食べたいといわれればパン粉をつけたり、揚げたりして配達することもある。賃金労働者であった頃から、「食うために費やす時間」は、短かければ短かいほどいい、と考えていたし、その思いは今でも変っていないから、さかな屋として過ごす時間が一二時間を超える現状は困るのである。

民事原告としても、刑事被告としても、どこか皆にぶらさがっているようで、情けない思いがある。自営業だから、賃金労働者であるよりも数倍の自由があると考えた出発に、そもそもの誤算があったし、ピンチヒッターぐらいはやれると思った父には入院されるし、母が弱ってきて、時々泣きたい心境になるのだが、もう、今となっては一家五人の糊口だけはしのがねばならない。それを考えると、当分はさかな屋であり続けねばなるまい。

そうした重さから逃れたところに、より強靭な住民運動があるとも思えないから、現状の中で、やはり頑張るしかないのかもしれない。

それにしても、二つの裁判の当事者であることと、さかな屋であることの間には、今のところ重なり合うものが見出せない。これは、特に環境というものをいい意味で話題にしない人々を相手にしているせいでもあろう。

裁判に限らず、運動の方の日程や計画を忘れることはまずないが、さかな屋を臨時休業した翌日は、時々注文の魚を買い忘れてあわてることがある。ついこの前、仕入れた魚を売り尽した頃、電話で催促され、あわてて中津のさかな屋に買いに出て、あまりの高値に気が引けて、そのままの値で売ったことがある。

さかな屋から裁判の当事者へはスムーズに入って行けるのだが、裁判の翌日は、「今日はさかな屋だぞ」と、何度か自分にいい聞かせねばならない。どこから来る差なのか説明はできないのだが、はっきりと違うのである。

ホトトギス

一九七七年五月

山の緑が濃くなるにつれて、山里の毎日も忙しさを増してくる。五月に入って間もなく、ゼンマイやタケノコを乾燥や塩漬にして収納し終ると、すぐにお茶摘みにとりかかる。

別にお茶畑というものがあるわけではなく、庭先や畑の端に植えたもの、山に自生したものを摘むのだが、永い間に自然に決まった縄張りはお互いに荒さない。

摘んだ葉はほとんど農協の製茶工場に持ち込むが、三割位の人たちは自宅で加工をする。お茶揉みの途中で魚を買いに出て来る人は緑色の掌をしていて、「魚の臭いが移ると困るから」といいながら、ビニール袋や新聞紙に包んであげると、つまむようにして持っていく。

そしてもう、奥の方では田植えも始まった。雪が消えると、秋の取り入れまで自然は山里の人々を追い立てる。

5月4日

四月末からの飛び石連休で、仕入れの勘が狂ってしまった。毎日だと、魚種によってどれくらい持てば、どこまで行けるかの見当がつくのだが、一日おきに休むものだからその辺のところがさっぱりわからなくなってしまって、半分も行かずに売り切れたり、全部廻っても残ったりしてしまう。何とも弱ったゴールデンウィークではあった。

5月12日

このところ仕入値が高い。そんな話をすると、お客さんの方が心得ていて「二〇〇カイリじゃろう。テレビがいいよった」と納得してしまっている。

「でも、今日の荷の中には二〇〇カイリに関係のある魚はないですよ。どこかで便乗値上げをしてるはずです」などと変ないいわけをしてしまう。

5月20日

昨年はほとんど聞いた記憶がないのに、あちこちでホトトギスの鳴き声がしきりである。例の「トッキョキョカキョク」と聞こえるものだが、お客さんも「今年は数も多いし、近くで鳴いているようだ」という。

5月25日

最初に御用聞きをする家のおばあちゃんが「久し振りに裏山から猿が出て来た」という。聞いてみると、しばらく前まではよく見たという。

店のあたりにも出没することがあったと聞くが、まだ見かけない。

田植えどき

一九七七年六月

魚市場に出てくる魚の種類が決定的に少なくなった。

「送りもの」と呼ばれる、下関や福岡からトラックで運び込まれる魚がピタリと止って、いわゆる「地もの」だけになっているわけだが、この近辺で水揚げされる魚の種類は知れたもので、キグチ・キス・ボラ・イカ・コノシロ、他にカレイ・エイなのだが、これは量が少ないから論外とせねばなるまい。

種類が少ないのとせり値が高いのとで、どのさかな屋の顔もあまりさえない。こんな状態が、ここひと月ほども続いていて、毎日、魚市場に出掛ける足の重さは格別である。

わが谷の農家は、二〇日頃には全て田植えを終え、生活はまた、平常に戻ったが、魚類蛋白配達人には、当分憂鬱な日が続きそうである。

6月5日

一雨くるたびに、店の上水道はその取水口に落葉をつまらせて止ってしまう。そのつど、急な斜面を三〇メートルほども登って行くのだが、大雨の日などには三回登ったこともある。

「水は天からもらい水」というのも楽ではない。

6月10日

この谷の田は、全て水を張られて、代かきが盛んである。これからしばらくは、町道の片側の溝を水が流れ続ける。

極端なV字地形で、両側に山、その裾にまばらな人家、道路、田があり、中心を川が流れて、人が生物の一員として生きるには理想の環境だが、しかし、現実の生活は見た目ほどのんびりもしていないし、楽でもない。

6月18日

田植えのまっ盛り。注文の調理と配達だけで終った。共同での田植えはほぼなくなって、どの家も日当、二食付きで人を雇う。多いところでは家族を含めて二五人分という注文もある。刺身・吸物・煮付といった献立を二回分というのが、注文の内容である。

配達先のお茶の時間に行き合わせ、御馳走になったりもしたが、目の回るほどの忙しさではあった。

6月23日

正式にはまだ報告されていないが、魚市場の移転計画は、地元住民の反対で中止になったという。

反対運動というほどのものはなかったはずだが、不思議なこともあるもので、豊前火力と較べて苦笑いした。

同乗者がいる日

一九七七年七月

七月に入っても魚の種類は増えず、市場まで行きながら休業したい日が何度かあった。こんな日は、前日に注文を受けていたり、夕飯のオカズや晩酌の肴に、それこそ毎日、私の魚を待つ人の顔を想うことで自らを励ます。

それとやはり、両親と妻子の生活も忘れるわけにはいかない。いずれにしろ、責任感ばかりでやっているようで、気の重いことである。それでも下旬に入っていくらか魚の顔ぶれも増えたし、鮮度のいいものが手頃な値段で手に入ることがあって、やれ一安心といったところである。

もともと「魚を売って一儲け」でさかな屋になったわけでなし、初志はあくまで魚類蛋白配達人であったはずだから、少々の辛苦には耐えねばなるまい。石の上にも三年というではないか。

7月6日

福岡の清水さんが助手席に乗りたいという。何が彼にそうさせるのかは聞かなかったが、相棒がいれば結構楽しい。

7月7日

数日来、体調を崩している母を、中津の内科医に診せるため臨時休業。精密検査の結果は慢性胃炎。

7月10日

参院選の投票に帰るという父を病院から乗せて帰る。ついでに三日ほど外泊するという。

7月31日

瀬戸内海調査団の皆さんの応援を得て海上調査、水俣より川本輝夫さんにおいで願って講演と映画の上映、多忙な一日であった。以前の職場の友人も訪ねてくれた。家人が留守で、何も構えず辛かった。どうかまたおいで下さい。

（一九七七年七月）

番外の記　清水　泰

七月六日、僕は得さんにまたまた無理をいって、梶原鮮魚店の一日助手になることにしました。福岡でのむし暑さがウソのように涼しい風が吹き、山々はうっすらと雲に覆われ、神々が本当にいるのではないかという気がしました。

昨年の秋に乗せてもらった時には、キグチ、カレイ、ハモ、サバ、紋甲イカ等の海の幸が得さんの車を占領していましたが、今日はマイワシ、カワハギ、マグロ、冷凍クジラといったところでした。

得さんは、この頃中津の魚市場に出る魚の種類が減ったと嘆いていました。毎日同じような魚しか持てないやり切れなさを得さんは「どうもさかな屋の商売も先が見えてきたようだ」といっていました。二〇〇カイリの騒ぎに便乗して、暗躍する巨大企業の横暴は、この静かな耶馬溪の奥深くで生活する人々の食生活にまで影響を及ぼしているんですね。でも得さん、先が見えてきたなどと弱気にならないでほしいです。僕自身、夕飯の膳から魚が消えたらと考えるとゾッとしてしまう。

チョット飛躍かな？　でもさ、ともかく、あのくったくのないおばちゃんたちのためにも、できるだけガンバッテ下さい。これが僕の気持です。

得さんが、おばちゃんたちとあけっぴろげに話しているのを見ると、うらやましくなってしまう。博多のような巨大な都市（昔はそうでもなかったとじゃばってん）のスーパーなんかで働いていると、客と世間話をすることなどほとんどないし、店員と客とは商品と金銭を交換するだけの関係なんです。もっと極端にいえば、二列に並んで逆方向に回るベルトコンベアの両側に立っているようなものです。一方は商品を、他方はお金を乗せ続けるわけです。お互いに顔を見ることぐらいはできるかもしれません。でも、会話を交わすには余りにも忙しい。コンベアを止めて互いの気持を通じ合わせることは絶対に許されないのです。話が脱線してしまいました。

帰る前に、得さんの商家の近くで川釣りを楽しみました。

ウグイがいっぱいいたのに、釣ったのはわずかに二匹でした。ここ数年釣らない間に腕がおちたようです。

時間がほしい

一九七七年八月

日中の気温が室内で摂氏三五度。試みに庭先の日当りのいい小枝にかけた温度計は摂氏四二度をさした。そんな日が続いたと思えば、中旬に入って冷夏と呼べるほどに涼しくなって、今度はそんな日がもう一〇日ほども続いている。

川の流量も減ってきて、わが商圏の奥の方では稲作りのための水争い寸前のところまでいった。何度かの雨で、その心配はなくなったが、稲の穂があらわれた昨今では、このままの気温が続けば実ることができないのではないかという新たな心配も生まれている。

こうした異変とも思える天候は、生きもの全ての終末を予感させ、私自身はひそかに心なごむものがあるのだが、座してその日を待つにはまだ間がありそうで、身は現実の生活に追われている。

8月1日

八月の楽しみは何といっても魚市場に盆休みのあることである。今年は一四日が日曜のせいもあって、その日から一七日までの四日間、客に何の気がねもなく休める。この頃のように商売がむずかしくなると、一日食わずにいてもいいから休みたい、などと考えてしまう。

8月4日

セールスマンのすすめもあって、商売用の軽トラックを買い換えることにした。二回目の車検まではあと一年あるのだが、そのときになれば多分五五〇CCのものを買わねばならないだろうし、とすれば今三六〇CCを買っとく方が得かも知れぬという計算もあるし、できるだけ小型のものを使いたいという希望もある。現在の車を使いはじめたときから減価償却してきたもので、八〇%は現金払い、残りは半年の分割ということで話をつけた。

8月13日

明日から盆休みに入るということで、どの家も保存のきく冷凍魚等を注文してくる。初盆の家が六軒ほどあって、そこには調理して配達、それが終って商売に出発。この日は夜の九時過ぎまで大忙しで、中津に帰ったときは本当に疲れていた。

8月18日

せっかくの休日だったのに、四日間、毎日一度は、店に顔を出すことになり、腰を落着ける間もなく過ぎてしまった。時間の使い方が下手なせいもあるが、もう少し自分の時間が欲しいと思う。

ああ、かくも現実の生活は……。

——このあと、しばらく「さかなやの四季」を休載した。たった月に一度、これだけの小文なのに、毎月毎月難渋した結果である。

一九七八年

健脚の老人たち

一九七八年一月

あまりのマンネリ記事に呆れたのか、編集部から「さかなやの四季はやめた、今度はリレー日記で行く」という話があって、少なからずホッとしていたのだが、わずか四カ月でリレー日記をあきらめて、また「さかなや……」を復活させるという。表向きの理由としては、読者の中にこの小文を楽しみにしている人も何人かいて、「なぜやめたのか」という強い抗議が寄せられたということだが、本音は別のところにあって、昨今の原稿不足にネを上げて、半ページでも埋めて欲しいという編集長のさもしい根性が丸見えなのである。

とはいえ、それをニヤリと笑って突き放すほどの冷酷さを僕は持ち合わせていない。これがおのれの弱点であることは百も承知ながら、また、いいところでもあろうかと思い直しつつ、この四〇年を生きて来たわけである。

この四カ月間、特に変ったこともなく、強いていえば、昨年一一月末に父が退院したこと。この冬はまだ店の簡易水道も凍結しないほどに暖かいことぐらいであろうか。

1月1日

年末の二日間で完全にグロッキー。

終日家にこもって過ごす。考えてみると、やれ盆だ、正月だというときは忙しいばかりで、大した稼ぎにはなっていない。販売量は相当な量になるのだが、多売なら薄利でと考えてしまうからだろうか。それにしてもあれだけ骨を折ったのに！

1月4日

さかな屋の休日最後の日。夕方から借家の離れで新年会。今年の発起人は奇妙なことに大阪にいるキタさん。これも水産大からテント小屋を経て、大阪で命をつないでいるコテツ君と中津で合流。国立中津病院小児科からは、坪井さんと岩見さん。「獄中から」の著者とその兄上、編集長カトシ君、カッパ君、暮から悪性の風邪を引いてダウン寸前の松下氏。久し振りの古庄先生といったメンバーで始まったが、とうとう終りまで歌一つ出ない。はしなくも、豊前火力反対運動の現状が露呈したという感が強い。

1月8日

鮮魚仲買人組合定例総会。配布された資料によると、昨年七月から一二月までの六カ月間で、梶原鮮魚店の仕入総額は六七〇万円なり。魚市場移転のために組合資金の積立てを優先して、当分の間中止することになっていた年一回の団体旅行も、移転先のメドが立たないから、来年は香港あたりを計画するという。さかな屋というのは結構儲かるものらしい。僕には人ごとに思えてならないのだが。

1月9日

夕刻、松下夫人女児出産の知らせを受ける。待望の女児ということもあってか、電話の声はさすがにはずんでいる。さて、そこまではメデタイのだが、産院の支払いや、退院までの家事は大丈夫なのか、どうも気になって仕方がない。

1月15・16日

久し振りに体の空いた連休を利用して水俣へ。たしか三年ぶりのはずである。さかな屋になって、零細企業ながら経営者の社会的責任を痛感しているのだが、どうにも動きがとれなくて、あちこちに不義理を重ねている。外に出て、多くの人と接することの楽しさを想うたびに、さかな屋稼業がうらめしい。

1月18日

昨冬、魚のアラを置いた裏の杉木立を覗いてみる。獣道らしいものが三本ほど通っていたので、試みにアラを置いたら、一〇キログラムほどの量を一夜できれいに平らげてくれた。野良犬も二尾ばかりうろついてはいるが、これだけの食欲はイノシシに違いない。

これでまた、今年も処理係を見つけることができて一安心。ただ、店の周辺にこの頃また鉄砲射ちが来るようになって、しきりに銃声を響かせている。こわがって、イノシシたちが奥山に入ってしまうと困るのだが。

1月23日

いつも思うのだが、山里の老人たちは足が丈夫である。道路まで魚を買いに出るにも、何人かの老人は足元の悪い細い坂道を二〇〇メートルは歩かねばならない。「魚を買うのも楽じゃないね」といえば、「馴れちょるよ」と平気な顔である。

そういえば、細長いこの谷の住人は、真中あたりにある農協で日用雑貨を求めるのだが、麻袋につめて赤ん坊を背負うようにして持ち帰るときも、片道二キロぐらいの人はバスに乗らない。杉や檜の下枝を落としに行く人は、身の丈を超える長さの鎌をかついで、弁当と水筒を腰に下げ、片道四時間を歩き通すことがあるという。

ほぼ六〇歳を過ぎた人たちの仕事だが、「朝何時頃家を出るんですか」と聞いてみると、「四時には家を出るよ」という。

1月28日

母方の叔父に殺生の好きな人があって、遊びに来たついでに裏山を調べていたが、「キツネとタヌキが出よる。数は大分多い。イノシシも出て来た跡がある」という。して見ると、アラの処理係は主としてコン太とポン吉ということであろうか。

叔父はすぐ車で自宅に帰り、ワナを持ってきて六カ所に仕掛けてしまった。足をはさむ方式だというが、どうしてこの種の人は鳥だ獣だというと狩りの対象としか考えないのだろう。どうか一匹もかかりませんように、と祈りながら中津に帰って来た。

未来を直視せよ

一九七八年一月

埋立着工阻止行動が威力業務妨害等の罪に問われた刑事裁判（通称、海戦裁判）は、検察側が一九七四年六月二六日の海上行為だけに限定しようとしたのに対し、われわれは、なぜそうしなければならなかったかの背景の立証に力を尽すという方向で争った。

今年は海戦裁判が、一挙に進展することになりそうである。被告側（当方）の証人が次々と登場する予定である。今年最初の証人を槌田劭《たかし》京大助教授とするかどうかで、被告側と裁判所の間で舞台裏折衝(?)といったものが続いている。

槌田氏が証言しようとするのは、現代のエネルギー文明のゆきづまり状況に関してである。氏は、「石油をあてにする生活は、親からの遺産をあてにする道楽息子なのである」と述べる。「道楽息子は親から引きついだ倉の中に財宝のあるかぎり使おうとするだろう。汗水たらして働いたお金でないから気前よく使えばちやほやされる。ちやほやされればさらに気前よく使う。道楽は時とともにひどくなるのが通例である」。いうまでもなく、倉の中の財宝とは、地下の石油である。その財宝の底が見えはじめたことは、もはや誰の目にもまぎらしようがない。そこで道楽息子は、「石油がなければ原子力があるさ」と、たかをくくろうとする。

槌田氏は、「工業社会は沈みゆく泥船」という論文（『現代農業』一九七七年三月号）の中で次のように述べている。

現代日本の各地に原子力発電所が建設されている。技術的にいっても危険このうえない状態であるが、それ以上に次の世代に借金を残すことが問題なのである。

原子炉の中では核分裂反応によってできた放射性毒物がどんどんたまっている。放射性毒物の特性として、煮ても焼いても食えない。すなわち化学的処理によっては毒性を失わせることができないのである。毒性を減少するには時間をかけて自然崩壊を待つ以外にはない。待つ時間の間、外部にもらしては大変なことになるからその管理は厳重に行なわねばならない。その時間はどのくらいであろうか。半減期の何十倍も必要だから、数千年数万年は待たねばならない。

道楽息子は、気も遠くなるような借金を子々孫々に残すことになるのである。原発に未来はないのである。

われわれが冒頭に槌田証言を据えようとするのも、このような未来を直視することによってしか本件を裁けないと考えるからである。われわれがなぜ豊前火力建設に反対し、海の埋立てに阻止行動をとったかの根底には、槌田証言が述べる現代の工業文明への危機感と同じものがあった。海は絶対に埋めさせてはならないのである。

なぜなら、この工業社会が沈みゆく船であるなら、われわれは代替エネルギーの幻想を捨てて、全く別な生き方を考えなければならないのである。それは、貧しくとも太陽と土の恵みや海の恵みにたよる素朴な社会へ還っていくことだと思う。

現に槌田氏は、自らリヤカーを引いて廃品回収に京都の町を廻ったり、絶対に新幹線に乗らない、エレベーターに乗らないなどという戒律を自らに課して、生き方の変革を目指していると聞いた。来るべき状況にうろたえぬように、おのれを鍛えているのであろう。

しかし、裁判所は槌田証言を採用するかどうかで逡巡している。

「そういう文明論は裁判でウンヌンする枠を超えている」というのだ。「そんな抽象論よりは、埋立てによる被害論の方を先にやりなさい」というのだ。槌田証言を聴くにしても、それは最後でよろしいという。

だが、槌田証言を最初に聴いて、以下被害論をやることと、被害論のあとのつけたしで槌田証言を聴くのとでは、この裁判全体を左右するほどに大きな違いをもたらすはずである。冒頭にまず、われわれの反対運動の根本動機（それは裁判官も含めて総ての人類の未来にかかわる）をよく認識して、はじめて埋立ての被害証言にも真剣に耳を傾けることになるであろう。

裁判所が槌田証言をどう扱うかによって、海戦裁判の帰趨《きすう》も占えるようである。二月の公判に於いてそれは決まるだろう。

これまで、毎回さみしい法廷であった。だが、これから次々登場する証人の証言は、本件裁判のみに関して有効というよりは、われわれ総ての生き方を決めていく上で聴きのがすことのできない内容となっていくことは間違いない。傍聴をおすすめするゆえんである。

一九七八年二月

ドンド焼き

本稿のネライは、都市に住む読者の心に郷愁を呼び起こすことにある。そのために、目で見、肌で感じた山里の四季の移り変わりを伝え続けるのである。特に、今号からは商売に使う軽トラに積み込んだ小型カメラを利用して、写真入りで行くことにした。

前号の終わりに叔父が裏山の杉木立の中に仕掛けたワナのことを書いたが、相手が一枚上だったのか、ネズミ一匹かからなかった。まずはメデタイ限りである。

2月1日

夜来のドカ雪で臨時休業。日銭稼ぎには辛いことだが、しかし、人間の営みが天候に左右されるというのは心安まるものである。

2月9日

梅はすでに五分咲き。夜から朝にかけて降った雨でパッと開いた感じで、この日、しきりに梅の花が目につく。

5分咲きの梅の花

2月13日

四日ぶりの商売、さぞ魚を待っているだろうと思ったのに留守の家が多い。聞けば六日ほど前に降ったみぞれで山の木が傾いたり、倒れたり、ひどいのは折れたりして、その手入れにおおわらわとのこと。山里では、どの家も山林の所有者である。ああ、山を持たなくてよかったと、母と笑い合った。

2月14日

商売を終えて中津に帰る途中で、三カ所ほどドンド焼きに出合った。昔は子供たちだけで一切の準備をしたものだが、今は青年団と観光協会の主催という。

若者の一人は「今の子は鎌で竹を切ったりしきらん」といった。

井戸を掘る

一九七八年三月

何ともあわただしいひと月だった。どの一日をとっても、何かに追いかけられているようで、身のおきどころがないのである。

それでもまあ、ウグイスは美声を聞かせてくれるし、道端にはオオイヌノフグリが満開で、田んぼの中を歩けばあわてもののレンゲが何本か花をつけ、朝夕の冷え込みを除けばまさに春である。

竹籠作りの老人

山里の春は、集落ごとの社日祭りで始まる。くわしいことは知らないのだが、社日様と呼ばれる農業の神を里に迎える恒例の行事で、各集落の神社に神官を迎えて、いとも厳粛な儀式がとり行われる。

こうした敬虔な生き方を見ていると、何とはなしに心なごむ思いがするのだが、これは年齢のせいばかりではあるまい。

3月6日

心地よい晴天に、この里にただ一人残っている竹籠作りの老人が庭先で仕事を始めた。ほとんどの家で若夫婦は現金稼ぎに出かけ、子供たちが学校に行くと、老人だけが家に残る。その老人たちが戸外に出てくる季節になったわけである。

3月7日

ウグイスの初音を聞く。魚を買いに出た客を相手に、鳴いている鳥や咲いている花を話題にするさかな屋をどう受けとめるのか、中にはとまどいの表情を見せる人がある。

3月10日

店の井戸ボーリング始まる。永い間、谷からの取水をしてきたが、風や雨のたびに落葉が水口をふさぎ、両親は水口まで行くことができない。何しろ、六〇度を超える斜面を、かずらを伝ってロッククライミングよろしくしばらく登らねばならないのである。

冬期の凍結にも泣かされてきたので、思い切って掘ってもらうことにした。

3月17日

庭木や盆栽を満載した車が店の前で停まった。リンゴ・カイドウ・モクレンが多い。早速父を呼び出した。鉢植えのカイドウとモクレンを買わせたが、いくらかマケさせたい父とそうはさせまいと頑張る相手のやりとりがおかしくて吹き出した。

3月23日

娘（玲子）の卒業式。できれば商売を休みたかったが、この日は注文も多く、そうもいかない。早いもので、もうすぐ中学生となる。親の方は一向に年を重ねた気はしないのだが。これから先も「生まれてよかった」とずっと思い続けてもらいたいけれど、そううまくいくかどうか。母親がしきりに、「中学生になったら勉強を……」などとおどかすものだから、本人は、「中学生になりたくない」などと情けないことをいっている。

3月25日

井戸ボーリング完了。岩盤ばかりのところを結局八二メートル掘った。きれいな水で、水量も十分である。ただ、今後は水の使用まで電力に頼ることになって、何ともいまいましい。

参考までに費用を報告すると、吸上げポンプの設置までも含めて六一万円也。四月から三〇回払いの約束で借入れたが、利息については父が年金の中から支払うといっている。しばらくは苦しいが、親孝行とは本来、子にとってそういうものであろう。

3月28日

店の隣りに住む叔母があり、その一人息子の結婚式が三〇日の予定である。その姉たち二人が家族を連れて帰って来て、身辺にわかにあわただしくなった。早くに父を亡くした従弟で、伯父にあたる私の父が親代りである。花嫁はこの里の人で、また一人東京に流出することになる。

この日、商売の途中で川原に下り、猫柳に見入ったが、心なしか水もぬるんでみえた。

一九七八年四月

慰められる

ほんの何日か前まで素裸だった木々の梢に、新芽が吹いたと思うと、それは見る間に広がって、いま山里は一面の若葉である。

樹種ごとに微妙な色合いの違いを見せて、その柔らかな感じは、人の心を和ませずにおかない。それぞれが、おのが個性を思うさま主張し、それでいて、全体として織りなすコントラストは見事で、人の世のあるべき姿を思わせる。魚種が少なかったり、セリ値が高かったりして、商売の方はあまり冴えないが、そんな現実を忘れさせてしまうほどに新緑の山々は美しい。
里の女たちが、賃仕事を何日か休んでまで山に入り、ワラビやゼンマイ採りに没頭するのも、あるいはあの淡い和毛《にこげ》のような若葉に魅かれてのことかも知れない。

4月10日

ここ数日、集落ごとの春祭りが続いて、さかな屋としては大忙し。ミコシは出るが、担ぎ手が足りず、軽トラックに乗せられて舗装道路を上り下るのみ。肌脱ぎになった若者たちの肩の上で躍動するミコシを見ることは、もうあるまい。この日、娘は中学校の入学式だったが、顔を合わせたのは夜の一〇時を過ぎてからだった。

4月13日

田に一面のレンゲの花。農協は、しきりに麦作を奨励するが、誰も応じたふうはない。ところどころに麦田はあるが、どれも肥育牛を飼っている人の田で、飼料として自家消費するものである。麦を作るよりも賃仕事に出掛ける方が金になるからであろう。今は、どんな山里に住んでも、現金なしでは一日も過ごせないのである。この山里にまで野菜の行商人が必要とされている。

4月16日

久し振りにのんびりした日曜日。娘と散歩をして帰った家に来客。カン、キョウ、ケンの三子を引き連れた松下氏で、彼の杏子ちゃんに対するメロメロぶりはちょっと気になる。あんなふうだと、彼女が年頃になって結婚などすることになったら、コブになってついて行きかねない。まあ、その頃まで私が元気でいたら、何としてでもそれだけは食い止めるつもりでいるのだが。

4月21日

このところ好調だった父が、友人の誘いで奈良に三泊四日の旅をして、よれよれになって帰って来た。母は今年になって何度目かの風邪を引き、気の滅入ること甚だしい。浮かぬ顔で商売に出掛けたが、途中で若葉に被われた谷に降り、石に腰をおろしているうちに、気をとり直すことができた。春の野山はまことに心優しい。

田一面に咲くレンゲ

4月22日

いつものことながら、平日に較べて土曜日は忙しい。夕刻より予定されている集まりに遅れまいと、一日を走り回って過したが、指定された森さんのお宅に着いたのは夜も一一時をまわった頃。

一〇人ほどが、森さん一家にてんてこ舞いをさせてしまった。下のお嬢さんが「さかなやの四季」の愛読者といわれ、何やら照れてしまったが、優しさの中に、何かしらキリリとしたものを感じさせる御一家の皆さんだった。

4月27日

この山里では、どの家の庭にも少なくとも五、六種の花が植えてあって、そのいずれも今が盛りである。店の庭もそれなりに華やいでいて、ようやく風邪の抜けた母が、調理の合間に手を入れている。本誌（『草の根通信』）二月号の本稿に掲載した梅の花は、すでに実を結んでいる。

こうして見ると、自然の営為というものがいかにスピードに満ちたものであるかに驚かされてしまう。

当会の花見

一九七八年四月

当会は、いつも外から刺激されねば何も思い立たないようで、今回も、佐賀関の上田さん、西尾さんという海戦裁判の被告仲間から「中津の花見に行こうか」と声をかけられて、にわかに学習会一同の夜桜見物が企画された。

「昨年の花見はみじめだったから、今年は遠来の客を迎えて豪華にやろう」と松下氏。どういうふうに豪華なのかというと、昨年は駅弁一個ずつで済ませたのに、今年はニギリ飯をつくってそれに酒の肴になる折り詰（一〇〇〇円！）を豪勢に二二箱も注文したのです（勿論、会の金を流用するなどという不正はしていませんぞ。念のため）。

皮肉なことに、四月六日は肌寒い風が吹き荒れて、夜になるともう冬に戻った寒さとなった。上田さん、西尾さん、それに海戦裁判で証言した関の漁師松本さんも参加されたが、全員ぶるぶる震えながらの花見となった。のりちゃんなんかはヤッケのフードに顔まで包むといった有様。この寒さで桜も五分咲き、花見客はほんのちらほら。おまけに当会には、酒の座をにぎわせる芸達者たちは皆無で、シラケ鳥の唄ひとつうたう者もいないまま……ミジメ、ミジメ……。

豪勢に頼み過ぎた折詰は、ひと折を二人でつつくといったつつましさで、どかっと余ってしまい、もう一度山のように抱えて帰る図のあほらしさ。

「みんな、ぼくの責任です」と、豪華さを強調した松下氏がうなだれる。

当会はエネルギー問題のみならず、器用なレクリエーションを学習する必要があるようです。

一九七八年四月

「過激派」ということ

このところ、電力会社の鼻息の荒さが目立っている。北海道電力伊達火力では、燃料輸送パイプラインの敷設工事を阻止しようとした住民二人が逮捕されたし、北陸電力七尾火力では、海面埋立ての抜き打ち強行着工の阻止にあたった漁・住民一四名を大量逮捕し、九名を起訴するという暴挙に出た。この国においては、電力会社の意思は国家の意思と同義である。

その安全性にいかなる問題があろうとも、手続きにどのような瑕疵《かし》があろうとも、環境事前調査がいかにデタラメであろうとも、電力会社が発電所を建設したいと思えば国家は総力を挙げて後押しを開始する。

「銅は国家なり」といわれた時代があったが、今や電力が国家なのである。

この国で「国家」というとき、それは「時の権力」を意味するにすぎない。

反公害、反開発の視点を持つ者からすれば、この国に「百年の大計」を考えた権力が存在した例はあるのだろうか。

発電所が、原発・火電のいかんを問わず、建設工事の段階からして、不況克服の切札とされ、エネルギー危機が大々的にキャンペーンされているのはご覧のとおりだが、これとても結局はその場しのぎの対策でしかあるまい。

この国ではまだ、権力の側のキャンペーンに乗せられる人が多くて、この危機ともいえる状況にあって、エネルギー開発に反対する者たちは異端者とされ、孤立を余儀なくされている。もし、このまま目白押しの発電所建設工事が進められたとして、そのときに表出する別種の危機に対して責任を負うべき者は誰なのかが問題なのである。

原発に関していえば、放射性廃棄物の処理について安全な方法を見出さぬままに積み上げ続け、エネルギーだけは確保してやったから、廃棄物の処理は考えろ、と押しつけられるわれわれの子孫は、そこで全滅するほかはないのかも知れないのである。

自らと子孫の将来を思い、あえて反対の意志を表明する者たちに加えられる弾圧は、それ自体、力による反対運動圧殺のもくろみを持つと同時に、国法を破る罪人として孤立に追い込むキャンペーンの一環ともとれる。そして、そのキャンペーンが功を奏していくとき、われわれは「民衆の敵」とされていくのである。軍靴の音が響きわたった時代、時の権力の意に添わなかった人々を「非国民」とか「国賊」と呼んだのは、われわれの親たちであった。

ほとんど同じ意味で、今「過激派」という言葉が使われている。三里塚だけで使われているのではない。現地住民を無視して強行される国家の計画に、身一つで立ち向う者は皆「過激派」なのである。つまり、言葉と行動とを分かち得ない者は全て民主主義を破壊する「過激派」として、民衆とは区別され、「民衆の敵」とされるのである。ところがこの国では、「民衆の敵」は常に権力に指呼されてきた。これはちょうど、むこう向きの背中をつついて、振り返った幼児に別の人の仕業と思わせるやり方に似ている。権力が、自らに向けられる視線をそらすための策略の最たるものであるといっていい。

ただ残念なのは、真の民衆の敵があまりに強く、われわれが実力阻止を果たすことはかなりむずかしい。着工以前の段階で敵が諦めなかったとすれば、よほどの場合を除いてこの段階での阻止というのは無理である。

伊達の場合、発電所は建ったが、燃料の輸送をさせないという闘いを展開しているわけだが、こうした戦術がとれるというのは実に素晴らしいと思う。三里塚にしても、開港は許したものの、いつ何が起こるかわからぬという不安をこれからも敵に抱かせ続けていくだろう。

豊前の場合は、海面埋立着工の日に、捨石工事をわずか半日間止めたにすぎず、翌日からの工事は順調にすすんだし、九州電力は何の不安もなく、二号機の工事を進めている。何とも腹立たしいが何もできないのである。われわれにとって、三名の逮捕、勾留、起訴は打撃であったし、公判の維持も楽ではない。こうした弾圧にビクともしない住民運動というものはあるはずもないが、せめて、敵に痛撃を加え得る闘いが欲しいと思う。

その意味で、先日、豊前と中津で自主上映した映画『虹の民』は印象的だった。原発建設予定地に座り込む人々が、そのつど全員逮捕されながらも、三波にわたって参加者を増やしつつ繰り返すのである。第三波にいたっては一四一四名が逮捕されるのだが、彼らは全て、実に気軽に、底抜けに明るい笑顔で「逮捕されに行く」のである。

どこが、どう違うのかまだよくわからないが、われわれの闘いとのこの違いは天と地ほどに大きい。

八十八夜

一九七八年五月

朝夕の冷えこみは早春を思わせ、日中の暑さにはすでに盛夏を感じさせるものがある。額に汗して働き、夕べに机に向うにはまさに絶好の季節だと思うのだが、何しろ日中にくたびれすぎて、宵やみせまる頃には眠くてどうしようもない。

五月は茶摘みで始まる。続いて苗代作り、春田起しと山里の生活はまさに自然と共に移っていく。足元や畦に咲く花もレンゲからアザミ・キツネノボタンと変っていき、キツネノボタンが緑色の金平糖によく似た実を結ぶ頃になると、全ての田が耕されて、水張りを待つばかりとなる。

5月2日

八十八夜とかで、さほど遠くない所に住む叔母二人が、それぞれに新茶を届けてくれた。今朝摘んで、夕方までに仕上げたという。早速入れてもらったが、日頃コーヒーばかりをガブ飲みしている身にも、新茶の香りは何ともいえない。何よりもわざわざ届けてくれるという思いやりがうれしい。生活の場を田舎におくことの余祿である。

5月8日

田植え前

キツネノボタン

女たちは茶摘みに、男は苗代に水を通すための水路整備に忙しい。この日の午後には幹線水路に水が通された。道路わきのキツネノボタンは、黄色い花びらをキラキラさせて今が盛りである。どこに行っても、手の届く所に流水があるというのは人の心を豊かにする。生きるにあたって不可欠のものが、本来の姿で身近にあることからくる安堵感であろうが、山里ではそれは水だけに限らない。

5月20日

店の裏にシャクナゲとエビネランが美しい。いずれもずっと以前に知人から貰ったものらしいが、土地にもよく合っているらしく毎年きれいな花を咲かせる。

茶摘みも終って、田ごしらえのまっ盛りとなった。月末になると、この里の田植えが奥の方から始まるはずである。今年から機械植えにするという人も多く、新品の育苗機を軒下に見かける。さして大きくないものでも五万円というから、モミ播き皿や田植機など一式となると二〇万円は下るまい。

一年のうち、ほんの何日間しか利用されない農機具が、こうして農家の経済を圧迫する。日本の稲作は、農機具メーカーのためにあるようだ。

雨後の山

一九七八年六月

例年のことながら、六月のはじめから中旬まではこの谷の田植えの最盛期である。今年も何人かの人が機械植えにかえたが、それでもまだ手植えをする家の方が多い。

一つの集落が共同で手植えをすれば、少なくとも一週間はかかりっきりである。お互いに昼食と夕食をまかなう習慣があって、一〇人から一五人、多い家では二〇人分の注文を受ける。さしみ・吸物・煮付の三種の場合が多いが、調理と配達が大変である。元気のいいオバサンたちは、共同の分を終えると他集落に雇われてもいく。その場合は協定の日当三〇〇〇円と二食付きとのことである。

田植えが終わると、すぐに集落ごとの水神祭りとなり、これにも魚が欠かせない。山里の人々と多忙を共にするのも、さかな屋の存在意義を確認するのもこの季節である。

自分の時間がなくなるのは辛いが……。

6月9日

津民大橋竣工式の日である。国道二一二号線から、この山里に入るとき、山国川の上流を渡るのだが、これまでの橋より一〇〇メートルほど下流に、昨年九月に着工した橋である。

津民豊前線なる道路工事の一環なのだが、こうして拡幅、舗装された道路は山里には似合わな

田植え

津民大橋竣工

い。それにしてもこの竣工式は大掛かりで、地区ごとに分担したが、赤飯二〇〇人分、投げ餅は一石分にのぼったという。餅投げには、多忙な農家の人たちが参加できず、近くの人だけだったらしく、一抱えずつも拾ったと話していた。

梶原鮮魚店には、親戚の町会議員を通して、お供え物にするという鯛一尾の注文があった。

6月25日

何ともあわただしい一カ月だったが、この日は生家の田植えの応援に出掛けた。子供の頃にはほとんど経験してなくて、ここ二、三年、それも一年にわずか一日のことなので上達しない。

横で植える近所のオバサンのスピードには遠く及ばないが、楽しい一日ではあった。久し振りに兄弟が集まり、一緒に食事をするのもこんなときしかない。年齢のせいか、今年は翌日になって体のあちこちが痛く、さかな屋は休業してしまった。

6月30日

水神祭りの効能か、この頃よく雨が降る。雨の日は泣きたい思いで商売に出掛ける。合羽を着れば運転席がビショビショになるし、かといって傘をさしてもやりにくい。

「雨の中をよう来てくれたなァ」といいながら、傘をさしかけてくれるおばあちゃんに慰められたり、かなりの速さで流れる霧に、刻々と様相を変える風景に見入ったりしながら、耐えている。雨上がりの夕方、遠くの山が少しずつ姿を見せるのが美しかった。

スズキ

一九七八年七月

早いもので、さかな屋になって三度目の夏である。魚種が減って、仕入れがやや苦労なのはこの時期に特有のものでもう慣れたが、今夏の猛暑には閉口している。何せ、商品がナマ物なので、仕入れが終ると同時に何かに追いかけられるような気持になってしまう。店に着いて早目の昼食をとり、電話で受けた注文の仕分け、毎日調理して配達する数軒のために、魚種とそれぞれの調理方法を指定したメモを母に渡し、その分の魚を下ろして、さて行商に出発というのが正午近くで、それからほぼ日没までの炎天下が本番となる。

満四〇歳と九カ月という年齢のせいとは思いたくないが、この頃は週の中頃、特別注文のない日を選んで一日サボるようにしている。当然、翌日の行商で客たちから文句が出るが、「オフクロがきつがるもんですから」といいわけをしている。

7月5日

どこかの国の絶世の美女にたとえられる合歓《ねむ》の花が盛りである。花が咲いてはじめてその存在に気付くものの一つで、わりに数も多い。

色も姿も美しいが、それよりもそれが持つ雰囲気の優しさの方に魅かれてしまう。絶世の美女が常に心優しいのかどうかは知らないが、もしそうでなく、外面の美しさだけでたとえられたとすればこの花に気の毒である。そんなことを考えながら、ほんのちょっと車を停めて藪に分け入り、カメラアングルをきめてシャッターを切る。

あゝ、これで「さかなやの四季」の一段が書ける。

7月14日

麦茶をビンに詰め、氷の中に埋めて行商に出るのだが、それでも足りずに途中の農協で牛乳を半リットル、さらに次の駄菓子屋でアイスクリームとなる日が多い。客との話題も自然この暑さに集中する。昼寝の夢をさかな屋のクラクションに破られて、「あちぃなァ、目がまおうごたる」といいながら家から出てくる。そんな日にススキの一むらに気付いた。もうすっかり穂を出している。この穂が白く枯れる頃にはもう秋である。

「なあに、おてんとさまは人を殺さんちいうよ」といった老人もいた。

7月25日

仕入れを控えたために早目に終わる。前から一度見たいと思っていた耶馬溪ダムの工事現場に出掛ける。店から車で一五分ほどの距離である。

大型の土木機械が山頂近くで動き回り、見事な自然破壊ぶりである。水没予定地帯から追い出された人々が、下流に豪華な、まさに邸宅と呼ぶにふさわしい家を新築中で、誰それは何億円の補償金を受取った、などという噂はわが商圏にまで届いている。工事事務所でもらったパンフには「……一方北部九州水資源開発、周防灘開発構想等が検討されている折から、一段と水開発の必要性が唱えられている」とある。

豊前火力発電所が稼働し、ダムの建設が進んでいて、周防灘総合開発の凍結が解かれない保証もない。

当会の消夏法

一九七八年八月

特集「クーラーを拒否してすごすわれらの夏」にちなんで、毎週木曜夜のわが家の離れにつどう学習会（大体、夜八時から一一時まで）のクーラーなしのしのぎかたを御紹介いたします。

まず、わが家の離れ（といってもこれも借家）の構造ですが、メンバーは南西の上り口から入って来て、四畳半と六畳の二部屋に並べられたテーブルの周辺に腰をおろします。一番奥にもう一つ四畳半がありますが、これはほとんど物置となっています。しかも、この部屋は窓が高く、ここからは風が入って来ません。北東の側にこの家の玄関があって、開けてはありますものの、風よりむしろ蚊の入り口となりまして（中津はまだ自然が豊かなせいか蚊も多いのです）蚊取線香は三カ所か四カ所焚かなければなりません。

わが家に一台ある扇風機を使ってみましたが、資料や灰皿の灰が飛んだりするわりには涼しくなく、九大の坂本さんがすぐ鼻をつまらせるのでやめました。そのかわりにウチワを用意しています。それと氷で冷やした麦茶です。以前テント小屋で使っていた麦茶冷やし（一〇リットル）に用意します。ほかにはシャツをぬぐとか、勝手に汗をかくとかしてもらっていますが、時にはポリタライにかち割りを入れてスイカの二つ割りを浮かせてテーブルに乗せたり、魚市場で仕入れたトコロテンを氷漬けにしておいて食べてもらうこともあります。

　この前の木曜日は氷とトコロテンだけを仕入れて休業し、朝から冷やして持っていたのに、「これ、売れ残ったの？」などとほざいた人がいました。

　しかし、学習会での最大の消夏法は、こうして皆が集まってしゃべり合うということにあるようです。一人では暑くてゲンナリするのですが、皆で汗をかいていると、わりとしのげるものです。特に、筑摩書房倒産でしょんぼりしている松下氏を皆で残酷にからかったりしていると、一刻暑さを忘れるようです。

四年目の夏の父と娘の対話

一九七八年八月

父　梶原得三郎（四〇歳）
娘　梶原玲子（一三歳）

父　玲子、今日はなんの日かな？
娘　今日は、八月一九日でしょ……なんの日って？……
父　ほら、四年前の夏……。
娘　あっ、おとうさんが釈放された日やら。

保釈時の筆者と娘

父　かあさんがいつも出所《デドコロ》記念日なんちゅうおかしないいかたをしよる日だな。ちょうど、あれから四年目じゃら、あんた、何年生じゃったんかな。

娘　小学校三年生。

父　そんなに小さかったかな。考えてみれば、おとうさんはこれまで、あんたとあのときのことについて、ちゃんと話し合うちゅうことがなかったな。もう、あんたも中学生になったんだから、いろいろ考えることがあるやろ。それで、少しふりかえってほしいんじゃけど、四年前の夏の朝、あんたが眠っちょる間におとうさんが門司の海上保安部の保安官に連れて行かれて、そのまま四七日間勾留されたんだったな。おとうさんが、そういう所に連れて行かれちょるちゅうことを、あんたが一番先に知ったのは……誰から聞いたちゅうたかな？

娘　えーっとね、豊前の海岸でね、集まりがあったんよね。それで、誰やったか知らん、前に出たおじさんが報告しよる中で、そういうことをいうたけ泣きだしたんやら。

それまではね、おかあさんからね、ほかの所でね、そういう公害の問題のことをそんなに、こっちみたいに運動とかそんなふうにやってない、知らない人たちに、そのことを教えに行っちょるきちゅうふうに聞いちょったんやら。

父　ああ、ああ、そげぇいわれちょったんやな。

娘　わたしも本当にそれを信じこんじょったきな、学校の友達二、三人にもそういうふうにいうたことがあるんやら。

父　豊前の集まりで、逮捕ちゅう言葉を聞いて、泣き出したんやろうけど、そんとき、逮捕ちゅう言葉の意味はわかっちょったんかな。

娘　ほら、テレビドラマとかで犯人が逮捕されるやない。だから、おとうさんが逮捕されたと聞いたら悲しくなって、それで泣き出した……。

集会の終わる頃、ふとすすり泣きが聞こえて振り向くと、すぐ後ろで「アホタニさん」の胸に顔を伏せて、れい子ちゃんが激しくしゃくりあげている。彼は、私に弱った表情をみせて目配せした。私は瞬時に悟った。

集会の中で、市崎由春さんが得さんの逮捕と長期勾留の不当性を報告したのを、れい子ちゃんが聞き、これまで伏せ続けてきた事実を知ってしまったのだ。いつかどんなはずみかで必ず分かる日がくるんだから早く事実を話しておくべきだと私は和嘉子さんに勧めていたが、七月末には得さんが帰ってくるかもしれぬと期待をつないでいた彼女は、ついれい子ちゃんにいいそびれて事実を隠し続けてきていた。聡《さと》いれい子ちゃんのことだから、本当はもう薄々と察していたのに違いない。

市崎さんの報告が始まって、すぐに泣き始めたのだという。

「なあ、なあ、れい子ちゃんちゃ。どげえしたんで、なし泣きよんのんちゃ?」

健一と歓が、泣きやまぬれい子ちゃんを覗きこむようにして、不安そうに問い続ける。

（松下竜一著『明神の小さな海岸にて』朝日新聞社より）

父　おとうさんが逮捕されちょるちゅうことをあんたが知ってしまったんで、おとうさんが拘置所の中から、あんたに手紙を書いたことがあったな。
娘　うん。
父　でも、小学校三年じゃ、おとうさんの書いた意味は、あんまりわからんじゃったかしらんな。
娘　うん、やっぱり、あの、公害のことでそんな運動をおとうさんがしよるちゅうのは知っちょったけど、深いことはわからんかったからさ……その証拠に、わたしが書いたおとうさん宛ての手紙は、おみやげのこととか、あんなことばっかし書いちょったでしょ。だから、逮捕の深い意味ちゃわからんかったと思うんよ。

＊

おとうさんお元気？　わたしはとても元気です。

おみやげのことですが、小倉でかったのは、リカちゃん、スーパーマーケットとリカちゃんのママです。だからおとうさんからのおみやげは、わたしは人生ゲーム、それがなかったらふた子の赤ちゃんのへや。あや（玲子の従妹）はふた子のあかちゃんのうば車だそうです。

おとうさんのいるへやにはハトが来るそうですね。だからおとうさんの食事がもしパンだったら、少しのこしておいて、それを小さくしてハトにやればいいと思います。そうすればハトと友だちになるかもしれません。


（獄中の父へのれい子ちゃんの手紙の一部より）

＊

父　ほんなら、今ね、あれから四年たった今になってね、おとうさんが逮捕されたこと、又逮捕した人たちのことで、あんたは別の見方ができるんかなあ？

娘　おとうさんたちが船で行って止めようとしたことは聞いたきね、それを全然わるいことだとも思っていないし……おとうさんたちにとっては、あたりまえなことと思うんよ。だから、逮捕した人たちは、なぜ逮捕したんか……わたしはその人たちのいいぶんを聞いてないけど……よくわからない。

父　そこでね、あんたは今、おとうさんたちにとってはあたりまえなことというたけど、じゃあ、あんた自身にとってはどうなの？

娘　私にとってもね……おとうさんたちみたいにくわしくは学習してないけど……海を埋めることは反対だから、おとうさんたちが止めようとしたことをわるいとは思ってないし、賛成なんよ。

父　要するに、工事の船に乗り込んで行ったら罪に問われるちわかっちょりながら、なぜおとうさんたちがそうしたのか……その、わけじゃらね、問題は。そうじゃろ？

娘　うん。

父　あんたが日頃のおとうさんを見ちょってな、たとえばよその全然関係ない人の家に無断であがりこんで行くようなことをする人間かとか、わけもないのに人の船に乗りこんで行ったりするかちゅうことは、ふだんのおとうさんを見ちょってから、わかるやろ？

娘　うん、うん。

父　よほどのわけがなけりゃ、そげなんことせんじゃろち思うやろ？

娘　うん、思う。

父　それだけのわけがあったから、したちゅうことじゃらな。ところが、おとうさんを逮捕した人たちは、そんなことは考えない。ただ、法律にこう書いてあるから、おまえのしたことは法律に違反しているちゅうんじゃら。

あのとき、九電に雇われて、石を捨てに来た人たちは、門司から来たんよ。その人たちは、そのことでお金をもらうわけだ。だからその人たちにしてみれば、自分たちがお金をかせぎよるんを邪魔されたち思うわな。

だけども、人間は何をしてもそれでお金もうけさえすれば正しいかちゅうと、やっぱあ、そうじゃねえわけじゃろ？

娘　うん。

父　ほかの人に迷惑をかけるようなことをしてお金をもうけたら、それはやっぱりいいことじゃないと思うし、おとうさんはそんなことしたくないし、人にもそうはさせたくないち思うんよ。特に大きな迷惑を与えることがわかっちょるような場合にはね。

だから、ここがむつかしいところじゃが、法律をきちんと守ったら世の中がまちがいのない世の中になるかちゅうと、そうじゃないちゅうことがあるんだな。

娘　誰かがそういうことをせんとな、法律ばかりにさ……法律にそむくからちゅうて、誰もそれを止めんやったら、法律は守られるやろうけど、本当に守られんとならんことが守られんことになると思うんよ。誰かが止めるべきだと思う。

父　うん、そうするとな、法律を破るちゅうことは、要するに逮捕されることにつながるわけじゃら。普通の人は逮捕されるちゅうのはいやだし、長いこと拘置所に入れられるし、そんなことすると、まわりの人ちゅうのは、あんまり深い意味も考えずにあの人は逮捕されたとか、留置場に入っちょるとか、犯人扱いして、家族が世間に対して肩身のせまい思いをせなならんちゅう、そんなところが今の世間にはまだあるわけじゃらな。

娘 うん。うん。あのときわたしは小さくて、そんなとこまで気づかんやったけど、おかあさんはつらかったと思うんよ。

父 だからね、法律を犯してもこうせならんと思うても、やっぱあ、なかなかできんと思うんよな。

娘 うん。うん。

父 だから、そういうときに、誰かがこれを止めんとと思いながら、自分は逮捕されたくないからと、これをせん人と、それから、おれは絶対に法律を守って生きて行くんだと考える人……つまり、海を埋めることより、法律を破る方がもっとわるいと考える人もおるかもしれん。そうすると、逮捕されてもそれを止めようとする人ちゅうのは……あんたが考えてな……あんたもこれから大きくなって、あんたなりの生き方を行くわけじゃが、どこかで、そういうことにでくわした場合、自分としては……今、考えて、すぐわかるわけじゃないかもしれんけど……自分としては、どういうふうにしたいとか考えることはある？

娘 もし、わたしがそういう場面に直面したら、やっぱりおとうさんと同じことをやってたと思うわ。今、いうきな、ほんとんときにどうかわからんけど、そうするやろうち、自分で思うんよ。

父 そうするやろうち思う……ちゅうのでは、なんかまだちょっと弱いいいかたという気がしてな。もし、そうせんやったら、自分自身に対してはずかしいとか、そうせならんと思いながらそうしきらんやったら、それからあとを生きてゆく自信がなくなるとか、そういうことまで含めて考えた場合、あんたは、どの程度に考える？

娘 うーん（考えこむ）。

父 たとえば、最近のあんたは、テレビの『おていちゃん』（女優・沢村貞子の半生を描いた、NHK連続テレビ小説）を観よるんやろ。

娘 うん。わたしはあれを見よってもね、わたしがおていちゃんの立場じゃったとしてもな、ほんとに自分は全然わるいことなんかしてないんだと信じていたら、逮捕されても耐えきれると思うんよ。だから、おとうさんたちが法律をおかしてもやったんは、そうすることの方が正しいんだと確信があったんだからやれたと思うんよ。

今いえることというのは、そんなにないけど、もしわたしが大きくなってそんな場に立ったとき、自分の考えに対して自信をもってわるいことじゃないといえるんなら、どんなことでもするんじゃないかなあと思う。

父 要するに、法律ちゅうのがあるわな。その法律ちゅうのは、神さまがつくったとかなんとかじゃないわけじゃら。つくった人たちがおるわけじゃら。決して、日本の国民一人一人が全部、法律を決めるときの話し合いに加わって決めたわけじゃない。やっぱあ、ほんのひとにぎりの人たち……そんなときに政治にたずさわっている者とか、その政治家に対して陰で大きな影響力を持っている財界とか、そういう人たちが中心になってつくったものなんじゃら。そうすると、その人たちにとって都合のいい法律になってしまうことが多いわけじゃら。法律が決まってしまうと、それを守れちゅうけど、それを日本人の全部が守ったときに、ほんとにみんながしあわせになるかちゅうと、どうもそうじゃないところがあるわけじゃら。

それはどういうことかというと、あんなふうに、もう日本ではわずかになってしまった自然海岸を埋めることが、今の日本の法律では許されちょるやろ。それはなぜかというと、海を埋立てて工場を建てるのが一番安上りで、もうかるから、そういう財界の意向で法律が決まるからだ。そして、いったん決まれば、埋め立てに反対する者の方が法律を犯したとして、逮捕されることになる。

だから、法律というものが、全部の者に本当に一番いい形で決められちょるかちゅうと、そうじゃないちゅうところがある。それを考えにゃいかん。

娘 うん。

父 それからもうひとつは、何かを自分がやるときに……こうすることが一番正しいんだと思いこんだらな、なんでもやっぱあやらないかんと思う。じっくり考えて、これはこうすべきだと思ったら、それはやらないかん。その結果、逮捕されても、びくともせんという気持を持たないかん。

娘 うん。

われわれの今回の行動は、これまでに述べました背景の中で、無法にも頭上にふりおろされる白刃を素手で防ごうとしたにすぎないものであります。したがって、単に二、三の行為だけを切り離して裁くことはできないと思うわけであります。その背景に十分な検討を加える中でこそ、審理を願いたいと思うものであります。

さらに、はなはだ僭越ながら、本裁判の意義を構成員の一人一人が、いま生きてある者の一人として、どうすれば先祖から受け継いだこの自然を、これ以上汚さずに子孫に引き継ぐことができるのかを真摯に探る場とすることにおいていただきたいということであります。

本年七月、仙台で開かれた第一四回先天異常学会総会では「先天異常児の増加を防ぐには、遺伝の側面から対策をとるよりも、環境の悪化をくいとめることこそ緊急で、しかも実効のある方法である」との意見が強かったといいます。

私も一人の子の親として、親の意志だけで生まれて来る子の、その健康な生存環境を破壊するもの、またはその破壊に手を貸すものに、子連れ心中や幼児殺しをとがめる資格は全くないと考えます。

最後に、われわれは現実には被告でありますけれども、しかしその志は、未だ経済発展が善であるとする現代文明の根底を、人間の名において告発する原告として本裁判に臨んでいることを明らかにしておきたいと思います。

（梶原得三郎が拘置所内で書いた、意見書の一部より）

父　たとえば、『おていちゃん』の場合、自分のしたことをわるいことだとは思えんちいいよるわけじゃろ?
娘　うん、おていちゃんは直接政治運動にかかわってなかったけど、あの人のダンナさんの戸川さんがね、それにかかわっちょって、おていちゃんはそれを深く知らんかったけど、でも、自分は戸川さんについて行こうと決心しちょったから……。
父　それだけでなく、戸川さんのやりよることは……。

娘　人間として正しいことをしちょるち信じちょったから……。

父　だから、その人のことを手伝って逮捕されても、そのことがわるかったとは思わんわけじゃろ。そういうことなんじゃらな。自分だけがよかれと思うて何かをする人は、どこかで間違いを犯すわけじゃらな。他の人を犠牲にすることで、自分がしあわせになろうとしてはいけない。自分を犠牲にすることで人をしあわせにするちゅうこともあろうし、やはり一番いいのは、自分もしあわせになるし、みんなに迷惑かけんし、しかもみんながしあわせになる、そんな方向が一番いいんじゃら。

そういうことをきちんとしていけば、それで逮捕されてもしかたがない。

それから、話は少し変わるけど、おとうさんは高校を卒業してから、小倉の住友金属に一八年間おったわけじゃけどな、そのまま働きよれば、経済的には今より楽だったと思う。そういうことについて、あんたはどう思う？

娘　うーん、別に……おとうさんが持って帰るお金がもっと多かったとしてもね……それより、やっぱりおとうさんらしい生き方をしているおとうさんの方がいい。今のさかな屋のおとうさんの方がいい。おとうさんは、あのとき、住友金属を自分でやめたの？　それともやめさせられたの？

父　うーん（たじろぐ）……形の上では依願退職で、自分からやめたことにしてるけどな、実質はやめさせられたといっていいな。何かをして警察に逮捕されたら、いつでも会社はクビを切ることができるちゅう約束を、組合と会社の間でしちょるわけじゃら。だからおとうさんは逮捕された時点でクビになっても文句はいえん。それに文句をいうなら、そのことでもひとつ会社を相手にクビ切り反対の裁判をせなならんじゃったんじゃら。

娘　うん。

父　でも、その裁判を起こしておとうさんが勝つかどうかわからん。でも、おとうさんは、本当はそれをしたかったんじゃら。こんな労働者を一方的に切捨てる規約はやめさせせんといかんからな。……しかし、そうやってクビになるとな、これを懲戒解雇というんじゃが、それになると、退職金が貰えんのじゃら。

おとうさんが一番心配したのは、おとうさんはこれまで貯金なんか全然しちょらんじゃったし、これで退職金も貰えんとなると……もし、会社を相手に裁判しても長い時間かかるわけじゃら……やっぱあ一番心配したんは、おかあさんやらあんたのことなんじゃら。それから田舎のじいちゃん、ばあちゃんのこともあるし……そらぁ、おとうさんが一人なら、出所してからどうでもなるけど……そんなこと考えると、今退職金がないと、ま、それがわずかな額の退職金にしても、それがないとニッチもサッチもいかんなあと思うて、会社から自分でやめるかどうかち突きつけられたときに、ハイち答えてしもうたんじゃら。それは今でも、おとうさんの中にくやしさとして残っちょることなんじゃら。

でも、わずかながら退職金と失業保険があったから、四年前の八月一九日に出て来てから、さかな屋になるまで一年と三カ月、なんとか働かんでもごはんを食べることができたし、自動車の免許も取れたし、オンボロながらクルマも買えたわけじゃら。それでもとうとうお金がのうなって、さかな屋になったわけじゃけどな……。

だから、おとうさんがあのとき、明神の埋立を黙って見ちょけば、今でも住友金属の社員であったろうし、そうすれば、今より沢山のお金をおとうさんは貰って帰ってるわけだ。
そらぁまぁ、あんたが日常的に困るほどに貧乏しちょるわけじゃないけど、あんたの友達の中には、もっといろんなものを買ってもらったりしちょる人も多かろうし、そんな人と較べて、あ、あのとき、おとうさんがあんなことさえしなけりゃ……ちゅうようなことを、チラッとでも考えるようなことがないかどうか。
娘 ない。わたし、そんなに買いたいものなんかないもの。おとうさんが、そんな会社のきまりにびくびくしながら生きているより、もうけは少しでもさかな屋のほうがいいもん。
父 さあ、おとうさんのさかな屋がいつまで続くかわからんのやけど、ま、いつまでたっても貧乏の方は続くやろうな。
娘 平気よ。
父 あんたにそういうてもらうと、おとうさんも勇気づけられる。
ほんとはもっともっと、あんたに話したいことがありそうで、それがどうもうまくいえん。あんたが、もう二、三年もしたら、松下のおじちゃんが書いた本を読めるようになるから、『暗闇の思想を』とか『明神の小さな海岸にて』とか、『五分の虫、一寸の魂』とか『環境権ってなんだ』とかを読めば、今、おとうさんがいいたくてうまくいえないことが、みんなその中に書かれていて、あんたにも理解されるち思うんじゃら。
その意味では、おとうさんはあんたの成長を愉しみにして待っとるといえるな。
娘 うん。早く読めるようになりたい。

栗のイガ

一九八七年八月

盆を過ぎて、さすがに明けがたの涼しさは格別となったが、日中の残暑はまだ少しも衰えていない。こうした暑さのせいでもあるまいが、盆休みのあとの中津魚市場には極端に魚が少ない。商圏のうち、奥の方三分の一には行けない日が続いている。途中で保冷庫が空っぽになってしまうのである。その部分は三人のさかな屋の競合する範囲でもあり、他の二人が行くので何とかなっていると思うが、梶原鮮魚店の車を待っていてくれる人のことを思うと何とも申し訳ない次第である。

夏の暑さが異常だと、それはまた冬の異変と相関関係があるという話を聞いたことがあるが、そうだとすれば今度の冬はどういうことになるのか。興味八分に不安が二分ほどといったところである。ともあれ、自然の営みは人間の思いなど忖度《そんたく》はすまい。生かすも殺すも任せておくか。

8月5日

毎日、「お暑うございます」より他に挨拶のしようがない。それでも道路わきの畑でトウモロコシの実がふくらみ、農家の庭先に柿の枝がたわみはじめている。こうして目につくものはまさに初秋を思わせる頃となった。

暑いといい、寒いというのも考えてみればしばらくの間のことである。

梅の実が瓶や桶の中で紫蘇に染められるこの頃、ハタンキョウ（すもの一種）がおいしい。どこの家でも、最近の子供たちは木の実など食べようともしないという。ありとあらゆる木の実を賞味した体験などを持つのは、われわれの世代が最後かもしれない。

8月13日

日曜日だが、明日から魚市場が四日間盆休みとなるのでセリを開いた。四日間さかな屋が来ない。おまけに墓参りに帰る身内を含めて来客はあるということで、どの家も相当量を買いこむ。

何をどれだけ仕入れるべきかで苦心はしたが、さすがに三年目ともなると要領も身についたらしく、客の要求量にピタリと一致した。

8月18日

四日間はアッという間に過ぎて再びさかな屋稼業に逆戻りである。わずか四日のうちにこの谷の稲はもう穂を出していた。クジュウという品種だそうだが、聞くところによれば、これは早生種に属するそうである。山あいの地に適する種なのであろう。

もう栗の実も大きくなっており、さわれば痛いほどにイガも固くなっている。

道路改良工事

8月27日

この谷の中間あたり、ほぼ一キロほどの道路が昔ながらのもので、狭く、曲っていて未舗装だったが、ついに改良工事に着手した。来年三月三日までの工期である。町内の土木業者で、地元のかあちゃんたちが多く働いている。

現場の責任者から氷の注文を受けており、毎日二貫目（七・五キロ）を回しているが、この暑さの中での道路工事である、氷水は欠かせないのであろう。

一〇回目あたりで、「いくらになるか計算をして下さい」といわれたが、考えた末、「魚市場で安く買えるものだし、お金はいりません。今後も必要なだけ使って下さい」と答えてある。

一九八七年九月

事故死

さすがに九月も中旬を過ぎると涼しい。道路わきや田の畦に、マンジュシャゲが満開となり、栗が落ちはじめて秋を実感している。夏の間聞くこともなかったイノシシの話も、夜の間に落ちたクリはやられてしまうとか、稲田の周囲にシシよけの電線を張ったとか、悪評ながら話題になりはじめている。

一〇月になれば取り入れが始まって、この谷の人々は多忙となる。

そのためもあって、春に迎えた収穫の神を送る「社日祭り」が、この中旬から下旬にかけてとり行われている。集落ごとに集まって一杯飲むだけのことだが、魚の方は梶原鮮魚店に注文が集まる。

それはともかく、こうしてきちんきちんと節目をつけて、山里の営みは季節を迎えては送っていく。こうした習慣は稲作が続く限り絶えることはあるまいと思うが、しかし、古老によれば、昔とはずいぶん変わったという。

9月5日

山側の田は、全てイノシシよけの電線が張られて、夜の間は電流が通される。一体、イノシシがこんなに増えたのはいつ頃からのことであろうか。これは私の感じだが、炭焼きがさかんだった頃までそんな話を聞いた記憶がないから、雑木林が根こそぎ木炭にされたあと、杉や檜が植えられて、人が山に入る機会が減り、また、植えられた木が相当に伸びてイノシシたちの生活圏が広くなり、そんなことが繁殖を促したのであろう。とはいえ、人の口の端にのぼるときは必ず害獣としてである。

まだ野生のものを見たことはないが、西瓜模様の子を四、五匹も連れた一家を一度見たいと思っている。

9月16日

昨日の台風で、この谷の稲田は軒並みべったりと倒れてしまった。

今はもうどの家も鎌では刈らず、少なくともバインダーである。

「この倒れ方じゃ、とても機械は入るまい」と久し振りに鎌で刈り取る覚悟をした人が多い。今年の秋はこの谷の農家にとって相当きついものになる。一度機械に頼った後、再び人力に戻るのは大変なものだろうに、こちらが気の毒がるほどには苦にしていないふうである。まだ山里の人々は自然の前に敬虔なのであろう。

ベタ凪ぎの海のように倒れた稲の横で、直立したマンジュシャゲが今盛りである。そのとり合わせが何ともおかしい。

9月20日

前日の夕方から降り続いた雨は、この日の明け方になってようやく止んだ。

この谷に入って最初に車を止めた所で、耶馬渓ダムの工事現場で土砂崩れがあり、五人が生埋めになったことを聞く。次々に通りがかりの人がニュースを伝えて来て、店に着いたときには、そのうちの二人が死んだという。死者の一人はこの谷の奥の人で四三歳の女性、いつも私の魚を待っていてくれる家の若奥さんである。その家の隣りが私の親戚にあたる家で、よく一緒にお茶を飲んだり話したりしている。

そんな身近な人が思いがけない事故で命を奪われたと聞いて、気が滅入ってしまった。この日は、どこに行ってもその話で持ち切りだったが、誰一人として「殺された」とも言わないし、そんな雨のあとに作業を見合わせなかった工事責任者を責めようともしないのが不思議でならなかった。

夕方になって重傷の一人もついに絶命して、結局三人の命が奪われた。

製鉄所に働いていた頃、「労働災害による事故死」というういい方で労働者が殺されるたびにこみ上げてきたものと同じ怒りを覚えて、終日不機嫌な表情で商売を続けた。

ほとぼりも覚めないうちに工事は再開され、続行されることであろう。

現場監督に指示されれば、また危険な作業にも従事することであろう。何しろ純朴で、働かせてもらっているとしか考えられない人たちなのだから。雨のあとは休むようにいっては廻ったが。

過疎進行

一九七八年一〇月

一〇月の初めにほぼ満開だったコスモスは、稲が刈られ、干されて脱穀も終わった今もまだ花をつけている。

中旬を過ぎて、急に山の紅葉が目につきはじめて、里人の姿が田んぼから消えてゆく。

見ている限りでは、農作業の合間に賃仕事に出掛けるというのではなく、全くその逆である。女たちは刈り取りを始めてから、モミ摺りを終えるまでの間も、一週間と続けて賃仕事を休むことはなかった。

そんなにまでして稼ぎに出ても、やはり家計を支えることで精一杯という感じである。何しろ現金なしでは一日も過せないという点ではどこに住んでも同じことになってしまうのだから。

山里の生活も、最も大自然の営みに密着しているように見えながら、人の心を変えずにはおかない。人間にとって、金銭に振り回されるほど惨めなことはないと思うのだが……。

山里のコスモス

10月1日

二五年ぶりに母校である小学校の運動会を見に行く。児童の数も少なくて、プログラムのうち約半分はPTAの出番である。それもほとんど同じ人たちが出場するので、ゆっくり休むひまがない。一緒に見ていた兄の同級生に誘われて、ついに運命競争（借物競走のような競技）に引っ張り出される羽目になった。

聞くところでは、もう一つ奥の小学校では、プログラムに「区民運動会」と印刷され、中に小さく「小学校を含む」とあったという。これも児童数の減少がもたらしたものであろう。

そういえば昭和二八年に町内の中学校が統合されて五校が二校になったが、いまは一校だけである。役場に働く知人は、町内人口はまだ減少中という。

10月16日

どの家も取り入れの真最中で、電話で注文を受けての調理配達が多い。

普段は他のさかな屋で用を足している家からも注文があって大変な忙しさである。何しろ地付きのさかな屋は一軒しかないのだから、こんなときの責任は重大である。そんな思いを察してくれるのか、配達に行くと代金のあとで、何かしら手土産を差し出すのである。それは実に多彩で、柚子・栗・柿・ザクロ・生シイタケ・マツタケなどであり、時には自家製のおはぎや饅頭であったりもする。差し出されるものが何であれ、こちらの誠意を理解してもらえたことが嬉しくて、有難く頂戴することにしている。贈収賄とは全く無縁の授受はたしかに気持のいいものではある。

ほとんどの家がモミ摺りまでを終えて、山里の秋も一段落である。

急に色づきはじめた落葉樹は、それこそ身近にいっぱいあるのだが、人々はさほど気にとめるふうもない。そんなことばかりを話題にする風変りなさかな屋に教えられて山に目をやり、「ほほう、大分色づいたなァ」と合槌を打つ程度である。

豊かな自然と人間とのかかわりというのは、やはりこうしたものであろう。

それがいつでも周りにあり、その中に身を置いているだけで殊更意識せずとも安心なのであろう。だからこそ、それが喪われた後にしか気付かないということになるのであろう。そこで気付いても、もう手遅れなのだが。

一九七八年一一月

稲積《とうしゃく》

朝夕の冷えこみが厳しくなって、霜のひどかったことや洗面器に薄氷の張ったことなどが話題に上る日がある。紅葉もすでに盛りを過ぎて、樹々は冬に向かって身仕度を整えはじめた。

一一月も中旬に入って集落ごとの秋祭りも神楽囃子で始まった。この秋祭りで、さかな屋になって丸三年である。少なくとも三年間は音を上げずに頑張って、その上で転職すべきかどうかを考えるつもりで飛びこんだ世界だが、昨今の状況では、ここ当分はさかな屋でいるよりほかはなさそうである。

夕方の配達を終える頃には、満天に星が輝き、それから保冷庫の洗浄、収支決算をすますと、もう八時が近い。

体力の消耗も相当程度だが、何とか続けられるのも山里の人々の暖かさと、移り変わる季節を目のあたりにできるしあわせがあるからであろう。

今は麦播きの真最中である。

11月4日

ちょっと本道をはずれると、道一杯の落葉である。風に乗ってきた葉がフロントガラスを辷《すべ》ってワイパーにひっかかったりすることもあって、いい風情である。

木枯らしに舞い落ちる葉を撮りたいと思うのだが、何度もそれを見ながらついに果たせなかった。

小学校に働く若い女性が、魚を買いに来る。調理を待ちながら、「梶原さんはまだ裁判をやってるんですか」という。聞けば、北九州市に住むMさんの姪に当る人で、大学にはMさん宅から通い、その頃一度傍聴したことがあるという。この山里で、そんなふうに話しかけられたことに驚いてしまった。

11月15日

今年は柿の豊作で、渋柿などは誰も手を出さない木がたくさんある。もうほとんどが熟柿で、カラスも食べ飽きたらしく寄りつかない。

柿の枝は、下から見上げるときなかなか面白いものがある。それこそ毎日見るものなのに、山里の風景には飽きるということがない。

テレビはおろかラジオもない中で、手作りの遊びをしたわずか三〇年前、私の周りにあったのもやはりこうした風景であり、その中に身を置くだけで安堵するのである。

荷馬車が通り、その轍《わだち》の他は草一杯の道路だった。この国が、あの頃まででいい、後戻りはできないものか。

11月24日

この頃は、「お寒うございます」が朝の挨拶である。

霜のおりたという日、小高い集落から見下ろせば、まだ残っている紅葉を除いて、まさに初冬の趣きである。

稲株だけの田んぼのあちこちに稲積が立ち、もう強くはない日射しの中で見る風景には、そこに雪があったとしても何の不思議もない。

一二月に入れば一段と寒さも募ることだろう。四年前、共に夏の盛りを拘置所で過した佐賀関の西尾勇さんは、今また勾留されている。しばらくは面会にも行けそうにないが、風邪など引かずに元気で過ごしていて欲しい。

炭焼きガマ

一九七八年一二月

一一月の終りに、初雪とも呼べないほどのものが降り、この里でも高い山の頂を白く染めたが、そのあとは小春日和ともいえる日が続いて、好天の日中などには汗ばむこともある。

落葉樹は全ての葉を落とし、水は澄み、道端に霜枯れた草の葉が日立つようになって、このまま冬に突入するのかと思わせながら、何をためらっているのであろうか。

集落ごとの秋祭りも初旬には終って、今はやれ一息というところである。年末になればまた、何日か忙しい日を過ごさねばなるまい。

さかな屋としては四度目の師走のはずなのだが、ややこしい注文を受けたりもすることになるので、今からやり切れない思いをしている。

店の裏山には、例年通りイノシシが出没しはじめて、調理の残滓処理に全面協力を約束してくれたことだし、あと半月頑張るか。

12月5日

紅葉の時期と落葉した後に特に目立つものの一つとして、ハゼの木がある。今は実だけを残しているのだが、ちょっと離れてみると、ハタオリドリの巣にそっくりに見える。とはいっても本物には写真でしかお目にかかってはいない。

子供の頃、この時期になると「ハゼの実取り」の男たちが来て、大きな麻袋に入れ、車に積んで行くのを見かけたものだが、昨今ではそんなこともなくなった。和ロウソクの原料にするということだったが、ロウソク業界もそんな手間と暇はかけられなくなったのであろう。

そうすると、ロウソクを使ってさえそれは石油に依存していることになる。

12月13日

この里に寺が二つあるが、一方の住職が車にハネられて死んでしまった。

事故現場は名勝青の洞門の対岸で、ごく最近、旧耶馬渓鉄道の線路あとを拡幅舗装し、バイパスとして開通したばかりのところである。

六八歳ではあったが、元気な人でバイクで走り回っていた。

相手の乗用車は、当日免許証の交付を受けたばかりの女性が運転していたという。細かい原因はともかく、道路を広げ、舗装し、バイパスを作ることによって、かえって重大事故を増やしているように思えてならない。

そんな悲しい出来事も知らぬげに、センダンやナンテンは実を目立たせてヒヨドリの渡ってくるのを待っている。

12月15日

炭焼きガマ

最近では珍しい炭焼きガマが築かれて火が入った。昔ながらの里道のわきで、近くに猿田彦大神の石塔もある。

そのための木を伐り出している人に聞けば、やはり自家用ではなく都会に出す炭という。

懐かしい情景ではあるのだが、このために伐られた雑木のあとには杉か檜が植えられることを思えば、残念でもある。新緑や紅葉の頃に目障りになるのはきまってこの種の万年緑の部分なのだし、それは自然の営みではなく、人間の利を求める行為にすぎなくなってしまうのだから。

ここでもチェーンソーが使われていたが、そうすると、今は木炭すら石油を利用して作られていることになる。

一九七九年

猟師

一九七九年一月

昨年の大晦日（といっても、ついひと月前のことだが）に、注文を受けた魚の調理が夕方までかかってしまい、品物と注文帳を懐中電灯で照合しながらの配達で、一段落したのは夜の一一時半を過ぎていた。それでも一集落の分が残って、元旦早朝から再び配達という有様で、何とも因果な商売にあきれ果てたが、正月を五日まで休んだあとは、また性こりもなくさかな屋をやっている。

何日か続けて休むと、そのあとしばらく調子が出なくて困ってしまう。さかな屋であることを再認識するまでに時間がかかるのである。

年頭から繰り言を並べてしまったが、たかが人間一人の苦悩など大自然の営為の前にはあまりに小さい。そんなふうに考えて、何とか気をとり直すことができるのも、やはり、一日の大半を豊かな自然の中で過ごす生活だからであろうか。

1月10日

雪こそ降らないが、山里の朝夕はやはり厳しい冷え込みである。

秋の終り頃まで姿を見せた川の魚たちも、岩陰にひそんでしまったのか全く見ることができない。

店の近くを流れる川に、向いの奥さんが里芋を洗いにおりたが、あまりの冷たさに驚いたのか、籠のまま水に漬け、二、三度ゆすっただけでやめてしまった。流れが速いので、めったなことでは川が凍ることはないが、本当に冷たい水である。

子供の頃、魚のひそんでいそうな石に、別の石をぶっつけて「石打ち漁」をしたのはこの季節だったと思うが、最近の子供たちは、水が冷たくなってからは川に寄りつこうともしない。

1月16日

夕方の配達の途中で、仕止めた大イノシシを山から引き出した猟師に出会った。他所から来た人らしかったが、獲物は仔牛ほどもある大物で、鉄砲で二カ所撃たれていた。

「よく一人で運べましたね」と声をかけると、

「急な坂道で助かりました」

首にかずらをかけて引いてきたという。そんなに大きくなくても四万円位で売れるというから、一儲けできたことになるのであろう。カメラを家に置いていたので、写真にできなかったのが残念だが。

そういえば、この里のシシ狩り名人たちは、今年になっても猟に出ていない。何かと多忙のためかも知れない。

店の前の夜景

1月22日

店の前あたりの夜景である。岩の上にカメラを置いて、シャッターは五分間開放した。

夜景といってもまだ八時にはなっていない。この時間ともなれば通る車もまばらで、たまたま一台の車も通らぬ五分間だったわけだが、道路が拡幅舗装されたといってもやはり山里である。

ガードレールに当った光は、調理場の蛍光灯のものである。

道路を隔てて反対側の、六メートルほど下の方を流れる川のせせらぎが音を高くしはじめるのはこの時刻からである。この家に養子として来た当初、瀬音でなかなか寝つけなかったことがあった。人間の営みが停まったあとの自然の賑わいである。

異変への不安

一九七九年二月

年ごとに冬が暖かくなっていくようで妙なぐあいである。

三〇年ほど前、小学生だった頃の冬には少なくとも三回ぐらいのドカ雪が降っていた記憶がある。たった一度、それも初雪と呼ぶにはあまりにかすかな降雪だけで二月の終りを迎えるというのはどうも初めての体験のようである。

年々少しずつおかしくなって、どこかで思いもかけぬ現象に遭遇することになるのかも知れない。五〇％の不安と五〇％の期待でその時を待っているのだけれど、かといって静かに瞑目して人類の将来に思いを馳せてばかりもいられない。おのれを含めて五人の生活を維持し、縁者の冠婚葬祭につきあい、現実とは何と多忙なものであることか。

あれこれを思いわずらいながらも、冬らしい光景を見つけては安堵もし、春のきざしを感じては胸を躍らせての毎日である。

2月2日

旧津民村入口の橋

旧津民村の入口にかかる橋である。この橋の国道側のたもとに三戸があって、いずれも梶原鮮魚店の顧客である。

仕入れを終えて最初に車を止める位置で、写真は車のフロントガラス越しのものである。雪のない今年の冬は霜すら珍しいのだが、その霜が欄干の影の部分だけ溶け残っている時間である。

この位置でクラクションを二回鳴らすと、三戸の主婦は留守でない限り集まってくる。互いに朝の挨拶を交わし、連絡事項があればそれをすませて、それから魚を買う。

今は少し手前に橋がかかって、行商のとき以外はそちらを通る。

2月17日

まだヒヨドリを見かけない。奥の方の人に聞いてみると、「そういえば、まだ姿を見せない」という。

　ほんの庭先まで来て、ナンテンの実や畠の白菜、キャベツ等をつつく鳥だけに、いないとなると何か落ちつかない。秋から春まで里近くで生活するはずなのに、今年それをしないというのはこの暖冬と無関係ではあるまい。

　他にもたくさんの異変が起っていて、ただ、自然の営為についての知識を持たない者の目には触れないだけなのではあるまいか。

　暖冬とはいえ、奥深い山里のことである。微気象の上からは冷えこみの厳しい場所もあって、落ち水がつららとなって終日溶けない日陰もある。

2月21日

　まだ、梅の他にはこれといって花はないが、この日はじめてオオイヌノフグリの花に出会った。昨年、一面に咲いていた場所も見に行ったが、そこにはなかった。これまでに見たものに比べると花がまばらで、ちょっと淋しいが、群落そのものが小さいせいかも知れない。

　冬将軍を実感するほどの寒さがなかったせいか、春のきざしにさほどの感激もないが、それは他の生物や植物にとっても同様かも知れない。いつ冬眠をやめようか、いつ花を咲かせようかと迷っているのではないかと想像するのは滑稽に過ぎようか。

　厳寒の冬、酷暑の夏はそれだけで人間を鍛える。変わらず到来してほしい。

春田起こし

一九七九年三月

春らしくなって急に天候が不順になっている。二月の末に降った雪は翌日の風景を白一色に包みこんだが、雪らしい雪は一回きりで、雨の多い三月となった。

菜の花が咲き、梅や白木蓮が散って、三月も終りになった今は桜が五分咲きである。雑木林の中で花の時期だけそれとわかる山桜はいいものである。

この里の中央部あたりはまだ道路の拡幅工事が続いていて、ごったがえしているのだが、そこが終ればいよいよ最奥部に着手することになるのだという。いわゆる津民豊前線の開通もそう遠くはないということになるが、そうなったとき、この山里にどのような変化がもたらされるのであろうか。

今は「カーブ注意」、「落石注意」のほかには道路標識らしいものはないが、交通量が増えて子供たちの事故など起らねばいいが、今から気がかりである。

3月1日

昨夜の雪で一面の銀世界、店の庭先で一三センチの積雪である。

商売柄、雨だけは苦手だが、雪の日は朝から心が弾んでよくはしゃぐ。家人は子供みたいだと笑うのだが、こればかりは抑えようがないのである。そんな日が今冬ただ一回きりというのはいかにも淋しい。

そういえば幼かった頃、台風の去った後の風景を見たくて、決まってハダシで外に出たが、あのときも何かしら心に弾むものを感じていた。洗い流されてゴロゴロの石ばかりになった道路を歩きながら、子供心に何か人間を超えた力を実感していたような気がしている。

雪景色

3月14日

この里で菜種の栽培をする人はもういないが、それでも川べりや、麦を作らない田の隅に半野生となったものが花を咲かせて春を告げる。

ほんの数年前までは、戸ごとに収穫した菜種を搾油業者に出すことで自家用の食用油は賄っていたのだが、昨今ではその手間も賃仕事に振り当てて、購入している。

こんな山里の生活も、今は現金なしでは一日も過ごせないようになってしまった。農協は完全にスーパーストアと化し、他にすることといえば金融業の真似事ぐらいのものである。

3月27日

あちこちで春田起こしが始まった。

ほぼ半年間を放置された田は、きっと息もたえだえの状態なのであろう。久し振りに耕されて、大気と日光に触れた土の歓喜の声が聞こえるようである。

農家の人たちが、この国の農政ゆえに土本来の持つ力を当てにしなくなってから久しいが、化学肥料と農薬によって米だけを生み出す田は、抗生物質のたっぷり入った配合飼料を与えられて卵を絞りとられるケージの中のレグホンを思わせる。それはまた、点滴と注射だけで辛うじて呼吸を続ける瀕死の重病人のイメージと重なる。

有罪判決

一九七九年四月

四月も中旬を過ぎて穏やかな晴天の日が多くなった。山々が一面の新緑に覆われるまでには少し間があると思うが、遅い青桐《あおぎり》でさえ、もう芽を出したほどだから、さほどの時間はかからないのかも知れない。

家々の庭先に、自慢のエビネランやシャクナゲが満開となり、道端にキツネノボタン、畦道にアザミ、側溝を一歩ほど越えた木陰にはシャガという季節なのだが、一五日からの一週間というものは選挙の喧騒が山里の風情を吹き飛ばしてしまった。

この里からも二名の町議候補が立ち、一方が父の従弟ということもあって、一切の関与を拒否した私の耳にも何かといやな話が入ってきて、やり切れなかった。

何らの信念を示すことなく、当選だけが目的の候補者が、隣組と縁者を動員しての運動である。その不快さはご想像頂きたい。

4月7日

店の裏に栗の木があり、その一本に巣箱をかけてある。その巣箱に、どうやら入居者があったようである。小さな鳥で、多分シジュウカラではないかと思っているのだが、まだ一羽だけで、あたりの枝をチョンチョンと渡って巣箱に近づき、一気に飛びこんでいく。

何しろゆっくり見る時間がとれないので、まだ巣箱から出てくるところは一度も見ていない。魚のトロ箱を壊して作った巣箱によくぞ入居してくれたものである。一時間、いや三〇分でいい見ていたいのだが、その時間がとれない。

4月16日

耶馬溪町も町長と町議の選挙が始まった。町長は無投票ということで、たった一度車で回っただけだったが、一四の議席を一六人で争う町議の方は何とも賑やかである。

議員になって何かを為すというのではなく、議員になることだけが目的の全部であるらしく、入れかわり立ちかわり入って来ては「よろしくお願い」だけをしていく。

議会制民主主義なるものに絶望した身ゆえ、無関心でいたいのだが、なんとなく神経が焦立ってくる。行商の途中で、五人の候補と出くわした。

4月19日

四年一〇カ月を要した刑事裁判が昨日の判決で一段落となった（有罪、罰金刑）。検察側の控訴もあり得るので一件落着とはいえない。

判決前夜、家人が寝たあと一人で焼酎のお湯割りを飲みながら、なにがしの感慨が湧かないものかと待ってみたが、全くその気配はなかった。

今日になっても同様で、どうしたわけかと思うのだが、やはりこの裁判が豊前火力反対運動のほんの一部であり、それが終ったとしても運動全体には何ら変化がない、ということからくるのであろう。とはいえ、逮捕から判決までの過程は得がたい体験ではあった。

オトシブミ

一九七九年五月

苗代の稲が五センチほどに伸びて、麦刈りも始まっている。

このところ晴天が続いて、日中の暑さは盛夏を思わせるものがある。

六月に入れば、奥の方から田植えが始まるはずである。今年もまた、数戸の農家が機械植えに切り換えた。最近では、田植えに雇われてくる人もいなくなった、というのが大きな理由らしい。

田植機には、専用の籾播き機、育苗器、組立温室といったものが必要な付属品としてあり、それら全部の購入にはほぼ五〇万円を要するという。農業が、農外収入によって支えられる度合いは、年々深まっていくようである。

農家の人たちが、苦労して作るよりも買った方が楽だと思うようになったとき、この国の自立はないのだが、為政者たちはどこまで農業を切り捨てるつもりなのか。

5月8日

夕方の配達で茅《ちがや》の穂が目についた。夕陽に映えるときの美しさは抜群である。子供の頃、まだ穂を出す前のものをツバナと呼んでよく食べた。

あの頃は道端に食べるものがいっぱいあった。いや、菓子など食べたくても身近にはなかったから、そんなものを食べたといった方が正しいのかも知れない。

今頃の季節だと、青梅、秋海棠《しゅうかいどう》の茎、茅《ちがや》の穂や根、酸葉《すいば》等々、新聞紙に塩を包んだものをポケットに入れて小学校に通ったものである。

それでも、ありとあらゆる種類の菓子に囲まれた現代っ子に較べて、惨めだったとは決して思わない。

5月14日

秋口に枯れた葦をそのまま包むように新しい芽が出揃った。

こんなふうに川が、両岸から攻め込んでくる葦によって小さくなってしまったのは、いつの頃からだろうか。最初にこの里を離れた二三年前、葦などめったにお目にかかれるものではなかった。田に振りまかれる化学肥料や家庭から流される洗剤が、清流と呼べる川まで養分過多にしてしまったのであろう。

川はまた、流れて常に海に注ぐ。山里に住む人たちの食卓に海の魚を運びながら、輪廻ということを考える。水のある場所に棲みついた太古の人類は、決して水を粗末には扱わなかったはずである。

5月22日

調理の合間に、店の周りを歩いてきた母が、「栗の木の下に落ちていたけど、何かねえ」と不思議なものを掌にのせてきた。

初めて見るものだったが、一目見て「オトシブミ」という言葉が頭をよぎった。人から聞いたのか、本で見たのか、テレビでだったのかは全く記憶にないのだが、涼しい顔で、

「あっ、これはオトシブミ。この中に卵がある」

母が感心して聞いているのを見ているうちに、急に自信がなくなって、忙しい今井のり子さんに確認の電話。

とにかく、その細工の巧妙さは驚くばかりである。写真でそこまでは見せられないのが残念である。

オトシブミ

栗の花

一九七九年六月

山里のさかな屋にとっては、何とも永い一カ月であった。

六月に入ってこの里の田植えは最盛期を迎えたが、それは同時に地つきのさかな屋の最繁忙期でもある。何しろ、仕入量の半分以上を調理し、指定された時間までに配達するという日が続くのである。加えて、魚市場に集まる魚は種類、量ともに極端に少なくなり、電話で受けた予約に応じるのがやっと、という日もあって、もう散々であった。こうなると、もう商いという感覚は消しとんで、義務感と責任感だけで飛び回ることになる。

中旬を過ぎて、集落ごとの水神祭りも終わり、人々の生活は平常に戻った。

下旬に梅雨前線が居すわり、一週間ほども大雨を降らせたが、梶原鮮魚店が何日か休業した他にはさしたる影響はなかったようである。

6月5日

栗の花盛りである。白い花で、そのほとんどが枝先に集中するために、遠くから見るとよく目立つ。

それぞれの季節に、何種類かの木が交代でおのれの存在を主張するようで面白い。新緑の頃と紅葉の時期に、微妙に異なる葉の色合いでおのれを顕わすものが多いが、そこで目立たないものには花や実の時期に機会が与えられているようにも思われる。

こうした自然林の味わいも、そう永くは保てないかも知れない。何しろ「山は杉檜のあるをもって貴しとなす」とする価値観が徹底しており、雑木林の風情に価値を認めるほど人々の心にゆとりはなさそうだから。

6月16日

もう半年ほども前から、二羽のカラスと母のつきあいがある。つきあいといっても、店の前の電話線に止って二声ほど発すると、母が魚の頭を川岸の石におくだけのことであるが、それを上から見おろして、母が踵《きびす》をかえすと同時に舞い降りてくわえ、向こう岸のセンダンの大木の枝でつつくのである。

三枚の連続写真でと構えているのだが、思うにまかせない。

姿で見わけるらしく、一度だけ代役をしてみたら逃げてしまった。

日によると二度目の催促もあるとのことで、休業の日も魚の頭は欠かせない。

6月30日

降り続く雨で、耶馬溪方面も道路に異常があったらしく、早朝、母が電話をかけてきて、中津に出勤する人が途中から引き返してきた、という。あとでわかったことだが、引き返したのは大型トラックで、小型車には迂回路があったのだが、情報不足で臨時休業となった。

前夜から学習会に来ていた坂本さんが、列車とバスの全面ストップで立往生となった。とにかく小倉まで出ようということになって、保冷庫つきの軽トラックで正午に出発、結局筑豊廻りで宗像郡赤間まで送ることになったが、行橋市が水浸しになった日のことでもあり、筑豊のありさまは大変なものだった。

土木技術も大自然の力を忘れている。

一九七九年七月

三種の用途

猛烈な暑さが続いて夏もまっ盛りである。

正午前後に行商に出発するので、最も気温の高い時間帯を外で過ごすことになる。体力の衰えからでは断じてなく、今夏の暑さが格別なせいと確信しているが、夕方になると、もうフラフラである。

冷凍物以外は保存がきかない商品だから、毎年のことながら夏場は殊につらい期間である。挨拶も「暑い」という言葉のやりとりに終始する昨今だが、誰だったか「春は厳寒の中で準備される」という意味のことを言ったそうだから、その伝でいけば「夏の盛りは、秋の始まり」ということになろう。そういえば、ムクゲの花は大方散ったし、早い方のススキは風に穂をそよがせはじめ、ところどころにあわてもののコスモスが花をつけたりしている。
耐えよ人々いましばし！

7月6日

本稿の写真には、滅多に人物が登場しない。理由ははっきりしていて、カメラを向ける勇気がないだけのことである。

この里で出合い、行き交う人々は、誰も皆多忙であり、真剣なまなざしをしている。山里の人々の営みをこそ撮りたいし、その方が本稿の目的にも合致することは百も承知ながら、どうしても気おくれしてしまうのである。

こちらもクタクタになるほど働いています。真剣に生きています。という確信がなければ、とうてい接しきれるものではない。だから、物見遊山を連想させる素人のカメラは、こっそりと草花に向かうほかはないのである。

7月19日

赤魚（冷凍）・ハモ・エビ・コチ・キグチ・塩マス・オバイケ・オキウト・カマボコ・テンプラ。以上がこの日の仕入れで、金額にして四万円弱となる。

例年に比べて約一カ月ほど早く入荷量が減って、当然のことながらセリ値が高くなってしまった。あんな高価な魚を一体誰が食べるのか、とあきれることが多い。

そんな中から、魚種を選び、鮮度や値段を検討して、扱えそうなものを仕入れるわけだが、普段の場合、魚の用途は、晩酌に必要な刺身、夕飯のおかず、翌朝仕事に出る人の弁当用の三つに大別されるので、ぜいたくなものは仕入れない。質素を旨とするさかな屋の質素の押し売りかも知れない。

7月30日

行商の帰りに、学校のプールで泳いだ子を乗せることがある。

この頃は、ほとんど、川で遊んだり泳いだりするのを見かけない。奥にあるもう一つの小学校では、プールがないためもあって、川を利用していると聞いたが、まれな例である。

テレビもプールもなかったほんの三〇年前の山里の子供たちを想う。

夏の日中、子供たちにとって川は運動場であった。それぞれが自己流の方法で泳ぎ、陣取りや鬼ごっこをしたし、魚取りもした。夕方になれば農家の庭先や道路に自然に集まって、何の危険もなく暗くなるまで遊びほうけた。

省エネルギーをいいながら、クーラーなしでは生きられない環境と人間を造り続けているのではあるまいか。

環境権裁判の判決を前に

一九七九年八月

魚市場の盆休みが明けたあたりから、身辺にわかにあわただしくなった。月末に予定されているわが環境権裁判の判決に向けて、新聞やテレビの取材が相ついだのである。

八年目に入ったこの運動の取材にあたって、この裁判の原告の一人であり、着工阻止行動による逮捕から刑事被告人となり、同時に製鉄所工員からさかな屋へ、といった話題性にどうやら目をつけられたらしい。

まず、八月二〇日に「朝日」のY記者。前夜からわが家に泊り込んで、朝の仕入れから、行商、夕方の配達にも同乗するという徹底ぶりには感心させられたが、彼がカメラを構えると、客はきまって、「この人、だれ?」という質問を投げてくる。

初日はなんとかごまかせたが、翌日はNHKの取材で、こちらは三名の取材陣だから、いやでも目立つ。魚市場では、「どうもあんたを写しよるごたるよ」に始まって、「あんたモデルになったん?」にいたるまで、同業者の質問をかわすのに一苦労だった。

田舎での行商風景を収めた場所では、客のおばさんたちも上がり気味だったのか、質問は翌朝に持ち越されたが、さすがに気になったのか、あちこちで話題になったらしい。

「友達が写していたのだろう」という意見や、「魚市場の宣伝に使うのではあるまいか」というもっともらしい推測。はては、「あの人、なんか表彰されるんやないじゃろうか」という光栄なる噂までが立った由。

マンジュシャゲ

一九七九年九月

九月になって、朝夕が涼しくなったと喜んだが、中旬を過ぎた頃から逆戻りして、真夏日、熱帯夜に近い日が続いている。

とはいえ、自然の営みにためらいはなく、ものみな花のあとに実を結び、田の畦《あぜ》にマンジュシャゲ、道ばたにコスモスが満開となり、稲は刈り取りを待つばかりの色合いである。

魚市場に入ってくる魚も種類を変え、量も夏の盛りに比べれば増えた。

落葉樹が山々を彩るにはまだ間があるが、それでも岩にはりついたツタの中には、はっきりと紅葉を始めたものがあって、どうやら夏を乗り越えたという安堵を感じている。

二〇年前、北九州に暮した六年間と、山里のさかな屋としての四年間の、自然に対する感覚の違いは決定的なものである。山里に育ったせいであろうか、それともこの運動の中で感性に変化があったためであろうか。

9月11日

あらゆるものがたわわに実をつけた。

栗のイガがはじけはじめ、農家の庭先に山椒の実が赤く色づいて、秋はもうそこまで来ている。「実る」、「実を結ぶ」といった言葉のもつ語感はいいものである。これは多分、全ての人間が土に密着して生きていた太古から、最大の喜びの一つであったためであろう。

世の中があまりに複雑になりすぎた今、「米がとれすぎた」という言葉さえ使われるようになり、四季の移り変りも知らずにコンクリートの上を急がねばならない人間があまりに多い。

9月14日

マンジュシャゲは目立つ花である。花の色もさることながら、みずみずしくてポキリと手折れそうな茎の行列が見事である。草刈り機や鎌で丸坊主に刈られた畦に、ニョキニョキと立ち並ぶ。

群落として大きなものは、やはり道路わきあたりの木立の中にあって、思わず見とれてしまうほどである。毒花といわれていて、子供たちも手を出すことはない。

ただ、不思議に思うのは、行商で接する里人の誰一人としてこの花を話題にしないことである。いや、考えてみればこの花に限ったことではない。里人にとっては、どの花も次の農作業の準備を急がせるベルかもしれない。

9月25日

コスモスがもう満開に近い。

この里で見かける花のほとんどは自然のものである。人の手を全く借りずに、芽を出しては花を咲かせて実を落とす。どうしても、庭先や鉢に植えられたものとは趣きが異なるのである。

できれば時計や暦を使わずに、日脚《ひあし》の差や咲く花によって生活をしてみたいと思う。

「南の島のハメハメハ大王」とその住民の暮らしをこそ目指しているのだが、いかんせん、両足は回り続けるベルトコンベアの上にある。倒れまいとすれば走るほかはない。

あゝ、ハメハメハ大王よ、あなたの島でならもっとゆるやかに歩けるのに。

禁煙

一九七九年一〇月

早いもので、一〇月も余すところあと三日となった。一〇月は、日照時間の短いこの里の取入れの月である。

農作業の繁忙期は同時に梶原鮮魚店の多忙な期間でもあって、朝の仕入れから夕方の配達まで、文字通り駆け廻ることになる。電話で受けた注文が多すぎて、調理に手間どり、配達が遅れてその日の夕餉に間に合わない、ということも何度かあって、作業量の上での限界を感じた。

この季節になると、午後六時にはすっかり暗くなってしまう山里で、時を相手に勝目のない短距離競争をしているようで、精神衛生の上からもいいことではない。

時間を気にしながらの日常というのは、どう考えても内的に充実したものではあり得ない。できれば、時計など持たずに送れる日常をこそ求めたいが、ついに生涯無縁のものなのかも知れない。

10月6日

ハゼ・ツタが紅葉を始めて、秋の主役の登場である。葉の緑に隠れていた柚子の実が、黄色い顔をのぞかせる頃になった。

家庭排水も複雑になり、化学肥料や農薬も注ぎこまれるはずなのに、この季節になると川は不思議に澄みわたる。今年の秋のように晴天が続くと、水量は極端に減り、急流といえるほどの速さでもないのだが、それでも汚水の量は、平野部や都市のそれと比すべくもないのだし、それと上流特有の自浄能力にもよるのであろう。

澄んだ大気を通してみる遠くの山や星空、透き通った水の中の小石や魚、そうした環境で暮せる者たちはもう、恵まれた少数者、と呼ばれねばなるまい。

10月14日

どちらかというと、乗り気の娘に誘われるという形で福岡での「現代文明を考える」集会に参加した。車で行くはずだった安倍さんも一緒になって、三人で列車に乗る。

娘はまだ一四歳だから、ほんの子供には違いないのだが、できれば感受性の豊かな時期に一人でも多くの人に出会わせたいと思っている。誰かの一言に感動して、自分を変えてしまうこともこの年頃には可能なことだし、本音だけで生きる人にはまだ一人では出会えないと思うから。

帰りの車中で、二児を連れた若い母親に席を譲ることにして二人で立ったが、不器用な父親の現地教育は結構疲れるものでありました。

10月28日

何となくその気になって、タバコをやめて今日で一四日目、どうやらいけそうだなと思いはじめている。二〇歳になる少し前に覚えて、今日で満四二歳だから、永いつき合いではあった。

何となく、と書いたが、そうでもなくて、松下竜一氏にやめさせられたような気がどこかでしている。

あちこち故障だらけで頑張っている彼をみていると、せっかくの健康な体を痛めることの愚かさが身に沁みるのである。いや、それだけではない。咳きこむことが命取りになるかもしれない彼の近くで、つい火をつけてしまうときの罪の意識に耐えかねてのことでもあるといえなくもない。

夕焼け

一九七九年一一月

長期予報によれば、久し振りに冬らしい冬になりそうだという。そういえば、時折吹く木枯らしの冷たさは格別で、もう、手指の関節部には何度かヒビが切れたし、唇が荒れて、オチョボ口でしか笑えない日が続いたりもしている。

一一月の下旬から一二月の初旬にかけて、この里では集落ごとの秋祭りが駆け抜ける。

かつては、秋祭りといえばやはり大変な行事で、嫁いだ娘たちは家族連れで里帰りをし、都会に出た息子たちが帰省することもあり、近くの縁者を招待し合ったりして、どの家も賑わったし、午後から夜中にかけての神楽見物は幼なじみの語り合いの場でもあった。

「秋祭りには帰ってこいよ」というのが親たちの口ぐせだったが、今、その言葉に応じられる子はまれであろう。残った者にとっても、多忙な日常の中で祭りは厄介者になりつつあるのではないか。

11月10日

山に囲まれた狭い谷間の里であるため、秋というのに夕焼け空を見ることができない。頭上だけといってもいいほど、わずかな天空しか持たぬ里では日没が早く、夕焼けが始まる前に暗くなってしまう。

四囲の山々が、濃い緑灰色一色の平面に見える頃、まだ明るさを残した空との対比で、さながら、みごとな影絵を思わせるが、あのとき、地平線のあたりは紅く燃えているのかも知れない。

これまでに何度か、夕焼けのあまりの美しさに茫然と立ちつくした記憶があるが、あれはどこでのことであったろう。

近い内に海岸にでも出て、じっくりと夕焼け空を堪能してみたい。

谷間の里の夕焼け

11月21日

寒くなったわりに紅葉は冴えない。ハゼやツタの赤に続くものが、十分に色づく前に散ったり、霜枯れたりしてさっぱりである。

一〇日頃から、中津市内に滞在しているNHK『新日本紀行』取材班が、行商風景などを収録したのは昨日だったが、過労気味の母のために臨時休業としたこの日も、ディレクター氏はわが家に現れた。

「あっ、今日は休むんですか。それじゃあ、すみませんが昨日使っていたジャンパーと帽子、それと車を貸していただけませんか」という。どうやら、代役を使って、深耶馬渓あたりの紅葉をバックに、梶原鮮魚店の車を走らせ、それをロングショットでという魂胆らしい。

11月22日

さかな屋として働くことに決めて、今日で丸四年目である。実感としては、ずいぶん永い間さかな屋であったような気がしている。

一日一日は、追われるような多忙さにまぎれて過ぎ去って行くのに、全体としてはまだ四年にすぎないというのが不思議でならない。

四年という時間が、これからもさかな屋であり続ける決心を固めさせたかといえば、そうでもなくて、まだ迷っている。何よりも、七〇歳を間近にした母に、作業量のほぼ半分を押しつけて、ようやく成り立っているところが頼りない。さらにいえば、性格の上で、どうしても商売というものになじめないものもある。

一九七九年一二月

ひやかされる

木枯らしのあと、小春日和ともいえる日が続いたりして、あと一週間で今年が暮れるというのに、その実感が湧かない。

世間で騒ぐほどには一九八〇年代を意識していないが、かといって、これまでのように昨日のあとが今日で、今日の次が明日といったとらえ方だけでは対応しきれないな、とも思いはじめている。

一〇年を一区切りとして考えれば、それはやはり厖大な時間で、四二歳が五二歳になるおのが身にはさほどの感慨はないが、一四歳の娘が二四歳になったり、二歳の甥が一二歳になったりもすることを思えば、それほどの時間をどう過ごせばいいのか、途方にくれる思いもある。

石油以後のエネルギーについて、明確な見通しを持ち得ぬまま幕をあける八〇年代は、やはりこれまで以上の混乱が予想されるわけで、とすれば、身辺多忙のうちに一〇年の時が流れていくのであろう。

12月9日

友人の母の葬儀に参列。数少ない高校時代からの友人の一人で、当の母堂とは一面識もなかったけれど、七七年の生涯であったという。何人かの顔見知りに会ったが、もう互いに親を喪う年齢になったのだという実感があって、何となく気の重い一日となった。

安心して道路も歩けない世の中ゆえ、一家の中で誰が先に逝くと決めることもできないが、子であれば、親を送る心づもりだけは持たねばなるまい。

それにしても、この日、喪主となった友人の堂々たる振舞いには圧倒されてしまった。生まれた土地で、自然を相手に生きる者に共通の貫禄である。彼もまた手広く農業をやっている。

12月17日

ＮＨＫだから観たのか、『新日本紀行』だからなのかはわからないが、驚くほど多くの人が「渚に詠む歌」を観たという。これまで魚市場ですれちがうだけだった人までが、「よう、観たよ」などと話しかけてきたし、行商の庭先でもその話題が中心で、照れくさい思いをした。

そうした反応にほぼ共通しているのは、身近にいる者がテレビ画面に登場したことへの驚きだけらしくて、その当人の思いや行動にはさしたる関心も示されなかった。

中には、「テレビに出るちゃ大したもんじゃ」とか、「ＮＨＫのスターじゃなあ」などという人もいて、泣きたくなった。

12月24日

一九七九年も余すところ一週間となった。この一週間の中に、山峡のさかな屋にとって一年中で最も多忙な何日かが含まれているわけで、できることならどこかに逃げたい思いである。

この先、いつまでさかな屋であり続けるかについては、二つの側面で不安がある。一つは家庭の事情だが、いま一つは石油にからんだ不安である。

考えてみれば、海に棲む魚が山里の人々の口に入るまでに費やされる石油エネルギーは決して少なくはない。産油国の値上げが、そのまま魚価に影響するほどに石油と魚の関係は密接で直接的である。もう豊かではない海で漁《すなど》る者や、それを売り歩く者たちが安心して働ける保証はどこにもない。

一九八〇年

八〇年への覚悟

一九八〇年一月

一一月二九日午前のことである。東亜燃料工業東京本社を訪れていた奄美の人々とその支援者一行四〇名が全員逮捕された。東亜燃料工業とは奄美大島枝手久《えだてく》島に原油備蓄基地（CTS）を持ち込もうとする企業であり、奄美の人々とはその計画を七年にわたって拒否しつづけている反対派の人々である。

四〇名全員逮捕という異常な弾圧が、一体どのような状況で行われたかを見ておかねばなるまい。真相を伝える月刊誌『土の声、民の声』号外から一部を引用させて頂く。

奄美現地の代表を含む四〇人は東亜燃料に枝手久CTS計画について話し合うことを申し入れた。彼らは別に抵抗も受けず社内に入れたので、申し入れはその場で行なわれた。しかし東亜燃料は誠意をもって話し合おうとはしなかった。四〇人はしばし、その場に座り込み抗議したが、東燃側の姿勢に変化が見られないため退去しようとした。ところが約半数がすでに社外に出て地下鉄への階段を降りはじめたところ、機動隊一〇〇名以上が突撃してきてその人々を社内に押し戻し、「不法侵入」と「威力業務妨害」という罪名をつけて四〇名全員を逮捕したのである。

なんということであろうか。この人々による抗議はまことに整然とおこなわれた。東燃側の人々をなぐったとか、モノをこわしたとかいうのではない。また警察によって「退去命令」が出されたわけではない。だから逮捕後、勾留中に「威力業務妨害」は罪名からはずされ、取り調べの検事が「座り込んだだけでも全員逮捕とは、警察もひどすぎる」とあきれかえったというオマケまでついている。だれがどう見ても前代未聞の理不尽な暴挙なのである。

引用が長文にわたったが、これが真相というわけである。

ほんの五年前、われわれにかけられた弾圧と、今回のそれとのあまりの違いに唖然としている。五年前の豊前では、海面埋立てのための捨石工事を二〇名ほどの者が阻止した、という事実があったにも拘らず、逮捕は八日後に三名であった。

当時は、それでも行き過ぎた弾圧ではないかと感じたものである。というのは、仲間の誰一人として、八日後の逮捕など予想していなかったことである。事後逮捕というのは、それだけ権力の側も慎重であったということであろう。わずか五年の間に権力をここまで突出させたものは何であろうか。

豊前で阻止しようとしたものが火力発電所であり、奄美で阻止し続けているのが原油備蓄基地であることからもわかるように、ことはエネルギーにからんでいる。今やこの国は、石油に対する不安と、同時に石油以後のエネルギーに対して何ら確たるものを持ち得ない焦燥で、身も世もあらぬほどに取り乱してしまったのではあるまいか。

支配の側にとってエネルギー危機は国家の危機と同義なのであろう。だから、見せかけの繁栄を喜ばず、エネルギー危機を契機に人間らしい生き方をとり返そうなどと考える輩を民衆の敵として血祭りにあげようというのであろう。つまり、そうするより他に支配の論理を、これこそが正義であるとして押しつける手段を持たないのである。

今回の弾圧の裏には、七年間にわたって阻止し続ける反CTS住民の圧殺だけでなく、徳之島（奄美大島のすぐ南）に建設しようとしている核燃料再処理工場計画への地ならしの目的がこめられていると誰もが指摘している。

代替エネルギーの筆頭として原子力発電をゴリ押しする支配の側からすれば、安全性を強調すればするほど、その危険性が事実によって暴露されていく原発のありようは、口惜しさの限りであろう。自ら、もはやわれに理あらずと知った上での原発推進であるから、頼るものは力ということになる。

八〇年代は、そうした支配の側の危機感が最も大きくふくらむときであり、したがって弾圧の凶暴性はそれに比例するはずである。八〇年代においては、ことエネルギーに関する限り国策に楯つく者は絶対に許さん、と支配の側の決意を表明したのが今回の全員逮捕であると考えたい。

それにしても、この異常な事件を報じた新聞記事の何と小さかったことか。新聞はすでに、破滅への道をひた走る国策への従順をきめたのであろうか。

支配の側が、なり振り構わず原発を含めて危険なエネルギーを大量に消費する方向に突き進むとすれば、われわれは遠からず「繁栄」の犠牲となって殺されるか、それを拒否して闘うかの選択を迫られることになろう。そして、そこでの闘いを想像するとき、それは内戦と呼ばれるにふさわしいもののような気がするのである。その闘いに一戦士として加わる日の光栄を思いながら、八〇年代を過ごそうと思う。

　結局のところ、はっきりとは見通せない八〇年代に向けて、おのれの覚悟だけは明確にしておきたいのである。

つらら

一九八〇年一月

　暮れからの計画通りに五日の初セリを休んで、梶原鮮魚店の正月休みは翌六日の日曜日で終りになるはずであった。ところが、一月七日の午後になって魚市場が火事で焼け、八日と九日の両日が臨時休業となってしまった。

　そんなわけで、どうやらさかな屋らしい調子をとり戻した頃にはすでに一月も半ばとなっていて、そこまでの半月間は、本当にアッという間に過ぎ去ったような気がしている。

　身辺の雑事を含めて、やりたいこと、せねばならぬことが多すぎて追いまくられるように毎日は過ぎていき、それはさらに追われる思いをつのらせる。

　さほど長生きをしたいとも思わぬ人生だから、もう少しゆとりのある生活は送れないものかと考えるのだが、どうやりくりしてもそんなことにはなりそうにもない。なにしろ、糊口をしのぐための時間だけで一日に一三時間を超えてしまうのだから。

1月14日

ドンド焼きの日である。三〇年ほど前までは一切の準備を子供たちでやったものだが、今は完全に大人だけのものになってしまった。この行事も、もうあちこちですたれてしまったから、あと何年続くのかわからない。

この里でのドンド焼きは、もう、わが家も所属する集落だけのものではあるまいか。前日の日曜日に組み上げたもので、点火はこの日の夕刻である。

ドンド焼き

久し振りに見物するつもりでいたのだが、調理や配達に手間どってしまい、のぞいた頃にはすでに燃えつきたあとで、誰一人残っていなかった。そそくさと形だけを整えるようになれば、伝統行事もそこで途切れるのであろう。

1月19日

魚市場を出るときには予想もしなかったが、途中、路面の凍結部分があったりして、耶馬渓路は雪景色となっていた。

火事のあと、これまでの駐車場がセリ場となって、ようやく屋根ができたが、聞くところでは、これは仮のセリ場で、八月頃までに社長宅を移転したり、周囲の土地を買い足したりして魚市場は規模拡張をするという。県北開発を公約に掲げた建設省の役人を、先の衆院選で当選させたこと等から推測すると、開発に伴う人口増をあてこんでのことであろう。

どのさかな屋もやはり、開発、人口増といった言葉には飛びつくのかも知れない。

1月25日

岩を伝って流れる水が、夜の冷気に凍りついてつららとなり、半日がかりの冬の日射しにようやくとける。毎日が同じことの繰り返しのように見えて、いつの間にか季節が移っていく。そんなどっしりとした自然の営為を見ていると、一本の草や、一つの石ころになってしまいたいような思いにかられる。

自然の理に背くことで生活範囲を拡げ、その数を増やしてきて、わがもの顔に振舞う人類とは、すでに同類を犠牲にしながら、多数のための少数犠牲は当然のこととして、なお自然破壊をやめない人間とは、もはや行きつくところまでとどめようのない生き物なのかも知れない。そこに、振り捨ててもなおつきまとう虚しさがある。

一九八〇年二月

猫柳刈り

二月一日が旧暦で一二月一五日となっているから、ズレは四五日に及んでいることになるが、いわゆる二四節気など、名称の意味するものと現実との間にも隔たりがあるような気がしてならない。もちろん、この地で実感する限りのことだが、寒さがようやく本格化した頃「立春」といわれても、もう一つピンとこないのである。

この立春の前日あたりから、冷え込みが厳しくなり、それは梶原鮮魚店に二つの難題を持ち込んだ。

一つは時化《しけ》が続いて魚の入荷が激減したこと、その結果セリ値が高騰したこと。

いま一つはこの頃寝たきりの父の容態が悪化して、ヒヤリとさせられたことである。

いずれも、なりゆきにまかせるほかはないのだが、かといって泰然自若というわけにもいかず、恥ずかしながら、やきもき、うろうろの数日間ではあった。

1月27日

久し振りに穏やかな晴天で、家の中にいるのが勿体なくなり、昼前になって急に家内と娘を誘い、郊外への散歩に出かけた。

わずか三人の家族なのに、それぞれに多用な日常で、一家で散歩など何年ぶりのことであったろう。田んぼの中や畠の横を二時間余りも歩いて海岸を廻って帰ったが、考えてみると、家と学校を往復し、近くの商店におつかいに行く、といった娘の日常の中には、自然との接点など全くないのである。案の定、畠の野菜など、その名を聞いても皆目わからない。

土に素肌の手足で触れたことのない者に、大地のぬくもりやその母性はわかるはずもない。それを守ることの意味もまた、本当には理解できないのではあるまいか。

2月3日

店のあたりはテレビの受信が特に困難な地区で、六戸の共同アンテナが山の中腹にある。一〇年ほども前に立てたもので、アンテナは何度か取替えたらしいが、線のいたみが目立ちはじめて、末端の二戸などほとんど受信不能といったありさまとなった。折も折、出入りの電気店から、「この辺で線を替えてはいかが」と投げかけがあり、相談の末、それではということになった。どうせならアンテナを山頂まで移してみようということになり、この日、各戸一名が出て山登りとなった。

ほぼ一〇〇〇メートルの線を必要とする工事で、労力は地元が提供して、総額三二万五〇〇〇円の見積りである。テレビの他に楽しみのない山里の老夫婦のために、この負担に耐える孝行息子であらねばなるまいと思っている。

2月9日

今年も猫柳刈りの夫婦がやってきた。軽トラックで来て、川原に降り、ようやく包皮のはじけた猫柳を鎌で刈り取って行くのである。多分、生け花の材料として、町の花屋さんの店先に並んだり、華道の師匠宅へ届けられたりするのであろう。

「あんなふうに、仕入れがタダなら商売もいいね」と、これは見ていた母の感想である。

「仕入れがタダ」、これは別の言葉でいえば、そのものが「自然の恵み」であることにほかならない。農・漁業、鉱山業、林業、石油・石炭の他に猫柳刈取業も自然の恵みを頂戴していることになるが、野生の生き物とちがって人間は、タダもしくはタダ同然で手に入れたもので儲けようとするから始末におえない。

一九八〇年三月

小型水車

中旬にひとしきり雨が降って、そのあと、多分最後の寒の戻りらしいものがあって、三月も余すところ数日となった。

梅の花が散り、つくしが芽を出し、ウグイスもしきりに鳴いて、山里は春もたけなわといった時期なのだが、このところさかな屋としては意気があがらない。例年のことながら、春先は海が荒れて、魚市場に入ってくる魚の種類が限られてしまう。それだけではなく、どこをどう迂回してくるのか、鮮度の落ちたものが多くなって、朝の仕入れで意気消沈、といった日が続いている。

三月というのは何かと身辺があわただしい月でもあり、やり切れない日が続いているが、どこかで、これが人の世、と居直ってもいる。居直ることで耐えているうちに時の流れが状況を変えてくれる。時の流れは現代技術の粋をもってしてもそれを押し止めることはできない。

小型水車

3月5日

この里でただ一つ目撃した小型水車である。用水路の幅に合わせて作られていて、用途はこれまで見たところでは里芋とギンナンの実を洗うためのようである。きわめて簡単にできていて、丸椅子からとった板二枚に穴をあけ、割り竹を張って胴とし、羽根をつける。

羽根と羽根の間の一カ所は割り竹でなく板で開閉式にしておき、そこから里芋等を入れて、心棒の竹を通して用水路にわたしかけ、流されないように心棒には両側共石を乗せておく。ゆっくりと回転するうちに割り竹の角でこすられて里芋やギンナンが洗われるのである。四戸だけの集落で共同使用しているらしいが、まだそこだけにしかない。

3月14日

ヒヨドリに身ぐるみはがれたキャベツである。

身ぐるみはがれたキャベツ

昨年ほとんど姿を見せなかったこの鳥は、今年になって一斉に里に下ってきた。特にキャベツや白菜の値が上がった頃にやってきたというのも皮肉である。白菜畑にネットを被せて自衛した農家もあった。そのネットにカスミ網を使った所では一羽が犠牲になったと聞いたが、割に敏感な鳥らしく他には知らない。

あわれをとどめたのは、どうしたわけかキャベツ畑の見廻りに来た老人の素手につかまれ、首をくくられて、見せしめのためか軒先に十日あまりも揺れていた一羽である。見せしめの効果があったかどうかは聞きもらした。

3月20日

一冬をくぐり抜けて、なお立ち続けるエノコログサの一群があって、なかなかの風情である。完全にドライフラワーとなっていて、雪や雨で倒れなかったのが不思議なほどである。

こうした風景は「枯淡」という言葉を想わせるが、おのれ自身は枯淡の境地にはほど遠く、この日の午後は酒びたり。正午の予定を三〇分ばかり過ぎて始まったカトシ君とのりちゃんの披露宴で飲み、夕方からの国立病院小児科医師岩見さんとビデオの中村さんの送別会で本格的に飲んで、いつもならコップ一杯で寝てしまうのに、この日はなぜか最後まで飲んでしゃべった記憶がある。もちろんロレツは相当怪しかったはずである。

麦の穂

一九八〇年四月

昨年の同時期に比べると、いくつかの樹種で新芽の出方が遅いようである。ケヤキ・クヌギ・アオギリにそれが目立つが、朝夕の冷えこみがややきびしいせいであろうか。それでも、全体としてはさほどの遅れもないらしくて、遠目に見る山肌はまさに新緑のまっ盛りといったところである。

もう麦の穂が出揃い、水路整備の共同作業もあちこちで始まっている。どの家の庭先にも花が溢れているのだが、見慣れた目にはとりたてて珍しいものもなくなった。

この時期に最も印象的なのは何といっても野藤の花である。人里と山の境界あたりに多いが、さまざまな木に巻きついて、その枝のあちこちに花をのぞかせるために、あたかもいろいろな木

木漏れ陽

が、それぞれの枝振りのままで同一の花を咲かせたような、何とも奇妙な雰囲気をかもしている。

4月12日

四月の若葉は朝日をさえぎることさえできない。

これまでになく写真が横に長いが、原稿の字数を少なくしようがためだけのことではさらさらない。山里の風景が筆舌に尽しがたいことと、今回は写真の出来がちょっといいので、それを強調したかったためである。ひとりよがりかも知れないけれど。

4月23日

娘の口ずさむ歌で、好きなものの一つに、最後の一節が「むすんだ唇に青い青い麦の穂」というのがあって、今年は麦の穂に特別の関心を払っている。

よく見ると数種類の麦が作られているが、姿の最も美しいのは写真のものである。歌うことはできても本当の麦など近くで見たことのない娘のために、夜陰にまぎれて一株を失敬した。

4月28日

夕方の配達を終える頃、夕日を背にしたシュロの葉がいい風情

麦の穂

で揺れていた。

シュロといえば、ずっと以前には皮はぎ職人がやってきたものだが、もう何年もそんな人を見かけない。どちらかというと細い縄になわれることが多かったが、ナイロンその他にとって代られたのであろう。

アザミ

一九八〇年五月

このところ、本稿を記すに際して一種のうしろめたさがとりついて離れない。山里の風物をあげつらいながら、おのれ自身は毎日一回そこを通過するだけではないか、という自責なのだが、そんな立場で山里の暮しを語ることのいいかげんさが申し訳なくて、筆の動きが鈍るのである。

今日もまた、原稿用紙を前にして、いま煩悶の真最中なのだが、この苦境に私を追い込んだのはほかでもない、イノシシ村の住人、安倍能文氏である（氏の風貌、思考は常に哲学的で、少し酔うと古代アテネの石畳をはだしで歩かせたいほどの哲人に見えてくる）。

どっしりと大地に腰を据えた彼の日常にくらべて、食うだけのために毎日のほぼ半分をかけずり回るおのが生活の空虚さが身に沁みるのだが、そうした想いを握りつぶして、さて今月も「さかなやの四季」は、印刷所に届く最後の原稿である。

5月6日

この里ほど畦にアザミの多い所を他に知らない。それにしても、毎年花ざかりの頃に刈り倒され、種子を結ぶことはないのに、これほどはびこるというのは余程根が強いのであろう。そうだとすれば「草の根」とは刈られても刈られても尚、殖え続けるもののことをいうのであろうか。

客との世間話が農作業のことに及んで、その家の水田耕作面積を聞くことがあるが、これまでのところ、最高一町歩、最低は二反歩ほどである。勿論いわゆる非農家もあるわけだが、一町歩の水田を耕作する家も専業ではない。

5月16日

週刊『釣りサンデー』の発行人、日本なぎさ保存会関西事務局長小西和人氏一行が、杵築市の守江湾で学術調査をかねてアオギスの脚立《きゃたつ》釣りをするというので見に行く。

ヘルニアで参加を断念した松下さんを残して、福岡からの伊藤ルイさん、中村隆市さんと出発。イノシシ村の住人安倍さんとは大分空港で落ち合う約束。

さて、やや遅れて着いた空港で、迎えのマイクロバスに乗り込んだ小西氏に挨拶。これも遅れて来た安倍さんとも出会って、それぞれに、基地となる住吉浜リゾートパークへ。

さすがアオギスを天然記念物に指定させる運動を展開中とあって、小西氏の周辺には関西から同行したテレビ二社、地元大分からも二社という報道陣がいて、御本人もその応対に忙しい。

乗船人員の都合もありそうなので、同行を辞退したが、干潮で船が出せず歩いて沖に出るという。結局、最初に糸を投げるところまでついて行ったが、アオギスの釣れる前に我々は引き返した。大人四人が七時間ばかりを費やした割には満足感の少ない一日だったが、助手席の伊藤ルイさんの「今日は気持のいいドライブでした」に救われた。

麦がら焼き

一九八〇年六月

この里では、麦の取り入れから田植えまでの作業がほぼ六月一杯に集中する。農作業には特有の雰囲気があって、ある家でとりかかると、これはなぜか周辺の人々をせきたてる。

里人の動きが何かに追われるようなものになった頃、梶原鮮魚店もその渦に巻き込まれる。調理・配達が増えるのである。おまけに、昼食に間に合うように、という注文が毎日数件入ってくる。こうなると、もう戦争である。悪いとは思いながら、疲れた老母をつい怒鳴ってしまう。そんな日が半月ほども続いて、どうやら責任を果たせた安堵にホッとしているこの頃である。

ダブル選挙の喧騒も加わって、何かに振り回されたような一カ月ではあったが、そして、こんな日常には耐えられないと何度も思ったのだが、根が貧乏性なのか、それなりに張り合いも感じてはいた。

6月6日

冬、ヒヨドリが群がってその実をついばむセンダンの花が満開である。小さな花で、目立ちはしないが、近くで見るとそれなりに美しい。

入梅を前にして、あることを思いついた。ボーリング井戸の前に二〇年余りも使用した谷水の再利用である。

山から引いた硬質ビニールのホースは、まだそのままで、隣家の裏で土中に入っているから、そこで切り取り、軟質ホースで家までつなぐだけのことである。この日から、梶原鮮魚店の調理場や庭先では、電力に頼らぬ水がホース口から絶えることなくあふれている。

6月14日

ダブル選挙で、この里にも車の行列が入ってくる。中には二五台を連ねた候補もあって驚かされた。

ある朝、某金権候補のポスターがベタベタと貼られ、急に政治に関心を持ちはじめたらしい運動員が、各戸にその候補の通過予定時刻を告げていく。道端に出て手を振ってほしいという依頼である。何がしかの金を握らされて、この日は候補自身が運動員の勤務評定に来るというわけであろう。そのあたりが見えすいていて滑稽である。

そうした喧騒をよそに、わき道の石垣にはユキノシタの花が揺れていた。

ユキノシタ

6月23日

夕方の配達に行くと、どの家もテレビの開票速報に見入っている。最終的な当落だけを報ずれば足りると思うのだが、なぜ、国民全部を選対事務所の雰囲気の中に誘い込むのであろうか。

さらに解せないのは、当選確実などという予告である。この予告をするために注ぎこまれる労力や設備を考えると、全くムダなことのような気がしてならない。開票終了までに一カ月を要するわけではあるまいに。

ここ大分二区では、早々に当確とされた自民党副総裁が落ちたが、万歳を叫び、祝杯をあげて落選というのも哀れではある。

6月26日

仕事を終えて、中津に帰る道すがら、麦から焼きの炎をいくつも見かけた。

老夫婦を残しての帰宅であるから、商売上の一切の作業と、老人に不可能な家事、その他を終えてということになり、遅くなることが多い。

真暗な中に、まだよく乾いていない麦からの小さな炎がいくつも見えて、一種幻想的な風景であった。

炎はいつも明神海岸での焚火を想わせる。共に闘う仲間がいて、そこに炎があった。九州電力が豊前火力に着工したのは六年前のこの日である。明神海岸は七周忌を迎えたことになる。

スッポン

一九八〇年七月

かつて、日雇い労務者が「ニコヨン」と自称した頃、「ニコヨン殺すにゃ刃物はいらぬ、雨の一〇日も降ればよい」という自嘲的な一句があったが、七月の雨は、山里のさかな屋にこの句が他人ごとでないことを実感させた。

早朝からの叩きつけるような雨に尻ごみして休んだ日もある。海が荒れたあと、市場への入荷が激減し、鮮度のいいものがなかったり、法外なセリ値にあきれて引き返したこともあって、さんざんな一カ月であった。

八月に入ったというのに、朝夕の涼しさは思いの外で、世界的な異常気象も取りざたされている。老人たちの挨拶にも稲の出来を心配する言葉が交わされることが多いが、こうした異常の原因として、工業化社会のエネルギー多消費が、もっと明確に指摘されねばなるまい。それとも、セントヘレンズ火山の大爆発に全ての責任をおっかぶせるというのか。

7月2日

夕方の配達で、あやうくコジュケイの一家をひきそうになった。親鳥が三羽、掌に入るほどのひなが六羽で、左の藪から出て道路を横切り、右の斜面をかけのぼって行った。とっさのことで、通り過ぎてから車を止め、急いでのぞくと、それぞれに障害物の多い斜面をのぼるところで、ひなの慌てぶりがおかしかった。

野犬は少ないものの、野良猫や蛇の多い中で、六羽ものひなが無事でいるのに驚いた。絶えざる危険の中で生きる弱者のはずなのに、よく繁殖しているらしく、時期がくれば、あちこちで鳴く。自力で生きる野生の逞しさは、到底人間の及ぶところではない。

スッポンの子

7月12日

帰り道でスッポンの子を拾う。娘と二人で「スッポ君」と名づけ、しばらく飼った。

二日目の夜半、冷たいものに触れて目が覚めた。見れば、台所の洗面器に入れたはずのスッポ君がフトンの上。どう考えても、洗面器からはい出したわけがわからなかったのだが、数日後、移しかえたタライから出よう

山国川の濁流

として、首をのばした姿を見てナットク。別の生き物のような首をのばして、顎をふちにかけ、体を引き上げての脱走らしい。

スッポン君を川に返した日、何日かぶりに魚を買いに出て来たオバサンは、「スッポンを食べすぎて、お腹をこわしてしもうたんよ」とのたもうた。

7月17日

降るたびに大雨で、下流の流幅は平常の十倍近くにもなる。魚が少なく、やむなく休業したものの、家にいても何か落ち着かず、生家の兄を山国川の視察に誘う。

何年かぶりの氾濫のあとだったが、水量はまだ十分で、「自然」の威力を再確認。

写真の位置から一〇キロほど上流で、耶馬溪ダムの建設が進んでいる。こうして人間は、いとも簡単に「自然」に手を加えることをするが、いつかどこかで痛烈なしっぺ返しを食うのではあるまいか。ダムだけではない。海面埋立、人工造林、林道建設、宅地造成、微妙なバランスをこわし続けているではないか。

一九八〇年八月

大椋《おおむく》

依然として涼しい夏が続いている。やや遅れはしたものの、稲もどうやら穂を出し、栗や柿なども実を太らせはした。

いつもの夏に比べると、日照時間、気温、雨量の三点が決定的に異なるわけだが、これまでのところでは、こうした天候のもたらすものについて、人々はまだ、さほどの心配をしているようにもみえない。

それが「自然」を、決して裏切らないものとして信じているからなのか、昨今の生活様式からして、一年ぐらい稲や野菜がとれなくても騒ぐには及ばないという感覚からなのか、わからない。いずれにしても、この異常な夏の置き土産は、秋に入りかける頃まで予測が困難なようである。あれこれの業種で、秋口の倒産がささやかれて、何やら先行きの不安は募るが、これは梶原鮮魚店営業部長の杞憂であるかも知れない。

8月12日

仕入れを終えて、魚市場を出る頃、山国川の河口付近に、大漁旗や幟《のぼり》で飾りたてた漁船が三〇隻ほども集まっている。とっさに漁民の海上デモを想像したが、これは住民運動に関わる者の感覚であったろう。

通りかかった蒲鉾屋のオヤジさんの説明によると、「ウキデン」という行事だそうで、以前は宇佐八幡の海上宮「浮殿」まで、海路参拝に行く放生会《ほうじょうえ》のならわしだったそうである。最近は、すぐ先の灯台を一廻りしておしまいということであった。

いずれ、豊漁や安全を祈願したものであろうが、こうした行事の手が抜かれるのも世相であろう。

大椋

風車

8月16日

一四日から始まった魚市場の盆休みもあと一日だけとなった。働く一日も短いが、休んだ一日はなおのこと短くて、楽しみにしていた四日間の休日は、ゴロ寝のうちに終りそうである。

前からの約束で、大森さんの車に同乗して水車発電を見に行く。

写真は、その道すがら見つけた風車で、ゆっくりと回転していた。よく見ると、さほど頑丈そうにも見えず、看板としての用を足すにすぎないが、風や水を原動力とするものは風景によくとけこんで違和感がない。

8月27日

商圏の中間あたりに、一本の大椋がある。樹齢も一〇〇年近いのではあるまいか。

幹には七五三縄《しめなわ》が張られていて、なかなかの風格である。まだ道路が拡幅舗装される前、夏の日盛りを歩いた里人は、きっとこの木陰で一息入れたにちがいない。枝の様子はあたかも道路いっぱいに手をさしのべているかのようである。

この木の下を通るたびに、娘の好きな絵本『おおきな木』を思い出す。その木は、一人の男に生涯にわたって頼られ、実を与え、枝を与え、幹を与えて切り株だけにされるが、そのつど「きは　それで　うれしかった」という文章で結ばれている。

里芋の花

一九八〇年九月

雨ばかりの夏に泣かされたせいもあって、ここ数日の磨きあげたような青空が無性にありがたくて、しみじみと見上げては、それだけで満ち足りた思いを味わっている。平年の半作とれればいい方だ、といわれるこの里の稲も、それなりに穂を撓《たわ》ませ、黄金色を濃くしてはいる。

コスモス、ススキの穂がヒガンバナにとってかわった風景の中で、時おり、つき刺すようなモズの鳴声が響き渡って、紅葉にはまだ間があるものの、天下はまさに秋である。

とはいえ、人の世はやはり、年々生きづらくなっており、この里の入口に住む小一の女児が、ダンプカーにはねられて重傷を負ったのも、毎朝、マイクロバスで中津市内の製材所に通う人のうち、七人もが同時に解雇されたのも、ほんのここ数日の間の出来事である。

それぞれ一家の大黒柱なのだが、これからどうするのであろうか。

9月1日

八月三〇日に降った雨は、この里の最奥部付近で山肌を押し流し、根や枝をつけたままの流木は、曲りくねった川を八キロほども流れて、梶原鮮魚店の前にかかった生目橋の橋脚にからみつき、せきとめられた濁流は道路に上り、隣りに住む叔母宅の床下を流れ、下流の畠と田を洗った。

一段高い私の店でも、相当あわてたらしく、母は父に裏山への避難をすすめたという。頼りに

里芋の花

濁流にもぎとられた欄干

思う息子は、その前夜、豊橋市での集会に向けて出発していたのだから、心細さも一入であったろう。父は避難を拒否したらしいが、それが難破船の船長の心境であったかどうかは知らない。濁流にもぎとられた欄干は、まだそのままになっている。

9月16日

「天気がおかしいきかなあ、里芋ん花がなんぼでん咲いちょる」

川向うの主婦が、びっくりしたようにいって来た。

「昔から、里芋ん花が咲くと何か起るち聞いたこつがある」

そして、それは吉凶を問わないという。魚を買うために立ち寄った数人の間でひとしきり話がはずんだが、結局のところ、米の作柄が、豊凶のいずれにしても極端な場合と関係がある、ということになって、今年は凶作の予兆として咲いたのであろうという。

予兆というが、その花の咲く以前から凶作は決定的となっていたのだから、これはただのこじつけにすぎない。

9月29日

まだ耶馬渓鉄道が走っていた頃、津民駅のプラットホームに立って、中津行きの列車を待つとき、この方角に目をやったものである。そして、橋の向うの山を抜けるトンネルから先頭車輛が顔を出した頃、誰もが荷物を手に持って立ち上がるのだった。

ほんの二〇年前までのことである。線路だった部分は舗装されてサイクリング道路となり、むろん駅舎もないが、コスモスとその向うの風景は、その頃、線路わきに咲いていたものとその遠景にぴったり重なるのである。
しかし、重なる部分はあまりに小さい。人々の暮らしも風景も変わってしまった。そして、もう元にはもどせない。たった二〇年前の姿にさえも。

一九八〇年一〇月

街頭署名

栗が終って、庭先の渋柿がいい色に熟れ、稲がほぼ刈り取られて銀杏の実が落ちはじめた。日が短くなって、店のあたりでの日没は午後四時頃である。なにしろ狭いV字型の地形で、竹筒で空を見ているような具合だから、日照時間は極端に少ない。

変わらない風景

二〇日を過ぎた頃から、秋特有の変わりやすい天候となり、しぐれることが多い。で、刈り取られた稲束は脱穀されぬまま、平年の二倍以上の日数を稲掛けの上で過ごしている。
「冷夏の影響で、一株が小さい上に、しいな穂が多い」と、こぼしながらの取り入れ作業がいつまでも終らず、農家にとっては、まさに踏んだり蹴ったりといったところである。
下旬に入って、木枯らしも吹きはじめ、一挙に冬に突入しそうな雲行きである。今年の冬は長いかもしれない。

10月6日

中津市内の魚市場を出て、三光村、本耶馬渓町を通り抜けて耶馬渓町へ、というのが毎日の行程なのだが、最近三光村の圃場整備工事がすさまじい。

果樹などを手広くやっている友人の話では、圃場整備の工事費は八〇%が国庫補助、更に、その後の大型農機具の購入については、三名以上の共同購入という条件ながら、六〇%が補助されるという。

近年にない凶作にも拘らず、さらに減反をすすめるというこの国の農政が、純粋に農業のために、田圃の地ならしを奨励するとは思えない。土建業者と農機具メーカーを太らせた上で、いずれはその土地を工場に、という青写真があるような気がしてならない。

10月15日

朝七時起床、七時半から八時四五分頃まで魚市場で仕入れ、最初に車を止めて商う地点に九時二〇分着、店に帰り着くまでに九カ所で車を止める。

一〇時半頃から店で積荷の整理、電話注文などの魚を下ろし、早い昼食をとって、奥へ向けての出発が大体一二時半、二〇カ所ほどで商い、店に引き返してくるのが一五時半頃。行商で依頼された分を調理し、その他の注文とともに配達にかかるのはもう一七時になってからである。それに約一時間、帰って保冷庫を洗い、計算をし、夕食をとるうちにはもう一九時半である。

中津に帰り着くのが二〇時過ぎ。朝起きてからここまでが全部駆け足である。ときどきやりきれなくなってくる。

10月26日

全く久し振りに街頭署名に立った。放射性廃棄物の太平洋投棄反対を訴える署名である。農繁期ということもあって、松下氏と二人だけの行動になるかと予測していたのだが、福岡から水田さんと中村さんの援軍が到着、生まれてはじめての行動に張り切る娘を加えて総勢五人。一カ所に集まれば結構サマになる人数である。松下氏がハンドマイクで訴え、水田さんと娘がビラを配り、中村さんと小生は署名板を抱えて立つ。

しぐれ模様の寒い日で、道行く人々の中には、ビラを差し出されてもポケットから手を出さない者もあった。

何度、「今ビラを差し出しているのは中学生ですよ。受け取ったらどうですか」と怒鳴りたかったか知れない。

娘は何を学んでくれただろうか。

ドジな商売

一九八〇年一一月

一一月にしては暖かい晴天が続いている。紅葉は、もうちょっとで最盛期、と待つうちに散りはじめ、月末の今、落葉樹はほぼその衣装を脱ぎ捨ててしまった。とはいえ、ハゼとイチョウの紅葉はそれなりに鮮やかだったし、山側の側溝にはドングリなどがころがって、秋を実感するには十分なものがあった。

一一月二二日、この日でさかな屋稼業満五年となる。仕事量の約半分を受け持ってきた母に老いが見えて、五年という歳月の長さを噛みしめている。

中津市周辺への相つぐスーパーマーケット進出の余波と思うのだが、この里にも食料品の行商をする車が数多く入ってくるようになった。それやこれやの他にも山ほどの理由があって、さかな屋であり続けることはむずかしいようである。それでも、今しばらくはさかな屋であるより他はない。

11月9日

耶馬溪町商工会親善ソフトボール大会の当日である。ほんの数日前、急にメンバーが足りなくなったから、といわれて参加することになってしまった。

町内を五地区に分け、各一チームで総当たりということである。自衛隊の手になる町民グラウンドにはナイター設備まであって、老若男女みな相当な腕前である。何年かぶりでボールを握った身で活躍できるはずはない。

さすがに監督はそのへんを見抜いたらしく、「センターを守って下さい。打順は八番です」という。四試合で不運なヒットが二本、ために三振賞を逸し、センターへのフライはゼロで、エラー賞にも見離されてしまった。

11月18日

車の中で、ラジオで聴いたことだが、イランがイラクの原子力発電所を攻撃したという。幸いに命中はしなかったらしいのだが、こうした設備を攻撃することで、通常兵器を用いながら、核兵器を使用した場合と同様の被害を与えることができるというのであるから、おそろしい話である。

今、この国は憲法第九条を切り捨てることと、原子力発電所の建設に躍起となっているが、その結果についていかなる責任をとろうとするのであろうか。聞くところでは、すでにこの視点から、防衛庁に公開質問状を出している運動体もあるという。「だからもう、専守防衛では駄目なのです」とでも答えたいのではあるまいか。

11月23日

魚市場の連休と、二つの集落の秋祭りが重なって、土曜日に仕入れた魚がついに足りなくなってしまった。何しろ、店に来る人と電話での注文とでごった返すものだから、気がついたときには、残った魚よりも注文の方が多かったというわけである。

初めてのことでもないので、こんなときには、年中無休でやっている中津市内のさかな屋さんから買ってくる。それも同業者ということでの甘えは許されなくて、小売値であるから、当然、梶原鮮魚店のそれを相当に上回る。ところで、電話の注文には値段を知らせてあるから、こういった分については、仕入れ値よりも安く売らねばならない。しかも、調理、配達つきである。

川の水

一九八〇年一二月

例年のことながら、山里のさかな屋にとって、一二月というのは、できれば「パス一回」といきたい月である。

月初めに何カ所かの秋祭りをこなしたあとは、これといったこともなく暮を迎えるわけだが、この暮（それも最後の三日間）が問題である。

多分、ほとんどのさかな屋にとってはかき入れ時ということであろうし、したがって手ぐすね引いて待ち構える時期なのだと思うけれど、梶原鮮魚店に限って、そうはならない。月半ばあたりから老母と二人、戦々兢々として過ごしたものである。

12月6日

仕入れから帰って、積荷の整理をしているところへ訪問客があった。四頭ばかりの犬を連れ、ずぶ濡れの肩に鉄砲を担いだ男で、電話を借りたいという。近くの山でイノシシを射ち、道路まで運び出してあるというので、早速、撮らせてもらうことにする。四〇キロほどの重さというから、まだ子であろう。雨の中で、傘をさしたままの写真だから、イノシシの姿は定かでないが、縛られた四本の足は見てとれる。

12月15日

ひどい霜が何種類かの野草を枯らした朝は、この里の入口付近の田んぼで刈り取られたままの稲の株や、それをとりまく小さな草に、まだほとんどぬくもりを感じないほどの朝日に解けた霜が、水滴となって光っていた。

特に急ぐ注文のない日は心にゆとりがあって、よくカメラを構えるのはこんな日である。

誰からも拘束されず、好きなときに好きなだけ働いて、それで何とか食うことはできないものか。

12月26日

霜が降りた朝

初めて川に氷が張った。この里を流れる川が本流に注いで、五〇メートルほど流れたあたりに淀みがあって、そこだけに薄く氷が張った。

数日前、行商先で「さかな屋もそう永くはやれそうにありません」と世間話のついでに話したことがあったが、この日、全く別の所で、「もう、今年一杯でさかな屋をやめると聞いたが……」といわれてしまった。ひろがった噂に縛られて、やむなく廃業というわけにもいかないのだが……。

一九八一年

イノシシの肉

一九八一年一月

いつものことだが、休日を効率的に利用することが下手である。元旦からの六日間はアッという間に過ぎ去って、残ったものは何もない。いのちきを含めて、しなければならない身辺雑事が常に山積していて、本当にやりたいことに没頭するときの、あの楽しさを久しく味わっていない。

新しい年を迎えたはずなのに、その実感はなくて、昨日、今日、明日の連続だけが感じられて何とも冴えない心境である。

一方に、権力の側の確かな反人民的な言動が目立ち、危機感に襲われながら、おのれの日常がそれに相対していないことから来る焦りもある。この一年を強いて区切って考えるとしてもなお、明確な予測はむずかしい。あらゆる面で、何が起ころうとも、びくともしない腹だけは括っておかねばなるまい。そんな一年になりそうな予感だけはしている。

1月7日

年が明けて初セリの日である。

山里は、暮れに降った雪をまだ道路にも残していて、日陰の部分は鏡のようになっている。そのうえ、こういう部分には轍のあとも三本しかなくて、曲り角で対向車と出合おうものなら、ぶっつかって停まるのを待つ他はない。

果たして、夕方の配達でガチャン、バリバリとやってしまった。カーブではなかったのに、轍のあとを通り抜けることに気をとられていて対向車を見落していたのである。

相手の車が中型トラックで、全く無傷だったし、工事現場からの帰りで四人も乗っていたのに、双方に怪我人のなかったことは幸いであった。新年の初仕事で交通事故の初体験ではあった。

1月10日

行商に出ている間に、生家の兄から電話があり、中津に帰る途中で立寄るようにとのこと。行ってみると、今年になって二頭目のイノシシがとれたので肉をくれるという。

本耶馬渓町で、中津から行くと、天下に有名な「青の洞門」を抜けてまもなく左に入って行くのだが、このあたり急にイノシシが増えて困っている。

素人のかけたワナなのに、もう二頭目というので、「今年は春までにあと何頭とれるか見当もつかんぞ」などといっていたが、二月になったのに、三頭目がとれたという話はまだ聞かない。

一頭のイノシシを適当な大きさの肉塊に切り分けるまでの手間を思うと勿体なくて、まだ冷凍保存してある。

1月21日

身は明日という日の知れぬ浮世におきながら、何日か先の魚の注文を平気で受ける。ごく当然のことのようにも思えるが、よく考えてみるとやはりおかしい。たとえば行商先で、「明日の昼までに、刺身・吸物・煮付を一〇人前ずつ頼みたい」といわれたとする。余程の理由があって、前もって翌日の休みを決めているときは断われるが、そうでないときはまず引き受ける。そして、翌日は万難を排して働くことをおのれに命じるのだが、この頃、こうした約束を反古《ほご》にして尚、許される状況を想像してみる。事故か天変地異かあるいは革命前夜の混乱か。

本日未明、福岡市で核燃料輸送車が阻止行動に出合った。

一九八一年二月

発電所の煙突

座談会の中で、豊前の原告たちがその他の問題にどう関わっているのかが、まるで見えてこない。という『草の根通信』への批判に対して、恒遠さんは、「その他のことについてなら、書くことはいくらでもある。ただ、草の根通信には「豊前火力反対運動」以外のことは書くべきでないと考えるものだから……」と答えた。

緊急性や必要性から最も遠い、もしかしたら、二〇分の一ページをただ埋めるだけのためにあるような本稿の筆者としては、ギクリとしたものである。時間と体力のほとんどを生業に費やす毎日ながら、一日は魚市場から豊前火力のだんだら煙突をにらみつけることからはじまる。

ただ、それだけで終ってしまう日を重ねることの無念さと後ろめたさには格別のものがあって、その辺をさけてきたような気がしている。さけてどうなるものではないのに。

雪景色

2月4日

魚市場の事務所入口を背にして立つと、ほぼ正面に豊前火力発電所の煙突が見える。約八キロほどの距離のはずである。この朝は、煙突が特別によく見えた。気温が低く、快晴で、無風状態という三条件が揃っていた。

煙突出口から出て垂直に煙突の二倍ほどの高さまで昇っているのは、真白な水蒸気、そこから地面と平行に真直ぐ陸側に棚引いているのは、ばいじんが多いのか黒い層で、どこまでもよく見える。前日に受けた注文などがなかったら、急遽《きゅうきょ》臨時休業として、棚引く煙の行きつく果てまで行けたのだが、こんなとき、つくづくさかな屋であることがうらめしい。

2月6日

走る車のフロントガラスに鳥がぶっつかった。鳥がかわしきれないほどのスピードを出していたのではない。耶馬溪町に入ってまもなくの所で、両側に民家のたてこんだ場所だった。何かが当る音がして、あとに羽毛が二本、ワイパーにくっついていただけのことなのだが、庭先から低空飛行で飛び立ったツバメであったろう。

四季折々にいろいろな虫などが自動車の犠牲となる。トンボ、チョウ、カエル、ヘビ、犬、猫などである。これまでに、自分ではカエルまでの経験しかないつもりだったのに鳥をやってしまった。そのつど自動車を利用することの罪深さみたいなものを感じてはいるのだが……。

2月15日

一年前の正月、昼火事で焼けた魚市場の新築落成式の日である。

次々とステージに招かれて上がる来賓の祝辞には、共通の言葉「県北の発展」が繰り返し使用された。「発展」の持つ意味は以前と同じなのだろうか。

高校入学

一九八一年三月

前号の本稿で、ツグミとなるはずの鳥の名がツバメとなっていて、いくら何でもこの時期にツバメとは、とあわてたものだが、そのツバメが、もう、すいすいと飛び廻っている。

三月はあわただしく過ぎた。娘の高校入試もそれなりに気がかりなものだったし、税務署への確定申告もなかなか準備ができなかった。

砂田明さんの「ひとり芝居勧進興行」への取り組みは、たくさんの人たちとの出会いの場ともなり、意義深いものであったと思っている。

一カ月の締めくくりが福岡高裁での棄却判決となったのは癪《しやく》だったが、これもいわば予想通りの結果であって意外というものではない。

こうしてみると、ずいぶんといろいろなことがあった割には、順調な一カ月であったといわねばならない。不順な天候には泣かされ通しだったが……。

3月13日

砂田明さんの一人芝居『海よ母よ子どもらよ』中津勧進興行の当日である。勿論、梶原鮮魚店は臨時休業となり、午前中からの「仕込み」を手伝う。

舞台を作り、照明を確かめ、音響をテストし、といった作業が進んでいくのだが、常にその中心には砂田夫妻と照明担当のS氏がいた。

手伝った者たちは仕込みを終ったところで観客となれるが、三氏にとってはそこからが本番である。全国公演もすでに一〇〇回を超えたと聞いているが、どの一回もこうした御苦労を伴なったはずである。どれほど大変なことを企画され、実行されているのかが、少しは理解できたような気がしている。

3月17日

娘が入学することになった高校（中津南高校）で、入学説明会があるという。必ず父母同伴のこと、となっていて、妻からは「運動会以外には娘の学校をのぞいたことがないのだから、今度くらいは行くように」といわれていた。

それぞれに、親子で隣りあわせの椅子に掛け、教頭、教務主任、生活指導主任の話を聞かされたわけだが、いずれも「本校の教育方針はしかじかである。本校に入学する以上は親も子も心しておけ」といった具合で、どうも長いトンネルに押し込まれるような感じがある。そんなことを思いながら聞いているうちに眠ったらしく、娘につつかれてしまったが、これでまた妻のヒンシュクを買うことになった。

3月31日

豊前環境権裁判控訴審判決の日で、いつもの皆さんが傍聴にかけつけて下さった。

永い間の、心のこもった御支援にどうすれば報いることができるのか、今はまだわからない。裁判の舞台は福岡を離れたが、九電本社もあることだし、時々は出かけていって折角の友情を深めたいものである。

こうした裁判に関わっているせいか、さかな屋稼業の宿命か、そのいずれとも決めかねているが、物事の区切りというものが実感できなくなってしまった。今日が終ってやれやれ、が抜け落ちて、常に、明日をどうするかだけがある。これでいくと、おのれが往生際にも安心の境地に入れなくて、西の方、黄泉への長旅を思い煩うのではあるまいか。

魚の日

一九八一年四月

イノシシ村の住人、安倍能文氏は、その哲学的人生探求記録の連載を、前号でひとまず終らせた。「私の言いたいことは言ってしまいましたから」という、さわやかな潔さである。本稿の筆者も、ひそかにその機を窺ってはいるものの、鬼の編集長へのお伺いもまだ立てかねている段階である。

ともあれ、芽吹きの遅いアオギリさえ、もう幼児の掌ほどに葉を拡げて、山里はいま新緑のまっ盛りである。

毎日を追われるように走りまわって過ごす生活ながら、車を止めて客を待つ間、ほとんど二、三分といった短いものだが、目はいつも風景に向かっている。小鳥たちのラブコールが耳に入ってくるのもこのときである。

こうした自然環境の中に起居する人々に、敦賀発電所にあらわれたこの国の原子力行政の実態は、どう受止められたのであろうか。

4月2日

一カ月間にわたってマスコミを賑わせた、敦賀原子力発電所に関する最初の記事は、この日のものである。

全ての廃棄物が最終的には海に流れ込み、おのが糊口の手段として、その海に生まれ育った魚を、山里に住む人々の口に運んでいるわけだから、心中穏やかならざるものがある。

水銀・PCB・農薬・放射能、その他ありとあらゆるものを海に流し込んで、さて、普通の消費者には何年先にどのような症状があらわれるのか、そんな壮大な実験の一部を担っているような気がしはじめている。多くの底辺労働者を犠牲にし続けながら、事故隠しがバレたときだけ謝るといったありようは常軌を逸したものといわなければならない。

4月24日

映画『水俣の図・物語』の上映会当日。当然、梶原鮮魚店は臨時休業となる。

何日か前の実行委員会に、雑用係の設置を提案し、それに立候補していたのだが、前夜訪ねた松下氏は病床にあり、その前夜一晩中吐き続けた由。痔もひどくて、立って歩けないという。やむなく進行係の代役も引受けてしまった。言ってしまえば、昼夜の二回、上映にいたる経過、映画についての若干の説明、講師土本典昭監督の紹介ぐらいなのだが、何しろ急なことで、結局、土本さんの紹介だけをきわめて簡単にするにとどめた。丸木夫妻にしろ土本さんにしろ、言葉では到底表わし得ないと知ったが故である。

4月25日

『水俣の図・物語』の上映で商売を休んだその日は、また、中津魚市場の第一回「魚の日」でもあった。

消費者の魚離れを何とか食い止めようということで、魚市場と仲買人組合、小売商組合の三者が、毎月第四金曜日をその日と決めて、何種類かの魚をセリ値から下げ、消費者に安く提供して魚への関心を喚起しようというものである。第一回に向けては、事前に新聞広告を出し、当日はヘリコプターを使って、上空からがなり立てたという。

この里の人も何人か聞いていて、入口近くのおばさんには、「昨日はエライ安売りの日ちいいよったが、それで、（儲からないからの意）あんた休んだん？」と言われてしまった。

一九八一年五月

カラス追い

ひとしきり田の畦を賑わせたアザミの花も盛りを過ぎ、麦の取り入れも始まった。

五月の終り頃というのは、田がさまざまな表情を見せるときである。黄金色に熟れた麦の田、それが刈り取られたばかりの田。五センチほどに伸びた苗代や、耕やされた田、水を張って田植えを待つばかりの田、すでに機械で植えつけた田。たまには、まだ何の手もつけられずに、レンゲが真黒なサヤから実をはじけさせている田もある。農協のすすめとかで、馬鈴薯を植えた田も今年は仲間入りして、なかなかに多彩である。

濃緑一色となった山ではホトトギスがしきりに鳴いて、どこで車を止めても例の「トッキョキョカキョク」が聞こえてくる。

目には青葉山ほととぎす……というのは、まさにこの季節のことであろう。残念ながら初鰹はまだ一度も仕入れていない。

5月6日

何日かぶりで魚を買いに下りてきたおばあさんが、「カラスを追うのに忙しくて……」という。モミ種を播いたばかりの苗代にカラスが来て、種を踏み込んでしまうというのである。若夫婦はそれぞれに勤めに出るから、そんなときには留守番役の老人が頼りである。

ここ数日、おばあさんは日中のほとんどを苗代にいてカラスを追い払っていたという。本人にしてみれば大変なことはよくわかるのだが、はた目にはどうしてもほほえましさの方が強く感じられて笑ってしまった。

そういえば、苗代作りをする人の肩や耕耘機のハンドルにとまるのかと思うほど、近くで遊ぶカラスを見たのは、つい二日前のことだった。

5月14日

店の裏にある栗の木に、今年もオトシブミがやってきて、みごとな作品を落としはじめた。

山里の暮らしがにわかに慌しくなる頃である。ワラビ・ゼンマイ・タケノコといった山菜は、とりたてのものを食べるだけでなく、塩漬けや乾燥にして保存もするので、結構手をとる。それが終ると茶摘みの開始である。ほとんどの人は、摘んだ生茶を農協に届け、何日か後に加工料を払って製品を受け取るわけだが、全工程を自宅の手作業でやり通す人も何人かいる。都会に出ている息子や娘にも送るのだという人は茶を揉んで緑色になった掌で魚を買いに出てくる。銘打つとすれば、耶馬溪銘茶「親心」ということになろうか。

5月29日

麦の取り入れが始まった。年間の肥料代ぐらいにはなる、という話は聞くのに、一向に麦の作付面積は増えない。その理由はやはり採算にあるという。麦作に費やす労力を賃仕事に向けた方が割りがいいというのである。

こんなふうに、一般の農家が採算を重視するようになってもう久しい。田や畠に何も作らず、いや何かを作っていても、そこに草を生やすことを恥とした老人たちの感覚はもうない。米は欠かせないものだし高価だから、買うよりも作って食べ、売る。麦は必要としないし、安くしか売れないから、作らない。それだけのことである。そして、これは工業を何よりも優先させるこの国の農政の中で、農家の自衛手段なのである。

明神海岸

一九八一年六月

六月に入って、すぐ最盛期を迎えたこの里の田植えは、半月あまりで大体終ってしまった。田に引く水の源は、この里では四種ほどあって、最も安心なのが川から引けるもので、「川がかりの田」と呼ばれる。次いで谷川からのもの、水量はさほどではないが、余程の干天が続かない限り涸れるということはない。

流れ込む水源を全く持たず、一〇メートルほども下の川からポンプで揚水している田も、この里の入口に一枚だけある。

大雨が降ったあとの何日間かだけ流れる、浅い涸れ谷にしか水源を持たない田は、いずれも山際にあって、苦労の種のようである。

今年もしんがりとなったのは、そんな田の持主たちであった。この集落の母親たちは、「娘を嫁にやるときは、水の苦労のない家に」と昔からいいならわしてきたという話もある。

水の有難さを最もよく知る人たちであろう。

6月7日

しばらくぶりで明神海岸に出かけてみた。発電所が前面の視界を完全に遮った風景というのは、何度見てもそれになじむことができない。目はひとりでに、以前からあったものを求めて動いて

グミの実

明神海岸の発電所

しまう。二体の石地蔵も七本松もそのままにあるにはあるのだが、海を奪われた風景の中では、取り残された感じがつきまとう。
　豊前平野全体の中では、発電所こそが異物なのに、ここに来て、海を隠して立ちはだかる発電所をバックにすると、以前からそこにあるものの方がどうしても抑えられてしまうのである。
　それぞれが控え目で、強烈な自己主張のない風景こそが、見る者の心を安らげてくれるような気がしている。

6月15日

　六月は、春になってすぐに花を咲かせたものの実が最初に熟すときである。写真は大粒のグミの実を写したものだが、ほかには野イチゴ・梅・ビワ・サクランボ・桑の実などがある。
　これまでにも触れたと思うが、この頃の子供たちは、みごとにそういうものを口にしない。ほんの三十数年前、野山や庭先に実をつけたものは何であろうと口にほうりこんでいた頃のことを思う。それらは甘かったり、酸っぱかったりしたが、どんな菓子でも買える今の子供たちに比べて不幸だったとは思わない。
　今の子供たちが摂らされ続けている食品添加物の影響はいつ出るのか、これもまた、壮大な人体実験ではある。

6月27日

中旬を過ぎたあたりから雨の日が続いている。朝からのあまりの土砂降りに臨時休業をする日もあれば、市場への入荷が少なく、鮮度の落ちたものばかりだったり、バカ値だったりして休んだ日もあった。

雨の日が続くと、昨年の夏を思い出すのだが、それについては一つだけ楽しい想像がある。今年の春、山国川は下流にいたるまで岸辺に菜の花をいっぱいに咲かせたが、これは昨夏の雨が川を何度も溢れさせ、そのたびに種を上流から運んだのではないかというものである。今年は菜の花とレンゲの種を多量に採取してある。誰彼の家の庭先にそっと播いて、来年の春には驚いた顔が見たいものである。

（一九八一年七月）

番外の記　梶原玲子

いつもなら、季節を追って、日毎ささやかに変りゆく自然の姿を伝える、父上の格調高い文章で始まるところなのだが――。

今月は編集長の哀願によってわたしがピンチヒッターをつとめることになった。別に、父上が病気で倒れたとかいうことではないので、ご心配なさらぬように。要するに、編集長が見かねたのである。

今までても、締切に間に合ったためしはほとんどなく、いつも母上がしねっ、と（筆者の母校の中学校から発生したと思われる言葉で、使えば使うほど味が出ると評判が高い。独特のニュアンスを持ち、意味も多いが、この場合は「相手の心を探るように」の意）電話をかけて、二、三日の猶予を請うていたのである。

父上はさっき、冷たい麦茶をくれた後、お願いしますといって布団に入った。むし暑い今日この頃、みなさんいかがお過ごしですか。

上旬から中旬にかけて、ほんとうに雨が多かった。朝どんなに晴れていても、午後になると、必ずザァーッと降り出し、そしてたいてい雷を伴った。

我が家は床が低いので、大雨には要注意なのである。まだ経験はないが、もし、近くの川の満潮時とぶつかったりしたら、床下浸水など、まず確実。それに天井なんかも、ずいぶんいたんでいるらしく、雨もりを始めた。

ある晩、家族三人で、もしこの家に住めなくなったらどうするかということについて話した。他の家を探すのも大変だし、かといって、家を建てるお金などあるわけないし、三人で野宿でもするか――。そうなったら、いっそのことさかな屋もやめて、修理屋にでもなろうか――。父上は、壊れた物を修理して、また使えるようにするというのが、大すきなのである。

すきなことをやって、それで生計をたてられたらどんなにいいだろう。最近父上を見ていて、切に思うのである。

中津の二大音痴といえば、松下、梶原というくらいに、この二人の音痴は有名である。そしてまた、音痴であるが故に、レパートリーが少ない。忘年会でも新年会でも、松下氏は「豆腐屋の四季」、父上は「ドナルドおじさん」とされている。ところが、昨年あたりから、松下氏はわずかでも差をつけようと、密かに練習を始めたらしい。実は父上にも、もう一曲あって、「森のお百姓さん」というのだが、二曲ともわたしが幼い頃通っていた音楽教室で、付き添いに来ているうちに覚えたものなのである。だから、メロディーは極めて単純であり、せいぜい五小節程度の長さ――。そのため、レパートリーは一曲じゃないところを見せるために、

「森の……」を発表したときに、果たして進歩といえるかどうか、という評価をうけてしまった。

これは少し、特訓せねばなるまい。松下氏に敗けぬように。そう……、今年の忘年会あたりが勝負である。

父上は帰ってくると、冷たいビールを飲む。そして、新聞や本を読んでいるうちに、いびきをかいて眠ってしまう。一時間くらいたって、母上がお風呂に入りなさい、と起こす。ぐずぐず言いながら起き上がり、お風呂に入る。あがったら、冷たいトマトジュースか麦茶を飲み、布団に入る。

自分の時間が欲しいと、いつも嘆いている。顔や腕はまっ黒になって、クタクタに疲れて帰ってくるのだから、すぐ眠ってしまうのは当り前だと思う。満足しないのは、やはり、ほんとうにすきな仕事をやっていないからであろう。すきな仕事なら、それをしている時間は全部、自分の時間となるのではなかろうか。疲れても、心には充実感があるのではないだろうか。甘く言えばわたしが部活動をやっているのと同じように。

父上に、そんな仕事をしてもらいたいと思う。うれしそうに、今日は頑張ったぞ、といって眠れるような——。

野猿騒動

一九八一年八月

丸二年ぶりに夏に出会ったような、そんな思いで八月を過ごしている。

あつい、あついといい合って、それで挨拶を交わしたことになってしまう毎日だが、年配の人たちが、時おり「けんど、夏はこうでなけりゃ、稲にも実が入りきらん」とつけ加えるのが印象的である。

どこで車を止めても視野には必ず稲があり、それは盆を過ぎたあたりから穂を出しはじめて、もうほとんど出揃っている。

下旬に入って、朝夕はいくらか涼気を感じるようになり、早生栗のイガがはじけはじめて、秋の足音は確実に近づいてはいる。

魚でいえば、例年ならば月末頃からしかとれない秋サバが、一週間ほど早く入荷し始めて、サバ好きの人たちを喜ばせている。

さかな屋にとって夏場は辛いが、ここまでくればあと一歩である。秋よこい、早くこい。

8月2日

流木

七月に降った雨が山から運んだ流木である。豪雨は上流の山国町で山肌をはぎ取り、そこに生えていた杉や檜を流した。写真は、そこから二〇キロばかりも下流の地点である。幸い、人身被害はなかったが、あわやという場面もあったと聞いた。

写真の地点での川幅は一〇〇メートルを超えていると思われるのに、平時との水位差がほぼ五メートルとなったことがわかる。

現代の「治水」は、水を力づくで抑え込もうというもののようである。それはひとり土木技術だけのことではなく、科学そのものの思い上がりに根源をおくものであろう。いまだに自然保護よりも「自然改造」に熱中するのはそのためなのであろう。

8月8日

この里の入口あたりで、一匹の野猿による騒動があって、それは最初に現われた日から町役場の職員に捕えられるまでの一〇日間も続いた。

写真は二回目に現われた日のもので、国道とこの里をつなぐ橋の上で出くわし、車の窓から写したものである。

この猿はいつも女主人が一人でやっている店に行き、菓子売場でピーナッツの袋を見つけて食べた。歯をむいて凄《すご》めば、女主人は外に逃げ出すのである。

そのたびに呼ばれた警官にはついに捕まらなかったが、隣の倉庫の天井裏に追い込まれたあと、診療所の医師による睡眠薬入りバナナを三本とも平らげたのが不覚で、それから三日後にフラフラと下りてきたとこ

野猿

ろを、待ち構えた町職員の野球のネットに巻かれた。

8月18日

集落の神社には一年に三回の神事があって、春夏秋に一回ずつとなっている。氏子は数組に分かれていて、各組が回り持ちで元方をつとめるのだが、今年の夏は初めて元方の一人として神事に参加した。

やや足元の危なっかしいほどに老齢の神官氏が、あちこちすり切れた衣冠束帯で、笏《しゃく》（一万円札で聖徳太子が持っている板）を奉持して正座しているその前で、氏子総代が玉串を奉納している最中、どこからともなく飛んできた虻《あぶ》があった。一同誰にとまるかと見回すうちに、ややあって虻は神官氏の前の床に下りた。このとき神官氏少しも騒がず、奉持した笏を右手に振り上げ、ピシリと高い音をたてて、一撃のもとに叩き潰したのであります。

アラの行方

一九八一年九月

九月に入ってもまだ日差しは強くて、早朝の魚市場でさえ、運転席を焼けたフライパンにしないために、駐車の位置や方向に気を配らねばならなかったのに、中旬を過ぎたあたりから、時おり肌寒さを感じる朝夕があったり、あちこちであわて者のハゼが紅葉をはじめたりして、秋も本番の近さを思わせている。

ムクゲは、ようやく蕾を使い果たし、田の畦に炎のように咲き誇ったマンジュシャゲも盛りを過ぎて、山里の風景の中では今、コスモスとススキが主役ということになる。

月が変れば、ほどなく稲の取り入れが始まるはずである。これまでのところ、これといった雨風もなく、順調な成育で、重量感のある穂を頂き、日増しに黄金色を増している。

たとえ為政者は豊作に顔をしかめるとしても、現実に耕作する人々にとっては、それはやはり何よりの喜びではあるまいか。

9月10日

急に思いたって、特別の注文を受けていないのを幸いに、さかな屋を臨時休業とし、豊前市内の農業改良普及所を訪ねる。ちょうど探しあてたところで、出先から帰ったばかりの職員氏と出合い、来意を告げる。快く招じ入れられ、次の二点について聞いてみた。
一、現在、豊前市周辺の代表的な農作物は何か。また、その栽培地区は。
二、これまでに豊前火力の操業によると思われる農業被害について相談を受けたことはないか。
石油専焼一〇〇万キロワットの火力発電所について、無害だという九州電力とそうではないとするわれわれと、いずれの主張が正しいのか、じっくりと見きわめて行きたいと思うのである。

9月15日

豊前市の農業地帯をあちこち回っての帰り道、宇島駅の前を通りかかって気がついたのだが、駅前にあった観光案内板が新しくなっている。以前のものの二倍ほどの大きさになって、設置場所も変えられている。写真はその一部分で、発電所の周辺である。

以前のものを併掲できないのは残念だが、それには公園もプールもなかったかわりに、高煙突

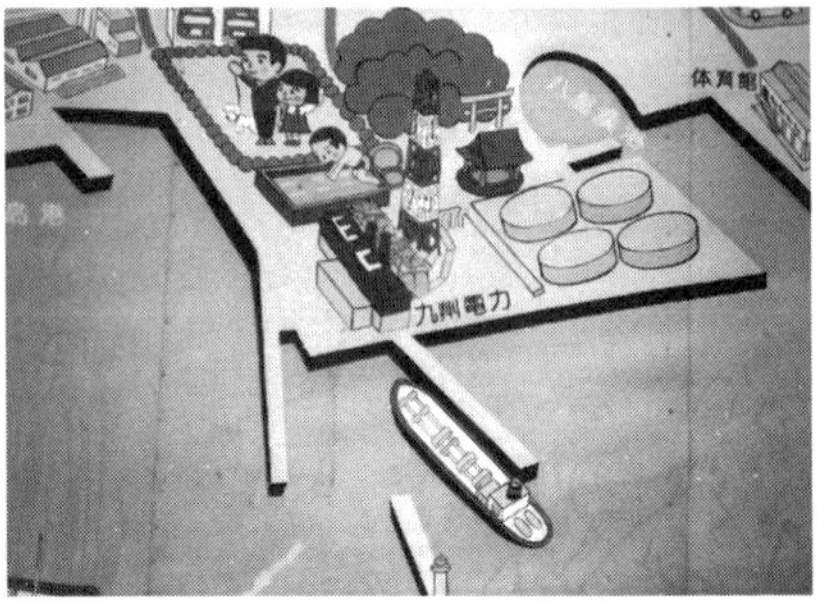

観光案内板

や石油タンクのある場所は海水浴場であることが示されていた。揚油桟橋にタンカーを一隻配したのは御愛嬌のつもりだろうが、よく見れば、海と陸地との境が無表情な直線で仕切られ、その海に端を接するようにしてプールがある。これこそ、文字通りの不自然であろう。

9月26日

さかな屋に「アラ」はつきもので、最近はこれを中津市内の処理場に持ち込むことが毎日の作業のしめくくりとなっている。梶原鮮魚店でも夕方になれば、高さ五〇センチほどのポリバケツにほぼ一杯となる。

このアラも必要とされることがあって、その利用先は多彩である。まず、アラ炊きを好物とする人がいる。犬のエサにする人があり、次々に入り込んだ野良猫が、すでに八匹になったという猫好きの一家も持って行く。鯉のエサにする人があるかと思えば、近所の子供たちは釣りの餌にして使っている。最も新しい客は三匹の豆ダヌキで、山から拾って来て、これまでは牛乳で育ててきたという。

一九八一年十月

子狸

台風二四号が通り過ぎた日から急に冷え込みはじめ、その翌日は夕方まで木枯らしが吹き荒れて、山里の人々とそこで商うさかな屋を震え上がらせた。

この里の取り入れは九月の末日に始まり、一カ月後の今、ほとんど終ろうとしているが、稲作の様変わりほど山里の生活の変化を象徴的に示すものはないであろう。

三〇年ほど前、農家にあった機具はどれも牛馬か人の手足を動力とするものであった。それだけに、当時の稲作はずいぶんと辛いものであったはずだが、その辛さに耐えるだけの意義もまた同時にあったであろう。主食として絶対不可欠の米を生産するための労働であったのだから。

各種の機械を買わされ、農薬と化学肥料をつぎ込んで、賃労働の合い間に片づける現在の稲作は、どう考えても農業機械や農薬、肥料メーカーと農協のためのものでしかない。

10月9日

柚子の木ではもう実が黄色くなりはじめている。

紅葉にはまだ間があって、いま山里の風景の中で目につくものといえば、柚子の実のほかには柿の実がある。澄み切って、のぞきこめば底の小魚の背模様まではっきりと見せる川水も、車窓ごしに目を奪う。

同時に視界に入りながら、見慣れたものは意識されずに、何か昨日までとちょっと変化したもの、周りの風景の中で目を引くものだけが見えるというのも面白い。ある日ハッとするほどに目を射たものがあると、当分はそれだけが目につく。そうして何日か経つうちに次のものに目を移す。

10月21日

コンクリートの都会には、秋はどんな衣裳でやってくるのであろうか。

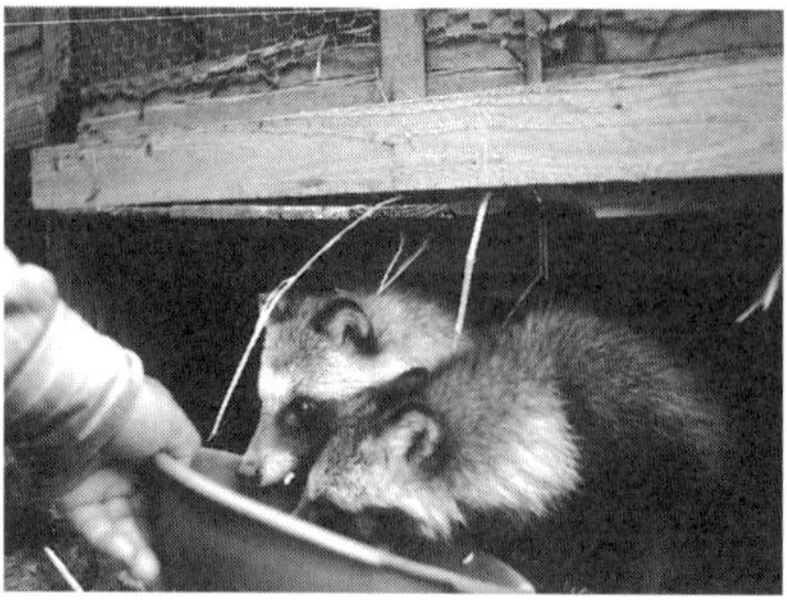
子狸

稲掛け

どの家も取り入れのまっ盛りで、さかな屋の車に、遠くの田から手を上げて走ってくる人もある。さすがにこの季節は山里の人々の動きもあわただしい。

山里が騒音に包まれるときでもあって、稲刈機・脱穀機は田の中で、籾の乾燥機は玄関先で唸り続ける。こんなときは御用聞きの声も一段と張り上げなければならない。

まだ数は少ないが、刈り取りと同時に脱穀をする機械（コンバイン）を持つ農家もあって、夏頃から稲掛けの道具で風呂を焚いた家は予想通り、この機械を新調した。

そこまで行くかどうかはわからないが、この機械が各戸に入ってしまうと写真の風景は姿を消してしまうことになる。

10月26日

梶原鮮魚店の「アラ」の利用先に子狸がいることは前号に書いたが、この日、御当人たちとの初対面となった。

いつものように庭先に車を止めると、主が裏から小声で呼ぶ。行ってみると、「たった今、子狸を逃がした」という。

もう、何でも食べるようになったので山に帰したいと思うが、帰らないので困っている。ようやく小屋からは出たものの、今度は床下に入って出てこない、というのである。

カメラを見て、主は餌の入った鍋を差し出し、狸を呼んだ。すぐに、二匹が出てきて食べはじめた。仔犬ほどで、さほどあたりを気づかう様子もない。シャッターの音にはさすがに敏感な反応を示したが、果たして野生に戻れるのだろうか。

早じまいの日

一九八一年一一月

一一月はこの里の紅葉の月であった。

初旬にはまだほとんど青かった銀杏が日を追って黄色を増し、ちょうど月半ばあたりでまっ盛りとなり、月末の今、一葉も残さぬ丸裸となってしまった。

今年の秋は、抜けるような晴天が数えるほどしかなく、折角の装いも一向に映えなかったのは残念だったが、それでも何度か、いい場所で雲の切れ間に出会い、しみじみと秋を堪能する機会もあった。

一一月はまた、さかな屋になった月でもある。六年前の一一月二二日、さかな屋として最初の仕事をした。

三八歳から四四歳になったおのれの変化にさしたるものはないが、七四歳になってほとんど寝たきりとなった父や、さかな屋の約半分の作業を受け持つ母が六九歳になったあたりの変化は大きくて、ふっと、先行き大丈夫かなと思ったりする。

秋はやはり物思う季節であるようだ。

11月2日

ＮＨＫ大分の「二豊路の秋」というほんの五分間ほどの番組が放映されて、しばらく照れくさい思いをすることになってしまった。

松下氏を通じての依頼だったこともあって断わることができずに応じた取材だったが、夕方のニュースの合い間の放映だったせいか、見た人が多く、画面に登場するとすぐ二人の人から電話があった。「あんたが映っちょるよ、見よるで」という親切なお知らせである。そこまではよかったのだが、番組の中で写真を趣味とするさかな屋という点が誇張されて、翌日からはあちこちで弁明にこれつとめねばならなくなってしまった。中には、真顔で「おめでとうございます」といった人もいた。

11月15日

中津魚市場は以前から日曜、祭日にはきちんと休んでいるが、客の方では身内の者が集まりやすいこともあって、日曜などに法事その他の座ごとを持つことがある。そんな日は梶原鮮魚店に出勤し、調理配達をすることになる。

この日も、それをすませて中津に帰ってくる途中、前の軽トラックの前方に斜めになって突っ込んだ雀が、道路端にポトリと落ちた。拾って掌にのせて見ると、目だけキョロキョロさせて動かない。中津に着くまではもつまいが、せめて埋葬を引受けようと座席の横に転がしておいたら、何のことはない、すぐにバタバタ飛びはじめて、当方はとりあえずカメラに収めて大空へと退散して頂いた。

11月25日

一カ月に一度あるかないかといったところだが、ごくたまに、早じまいになることがある。早じまいといっても、この頃の季節だと山あいの里はすでに薄暗くなっているのだが、中津に近づくにつれて平野部が広がるので夕焼けに間に合うことがある。この日は約五分間だったが、荘厳な大自然の営為に見惚れていた。

ほとんど毎日、朝七時半に家を出て帰って来るのは夜の八時半、この一三時間の全部が食うためだけに走り回る日常であることを思うと、何ともやり切れない。かといって楽をして食うのは気がとがめるだろうし、その才覚も勿論ない。あゝ、四〇歳を過ぎて惑いっぱなしというのも困ったものである。

夕焼け

冬至

一九八一年一二月

過ぎてみれば、何とも短い一年であったような気がしている。

これはしかし、充実した毎日のために時の経つのがわからなかった、というのではなくて、いや、むしろ逆にそうした一日があまりに少なすぎて、印象に残っていないからであろう。その意味では、短かったと同時に悔いの多い年であったといわねばならない。

あちこちで大変な不況が話題にされ、殊に年の瀬の迫った頃になると、それぞれに厳しい暮らしが実感として伝わってきたものである。

架橋工事現場

そして誰もが予測することは、この厳しさが当分は続くのではないかということである。暮れに、一月一〇日には引き出してもいいから、と預金の勧誘にきた農協職員氏も、ひとしきり不景気の話をして、手ぶらで帰って行った。不況といい不景気というのは、我々にとって貧乏を意味するものであろう。貧乏ならば怖くはない。

12月7日

景気の刺激策でもあろうか、この里でも何カ所かで町道の工事が進められている。

写真は、その中でも最も大がかりな工事となった架橋工事の現場であるが、これまでに橋がなかったわけではない。今はS字に曲がった部分の中央が橋になっているのだが、そのカーブと幅の狭さが問題だというのであろう。この里は旧称を津民村といったが、奥の方で犬ケ岳をはさんで豊前市と隣り合っていて、津民豊前線なる道路を開鑿《かいさく》中である。

道路を広げ、直線にし、新たにどこかに連結するというのは便利さを求めてのことであろうが、そのために奪われるものの大きさに、まだ行政は心を配ろうとはしないようである。

12月22日

待ちあぐねた冬至の日である。

一一月下旬あたりから日の短さが顕著になってきて、夕方の配達で懐中電灯を使うことがあったりして、冬至の日を待ったものである。ここまでくれば、明日からはたとえ米一粒ずつにしろ日脚が長くなっていくと思うだけで心底ホッとするから妙なものである。

一二月も下旬に入ると、暮れの数日間が思いやられるようになる。父も同じ思いらしく、奥の間のベッドから「あと一〇日あまり、体に気をつけて」などと声をかけてくる。「忙しいといっても、せいぜい最後の三日間ほどだから」と軽く答えながらも、何とか無事に過ぎますようにと祈る思いである。

12月30日

魚市場は明日から五日間の休業となる。毎年のことながら、この最後の仕入れがむずかしい。事前に受けた注文の分、行商を待つ人の分、それに若干の余分を全体として少なすぎず多すぎず、というのが要諦である。過去二年間のデータを参考にして、必要なものとその量を一覧表にし、常よりも二時間ばかりも早目に魚市場へ。その甲斐あってか仕入れはピッタリ。

ここまではよかったのだが、思わぬ伏兵が立ち現われた。ハモを洗っていた母が、最初の一本を二枚におろすところで指を深く切ってしまったのである。ああ、一瞬思わず天を仰いだ。包帯の上から炊事用の手袋をして応援は続けられたが、泣きたい思いの一日だった。

一九八二年

不況の風

一九八二年一月

大晦日、わが家には懐かしい来客があった。一年半ほど前に、約一カ月わが家に滞在したあと、独り東京へと旅立っていった女性である。

福岡市への帰省の途次で、三日にはもう東京へ出発するというのに、中津を発ったのは二日の午後であった。つまり、親元で過ごせる時間はわずかしか残されていなかったのである。

その人に誘われるままに娘を同行させたのがことの起こりで、先方の皆さんに大変なご迷惑をかけることになってしまった。着くと同時に娘のぜんそく発作が始まって、医者や薬に走って頂いた上に徹夜の看病までして頂いた。このために、久し振りの親子の語らいも、正月らしい団らんも、休息すらないまま、その人はまた東京へ発っていった。

多難な一年になりそうな予感がしている。

1月6日

この里の真中あたりにある寺では、一年ばかり前から幹線道路のわきと、そこから入りこんだ境内の入口に掲示板を設置し、毎月一回、達筆で法話を書いた紙が貼り替えられる。

一月のそれは「わが職は天与の任務なり尊重すべし」というもので、このところ何を終生の職業とすべきかで思い悩むさかな屋のために書かれたものではあるまいかという気がして、心中穏やかならざるものがある。とはいえ、どう考えても同感というわけにはいきそうもない。

むしろ、「一日も早く『天与の任務なり』といえるようなものを見つけてどっしりと構えなさい」と促されているのだと受取りたいのである。慈悲無限の仏者の言葉ならば、これくらいの曲解は許してくれるのではあるまいか。

1月19日

このところ家を建てる人が極端に減ったという話をよく聞く。この里にもその影響を受ける人が少なからずあって気が重い。

大工、左官といった人たちはそれなりに出掛けていっているようなのだが、屋根瓦の販売と葺き替えをやっている人には相当な打撃があったようだし、中津市内の製材所にマイクロバスで通っていた人たちのほとんどは工場閉鎖で解雇されてしまった。いずれも、すでに中高年といった年輩だから、再就職も楽ではないと思うが、かといって田畑を耕すだけでは成り立つまい。どんな田舎に住んでいても、現金の消費なしには一日も過ごせないような暮らしになっており、人は元の暮らしにはなかなか戻れないのだが。

1月30日

耶馬渓鉄道が走っていた頃、この里の玄関は津民駅であり、その駅のすぐ近くにトンネルが

津民駅近くのトンネル

あった。中津方面に出掛けた者たちが帰ってくるとき、列車がこのトンネルに入ったところで降りる準備を始めたものである。

今は、かつての線路跡が全部自転車道となっていて、このトンネルも徒歩か自転車でなければ抜けられないのだが、梶原鮮魚店の軽トラックは年に何度か通り抜けることがある。川っぷちの道路が大雨で水没したとき（昨年は無理に通ろうとした大型トラックが流された）や、雪で川っぷちまでの急坂がすべりやすいときなどである。

大自然の営為の前に、人間は時おり立往生するくらいでいいのではないか。

父逝く

一九八二年二月

「二月は逃げる」というほどの短さをつくづく実感した一カ月であった。

何の前ぶれもなく、心臓がストンと動きを止めたような、そんな静かな臨終で二月五日に父が逝き、そのあとの一〇日間があっという間に過ぎ去って、さかな屋にもどったのはもう一六日。そのせいか、感覚の上では二月は完全に二分されていて、だから半月の時間の中で一カ月が経過したような、妙な感じが残っている。

ある者にそれがいかに短く感じられたとしても、二月はやはり冬から春への橋渡しをする月であるらしく、初めと終りでは山里の景観もどことなく違ったものになる。梅の花が咲き、風や陽差しに暖かさが感じられるようになって、ぬるんだ水のほとりでは猫柳が開いた。
さまざまな小鳥のさえずりは、夕方の配達に駆けまわるさかな屋の四囲に賑やかである。

2月1日

日曜日や休日の前後に休むと、客の立場からすれば、さかな屋が二日続けてこないということになるので、それは極力避けてきたのだが、この日は、福岡高裁での水俣病謀圧裁判を傍聴するために休業となった。

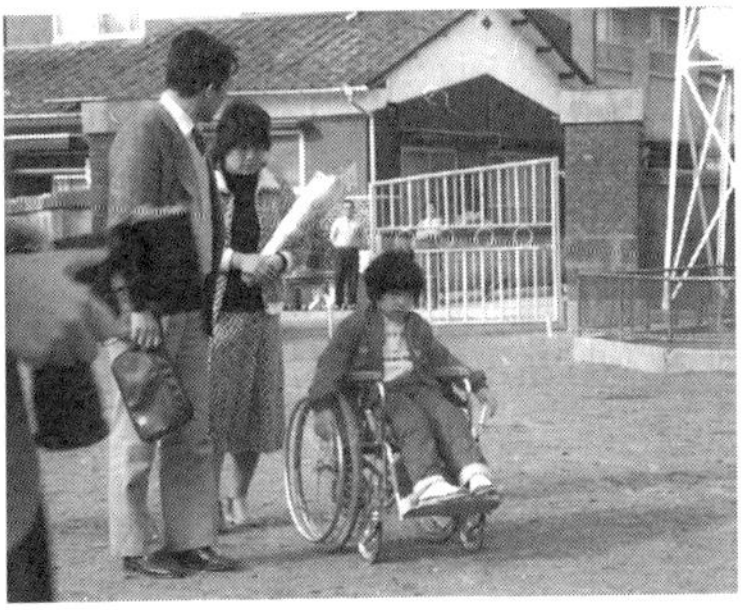

車椅子で初登校

写真は、この朝、近くに住む車椅子の少女、梅木千里ちゃんが検証入学ということで初登校するところである。検証入学とは、試みに入学させて、新学期までの期間（二カ月）に正式入学を認めるべきかどうかを現場で検証するという意味らしい。そのために観察記録係を一人つけるという。

何の力にもなれなかったが、行政との永い交渉の果てに、やっと勝ち取った成果であると聞いている。

2月5日

夕方の配達から帰ったとき、父はもう呼吸をしていなかった。ここ数年、寒さがきびしくなると何日間か調子をおとすことがあって、それは年によって一週間であったり、一〇日ほどであったりしたが、そのつど、寒がゆるむにつれて持ち直してきたのだった。

川の工事

この冬は一月三一日の朝から息苦しさを訴えはじめて、食事をほとんどとらない日が続いていた。それでも、昨年の場合に較べて特段の違いはないようだったし、前日、今日はもう立春だし、これからどんどん暖かくなるから、と励ましたばかりだった。

七四年の生涯だったが、一五歳の頃に中国大陸に渡り、敗戦で引き揚げるまで、大連市あたりにいたと聞いている。

商売が好きで、丁稚奉公から始めて、一時はなかなかの羽振りだったらしいが、戦後は再び無一文からの出発で、あれこれの後で結局、さかな屋に落ち着いたのだった。

実子がなく、養子縁組で親子となったが、何かについてじっくり話し合ったという記憶は一度もない。双方の照れがそうさせるのだが、それでも病んでからは時々、よくしてもらって有難い、などといっては涙を見せた。

最近、かつて働いてもらったという中国の人から便りがあって、二度ほどやりとりをしていたようだが、元気になって、もう一度中国に行ってみたいという思いは強かったにちがいない。

2月25日

この里を流れる川は、店のあたりで道路との高さの差が小さくなる。

橋も一つかかっていて、この橋には何故か橋脚が多い。昨年の大水の際、この橋脚に流木がひっかかって水をせき止め、道路にせり上がった水は、隣りに住む叔母の家の床下を洗った。道路よりやや高い店は無事だったが、すぐ下の田と畑がみごとに洗われた。

それが直接の理由になったと思うのだが、川に大型の土木機械が入って動きはじめた。幅を広げ、川底を平らにならす工事のようである。

どんな大水にも動かず、風景の一部であった大石が、次々に割られ、両岸に積み上げられている。川は人工のものではなかったはずなのに。

一九八二年三月

最後の行商

本稿はこれが最終回となる。

そうする他に手がないことはしばらく前からわかっていたが、いよいよとなると、やはりやめてしまうことには逡巡があった。

さかな屋をやめる、といえば父が悲しむのではないかという思い込みもあって、生存中はどうしても口に出せずにきた。その父が二月五日に逝ってから、ほぼ半分の作業を手伝う母の動作にひどく老いが見えはじめていたし、三月末には満七〇歳になるとも聞かされていて、それで、三月一杯で梶原鮮魚店を閉じることにした。

続けていれば何とか食えるという未練と、あとをどうするかという不安もあるが、これからの母の解放感を思えば、十分に引き合う選択であるという確信がある。

満開の桜の下、涙ぐんで別れを惜しんでくれた人もあって、花道を退く役者の心境を味わったことである。

3月4日

臨時休業とし、確定申告をする。昨年の申告の際に、「実質はあなたがやっている商売のようですから」ということで、すすめられるままに父の廃業届を提出していたのだが、そのために、これまで父の分、私への賃金、必要経費の三つに分けられていたものが、必要経費の他は全て私の所得ということになって、一〇万円を超える税金の支払いを命じられた。所得実績は昨年度と変わらず、これまで課税されたことはないのである。

慌てて父の廃業届を撤回させてもらったが、それでも四万円ほどになるという。欲を出して昨年の書類を出してもらったのがいけなかった。

「昨年の方が記入ミスです。この分の四万円も払って下さい」

3月11日

東京に住む生家の次兄が帰省した。三〇年ぶりというから、まさに浦島太郎といったところである。実母の病状が一時心配されて、その連絡を受けての帰省であったが、病人はほぼ持ち直していたから、久し振りの故郷を味わうゆとりは持てたと思う。

名勝耶馬溪の一角であるだけに、観光バスの駐車場あたりの賑わいは相当なものだが、その他には道路が舗装されているくらいで、生家の庭から見る風景はほとんど三〇年前と変っていない。「思っていたよりも山は低いし、もっと遠いと思っていたものがずいぶん近くに感じられる」という感想を漏らしたが、人にとって故郷は、遠ざかるほど大きく広く想われるものかも知れない。

3月31日

一〇日頃から、「今月一杯でさかな屋をやめることにしました」と、何人かの人に話しておいたので、それからあとは「噂を聞いたが、それは本当か」という念押しに、「はい、本当です」と答えていけばよかった。改めて挨拶状を発送するつもりでいるが、ほぼ、この日までに閉店の告知は終っていたように思う。

二八日が日曜日、三〇日は西尾さんの裁判傍聴と飛び石営業になったので、最終日のこの日は十分に魚を仕入れて、得意先の全部を挨拶を兼ねて一廻りするつもりでいたのだが、皮肉なことに特別に市場への入荷の少ない日となり、加えて、「あんたの魚を買い溜めしとく」という人もいて、半分ほど廻ったところで売り切れた。

もう、立って寝るしかありません——あとがきにかえて

梶原得三郎

ひょんないきさつから、一冊の本を世に出すことになってしまいました。通常、本などというものは、当人が強く出版を望んだ場合か、もしくは誰かが、それを本とすることに余程の意義を認めた場合に限って上梓されるものと想像しますが、残念ながら、この本に関する限り、そのいずれとも無縁であることが当人には辛いのです。

いま読み返してみれば、それなりに気負って書いた部分もなくはないのですが、ほとんどが毎月割り当てられる『草の根通信』のスペースを、とにかく埋めただけにすぎないもので、できることならもう人の目の届かないところへ隠しておきたいものばかりなのです。

ひょんないきさつと書きましたが、それは次のようなことでした。

一九八二年三月で一旦さかな屋をやめたあと、実は修理屋稼業に入るつもりでいたのです。情けないことに、開業までの修業期間をどう食いつなぐのか、と家人に詰め寄られて、やむなくもう一度、あと数年をさかな屋として暮らす決心をしました。

やめた理由の中では、それまで一緒にやってくれた母に平穏な晩年を過ごさせたい、というの

が最も大きなものでしたから、今度は中津市内で、住まいに借りている家の近くに店を出すことにしました。車庫として借りていたものを、持主の許可を得て改装したのですが、この改装工事は、近くに住む友人たちに助けられながらほぼ一カ月を要しました。

ところで、ここからが問題なのですが、そんな様子を時おり覗きに来ていた松下竜一氏が、ある夜わが家にやってきて、「開店祝儀を集めた」といって差し出したのです。ひそかに書状をあちこちに送って募ったものだということは、あとで知りましたが、それからのちも引き続いて寄せられた御芳志は、最終的に一〇〇万円を超えたのでした。

固く辞退したのですが、頑として聞き入れてはもらえず、結局、彼の提案でそのうちの一部を頂戴して、さかな屋にとって欠くことのできない冷蔵ショーケースの購入に当てさせて頂くこととしました。そのかわり、その余の分については何とかそれぞれの方にお返し願いたいと哀願したのでした。彼は、「祝儀を返すなどということができるわけがない」とつっぱねたあと、しばらく考えて、それを基金としてこの本を出版するといいだしたのです。何としても思い直してもらいたくて、真剣なやりとりをしたのですが、やはり押し切られてしまいました。彼との友好関係を維持しようとすれば、こちらが折れるほかはなかったのです。

こうして、何やら険悪な空気の中で上梓が決まったわけですが、一冊の本としてまとまるまでに必要な作業というのは大変なもので、編集その他一切の指揮は松下氏、専用箋への書き写しは洋子夫人、装幀とカットは今井智子さん、それぞれに多忙な日常の中で貴重な時間を割いて頂きました。いつも体力の限界で奮闘されている松下印刷主人紀代一氏には製版、印刷の上で一方ならぬお世話をかけています。そして、何よりもこの本が生まれるきっかけを作って下さった皆さんがいます。中味はともあれ、これほどに人々の暖かい心を集めて世に出る本もまれでしょう。その当人であることの光栄とそれに伴う気恥ずかしさもまた格段のものがあります。ただ一つの気がかりは、もう、どの方角にも足を向けられなくなりましたから、これからは立って寝るしかなくなったことであります。

一九八二年一〇月記

傍からひとこと

梶原和嘉子

車庫を改造してのさかな屋も、四カ月経ちました。

一夜、わが夜に迷いこんできたクサカゲロウが、鉛筆削りに産みつけた「ウドンゲの花」に、淡い吉兆の夢を托して、もう一度さかな屋をすることに決めたのでした。

多くの方々のご厚意に支えられて、どうにかここまでやってきました。「さかなやの四季」が一冊の本になるのもそのご厚意によるもので、本当にありがたいと思っています。

当店は、大型店舗が立ち並ぶ中津駅周辺の賑わいからは、やや遠ざかった北の方、市立北部小学校のすぐ近くにあって、四坪ほどの小さな店です。風通しがよく、夏は涼しく過ごせます、秋口からは夕方の西陽が暖めてくれています。周囲には車も止められて、住いからは歩いて一分ほどというわけで、万事に好都合なのですが、ただ商店としての立地条件はまた別物のようです。

店主は、朝七時半ごろ魚市場に出かけ、閉店の七時ごろまでは拘束されているようです。これまでの行商と違って、調理の手間が増えた上に、まだ一人前にはほど遠い店員を抱えて大変のようです。無給店員の私の方はといえば、ショーケースに魚が並んだころにようやく出勤します。

主婦兼任ですから、家事その他の雑用を口実に、時折脱走して慌てさせたり、店主のいい気な殿様商売にあきれて、つい気を利かせすぎ、「あんまり商売気を出すな」と叱られながらも、渉外係としての責任の重さに耐えています。

遅い夕食が終わる頃には、もう二人共睡魔におそわれはじめます。本もろくに読めない日が続いて情けない思いをしていますが、何とか一工夫して、もう少し自由な時間を持ちたいと思っています。

『草の根通信』に連載中は、なかなか原稿が書けず、締切りを大分過ぎた頃になってよく徹夜をしたり、一日の商売を棒に振ったりして、はた目にもハラハラさせられたものでした。それでも、毎月なんとか一頁を埋めてきたお陰で、多分生涯でただ一冊の本を世に出すことができました。

素直に喜んでいる娘や私にひき較べ、本人は例の調子で、周囲の方々に申し訳ないくらい、浮かぬ顔をしています。何事にも引っ込み思案で深刻に考えてしまうところがあるのです。

一人でも多くの方に読んでいただきたいとは思っていますが、これもまた「押し売りするな」と言われるのではないでしょうか。

あ、ちょっと待って下さい。玲子もひとこと書きたいそうですから。

三つめのあとがき

梶原玲子

毎月必ず、締切りが過ぎないと原稿が仕上がらず、「さかなやの四季」を連載し始めて以来、ずっと松下氏を悩ませてきた父は、この本のあとがきに関しても、やはり思っていたとおりで、相当手間どりました。そんな父を見ていた母は、あとがきのあとがきを書くことを自ら決意したのでした。しかし、結局は父と少しも変わらず、最後には父に眠るな！　と怒られながら、原稿用紙とにらめっこをする始末。そういう二人をはたで眺めていたわたしは、ほうと溜息をつき、ここはひと肌脱がねばなるまいと、ペンをとりました。

一冊の本を作るには、いろんな人に苦労をかけるもので、製作に協力してくださった皆さん、そして読者の皆さん、ほんとうにありがとうございました。

父が気を重くしている分、母と私ははしゃいでおります。出来上がったら、学校の図書館に持っていき、松下氏の本の横にでも、こっそり並べて来ようか、それとも、幸いわたしは図書委員なので、新刊書のコーナーに華々しく飾ってやろうか、などと考えている、今日この頃です。

ボラにもならず

養家

近くに作家がいる。

知る人ぞ知る、ノンフィクション作家松下竜一である。第四回講談社ノンフィクション賞受賞者だから、まぎれもないノンフィクション作家であって、それはそれで結構なことなのだが、近くに住んで彼の親友を自認する私にとっては、ちょっと困ったことなのである。

なにしろ、彼は〈事実〉しか書かない。その、おのれを裸にしていささかもたじろがない作家魂には呆れ果てているのだが、同じ筆致で私のことまで書いてくれるのである。

驚くなかれ、彼の著作三五冊の内の、実に一三冊に梶原得三郎は登場している。大分県中津市という小さな町の、ほんとに小さなさかな屋のあるじが一三冊もの本に登場していいものであろうか。

これははっきり言っておきたいが、私は作家松下竜一が書く梶原得三郎に、ただの一度も文句を言ったことはない。私ごときがモデルとなって彼の著作が一冊でも増えるのなら嬉しいわけで、かくて二〇年に及ぶ〝美しき友情〟は傷つくことなく続いている。

ところが、さらに困ったことに、伊藤ルイさんに紹介された横須賀忠由（記録社）さんが、私に何か書けと言う。「あらゆる点からそれは不可能です」と、その場ではっきり言うべきだったと後悔している。それでも、二日ばかり考えたことにして、説得されそうな電話をさけてお断りの電報を打ったのだった。

そこですんなり諦めてくれるような横須賀さんではなかった。電話がかかってきて、結局押し切られてしまった。どこかで生来の弱気を見抜かれていたのかも知れない。

だからといって、私に何が書けるというのだろう。どんなに思いを巡らしても、私自身のほかに題材はない。

これまでは作家松下竜一の手になる私を、ほほう、と感心して眺めていればよかったから、とまどいは大きいが、やむを得まい。腹をくくって、このうえなく平凡な半生を振り返ってみることにしよう。

さしあたり、私が養子にもらわれるあたりから話を始めてみよう。


私が、子供を持てなかった母方の伯父夫婦(一男・八千代)の養子となったのは、中学校を卒業して間もなくのことである。翌日が高等学校の入学式という日だった。

生家は、中津市から日田市に抜ける途中の景勝地・耶馬溪の入り口あたりで、菊池寛の小説『恩讐の彼方に』で知られた「青の洞門」からほどない古刹羅漢寺の上がり口、古羅漢と呼ばれる岩山を眼前にした集落にある。

実母(文江)は一一回お産をして、その内の一回が双子だったから、一二人の子を産んでいる。九人目まではすべて男で、私は実父(丸尾進)の六番目の子として一九三七年一〇月二八日に生まれた。私に続く三人の弟が、あいついで夭折しているが、さらにそのあとの三人(女、男、女)を含めて九人が健在である。

養父母は、戦時中、中国大陸で順調な商売をしていたようで、一緒に渡っていた親戚の誰彼とよく思い出話をしていたが、旧満州の大連にあった日本人街に住んでいたらしい。雇っていた中国人少年のことなどをくりかえし話題にしていた。

養子として私が求められていることを知ったのは、まだ小学校にあがる前の、ある寒い日のことだった。

二つ違いの兄と二人、ネコバンタと呼んださして暖かくもないこたつに潜っていて、すぐ横に火鉢をはさんだ実父と伯父がいた。こたつの中で眠っていて、目がさめたところにその部分だけが聞こえたのか、記憶に残っている二人のやりとりは短い。

「それでは、得さんのことをひとつよろしく」と伯父が言い、実父がそれを承知したのがわかった。近くにいたはずの実母の姿は、その場面には出てこない。そのやりとりだけで幼い私が事情をのみこんだはずもないから、多分、眠ったとすればその前に、伯父の来訪意図はつかんでいたのかも知れない。実父が承知したのがわかって悲しさがこみあげ、ふとんに潜って気づかれぬように泣いた。

そのまま日本の占領政策が続いていれば、あるいは私は中国大陸で小学校に入学したのかも知れない。しかし、今、岩波ブックレットの『年表昭和史』を繰ってみると、私が学齢に達する一九四四年の前年には、戦局は日本にとって目に見えてきびしくなっている。伯父たちの外地生活が不安定なものになっていったことが想像できる。とても養子どころではなくなったはずである。

まもなく敗戦となり、伯父夫婦は着のみ着のままで引き揚げてきた。しばらくは闇商売などをしながら生活の方途を探っていたらしいが、私が生家で小学校を終える頃には、中津魚市場の仲買人となっている。

中学二年の終りか三年になってすぐの頃に、養子の話が決着を迫られることになった。というのは、高校に進学するかどうかを決めなければならなかったからである。

さかな屋として落ち着いた頃から伯父夫婦は、時折、私を自宅に招いてはごちそうを食べさせ、「大学までは無理だが、高等学校には行かせるから」と言っていた。

とくに向学心が顕著だったわけでもないのだが、五人の兄の誰も行っていない高等学校に行けるというのは、何となく私を魅きつけた。三反歩ほどの田を作りながら、大工仕事だけが収入源の貧しい大家族の一員であった身には、ゆとりもあるらしい伯父夫婦の一人っ子として入って行くことには夢があった。なにかにつけて私を押さえつける兄たちから逃れられる、という思いもあった。大切にしてもらえ、まだ親から一度ももらったことのないこづかいももらえそうな気がした。そして、めったなことでは行けなかった中津市に、毎日列車で通えるのである。私は心をはずませてその日を待った。

養家がさほど遠くなく、軽便鉄道（耶馬渓線）でほんの三駅、終点（守実《もりざね》）側に寄ったところだったことも心を軽くした。

そして、一九五三年四月九日。まず、養家の使者となった二人の老婦人が生家に到着。その二人に連れられて行ったのだが、当時のことである、バスはまだ通っていないし、タクシーなどは思いも及ばない。軽便鉄道に乗るほかはすべて徒歩である。

生家から乗車駅まで約三〇分、降りた駅から養家までが約一五分。到着した頃にはすでに酒宴の準備ができていて、見知らぬ大人たちが席を埋めていた。

親戚と近隣の者たちを招待して、養子となった私を紹介する、いわば披露宴だったのであろうが、その宴会の様子はまったく記憶に残っていない。

こうして私は満一五歳で生家を離れた。

家を出るにあたって、実父母から改めて何か言われたという記憶はないが、実母にしてみれば自分の実兄に渡すわけで、義姉の人柄もよくわかっていたはずだから、とりたてて心配することもなかったと思う。実父や兄たちは、こんなときに改まって何かを言うことのできない人間だった。私にもよくわかるのだが、肉親ゆえの照れである。

まだ幼かった弟妹はともかく、兄たちが私の養子入りをどう受けとめていたのか知りたいと思っている。そう思いながら、照れに邪魔されて、今もまだ聞くことができない。

二四歳だったはずの長兄は、その頃実父の大工仕事を手伝っていたのだが、私のために数日をかけて机と椅子を作ってくれた。それはずっと大切にして今も手元にあるが、なかなかのものである。椅子の脚には反りがつき、尻乗せ部分は革張りで、机には引き出しもついており、全体のニスはまだほとんど剝げていない。

その机と椅子を誰が、いつ、どんな方法で運んだのか、それはまったく思い出せない。養家の間取りも典型的な田舎のそれで、四つの部屋が田の字に仕切られ、風呂と手洗いは外にあった。机と椅子を縁側におき、私は一人、仏間に寝ることになった。

養家での第一夜、床についた私は、この世にたった一人で取り残されたような寂寥感に襲われた。声を殺して実母を呼び、このときもふとんをかぶって泣いた。涙はとめどなく溢れた。

養家は、左右に山のせまるV字型の地形がずっと奥まで続く谷間の里（旧津民《つたみ》村）にあった。

この里の入り口に軽便鉄道の駅があり、駅前には両側に製材所があって、積み上げられた原木の山にはさまれた道路はいつもぬかるんでいた。

奥に続く一本道は曲がりくねったでこぼこ道で、どこでも小石がごろごろしていた。

その年、この駅から中津に通う高校生は私のほかに六名いたが、私にとっては初対面の人ばかりで、ことばを交わすようになるまでにはしばらくの時を要した。

もう四〇年も前のことである。高下駄で通う高校生が多かった。私もその高下駄で駅までの道をよく走った。走れば一〇分足らずで駅に着いた。

仕入れのために中津の魚市場に通う父も朝は同じ列車に乗った。それぞれの駅から乗りこんできたさかな屋のおやじたちが一つの客車に集まって、仲間うちの話に興じていたりした。

この軽便鉄道には、中津と終点の間に一七の駅があったが、私の乗り降りする駅は中津から一番目にあって、その間を四〇分ほどで走っていた。

今にして思えば、一五歳になったばかりで、たった一人で、家でも、地域でも、学校でも、まったく新しい人間関係を築いていかねばならなかったとは傷ましい。大変な緊張感であったろう。

学校は少しずつ楽しいものになっていったが、私は家で口を閉ざしていた。長い間二人きりで暮らしていた夫婦が、いきなり一五歳の子の親になったのである。ギクシャクするのは当然のことであったろう。

私は自分で勝手に思い描いた夢が破れて不満だった。こづかいはもらえず、家計にゆとりなどないこともわかった。学校が休みの日には家事を手伝うよう求められた。魚箱をこわして薪を作り、川から水を汲みあげて風呂をわかした。坂道の多いところだったから、行商の自転車の後押しをしたこともあった。父には、子は甘やかすべきではないという思いが強かったのだと思う。母はただやさしかったが、だからといって私から甘えたことは一度もない。けれども、これを書いている今、私には養父母の方を父、母と書いてやりたい思いがある

これも今にして思うのだが、高校生として中津市に通った三年間、映画を観ることも本を読むこともほとんどできなかった。家ではいつも不機嫌な顔をしていた。

そんな私に、あるとき父は「もっと、うちとけてほしい」とか、「学校であったことを話してほしい」と言ったことがあった。どう扱えばいいのか、思いあぐねてのことであったのかも知れない。たった一度、その要望をいれて、学校でのある事件を話したことがあったが、そのあまりのわざとらしさにいや気がさして、二度と話す気にはならなかった。

私は卒業してこの家を出るまで、父に対して不満を抱き続けたが、なぜか養子をやめて生家に帰ろうと思ったことはない。そんなことはできないのだと、どこかで思い決めていた。

養家の隣に、筑豊の炭坑にいて、事故でつれあいを失くした叔母(父の妹)が三人の子と住んでいた。まだ幼かったその従弟妹たちと、当時の私はまったくと言っていいほどに向き合っていない。その時間がなかったのではない。私の心にゆとりがなかったのだと思う。文字どおり死にもの狂いで三人の子を育てていた叔母から見れば、私は思いやりのない人間であったろう。

年に一度ほど、両親の墓参をかねて実母が訪れ、私もたまに生家に立ち寄ることがあって、束の間、肉親の情に浸ることができたが、それには必ず後ろめたさがつきまとうのだった。

高校二年の夏休みに、福岡市にいる次兄をどうしても訪ねたいと父に言った。長兄とともに旧

満州の鞍山製鋼所にいて、敗戦後、浮浪者のような姿で引き揚げてきたが、そのときまだ一七歳だったはずの次兄は、その後、逓信講習所を出て郵便局に勤めていた。

これは私にとって初めての一人旅だった。

次兄はどうやら労働組合のことで多忙らしく、着いた私を寮監夫妻と二人の友人に紹介したあと、一〇〇〇円札を一枚くれていなくなった。

私はここに一週間滞在したが、動物園と、外国人が次々に演説をした集会につれていってもらったことを覚えている。〝原爆許すまじ〟という歌をこのとき初めて聞いた。

海水浴につれていってくれたのは、次兄の二人の友人だった。一人は金子さんといった。生まれて初めて海で泳いだ。

修学旅行にて（右が筆者）

あとの日は一人で過ごした。勝手に入っていいと言われていた金子さんの部屋で、ガリ版刷りの春本を初めて読んだ。街に出て青いポロシャツを買ったこと、まだ牧歌的だったストリップショーに胸を躍らせたのも、もちろん初めてのことである。大冒険と言っていいほどに印象的な一人旅であったと言わねばならない。

そしてこの秋、私の淡い恋が始まっていた。

当時は、京都、奈良、大阪がこのあたりの高校の修学旅行先となっていた。魚市場でセリにかけられたという、少し大き目の革靴で出発した。出発してまもなくの頃、離れた席からじっとこちらを見ている視線に気付いた。一年生のとき同じクラスになった女生徒

Kだった。こちらも視線を返すのだが、照れくさくてときどきそらせてしまう。だが、相手は違った。射るような目で凝視し続けるのだ。

私は相手の意思を了解した。胸は早鐘を打っていたのではないかと思う。すぐに立って彼女に近づき、何か声をかけたはずなのに、そのときのことばは覚えていない。きっと催眠術にかかった被験者のような足どりだったのに違いない。かくて私の修学旅行は、にわかに艶を帯びることになる。

旅館での最初の朝、女生徒だけが泊った別の旅館から、彼女はリンゴを持って訪ねてきた。玄関に出て受け取っただけでその日は終り、翌朝は私の方が訪ねていった。雨の中、旅館の傘を借りていったことを覚えている。

双方の訪問は他の生徒たちに見られたはずなのに、まったく視野に入っていない。たぶん、その日の自由行動だったと思う。私は彼女と彼女の友人三人と行動を共にした。

＊

通しのタイトルを決めかねているところに、今回の原稿をしきりに気づかってくれる松下竜一氏がやってきた。

「成長するにつれて呼び名の変わる魚にはどんなものがあるのか」と聞く。

「ブリ、スズキ、ボラくらいかな」と答えると、「うん、ボラがいい。〝ボラにもなれず〟、いや、〝ボラにもならず〟はどうだろう。世故にたけた生き方を拒否する姿勢を表わすにはぴったりだ」ということで決定した。ちなみに、ボラの呼び名はオボコ、スバシリ、イナ、ボラ、ゲントク、トドと変化するという。

世の海原へ

誰にも経験のあることで、私だけが特別に早熟だったわけではないと思うが、小学校の入学式で一人の女の子に魅かれたことを覚えている。私自身はこれを初恋として懐かしんでいる。そのときからずっと、いつも身近な異性の誰かを想ってきた。

不思議な記憶がある。小学校の六年生だった。職員室のある棟と教室棟をつなぐ渡り廊下で、手すりに肘をつきながら、何人かの同級生と運動場のにぎわいを見ているときだった。

「あっ、手をつないじょる！」

という声に振り向いて、初めて気付いた。私が女の子の手を握りしめていたのだ。その頃関心を持っていて、いつの日か結婚を、と夢見ていた相手だった。

私には何が何だかわからなかった。まったく無意識のうちの出来事だった。相手もそのときまで手を握られていることには気付いていなかったのだと思う。そうでなければ、あの当時、片田舎の小学校で、六年生の男女がこっそりと手を握り合うことなど考えられることではない。

囃し立てられて、身のおきどころをなくしたはずなのに、いつ手を離して、どんな顔をしたのかさえ覚えていない。

話をKとのことに戻そう。一七歳の少年だった私にとって、異性に関心を示されたのは大きな喜びだった。

頻繁に便りを交換したわけでもなく、二人だけで話す機会が多かったわけでもなかったが、想ってくれる異性がいるというだけで、新しい両親に心を閉ざした日々をどれほど慰められ、救われたか知れない。

三年生になって、クラスは進路ごとに編成された。就職希望者は二クラスに分けられ、一方は女生徒だけとなった。就職の見通しも決して明るい時代ではなかったが、それでも進学クラスに較べると、まだゆったりとした雰囲気があったように思う。

席が廊下側の二列目にあった三年生の一年間、私はKの姿を求めて廊下ばかりを見ていたような気がしている。後ろ姿だけでもよかった。一日に一度目にすることができれば、それで安心するのだった。

同じクラスに、三年生の前期から生徒会長をしているSがいた。彼は大規模農家の長男で、「若年寄」と呼ばれるほど落ち着き払い、人望を集めていた。

やがて一学期が終ろうとする頃、通学仲間のAから、「後期の生徒会長を君にやらせたい。応援については自分が責任を持つ」と言われた。すでに何人かの仲間と相談の上だったらしく、私は連日、学校で口説かれることになった。

今でもそうだが、私はこういうことを自らすすんでやるというタイプではない。このときももちろん固辞したのだが、口説かれているうちに、「青春の思い出にしてみるか」という気にさせられてしまった。先に立候補を表明していたYの対立候補として立つことになった。

今、東京の深川あたりで材木商をやりながら、在京の同窓会世話人として名を馳せているらしいAのその後からすれば、彼はあのとき、対抗馬を見つけ出して選挙に持ちこみ、参謀役を楽しみたかったのではないかと勘ぐりたくもなるのだが、「選挙には公約がなければならん。中庭の足洗い場に屋根をつけさせる、というのはどうだ」などと、よく世話を焼いた。

前任のSから補佐役の約束をとりつけた上で、私は選挙にのぞんだ。

校内の数カ所に掲示したポスターは、同じクラスのN（後に妻となる、成本和嘉子）が父親に毛筆で書いてもらってくれた。達筆だった。Nは学校近くの米穀店の長女だった。

たった一度だが、立会演説会があって、生まれて初めて、一〇〇〇人近い全校生徒の前に立つことになった。何度も読み返した自作の草稿を前に置きながら、同じところを行きつ戻りつしたあのときの恥ずかしさは、いま思い出しても顔が赤らむほどである。〝膝がガクガクする〟というのは、両足の膝が左右にこまかく震えることだと、このとき知った。

「自分は就職クラスにいるから、生徒会のことにふり向ける時間がとれると思う」というようなことを強調したのだった。足洗い場の屋根のことはもちろん公約した。

それぞれに一人ずつ応援弁士がついた。私の応援演説を引き受けてくれたのは、やはり同じクラスのJだった。弁論部のホープで、歯切れのいい話し方をする女生徒だった。

「エー、男にはアイスキャンデー男とスルメ男の二種類がありまして……」

と切り出し、私のことをスルメ男であると持ち上げたのだった。

参謀役の活躍もあったのか、投票の結果、私の方が当選ということになった。

副会長をSに、書記をNに引き受けてもらって生徒会新三役の誕生となった。私はこのことを、東京に移っていた次兄のほかの誰にも伝えなかった。次兄は、「一人でビールで乾杯したよ」とはがきをくれた。

二学期、生徒会の最大行事は運動会だったが、前年までは体育祭と呼び、内容もそれにふさわしいものだった。しめくくりは校庭でのファイアー・ストームとなるのが常で、旧制高校時代のバンカラ・ロマンを偲ばせるものがあったのだが、この年から体育大会と呼び方を改め、ファイアー・ストームは禁止するということになった。

私が入学した年の三年生の中には、多くはなかったけれど、破れ帽子をコールタールで固めた男子生徒がまだいたし、班ごとに分かれた体育祭の応援練習では、彼らがリーダーとなって、よく知られた春歌の替え歌を次から次と歌ったものだった。

高校が大学受験のための予備校に変わっていく、その兆しが見え始めていたのかも知れないが、そうした変化の始まりを予見するには私たちはまだ幼かったし、鈍感でもあった。

笑い話になるが、週一回の朝礼では、対外試合などでいい成績をあげた部活があると、その健闘をたたえて全校生徒が校歌を斉唱するならわしだった。このとき、生徒会長は指令台に上がって指揮者の真似事をしなければならなかった。つかんだ帽子を斜め上下にうち振りながら歌い出しの一節を大声で歌い、「はいっ」と号令をかけるのだが、これが私には苦痛だった。

並はずれた音痴だから、歌い出しのソロが調子はずれになったり、帽子をつかんだ手の動きが、全校生徒の歌声とずれてしまうことがあったりして、そのたびに泣きたい思いをするのだった。

こちらが幼かったせいもあって、磊落《らいらく》な指導主任とはずっといい関係だったから、生徒会の運営で苦労した記憶はまったくない。

ただ、当然の代償として、何かに打ち込んだという充足感も得られなかった。それだけではなく、こうした立場に身をおくことは、おのれの弱点と無能ぶりをいやおうなく突きつけられることでもあったから、結果として、私は〝青春の苦い思い出〟を作ってしまったのだった。これは生来の引っこみ思案に拍車をかけることになって、五五歳になろうとする今もまだ尾を引いている。

三学期になって、生徒会は二年生の手に渡したが、就職のための情報も手だても、私にはまだなかった。

Kとは時折便りを交換していた。彼女の靴箱にメモをしのばせて、放課後、学校近くの川岸で会ったりもした。一級河川山国川が、瀬戸内海の西端周防灘にそそぐ直前の位置で、川幅は広く見晴らしのいい所だった。

釣り人や散策の人を見ながら、並んで腰をおろした。何を話し合ったわけでもなく、長い時間を過ごしたわけでもなかった。彼女も別の路線で鉄道通学をしていたから、共に自由にできる時間は少なかった。

一度、家に来ないかと誘われて、それは就職して一人前になってから、と答えたことを今でもはっきり覚えている。

卒業間際にたった一度、二人で映画を観たことがあった。『恋愛時代』というイタリア映画だったと記憶している。まもなく卒業して会えなくなるというのに、私たちは握手することすらできなかった。

二年生の夏休みに訪ねた次兄は、この頃、東京中央電報局に移っていたが、福岡市で垣間見たその生き方に憧れて、日本電信電話公社（現・ＮＴＴ）の試験を受ける決心をしたのは三学期の

初めての就職試験を受けるため
八幡浜港へ向かう船上にて

半ば頃でもあったろうか。この年、九州管内では採用試験がなく、四国の宇和島まで行かねばならなかった。

別府から船に乗った。卒業アルバムの編集を実質二人で担当した友人Oが一緒だった。

どれほどの船旅だったのか、旅館には一泊したのか二泊だったのか、もう忘れてしまった。長兄に借りた蛇腹式カメラで写し合った船上の写真が残っていて、八幡浜港の写真もあるから、そこから鉄道に乗り換えて行ったのだろう。応募の手続きから受験旅行まで、すべて自分でやったのだった。

一次の合格通知が来て、二次試験は一人旅となった。着いた日の夜、旅館近くの映画館で『雨の朝巴里に死す』という映画を観た。エリザベス・テイラーを初めて知った。

二次試験を終えてすぐ、帰途につく前に父にあてて電報を打った。「ミコミアリ」という短いものだった。これで家を出られるという安堵感がそんな心づかいをさせたのだと思う。

四国を離れるとき、私はKのためにアルバムを一冊買った。

帰宅した私に、父は「電報をもらったことがうれしくて涙が出た」と言った。が、数日して不合格の通知を受け取った。まだ在学中ではあったが、私は途方にくれた。あてもなく家をとび出すほどの勇気はなかった。

一人の数学教師が、「銀行を受けてみないか」と言ってくれたが、自分には向かないと思うから、と鄭重に断わった。

この頃、不要となった柔道着を持って初めて質屋に入った。五〇〇円ほどの金を作ったのだが、何に必要な金だったのかは忘れてしまった。私の方から話したが、質屋に行ったことを知った母は、わけもなくオロオロした。

父も私の就職のことで誰彼に相談したらしく、あるとき、警察官の試験を受けてみないかと言った。その時期の私には、家を出られさえすれば何でもよかった。

大分市での受験の帰りに、私は中津市内の書店に立ち寄り、三浦つとむ著『弁証法はどういう科学か』という本を買った。読み始める前に、本の扉に「この本が理解できた時には、きっと世の中のことがもっとよくわかるようになっているはずである」という落書きをしている。表題と帯の文章から中味を予想してのことだったろう。

何日かして、二人の制服がジープで家までやって来た。身元調査であった

何を聴かれたのかは忘れたが、ただ一つ、今読んでいる本があればそれを知りたい、と言われたことを覚えている。私はやや得意気にその本を差し出した。パラパラめくって帰ったが、それきり何の音沙汰もなかった。

卒業式を終えて、家を出るあてがなかった期間というのはそんなに長くはなかったはずなのに、私には途方もなく長く感じられた。父に言われて近くの土木工事現場で働いたのは、このときの一カ月間ほどである。

そんな私を北九州に出してくれたのは、思いもかけない人物だった。

一つ奥の集落に、木炭を買い集めては北九州に運ばせている人がいて、山林の境界線をごまかすとか、木炭の代金を払わないなどと言われて、羽振りがよさそうなぶん悪評が高かったが、こ

の人が北九州に出るたびに立ち寄る飲屋があって、そこのおかみの知り合いに頼めば、製鉄所の仕事につけるという。おかみは自宅に下宿人をおいているから宿の心配はいらない、という話だった。仕事は相当きついと言われたが、私は二つ返事で行くことにした。

私を北九州の小倉に運んでくれたのは、川向うの家の四男Fさんだった。駅前の製材所でトラックの運転手をしていて、月に何度か福岡まで走るのだといった。そのトラックに便乗させてもらったのである。

一九五六年四月二七日、ようやく払暁《ふつぎょう》という頃トラックは出発した。一組の布団のほかに風呂敷包みが一つあるだけだった。ほとんど着のみ着のままだったと言っていい。北九州に向かって走るトラックの助手席で何を思ったのかは記憶にない。不安は大きかったに違いないが、淋しさはなかった。私は一五歳で肉親と別れたときをのぞいて淋しさを感じたことはほとんどない。

小倉に着いてトラックがとまった。そこから訪ねる家は近くて、Fさんが布団を担いで先導してくれた。小倉の街はすでに一日の始まりを迎えていた。

静かな住宅街にあったその家は二階建てだったが、決して広くはなかった。あるじ夫妻と社会人の次男が住み、私が入って下宿人は三人になった。その日、私を迎えてくれたのは、あるじ夫妻だった。どちらとも小柄でよく肥っていたのが印象に残っている。あるじは半白の髪をきれいに撫でつけて温和な人だったが、夫人は飲み屋を切り盛りしている人らしく闊達だった。そして夫妻とも好人物だった。

翌日が入社試験ということだったから、あるじはその製鉄所までの道を一緒に歩いて教えてくれた。歩きながらの話によると、家にいる次男もそこで働いているとのこと。自分はすでに退職しているので紹介者になれない、かわりに自分の部下だった人に頼んである。彼の家には挨拶に行こう、ということだった。

川沿いの近道は、途中、赤線と呼ばれた地帯を通って製鉄所まで二〇分ほどだった。

正式名称を住友金属工業株式会社小倉製鉄所といって、紫川の河口に面して正門があった。仕事がきついこと、汚れること、採用といっても日雇い臨時工であることなども話してくれた。

痩せてはいたが健康には自信があったから、何を言われても仕事の上の不安は少しも感じなかった。心配なのは人間関係だったが、あるじ夫妻が好人物だっただけでなく、夕食で顔を合わせたこの家の住人は誰も私に親切だった。

夕食後、紹介者になってくれるという人を自宅に訪ねた。採用試験の受験に際してのみならず、それ以後何かにつけて確認されることになる紹介者の重要な意味を、そのときまだ私はまったく知らされていなかった。

五年六カ月にわたった小倉の生活はこうして始まった。その第一夜を、私は何を想いながら眠りについたのだったろう。

瀬取り

臨時工採用試験当日、集まった応募者の年齢がまちまちだったのにまず驚いた。一八歳ぐらいから四〇歳近い人までいたのではなかったろうか。

試験の中身も、想像したものとは違っていた。身上と紹介者を記入した応募用紙を提出し、体重測定などをしたあとは、数名ずつ並ばされて手足の曲げ伸ばし、順番に手指を折っていく機能検査があって終りだった。背中や腕に刺青《いれずみ》を入れた人が何人かいたりした。

最後に、採用された者だけが名前を呼ばれて、その場に残るように言われた。即決である。あとでわかったことだが、小倉製鉄所ではその年、数次にわたってこの採用試験をやっている。手元にある、この会社の創業七〇周年記念『住友金属工業最近十年史（一九五七〜一九六八）』によると、私が採用されたこの日（一九五六年四月二八日）、小倉第一高炉（熔鉱炉）を改造、第二次火入れ、とある。改造によって銑鉄《せんてつ》の生産量は確実に増え、それは全工程に人手不足をもたらすわけだから、そのための増員であったことも確かであったろう。

しかし、その翌年には資本金を一挙に倍額の一〇〇億円とし、巨大な和歌山製鉄所が港湾建設に着手し、工場のための土地買収を再開していることからすると、将来、そちらに配属する労働力を確保し、その日のために実習を積ませるというのが真の狙いだったかも知れない。

採用試験の中身から私が感じたことは、何はともあれ、健康な労働者を一人でも多くかき集めたいという、この会社の姿勢だった。

採用となった者に対して、就業についての説明がなされた。

明朝から七時三〇分までに、本部事務所であるこの建物の前に集合すること。そこで整員教育課（臨時工だけを取り扱った）の者が出欠を確認して各現場に配属する。賃金は退社の際に一人ずつ手渡す。三五〇円の日給制であり、その中から健康保険八円と失業保険三円を差し引いてあるから、手取りは三三九円である。残業手当は翌日回しとなる。入浴には臨時工専用の浴場を使用すること、などが主な内容だった。

拘束八時間、実働七時間だったから、一時間あたり五〇円である。残業手当は三割増しで一時間六五円となる。この金額は、私が臨時工であり続けたそれからの五年半、まったく変わることがなかった。

下宿代は一カ月三〇〇〇円と言われていた。その中にはもちろん昼食の弁当も含まれていた。これが、この国の三六年前のことである。五年半にわたって日給の金額が変わらなかったというのは、たしかにひどい話ではあるが、それなりに物価が安定していたということかも知れない。

採用試験の翌日、家を出るとき風呂敷に包んできた作業用の古着をそのまま抱えて出勤した。本部事務所前に集合した日雇い臨時工を見やりながら、胸や襟に社員バッジを着けた正社員が入門していった。彼らは正門わきに設けられたボードから、社員番号を打刻した、手のひらに包めるほどの真鍮板をとりはずし、職場まで持っていけばそれでいいのだった。

ひと固まりになった臨時工の所には、やがて名簿を手にした整員教育課員がやって来て、一人ずつ名前を読みあげ、それに答えた者の顔をちらりと見やってから印をつけた。

私の配属先は研究試験課試料室という職場で、門を入って右に曲がるとすぐの位置にあった。これはありがたかった。広大な敷地の端に造られた工場に配属された人は、ずいぶんな距離を歩いていかねばならなかったし、敷地の中はどこに行っても降ればぬかるみ、晴れればほこりがひどかったから、門を入ってすぐというのは幸運だった。一八年後に退職するまで、移転や設備の変化で仕事の内容が変わることはあったが、私はずっとこの職場にいた。

鉄の主原料である鉄鉱石は、世界中の各地から輸入されて多種であり、その中から数種類が組み合わされて、石灰石、コークスなどとともに熔鉱炉に投入されて銑鉄となる。そのあと製鋼工程を経て鋼鉄となり、さらに厚板、線材といった製品になっていくが、その間にはさまざまな工程があり、それぞれの工程で直前直後に成分や品質のチェックが欠かせない。私の配属された職場は、主として製鉄原料の品質検査を行い、成分チェックのための試料を作って化学分析班に届けるまでを任務としていた。

昼夜休むことなく稼動する熔鉱炉が中心の工場だから、ほとんどすべての職場に三交替勤務をする人がいた。私の配属先にもそういう人がいたが、別の場所でも作業をしていたから、最初、正確な数はなかなかわからなかった。総勢で二〇名ほどの職場だったと思う。

同じ日に臨時工として採用された人が、私のほかに二人いた。ひと月前からという人が三人で、あとは古参の正社員たちだった。

人間関係でも臆病だったから、誰かといさかいを起こしたことはほとんどない。人見知りもひどかったが、それは控え目でおとなしい態度として表に出たから、先輩たちには優しくしてもらえた。好きになれない人もいたが、特定の誰かに会いたくなくて仕事を休んだりしたことはなかった。

まだ残業などをしなかった初めの頃、毎日の帰りに受け取った日当、手取り三三九円をどう使ったのか思い出せない。ほとんど無一文で家を出てきていたから、何かに使いたかったに違いないが、私の性格からすれば、まず下宿代のために貯めていったのではなかったろうか。下宿代を支払うまでは本も買わず、映画にも行かなかったはずである。

下宿と職場を往復する徒歩の道中だけが一人になれる時間だったが、それ以上に一人でいたいと思うこともなかった。

その頃のことだったか、もう少しあとになって都会暮らしに馴れてからのことだったか、あいまいであるが、著名人の講演会によく出かけていった時期があった。文化講演会と銘打たれていたから、その文化に触れたくてのことだったと思う。

見てきたばかりの沖縄について語った火野葦平。「青年とは何か」という題で短編小説について語った吉行淳之介のあとで登場した高見順は、「あの男はもう青年なんかじゃありませんよ」と言って聴衆を笑わせた。臼井吉見が何を話したのかは記憶にないが、安倍能成《よししげ》がすでに老体で、椅子に腰をおろして話したことは覚えている。


製鉄原料の品質検査は、そのための試料採取から粒度、水分の測定を経て成分チェック用の微細な粉末試料を作って化学分析班に渡すところまでだが、その頃はまだほとんど手作業で大変だった。

作業用のヘルメットも爪先に金属の入った作業靴もまだ導入されていなかった。企業にも労働者の側にも、安全意識などまだ芽生えていなかったのかも知れない。今思えば、どこを見ても危険がいっぱいだったのに、その頃の私はそんなふうには感じていない。現場事務を担当する人や、構内鉄道の踏切番をする人、社員浴場の係員には体にハンディを持つ人が多かったが、すべて作業中の事故でそうなった人たちだと、先輩社員に教えられた。

主原料である鉄鉱石の場合について、当時の作業を振り返ってみたい。

鉄鉱石はそのほとんどが外国からの輸入で、運んでくる船もまたほとんどが外国船だった。後年、工場内専用港が整備されるにつれて大型船が入港するようになっていったが、当時は一万トン前後の積載量でも沖合で少し荷をおろしてからでないと入港接岸ができなかった。

沖合での荷おろしを瀬取りといったが、積荷が移動するときには試料採取のためどこであれ二人一組で出かけていかねばならなかった。

瀬取りは門司港の沖合で行われることが多かった。港湾荷役業者が請負ったのだと思うが、船倉内の作業は見ていてハラハラするほどに危険で汚れる重労働だった。

沖合に目的の鉱石運搬船が投錨したことを確認すると、荷役業者はサンパンと呼ぶ通船に労働者を乗せて運んだ。港湾荷役に携わる女性労働者の多さに驚いた。

船上で試料採取をするために、カマス（藁で編んだ袋）を担いだ先輩社員と私の二人組も一緒に乗せてもらう。持ちこむカマスの枚数は、あらかじめ調べた瀬取り量から割り出した必要最少限である。

沖合で、サンパンから巨大な鉱石運搬船のタラップに移るのは危険な動作だった。波の高い日など、サンパンの甲板と足をかけるタラップの高さが合う瞬間を見はからってパッと飛び移るのはこわかった。何しろ潮流の急な関門海峡の一角だったのだから。

後になって港が整備されてからは、二万トンを超える鉱石を積んだ巨船も走行クレーンの設置された工場の岸壁に横づけできるようになり、瀬取りというのはなくなったが、それは六年後のことである。

鉱石船に乗りこんだ荷役労働者たちは次々に長い垂直のハシゴを伝って船倉におりていった。その頃には曳航されてきたハシケ（エンジンを持たない木造の運搬船）が鉱石船の船腹に横づけされて、作業の開始を待っている。

鋼鉄の線で編まれた畳二枚分ほどの広さのモッコがウインチを使って吊りおろされると、船倉で待機していた人たちがそのモッコの中に鉱石を入れ始める。一抱えほどの塊から粉末状のものまで粒度がばらついているから、手やつるはし、かき寄せる鍬状の道具などを使っての作業である。

山盛りになったところで二隅ずつをつないだワイヤーロープをウインチのフックに掛けて吊り上げるのだが、時に、宙ぶらりになったモッコの端から小さくはない塊がバラバラと船内にこぼれることがあって、本当に危険な作業だった。

そのモッコがハシケの真上にくるまでウインチのアームを回転させ、今度は吊りおろしてそっとハシケの底におき、一隅だけにフックを掛けて吊り上げると鉱石だけがハシケに残る。この作業をくり返して、鉱石船を必要なだけ浮上させてから工場の岸壁に入港させるのである。

そこからはクレーンを使ってひと掴みずつ、巨大な漏斗であるホッパーの中に落とす。ホッパーの下には給鉱機がついていて、少しずつベルトコンベアーの上に鉱石を落とす。ベルトコンベアーは接続をくりかえしながら、遠くまで鉱石を運んだ。多くの場合は、広い鉱石置場にきれいな円錐形の山となって貯蔵された。

ところで、瀬取り作業中の鉱石船に乗りこんだ私たちが何をしたのかというところに戻らねばならない。

試料採取の要諦は、もちろん日本工業規格で詳細に決められているが、つまるところ、あるひとまとまりの原料（たとえばアトランティス号という船に積まれてきた一万トンのインド鉱石）

から採取された試料は、わずかな量でありながらもすべての点で全量の品質、成分を正確にとらえたものでなければならないとされていたから、かなり慎重を要するというか、手抜きのできない作業といえた。

まして輸入鉱石の場合は、売る側のいう品質通りのものが積載されているかどうかをチェックする作業でもあったから、必ず中立の立会い人が作業を見ていた。立会い人の手元には売り主のいう品質証明が各項目にわたって記載された書面があり、私たちは買い取り側としてその品質をチェックするための試料を採取するという立場だった。

まとまりの大きさによって採取する試料の数が決められていて、たとえば一万トンの鉄鉱石が陸揚げされるときに五〇個の試料を採取するとすれば、二〇〇トンの鉱石が移動するごとに一回の採取をするということになる。一回の採取量は二五キログラムと決められていて、だから、この例の場合だと一万トンの中から二五〇キログラムの試料を採集して、それが一万トン全体の品質をとらえたものとして信頼されなければならないことになる。

瀬取りを含めて荷揚げ作業は常に昼夜の別なく続けられたから、二人組を二組作って、それぞれが一二時間ずつ働いて交替しながら、ひとまとまりの原料鉱石について試料採取の責任を持つ、ということになっていた。

この作業に従事するようになってから時間外労働が一五〇時間に及ぶ月がしょっちゅうあった。古参の社員たちも時間外労働によって収入を増やすことを喜んだ。私自身が社員に登用されてから実感したことだが、数年後のそのときでさえ、毎日定時退社をしていては家計は成り立たないような賃金の実態があった。

時間外労働が増えて、いま思えば働かされるために生きるようなありさまになっていったのは、採用されてから半年経つか経たないうちだったと思う。職場では、それが当然で、むしろもっと時間外労働で稼ぎたいという雰囲気だった。

テレビやラジオがなかっただけでなく、新聞も週刊誌も読めなかったから、自分の身の上を別の仕事をしている人のそれと比較することもできなかった。社外に知人もいなかったから、生きるというのはこういうことなんだろうと一人で合点をしていたような気がする。労働組合はあったが、臨時工のことなど眼中にはなかった。もちろん、正社員でない者は組合員にはなれないことになっていた。

臨時工の数がそれなりに多かったせいか、職場の正社員たちの人柄がよかったためか、直接に差別的な言葉を投げられたり、態度を示されたりしたことはなかった。しかし、当時のこの企業には、私が作業現場で顔を合わせる範囲に限っても、幾層にも分断された差別構造があった。

臨時工の頃

小型貨物船乗組員（夫婦が多かった）
下請企業労働者（工員とほぼ同数いた）
日雇臨時工（毎朝の立ちんぼ風景の主役＝私の位置）
常傭臨時工（三カ月契約の臨時工）
工員（労働組合を構成する社員）
職員（職員組合を構成する事務系の社員）
役付（段階があった）

二〇歳前後

私が日雇い臨時工として住友金属小倉製鉄所に入社した一九五六年は、熊本県の水俣湾沿岸で奇病が多発し、工場排水との関係が問題化した年である（岩波ブックレット『年表昭和史』）。

しかし、煙突から吐き出されて空の色を変えてしまうほどの煙が「七色の虹」（旧八幡製鉄所を舞台にした松竹映画）などと呼ばれていた時代であった。ことに大気汚染に関していえば、工場が「公害」の発生源として指弾されるまでには、なお数年が必要だった（三重県の四日市市で、ぜんそく患者が石油コンビナート六社を相手に、この国で初めて大気汚染の責任を問う裁判を提訴したのは一一年後のことである）。

製鉄所は粉塵と煙と高熱の巨大な発生装置である。粉塵は構内のあらゆる所から発生した。煙突から出てすぐ近くに落ちるものもあったが、粒子の小さいものは遠くまで運ばれた。野積みにされたさまざまな製鉄原料は、わずかな風にも粉塵を乗せ、ベルトコンベアーやトラックで運ばれるたびに粉塵を飛ばしたし、昼夜の別なく構内を走り回るたくさんのトラックは、その車輪で地上に積もったものを巻きあげた。製銑（熔鉱炉）、製鋼（平、転炉）工程の高熱は、熱水となった冷却水に乗って海に注ぎこまれた。

製鉄所が周辺の環境に放出する有害物質は、もちろん、それにとどまらない。有害ガスや鉱滓もまた、莫大な量である。鉱滓は、熔鉱炉で鉄分と分けられた不純物のことだが、これを先端の海面に捨てながらどんどん敷地を広げていくありさまは、アメーバの増殖活動に似ていた。

周辺の住民が受けた迷惑は甚大であったはずだが、私がこの会社に在籍した一八年間、住民による抗議行動を見たことはなかった。

私の職場はいわゆる協力部門で、高熱とは無縁だったが、そのかわり、じん肺指定職場と呼ばれていて、定期的に検査を受けることになっていた。それほどに粉塵まみれの作業が多かった。

試料採取に出かけて行く先が、常に原料の移動する場所だったし、採取した試料を持ち帰っての粒度測定（ふるいわけ）、いくつかの破砕工程、最終段階の微粉砕などは、もうもうたる粉塵の中での作業だった。

主原料の鉄鉱石に暗赤色（赤鉄鉱）、褐色（褐鉄鉱）、黒銀色（磁鉄鉱）の三色があり、同時に熔鉱炉に投入される副原料にも多種類のものがあったから、私たちはそれこそ毎日、色彩豊かな微粉末を鼻や口から吸いこんだ。のどがざらつくほどに吸いこんで、洗面所で吐く痰は実に複雑な色をしていた
ずっとあとになって、破砕機ごとに集塵装置をつけたり、防塵用の眼鏡やマスクが支給されるようになりはしたが、それとて完全なものではあり得ず、私は一八年間、そうした粉塵を吸いこみ続けたわけである。


入社して三カ月ぐらいの間に、高校で出会った初恋の相手Kに何度か便りを書いている。仕事の中味とか下宿のようす、職場の人間関係などを知らせたことを覚えているが、会いたいとか好きだとか書いたことはなかった。

Kから一通ももらっていないはずはないのだが、なぜか記憶に残っていない。まだ電話が普及する前のことで、意思の疎通はままならなかった。

それでもたった一度、Kが私の下宿を訪ねてきたことがあった。不規則な勤務をしていたし、事前の打ち合わせなどできなかったはずだから、多分、突然の訪問だったと思う。そして、たまたまたま、私が休みで下宿にいたのだろう。

Kは、日豊本線の中津駅から大分寄りに五つほど先の、柳ケ浦という所の人だったが、この日、北九州に出ているという姉と一緒にやってきた。その姉が案内をして、私の下宿を探しあてたのであろう。そのまま三人で、歩いて三〇分ほどの南小倉駅に向かった。

帰りの予定をずらしてもらって喫茶店に誘うということすらできなかったのだが、その理由は思い出せない。いきなり二人の女性を前にして、緊張のあまり思いが及ばなかったのか、あるいはそのための金さえ持ち合わせていなかったのか。

南小倉駅の時刻表で、まだ時間のあることがわかり、姉にすすめられてKと二人、駅裏手の高台にあった小学校まで登っていった。

その道で、私もKもよく知っている同級生に出会ったのだった。散歩をしていたところらしく、彼もそこから私たちについてきた。そのあたりに姉と二人で住んでいるといったが、もし、彼に出会わなかったら、私たちは恋人らしい会話を交わし、親密度を増すことができたのかも知れない。校庭の鉄棒にもたれて世間話をしただけで、私たちはまた三人でおりてきた。

Kとの間はこれで終った。

私はこの再会のあと、ずっとKからの便りを待った。自分の方から書かなかったのは、多分、私が臆病すぎたためであったろう。Kもまた、私からの便りを待っていたのではなかったかと思いたいが、それはもうどうでもいいことである。私としてはごく自然に、お互いが同時に、少しずつ遠ざかっていったのだと何度も自分に言い聞かせたことを覚えている。手紙にしろ会話にしろ、恋らしいことばの一言も交わさず、指一本も触れることはなかったが、私にとってはまぎれもない恋だった。

家を出るときに最後の丸刈りをした頭がどうやら長髪らしくなった頃、下宿の玄関で写してもらったモノクロ写真がある。下駄をつっかけて、しゃがんだ姿で写っている。私にとって貴重な青春の一瞬である。

写してくれたのは下宿の次男Tさんで、八歳ほど年長だった。めったに家にいる人ではなかったが、金歯ののぞく柔和な笑顔が印象に残っている。顔が合えばやさしい言葉をかけてくれる人だった。

下宿の玄関前にて

その頃、下宿のあるじから、「次男を連れ戻しに行きたいのだが、一緒に行ってもらえないか」と言われたことがあった。Tさんは、子持ちで年上の女性と親しくしていて、その人と一緒に暮らしていたのだった。

あるじは私に、その女性が玄人筋の人であること、Tさんが多額の借金をかかえて、もう長く会社を休んでいることなどを話した。まだ一九歳になったばかりの、世間も知らない私が何の頼りになるはずもなかったが、言われるままに同行した。

当時の戸畑市の郊外にあった家で、電車を降りてから丘の上にのぼっていった記憶がある。訪れた家に二人はいた。三五年も前のことなのに、あおむけに寝て、お腹に乗せた幼な子をあやしていたTさんと、すぐそばでそれを見ていた女性の姿が写真のように浮かんでくる。その女性は、小柄で華奢な感じの人だった。

玄関先に立ったままで、父と子は静かな短いやりとりをした。あるじと私は、二人だけで帰りの電車に乗ったのだった。このときの父と子のやりとりは、なぜかまったく記憶に残っていない。

Tさんはそれからも帰ってこなかった。

まもなく、Tさんと相手の女性は、旅先の雲仙で自ら命を断った。睡眠薬によるものだったと聞いた。遺体の引き取りや葬儀などで、下宿もとりこんだと思うのだが、そのあたりのことはさっぱり思い出せない。身近にいた人のそのような死は、私にとって初めてのことで、衝撃は大きかった。

山里に生まれ育った私も、半年余の都会暮らしを経て、ようやく少年期に別れを告げようとしていた。

その年の夏、呼びかけられて、高三のときの担任教師の家を大勢で訪ねたことがあった。中津市に近い豊前市のはずれに住んでいた人だったから、私は北九州から日帰りで参加したのだと思う。その中に、生徒会で書記をやってもらったNもいた。Nは卒業後すぐに電話交換手になっていた。うす暗くなってなお果てぬ宴を抜けて、遅くなりそうなことを家に告げるために電話を探すというNに付き添って外に出た。米穀店を営む彼女の家には、その頃すでに電話があったのだった。このときのことで、Nがみんなからひやかされるようになったというのは後に知った。

そして、その年の暮れに初めて帰省したのだったが、さほど帰りたかったわけではなかった。

養家と生家に一日ずついたほかは、生徒会で一緒だった三人（N、副会長で支えてくれたS、私）と私の応援弁士をつとめてくれたJの四人で一日を過ごしたのだった。最後に入った映画館が超満員で、Nを私の前に立たせたことを覚えている。Sの企画による楽しい一日だった。

これもSの発案で、彼が幼馴染みの女性を誘い、Nと私の四人で門司港近くのめかり公園に遊んだこともあった。

その日、小倉駅で三人を出迎え、そこから門司港までの路面電車の中で、吊り革につかまりながら、私はSと話していた。

いかにも自信ありげに、Nのことを妻呼ばわりした私は、「そんな言い方はするなよ」と、Sにきびしい口調でたしなめられた。Nとはまだ手紙のやりとりもしていなかったし、互いに何の意思表示もしていなかったが、私にはそれは自明のことに思えていたのだ。

二〇歳を目前にした頃、最初の下宿を出た。同じ職場の人で、仕事を教わったり、二人で組んで、よく門司港の沖合に輸入鉱石の試料採取に出かけていったOさんに、「うちに来てくれないか」と誘われてのことだった。

情に厚く、面倒見のいい人で、困っている人には自分から手を差しのべるところがあった。人のいやがる仕事に誰よりも先にとびこんでいく人で、上司の信頼も厚かった。

ほとんど同じ頃、さらに二人の同僚がその家に移ってきた。

Oさんは二人きりの兄弟だったが、その実兄に勤め先での不始末があり、その穴埋めを両親から懇願されていた。いくらかでもそちらに回せるならと、下宿人をおくことを思いついたということだった。

Oさんの義父は筑豊の人で、仁侠の世界に身をおいたこともあるとかで、Oさんはこの義父に憧れていたようだった。Oさんの奥さんはそれだけにしっかり者で、肚のすわったところがあった。喧嘩っぱやいところもあったOさんは、よくこの奥さんにたしなめられていた。

この頃、私は煙草を覚えた。まだ二〇歳には達していなかったが、大人であることを自他に示したかったのだ。歩きながら、吸いがらを前方に弾き飛ばし、それを踏みつけるだけにした。人ごみでも平気で火をつけた。それで得意になったのだから、どうしようもなかった。二〇年ののち、ふと思い立って煙草をやめたが、やめて初めて喫煙者の傍若無人ぶりに気がついた。一五年も経た今も、思い出すたびに恥じ入っている。

Oさんの家も広くはなかった。三部屋のうちの一つが茶の間で、Oさんにはまだ幼い次男（長男は夭逝していた）がいたから、下宿人の私たちは三人で一部屋を使っていた。

この頃から、私はよく映画を観るようになった。一人になりたいときには外に出るしかなかったのだ。行く先が図書館でなかったのが残念でならないのだが、なぜかそれは思いつかなかった。

Oさんの家に移ってからは路面電車で通勤した。会社に近い停留所まで一五分ほどの道のりだったが、電車に乗るようになってようやく、小倉の地理がわかるようになった。

街を知って、自分で動けるようになってから、同じ小倉に来ていると聞いていた実兄を訪ねた。四番目の兄で私とは四つ違いだったが、私が養子に出てからほとんど会ったことがなかった。当時の日本電信電話公社（現・NTT）の下請けで、電話の架線工事を担当する小さな会社で働いていた。

訪ねた日、運よく仕事が休みだったらしく、数人の若者と事務所の二階でくつろいでいるところだった。私のすぐ上の、五番目の兄もすでにそこで働いていた。あちこちに泊りがけで出かけていくことが多くて、ここにいることは珍しいのだと言った。

久しぶりに会った二人の兄はやさしくて、それからは会うたびに食事をおごってくれたり、映画に連れていってくれたりした。


Oさんの家に移った頃は、職場にいた日雇い臨時工のうちの何人かが正社員に登用されていた。登用試験を受けるには、まず課長の推薦がなければならなかった。その課長を動かすのが紹介者だった。そんなことは誰も教えてくれなかったから、私は紹介者をときどき訪ねて礼をつくすということもしていなかった。

課長の推薦を受けると、次に労務課による身元調査があった。これは徹底したもので、私自身ものちに体験するのだが、本人の出社中にその住まいに押しかけ、持ち物すべてを調べた上で人柄や生活態度について聴いていくというものだった。

Oさんの家にいる間に、それでも人よりずいぶん遅れて最初の登用試験を受けたことがあった。臨時工で採用されて以来、ついに一度も紹介者を訪ねなかったから、これはもう課長であった人が、見るに見かねて推薦したとしか考えられない。

このときは身元調査で不登用とされた。まじめに読んだわけではなかったが、岩波新書の中から社会主義の入門書を三冊ばかり揃えていて、それがとがめられるなどとは思いもしなかったから、これ見よがしに積んでいたのだった。

この当時の私は書店にもよく行ったが、読みたいと思う本よりも、読まなければと思う本の方を買った。結果として読まずじまいに終ることもあった。

ただ、どんな本を持っているかによって社員になれたりなれなかったりするというのは、どうしても腑に落ちなかった。憲法の条文も知らなかったから、私はこの国のありようのおかしさを自分の肌で知ったことになる。

私は、自分が生きていることがそのまま、誰かの役に立っているような生き方をしたいと思っていた。まじめに生きていれば世の中は受け入れてくれるものだとも思っていた。

同期の者が三年足らずで正社員になっていったあと、さらに二年余、日雇い臨時工のまま捨ておかれた間は不安だった。思い切って転職することもできないことではなかったろうが、当時の私にはその才覚も、そのための情報もまったくなかった。

つらい時期だったし、相変わらず貧しかったが、仕事が休みの日には中津まで行き、Nとコーヒーを飲んだりした。

Oさんの家の近くに小さな商店街があって、その入り口に公衆電話があった。私はよくそこから、中津電報電話局の交換台に電話をかけた。Nはすぐに一度切らせてはかけ直してきた。いつも長電話になったが、無料電話ということになって、その店の人は、私が行くと露骨にいやな顔をするのだった。

登用試験

私が小倉に住んだのは一九五六年四月末から一九六一年一〇月末までの五年半で、その間に四回、場所を変えている。ずっと後年になるまで、私には日記をつけるという習慣はなかったから、それぞれの場所に住んだ期間は、もう正確にはわからないのだが、Oさんの家に住んだのが一番長く、二年ほどではなかったかと思う。

Oさんの家を出ることになったのは、同じ小倉に住んでいて、ときどき会っていた四番目の兄から、「二人で部屋を借りないか」という提案があったからだった。ほとんどいつも、遠くに泊りがけで出かけていた。電話が普及しはじめた頃で、村ごとにエリアを区切って、そのエリア内の全戸に電話機を取り付ける〝農村集合電話〟が各地で求められているのだと言っていた。

部屋探しは私に任せられた。あちこち歩き回って探したのだった。旅館街の中に〝バー・タカ〟と小さな看板を出した家があって、そのドアの横にガラス戸の入り口がもう一つあり、そちらの方に「貸間あります」と書いた貼り紙があった。

金縁眼鏡のあるじとそのおつれあいは、揃って和服姿だった。

ガラス戸を開けると、すぐ階段になっており、二階には、廊下の右側に、入り口に襖をたてた部屋が三つ並んでいた。廊下の奥には下り階段があって、それを下りた所に洗面所とトイレと風呂があった。貸間はその中の一部屋だけで、入り口の階段を上がった所にあった。八畳ほどの広さを二つに仕切り、間に襖のある部屋だった。

隣室との境には三〇センチほどの空間があり、どちらにも障子の窓があった。その窓の下にガスコンロだけが置かれていて、「お茶はわかせますが、炊事はできません」と言われた。

その部屋に決めた理由はもう思い出せないが、Oさんの家よりもずっと職場に近く、小倉の中心部にも歩いて行けるほどの所にあった。めったに人影を見ない静かな街に見えたし、階下にバーがあったというのも私の興味を引いたと思う。部屋代も高くはなかった。

その部屋代を半分受け持ってくれる兄は、月に一度くらいしか帰らなかったし、帰っても、二、三日でまた出かけていった。帰るたびに私を外に連れ出して、ごちそうをしてくれた。

これはあとで知ったことだが、旅館街だと思ったのは、実は小倉でも有名な廓街だった。売春防止法は私が小倉に出た年（一九五六）に公布されているから、廃業させられた楼主たちが、ようやく生き残りの方策を見つけた時期でもあったろうか。行政に働きかけて町名も変えていたのだった。どの家も〝旅館〟の看板をあげていて、ところどころに〝食堂〟とか〝バー〟の看板があったが、いつも人通りの少ない町だった。

一日に一度は外食をしたが、そのほかは部屋でよくパンを食べた。パンに納豆や、市場で買った野菜天などをはさんで食べた。持ち手のついたアルミカップにチューブ入りのコンソメスープを絞り出してお湯をそそぐと、オリジナル定食のでき上がりだった。このアルミカップでは、よく唇にやけどをした。

この部屋で過ごしたのは一年あまりだったが、さまざまな思い出がある。

冬の夜、あまりの寒さに眠れないことがあって、ちょうど居合わせた兄が太目の針金でランプの笠のようなものを作った、その中に裸電球をつるして蒲団をかけると、文字通りの電気コタツだった。

二階の、あとの二部屋は、バーで働く女性たちが使っていたが、夏の朝、その前を通って洗面所に行くのは楽しみだった。

入り口の襖を開け放して、パンツだけの姿で、数人が畳の上に転がっていたりした。たった一度だけだが隣室に一人、何も着けずに転がっていたことがあった。常に疲れて部屋に帰ったから、階下の賑わいも気にせずによく眠ったが、就寝の遅い女性たちも朝はぐっすり眠りこんでいた。

白状すると、私は、その全裸で畳の上にゴロンと転がった女性の部屋に入っていったのだ。いつもぎりぎりの時間にしか起きなかったから、出社までに時間の余裕はなかった。好奇心と、目を覚まされたらどうしようという恐怖で、胸は今にも壊れんばかりに高鳴っていたが、それでもしゃがみこんで、しばらく目を凝らしたのだった。

パチンコやビンゴゲームを覚えたのもこの頃だったし、初めて買ったラジオに聴き入ったのもこの部屋でだった。

本を買いはじめたのもこの頃で、よく読んだ。ケース入りの全集ものが次々に出版されていて、私の手元には夏目漱石、芥川龍之介、谷崎潤一郎、太宰治といった人たちのものが並んでいった。それぞれに最後の巻には書簡集や日記などが収められていて、そういった作家たちの人柄に触れたような気がしていた。中国詩人選集は、薄暗い部屋の中にいることを忘れさせてくれた。本代を支払ったために食事のできない日もたまにあったが、それを自分で粋がっていた。

私がこの部屋に移った頃、Nは母親をすい臓ガンで亡くしている。入院中に一度見舞ったことがあったが、私たちの交際には最後まで積極的な賛意を示さなかった。

Nには一人の兄と二人の弟があり、さらに一回り離れた妹がいたが、母親が床についてからずっと、Nが一家の柱だった。父親は定時制高校生をアルバイトに雇って米や雑穀、砂糖などを商っていたが、軽い脳血栓の後遺症で半身が少し不自由だった。

家事一切と母親の代役を引き受けながら、電話交換手という仕事を持っていたのだから、大変だったと思う。Nのこの境遇は、このあと数年続いたのだった。


バーの二階に住んでいる間に、二度目の社員登用試験を受けた。働きはじめて四年目（一九六〇年）になっていて、職場の日雇い臨時工は私だけになっていた。

この試験に際して、私の身元調査を担当した労務課員は誠実だった。陰で嗅ぎ回ることをせずに、直接私にぶつかってくれた。

彼は最初に会ったとき、〝住友石炭〟から移ってきてまだ間がないのだ、と私に告げた。『十年史（一九五七～一九六六）』に、「一九六〇年から六三年にかけて、住友石炭から五〇〇人にのぼる人々が受け入れられた。エネルギー革命に伴い、石炭産業が新情勢を迎えるに際して、住友石炭の余剰人員対策に協力したのである」と記されている。その中の一人だったということだろう。

大牟田市の三井鉱山が、四五八〇人の人員整理を労働組合に通告して、国を揺るがす一大労働争議が始まったのは前年の八月末のことである。

彼がどのようないきさつで住友金属に横すべりさせてもらえたのかは知らなかったが、当時の社会情勢の中で、わずかにもせよ、後めたさを感じていたのではないかと考えても、まったくの見当違いではないような気がする。その思いがあって、私への対応が誠意のあるものになったのだと思いたい。

彼は予告をして、私を部屋に訪ねてきた。

提出してあった身上調査書を見ながら、「愛読書の欄に太宰治の『人間失格』を挙げたのは、梶原さんが初めてということです。普通、週刊誌の名前を書いているようです。これは面接で聴かれると思いますから、太宰治を挙げた理由をよく考えておいた方がいいでしょう」と言った。

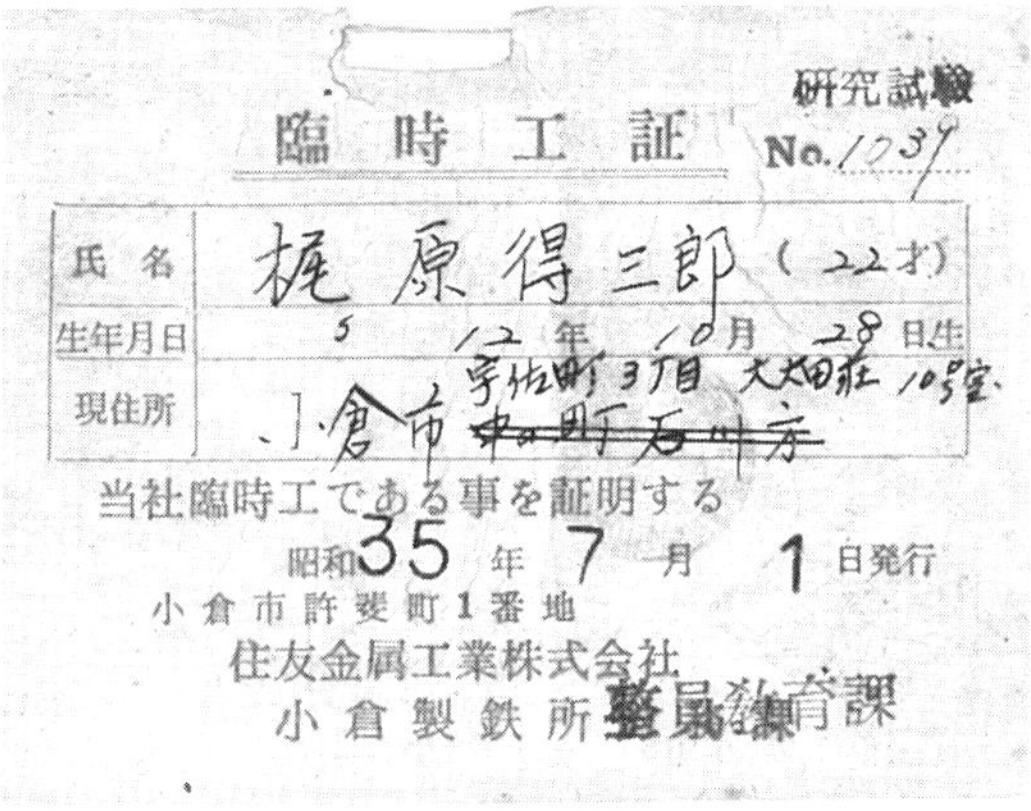
研究試験
臨時工証　No.1039
氏名　梶原得三郎（22才）
生年月日　5　12年　10月　28日生
現住所　小倉市　宇佐町3丁目　大畑荘　105室
当社臨時工である事を証明する
昭和35年7月1日発行
小倉市許斐町1番地
住友金属工業株式会社
小倉製鉄所

著者の臨時工証

言外に〝こんなものを挙げなければいいのに〟という意味があったことに、そのときはまだ気づかなかった。

三〇代前半くらいの真面目な人物で、冗談も言わなかったし、笑顔も見せなかったのが印象に残っている。

後日のやりとりから考えると、このときに、会社が私の思想的な傾向を問題にしているらしいと伝えてくれたはずなのだが、なぜか明確な記憶がない。

二回目の登用試験ということで、私も真剣だった。しかし、だからといってできることは何もなかった。今さら紹介者を訪ねることはできなかったし、この問題に限って相談する相手は誰もいなかった。

思い余って、私はその労務課員に二度も電話をしたのだった。三交代勤務の合い間に、町の公衆電話からかけたことを覚えている。おもねるつもりはなかった。ただ、読書傾向だけで判断されるのは心外であることを強調した。最後に私が言った言葉は、はっきり記憶している。

「できたら、ただの青白い文学青年だと考えてくれませんか」

それならいいのではないですか、という思いをこめたつもりだった。

私の訴えに、労務課員が電話の向こうでどう応じたのかはほとんど忘れたが、「バーの二階からは引っ越した方がいいですよ」と言ってくれたことを覚えている。

何日かして面接を受けた。重役三人と向き合う椅子に腰をおろしたとき、まん中にいた労務部長がいきなり「その頭は共産党刈りかね」と言った。何かの理由で散髪に行けず、伸びたままになっていたのだ。

太宰治についても訊かれた。私は、「作品を読んでいると、自分自身を顕微鏡でのぞいているような気がして、親近感を覚えます」と答えた。ほかにどんな本を読んでいるかと言われて、「いま夏目漱石全集を読んでいます。全巻を読破しようと思っています」と答えると、くだんの労務部長が「ほう読破ねェ」と、からかい気味に感心してみせた。私にてらいがなかったと言えば嘘になるだろう。労務部長はそれを見抜いて揶揄《やゆ》したくなったのだと思う。

数日後に不登用を知らされたはずだが、それが誰から伝えられたのか、今はもう記憶にない。振り返って、つくづく愚直だったと思うのだが、私が目標とした人間像と住友金属工業株式会社が社員に求めたものとは別物だったのだ。私はようやく、それを思い知らされたのだった。

試験を受けさせておいて登用を拒否した例は、それまでに聞いたことがなかった。日雇い臨時工として採用したときに身元を保証させた紹介者からの働きかけや、職場の管理職の推薦を得て初めて受験となるわけで、私の場合を除けば、受験させるということは社員に登用するということと同義であった。登用試験は、大企業としての面子を保ち、社員に自覚を促すための単なるセレモニーにすぎなかったのだ。

二度にわたって登用を拒まれた私は、途方に暮れた。頭の中で転職ばかりを考えるようになった。けれども、毎日の生活に変化があったわけではなかった。職場の人間関係も作業分担も、何も変わらなかった。

Nとは月に一度くらいの割で会っていたと思う。電話交換手の勤務も不規則だったし、私も交代勤務だったから、双方の都合を合わせるのはなかなかだった。

どちらかといえば、私が中津に出かけることが多かったが、たまにNが小倉に来ることがあった。喫茶店のコーヒーが一杯六〇円、小倉〜中津間の鉄道料金が片道で一五〇円の頃だった。

Nが小倉に来たときには、決まって私が中津まで送っていった。帰りの切符代がなくて、Nに借りることもあった。

正社員になれるかどうかについて、Nとの間でやりとりはあったはずだが覚えていない。あとで知ったことだが、この頃、Nの家では父親やすぐ下の弟が、しきりに心配してくれていたらしい。

この年の暮れのことだったと思う。恒例になっていた職場の忘年会で、私と話していたOさんが、近くに来た課長に、「なんで会社は得さんを社員にしないんですかねェ」と聞いたことがあった。技術畑の人で、人望もあったその課長が困ったような顔で、「梶原君は学者らしいからなァ」と答えたのを覚えている。私を不登用にした理由が、この課長には告げられていたのだろう。

それにしても、なぜこんなふうに見られてしまうのか、私は自分で自分を恨んだ。転職を思いながら、そのための具体的な行動をまったくとらなかったのは、私の性格である。何につけても、とことん追いつめられなければ動き出さないところがあって、今も自分で困っている。

いよいよとなれば自衛隊にでも入って何か技術を身につけようかと思い始め、心配してくれる職場の人たちにもそう言って安心させた頃、ことは予想もしなかった方向に展開を始めた。

Nの遠縁にあたる人に福岡四区選出の自民党代議士の秘書をしている人がいて、誰が思いついたことなのかもうわからないのだが、その代議士の力に頼ろうということになったらしい。この段階のことは、私にはまったく知らされていなかった。福岡四区といえば北九州一帯が地元だから何とかなるのではないかということだったろう。

一面識もない私のために、その代議士は名刺の裏に推薦文をしたためた。それを持って、小倉商工会議所に事務局長のMさんを訪ねなさいということだった。

私の性格からして、ためらいはあった。しかし、Nの熱意には逆らえなかった。力一杯ぶつかってみようという気になった。Nの発案で、父にも出てきてもらい、Nと三人で小倉商工会議所を訪ねた。

広い部屋で、大きな机を前にしたMさんは、初対面の私たちに丁重だった。やや浅黒い感じで、小柄ではあったが精悍な風貌をしていた。

三人で前に立ち、来意は私が告げた。誤解によって社員登用を拒まれていることを伝え、色眼鏡をはずしてもう一度、白紙の状態で見てほしい、そのことだけお口添えを願えまいか、とコチになりながら懸命に訴えた。卑屈にならずに、真正面からぶつかったつもりだった。これで駄目ならあきらめられると思った。

父を紹介し、父は「どうか、よろしくお願いします」とだけ言った。Nを「婚約者です」と紹介したのは、このときが初めてだった。

Mさんは、「よくわかりました。現在の労務部長は私のゴルフ友達ですから、よく話しておきましょう」と言ってくれた。代議士が裏書きした名刺の威力があったことも確かだが、私は自分の真剣さもわかってもらえたのだと思いたかった。

これで、少なくとも希望が持てるようになった。次の機会はこのあと半年ほどでやってきたのだが、その間の私は精神的にも落ち着いていたはずである。

ただ、そのような工作をしたことは誰にも話さなかった。多くの人にはきわめて普通のことであったにせよ、私にとってはやはり、後めたさを払拭できないことなのだった。

たとえばこの自分のように、
ある時代に生まれ合わせても、
どうしてもその時代を生きていくことのできない人間がいたとしても、
それは当然なことなのではないだろうか

二度目に失敗して、私は雑記帳にそう書きつけていた。

組合活動

もともと自ら求めて人間関係を広げていく性格ではなかったし、金と時間はいつも不足していて、どこかに出かけていくということもなかったから、臨時工であった間に私の接した人々は限られていた。たまに帰省して会う肉親と、月に一度くらいの割で会っていたNのほかには、職場の人たちしかいなかった。

職場の人間関係というのは、やはり広く浅いものにせざるを得ないところがある。それに職場には、話すにしても本を開くにしても、あまり真面目なものは疎まれるような雰囲気があった。その頃、休憩時間の過ごし方は、碁・将棋の仲間に入るか、猥談の輪に加わるか、さもなければ隅に行って居眠りをするしかなかったから、友と呼べる相手はずっと持てずにいた。

それでも、私のあとから入った者も社員に登用されて、職場の臨時工が私一人になった頃から、同い年のRと何かにつけて語り合うようになっていた。

あまりにカタブツすぎて、職場でも変り者扱いされていたRは、早くに父親を亡くした長男で、姉と二人で働き、母親と弟妹の生活を支えているのだと言っていた。同い年にしては、Rの言動はいつも自信に溢れていて、さすが苦労人だと私を感心させた。

読書家で、詩や短歌を作ったりしていたが、言葉にも文章にも世の中を呪っているようなところがあった。彼が私に示した短歌の中で、一首だけ記憶に残っているものがある。初句の五文字

がどうしても思い出せないのだが、

「……砂糖に蟻の寄る如く貧しき者は貧しさに寄る」というものだった。

Rの父親は住友金属に吸収合併される前の小倉製鋼株式会社で働いていたらしい。そのRは私より二年ほど先に社員になっていたが、すぐに労働組合の職場委員となり、組合活動に入っていった。

それからというもの、Rは私と二人でいるときには決まって、労働組合の何たるかを情熱をこめて語り続けた。

当時の住友金属小倉製鉄所労働組合は、事業所ごとに組織されていた組合の連合体〝住金労連〟(通称、連合会)としてまとまり、さらに業種別には鉄鋼労連に所属し、その鉄鋼労連は総評の大黒柱で、春闘をリードしていた。

Rの話の中に組合執行部の内部対立がよく出ていたが、いま調べてみると、企業の側は、すでに私が入社した年の翌年(一九五七)あたりから労働組合の〝丸ごと抱えこみ〟を画策し始めていて、組合内部の不協和音はその成果が目に見えてきたということだった。

そのあたりを『十年史(一九五七〜一九六六)』は、

「鉄鋼労連内部において(中略)階級闘争至上主義あるいはスケジュール闘争への批判が一段と高まり、経済交渉に重点を置いた組合主義的な考え方が逐次強くなってきた」

と、しらっぱくれて書いている。『十年史』はさらにいう。

「当社においても一九五八年以後ストライキが行なわれたのは一九六一年三月および一九六五年四月のみであった。

一方、一九五八年から五九年にかけて労働協約の交渉が精力的に行なわれ（中略）、五九年夏、新しい労働協約が締結された。労使関係の基本を律する新しい労働協約の締結は、その後の当社の労使関係の基盤となった」

後年、この労働協約によって私は退職を迫られることになるのだが、今はその中味には触れまい。ただ、企業が一方的に社員に遵守を強いる〝就業規則〟とまったく同じ内容であったことだけは言っておきたい。

Rは、小倉製鉄所労働組合の執行部役員や職場委員がつぎつぎに企業の側に取りこまれていく中で、ほとんど孤立状態にあった書記長を慕っていた。

ほどなく、この書記長は組合業務による出張中の女性問題で足をすくわれ、除名処分となった。社員であることと組合員であることが同義のユニオンショップ制のもとでは、組合から除名されるということはそのまま企業から解雇されることを意味する。このような、表向き組合内部の問題に見せかけての活動家排除という卑劣なやり方は、多分あちこちで使われたのではなかっただろうか。慕っていた先輩をもぎとられたRの憤慨は大変なものだった。

幸いにもその直後、連合会本部に出向していたもう一人の活動家Bさんが任期を終えて帰任し、Rと手を携えて奮闘を始めた。

Rにすすめられて、組合の機関紙に設けられていた文芸欄に、何度か詩や雑感を書いたことがあった。もちろん臨時工は組合員ではなかったから、匿名にしたり偽名を使ったりしていた。

元旦のキューバ革命で幕を開けた一九五九年には、エネルギー政策の転換によって切り捨てられようとした炭坑労働者の闘い（三池争議）が始まり（八月二九日）、水俣病問題で、現地の漁民一五〇〇人が、その元凶、新日本窒素水俣工場に抗議の乱入をし（一一月三日）、翌年に控えた日米安全保障条約改定を阻止するための国会デモも、その規模を日ごとに拡大していて、一一月二七日には二万人のデモ隊が国会構内に入っている。

こうして激動の日々がすでに始まっていたことを、今知るのだが、当時の私はまだ、それを身近に感じることはできなかった。

臨時工として過ごした最後の年、一九六〇年は三池と安保の年であった。

新聞もテレビも手元にはなかったが、三池現地の、文字通りの闘争や、国会デモに対する警官隊の攻撃によって、東大生樺美智子さんが落命させられた日（六月一五日）のこと、社会党委員長だった浅沼稲次郎氏が、演説会場の壇上で右翼の少年に刺殺されたとき（一〇月一二日）の様子などは、なぜか映像で記憶している。当時のニュース映画によるものか、後年のテレビ画面によるものかはもうわからない。

話が少し前後することになるが、私がNに思いを打ち明け、Nも私に対して同じ感情を抱いていたことを確かめたのは、臨時工として入社した翌年の四月だった。

今ではお義理に、そそくさと三日ばかりですませてしまうようになったが、当時の〝中津春の市〟は盛大なものだった。

中津城の足元に公園地と呼ばれる広場があって、その中心部に迷路のように入りくんだマーケットを造って市内の各商店が出店し、周囲にはたくさんの露店が集まった。サーカスとお化け屋敷は定番でやってきていた。

その頃は、三月と四月をまたいだ二週間がその期間だったが、いつも市民と近郷の人々を集めて賑わっていた。

その年の春の市に、私は同宿人の一人Yさんを誘って中津に来た。Yさんはまだ独身だったが、私より一〇歳ほど年上の人で、この人にNを紹介したくて誘ったのだった。一緒に〝春の市〟を楽しんだあと、喫茶店に入ったことを覚えている。

この日の帰り、中津駅の改札口近くで、そこまで見送りに来たNの前に、意を決して立ったのだった。けれども、その場ではついに言い出せなくて、「手紙を書くから」とだけ言って列車にとび乗った。

言葉は忘れたが、帰りの車中でYさんがしきりにNのことを褒めたのを覚えている。結局、私たちは口頭ではなく手紙で互いの思いを確かめ合ったのだった。

このあたりから二人の間でやりとりされる便りの数は増えていき、それは結婚するまで続くことになる。

筆不精の私が、生涯で最も多くの便りを書いた数年間だったわけだが、その間の、双方の分が全部揃って今も手元に残っている。一八歳で出会った相手と結婚し、そこから数えても三〇年を過ぎた夫婦の手元に、やりとりした恋文のすべてが今もあるというのは悪趣味の感を免れないが、これはひとえに一方の並はずれた保存癖によるもので、そういえばこれまでに何度か、とり出しては読みふけっている姿を見かけたことがあった。

ここまで書いてきて、ふと、それを活用することを思いついた。あいまいな記憶を補強したり、当時の私が何を思い、日々をどう過ごしていたかを知るにはいい資料となるかも知れない。

一九五九年の初め、私からNに宛てた便りの中に小さな新聞の切り抜きが同封されている。O

さん宅での下宿をやめて、バーの二階に間借りを始めてからのもので、封筒には〝慶応義塾創立一〇〇年記念〟と印刷された一〇円切手が二枚貼られている。

茶色に変色したその切り抜きは、読者の声欄のもので、裏面に旧八幡製鉄所が戸畑製造所の建設にとりかかったという内容の記事が読みとれ、その巨大さをさまざまな文字を使って讃えているところから、そこだけを読むと社内紙か業界紙を思わせられるが、表の内容はそれを否定している。

「会社に便利な臨時工」とタイトルをつけられたその一文は、茨城に住む大谷哲郎という公務員によるものだが、臨時工というものの実態とそれを生み出す企業の論理を語って余すところがない。当時の私に、多大な影響を与えたものに違いない。全文を引いておきたい。

未組織労働者は、もはや労組などの手に負えない大きな社会問題であると考える。私の弟は二年前に一流の某重電機会社に臨時工として入社したが、口頭試問の際に、組合活動をした場合は直ちに解雇すると申し渡された。そして臨時工が本社員になるためには年一回の採用試験があるが、受験資格は満二年同社に勤務し、満二五歳未満の者というきびしい制約があり、採用人員は七〇〇〜八〇〇人のうちから五、六人というわずかな人員である。それも有力者のコネによるものであるといわれる。弟はすでに本社員になることをあきらめ、今後どうしたものかと悩んでいる。

このような状態にもかかわらず、会社はどんどん新規の臨時工を採用し、また会社の実態を知らない高校出の少年たちは、有名会社の名につられ殺到するそうである。一六、七歳から二五、六歳までの若い働き盛りの臨時工を安い賃金で使い、その将来については一切責任を負わず、都合によって切り捨てごめんというのは、会社にとってはうまい営業方針であろう。しかしこのようにして人生のスタートからつまずいた青少年は、やがて悪の道に走らないとも限らない。この問題を解決するためには、政治と世論の力に頼るほかはないと考える。速やかなる対策を望むとともに、世論の台頭を期待するものである。

過去を振り返るとき、なぜか辛かったことや苦しかったことは忘れてしまっているというのが私の性格の特徴なのだが、その私がこの国のありように初めて疑問を持ち、ほぼ四〇年を経た今も「これだけは許せない」と思い続けているのが臨時工という処遇である。世の中に最初の一歩を踏み出したばかりの私から、夢も希望も取りあげて五年間、思いのままにこき使った企業と、それを許した政治への怒りを今も忘れずにいるのは、このとき、この人の文章によって世の中の仕組みを教えられたからだと思う。

激動した一九六〇年の翌年、ようやく私も正社員の辞令を受けた。六月五日という日付だったことを覚えている。最後となったこの三回目の登用試験については、不思議なほどに記憶がないのだが、古い手紙を取り出してきたおかげで、三回目の登用試験を前にしてNがどれほどの奮闘をしたのかが明らかになった。次に引用するのは最後の登用試験の直前、同年の三月九日の消印で、速達で届いたNから私への封書である。

お手紙何度も拝見しました。あなたがこの後に、私からのこの手紙を受取ることを思うと胸が痛みます。

副課長さんが、もし、あの日居合わせたとしても、保証人になってくれることを即座に引き受けて下さるとは私も楽観していませんでした。

五日の夜、八屋《はちや》（注、Nの叔母の嫁ぎ先で写真館を経営）に電話をして、どんなふうにしたら良いか聞いてみました。叔父ちゃんは翌朝、修学旅行に随行するため四時に出発するそうで、店にいませんでした。

叔母ちゃんが、「先ず（副課長の）お家の方にうかがってよく事情を話し、返事がいただけない時はまた後日、昼食を一緒にするとかして何度も行った方がいい。もし引き受けて貰えた時は改めてお礼に出直すとか、そんなふうにしなければね」といっていました。

それで、その事は中津駅でお父様に会って一応お話しました。

あなたの主義からして、人に迷惑をかけることが嫌なことは充分わかっています。ですから、私が東京（注、代議士への働きかけのこと）にあれこれいうこともあなたにはあまり歓迎されないようです。私もこれという手づるはなし、何の力にもなってあげられないので、一時はそちらの人事課の人に手紙を出そうかとか、会って頼んでみようかといって父に叱られました。

こんな勇気もあったのですが、東京の方に頼ることにしたのです。

といっても他人ばかりを頼りにしようと思っているのではありません。一二日の試験のあと、そちらの人事課のSさん（注、二回目の登用試験で私を担当した住友石炭出身の労務課員）にお電話をして、お会いしたい旨お話してみたのですが、三月まではどうしても手が離せないということでした。これもあなたに内緒で実行しようと思っていました。

今日、兄ちゃん（注、当時東京にいたNの実兄）に電話をしたら、Hさん（注、Nの遠縁にあたる人で代議士秘書をしていた）が、私の速達が届く前に、Mさんという小倉商工会議所事務局長に手紙を出して下さっていたそうです。Mさんは住友金属小倉製鉄所の労務部長と親しいそうです。

Mさんという方とHさんがどんな関係で親しいのか詳しくは聞いておりませんが、Hさんはあなたが三月に登用試験を受けるものと思っていたそうでず。

それで、そのMさんの所へ挨拶に行くように兄からいわれました。

行くとすれば私たちだけよりもお父様か、八屋の叔父ちゃんに一緒に行っていただいた方がいいような気がするし、労務部長に口添えをしていただくことのほかに、ひょっとして身元保証人になって貰えないものかお頼みしてみたいし（Hさんがそこまで頼んで下さっているのかどうか兄によく聞いてみます）よく考えてみたいと思います。

まあ、八屋の叔父ちゃんには写真館の仕事があることだし、あまり迷惑をかけても悪いので、一筆書いて貰ってもいいと思います。

どっちにしても一二日は必ず行きます。あなたがどうしても副課長さんに保証人になっていただくのなら、そのための協力をします。できることがあったら何でもします。ただ、私が東京の方に働きかけていることを許していただきたいと思います。

副課長さんにも是非お会いしてみたいとは思っていました。しかし、私はMさんという方にもお会いして、お願いしますといいたいのです。

ここで考えなくてはならないことは、正面から体当りするにしても、若い私たち二人だけだと軽卒に見られないかということです。何度も行ってその熱心さを買って貰うということも考えられますが、その情熱のほかに、大人がついて行って一緒に頭を下げることも必要だと思うのです。

とにかく頼みまわって、人の力を借りて、それが社員になるためのことだったらいいじゃありませんか。自分の力ではどうしても認めて貰えない相手なら、その相手の親しい人にまず受け容れて貰って、その人から認めてくれるように頼んで貰ってもいいでしょう。

頑張りましょうよ。人に頼んでも当てにしてはいけないと思います。あくまでも自分たちが全力を尽すことです。

一二日までにはまた便りできると思います。行く時はそちらに九時半頃に着く特急バスにするつもりです。父ちゃんには行く旨話してあります。取り急ぎました。おやすみなさい。

ＰＳ　明日（九日）が給料日ですからご心配なく。

宛先の私の住所が小倉市宇佐町三丁目大畑荘一〇号室になっているから、労務課員の忠告を容れてバーの二階を引き払い、個人経営のアパートに移っていたことになる。三畳の部屋に押入れと小さな流しとガス台があった。

それにしてもＮの懸命ぶりには今改めて頭の下がる思いである。「私の今日あるはすべてあなたのおかげです」ぐらいは言わねばなるまい。

二日後にもう一度速達が届いているので、こちらも引用しておきたい。

今朝家を出てまもなく、お父様からぜひ私に会いたいという電話があったと父が連絡してきましたので、中津駅でお会いしました。あなたからの速達を見ながら、いろいろ心配している様子でした。「本人が力を落さないようにあなたから力づけてやってほしい」と言われました。

Hさんのこともかいつまんでお話をし、小倉に行く日が決まったら一緒に行って下さいとお頼みしました。

八屋の叔母に昨夜電話をして事情を話したのですが、叔母は「Mさんの方にも忘れられないうちに行っておかないと、多忙な人はいろんな人に会うので頭の中にまだ残っているうちにおうかがいしなさい」といっています。

副課長さんにも一度だけでなく、またお頼みしたらといっておりました。

人に迷惑はかけない。自分のことは自分でやれるだけやってみるというのは、大変潔癖にみえて、他方からみると人に頭を下げるのがいやなんだろうと思われるのです。ですから、あなたの一番嫌いな気取ったとか偉ぶったとかいう言葉が時々あなた自身に向けられるのです。

自分は絶対に曲ったことはしていない。だから折れる必要はない。このままで何とか通してみせるといって頑張ったところで、それは自分の意志に忠実であっても世の中に受け容れられない場合があります。共同生活を送り、社会生活を送る以上、お互いに助け合って行かなければならないと思います。

こんな世の中だからといって、自分の行ないの善悪を考えずに日を送るというのは情けないことですが、そうではなくて、あなたにもう少し世渡り上手になってほしいと思います。意味のわからないことを書きましたが、会ってお話するより書く方が気が楽ですので書きました。

一二日は八時二三分発の特急バスで行きます。九時四〇分ごろそちらに着くと思います。何か持って行くものがあれば夜電話を下さい。

この手紙で気を悪くなさらないで下さい。

一九六一年の三月といえば、私が前年の秋に二三歳となり、Nはこの年の一月に同い年になったばかりなのだが、ここに引用した二通の手紙を読めば、私の不器用というか融通のきかない生き方が浮き彫りになっている。そして、結局のところNの言いなりになりながらも精一杯の抵抗を試みるというのは、現在の私の滑稽な姿そのものでもある。人の生き方は変えられないということの一つの例にはなるだろうか。

この手紙のあと、小倉商工会議所に事務局長のMさんを訪ねたことは前に書いた。そのMさんがいつ、どのような場所で、どんなふうに私のことを住友金属小倉製鉄所の労務部長に伝えたのか、ずっと気になっていることの一つである。

正社員に登用されたことでの安堵感は大きなものだった。Nも心から喜んでくれた。二人でMさんの自宅を探して、報告とお礼を述べた。

「実は、私たちもいいことをしたなあと喜んでいたところです」とおつれあいの方を見やったときのMさんの顔は忘れていない。

ただ、私にはどうしても手ばなしでは喜べないものがあった。裏工作をしたことへのひっかかりである。それは後に、自分の姿勢を貫くときに感じてしまう、Mさんへのある種の申しわけなさとなってずっと消えることはなかった。

社員になったからといって、身辺にこれといった変化があったわけではなかった。職場も仕事の内容も、貧しさもそのままだった。

この頃のことだったような気がしているが、あるいはもう少し後のことだったかも知れない。私より先に社員となり職場での組合活動を熱心にやっていたRの自殺未遂事件があった。組合書記として働いていたRの姉から知らされて、退社後自宅を訪ねたのだった。ふとんに寝てはいたが、元気になっていて私たちはしばらく話しこんだ。

地区の労働組合が合同で企画した交流合宿で、私鉄労組の執行委員をしている女性と知り合い、交際が続いていることは知らされていたが、その女性のことでRの母親が猛反対をしたために睡眠薬を飲んだということだった。

その量が致死量だったのか、母親をおどかす程度のものだったのかは後になって私の疑問となったが、そのときは真剣に語りかけたのを覚えている。私がまだいるうちに相手の女性もやってきて、一緒にRの家を辞した。電車通りまでの道を並んで歩きながら、自信のないまま、「二度とあんなことをさせないように、私が責任を持ちますから」と約束したのだった。

Rの母は、早くにつれあいを病気で亡くした人で、苦労して五人の子を育てたということだったが、それだけに子に対しても強い母であったのかも知れない。

まもなくRはその女性と結婚し、一女をもうけたが、後になってやはり別れた。

二人が別れたあと、約束の養育費を送ってこないと女性の方から何度か相談があって、そのつど私からRにそれを伝えたのだが、そのたびにRは別れた妻の欠点を並べたてた。それは母親の言い分とそっくりだった。

恋文

社員になれたことでの安堵感は大きかったと前に書いた。それはたとえて言えば、小さな明かりで足元だけを照らしながら、抜けるあてのない長いトンネルの中を歩いていて、唐突に出口が目の前にあらわれたといったようなものだった。

たしかな道筋が、ずっと先の方まで明るい陽光の中に見えた。これまでは人ごとでしかなかった職場の話題、それは定年まで働いて、あとは退職金と厚生年金で気ままに暮らすというもので、毎日必ず一度は誰かの口から発せられたが、その夢のような境遇にわが身をおくことができたのだと思いこんだ、といえば安堵の大きさはわかってもらえるだろうか。

数年を経ずに、それは絵に描いた餅にすぎず、年功序列型賃金とそれをもとに算出する退職金は、労働者を馬に見立てて、走り続けさせるために目の前に吊るした人参であることを知るのだが、当時の私にそこまでのことがわかろうはずもない。

一九六一年六月五日、最初に受け取った社員辞令には初任基本給の額が記されていた。六〇〇〇円を少し超える金額だったことを覚えている。他に諸手当がほぼ同額、さらに、日常化していた残業などの時間外労働の分が加わって、ひと月の総額はおよそ基本給の三倍ほどになるのだった。

それは、日給三五〇円でほとんど休みなしに働き、その上に一〇〇時間を超える時間外労働をしていた臨時工の頃と大差のない額ではあったが、五年間微動だにしなかった日給金額と違って、社員には定期昇給や春闘での賃上げが約束されていた。年二回の〝賞与〟や作業着、通勤交通費の支給、その他さまざまな福利厚生も社員だけのもので、臨時工の身にはどれほど羨ましかったか知れない。

〝企業の社会的責任〟からすればきわめて当然のことを、さも特別な恩恵のごとく感じさせる意図も臨時工制度は含んでいたに違いない。〝労働者の分断支配〟という言葉は後年知ったが、まことに巧妙な企業の策謀であるというのが実感である。

社員にはなったものの、毎月の賃金額からしても結婚などまだ遠い先のことだと思っていた。Nの方にも事情があった。母親を亡くしたあと、電話交換手として働きながら、半身がやや不自由になった体で米穀店を営む父親を助け、三人の弟妹にとっては母親の役を引き受けていたから、彼女にとっても結婚は身近な現実ではあり得なかったと思う。

私たちの頃は、「好きだ」ということは「結婚しよう」ということと同義だったから、私とNが結婚の約束をしてから社員に登用されるまでに四年の月日が流れていたことになる。

口では言えずに、私の方から手紙で思いを打ちあけたことを前に書いた。話を元に戻すことになるが、その手紙の引用を許していただきたい。もちろん露出趣味からではなく、冷や汗を流すほどに恥ずかしいのを我慢して、私とNがこんなふうに出発したこと、一九歳の私たちがどれほど純情だったかを示したいだけのことである。

同宿のYさんと一緒に中津を訪ね、出迎えてくれたNと一二歳下のその妹と四人で〝春の市〟に一日遊び、小倉に帰ってから書いたものである。

拝啓　先日は本当にありがとう。馬鹿げた満勤（一カ月間無休のこと）を止むを得ずやったあとでしたが、あの日一日で一週間続けて休暇を取ったほどの休養ができました。感謝しています。あの日の笑わせ役をつとめてくれた好子ちゃんに心からお礼を言います。風の強い中を散々歩かせてしまって、風邪を引かなかったでしょうか。好子ちゃんのことも気になっています。

Yさんと小生はもちろん何ともありません。小生はあのまま夜勤に出ましたし、Yさんも翌朝元気な顔で出勤してきました。

これからの文は一生懸命でかきます。中津駅で言いかけたのですが、どうしても言えませんでした。手紙では満足できませんが、一応書きます。実をいうと、貴方を前から、友達としてよりももっと深い意味で好きでした。美辞麗句は並べません。ただ好きです。二月に会ったときも先日も、だから別れた後の心の暖かさは特別でした。

貴方から見れば、小生など欠点で固めたような男かも知れません。それでも好きです。どうしようもありません。

今度の便りで、『智恵子抄』の中の詩、樹下の二人、を書いてくれる時、小生の気持を受け入れていただけるかどうかを書いていただけたらと思います。今日はこれで止めます。友

達で十分なのに、大きすぎる望みかも知れません。便りを待っています。敬具

貴方を好きでどうにもならない得三郎より

どうしたわけか、この私からの申しこみに対するNの返事だけが見当らないという。これまでに何度か取り出しては読みふけっていたりしたから、途中で電話に出た際にでもどこかに紛れこませてしまったのかも知れない。代りに、返事を読んだ私の手紙を引用するほかはない。

ありがとう。嬉しかった。何よりも嬉しかった。貴方が小生の気持を快く受け入れてくれるとは、実のところ、まだ実感として迫ってこないくらいです。あの手紙を出してから、返事を受け取るまでの小生の気持が想像できるでしょうか。無理だと思います。全然自信がなかったのです。変なことを書いて、友人としての貴方まで失うのではないかと心配しました。

返事を受け取ったときは、ちょうど夜勤から帰って、心待ちしながら寝ずにいたところでした。その夜、出勤する途中で、誰を見ても「ざまぁ見ろ、俺には和嘉子さん（Nは成本和嘉子）がついていてくれるんだ」と威張ってやりたくてしようがありませんでした。

小生には高嶺の花かも知れない貴方でした。夢のようだ、という表現はこんな時に使うものだと知りました。

早く打ちあけてよかったと思っています。いや、それでも遅すぎたのかも知れません。くどいようですが、屋根の上で物干し竿を振り回して、運よく一番星を得たような思いです。信頼を裏切ったり、期待に背いたりしないよう極力努めます。

貴方からは吸収するものが多いと思います。それで代名詞を考え出しました。〝与える天使〟（ギビングエンゼル）です。お気に召したでしょうか。

昨日は夜勤明けで三週間に一度の休日でした。同宿の人（当家の下宿人は三人です）と昼ごろ家を出て、映画を見て（『総攻撃・地獄の埠頭』）ぜんざいを食って、デパートをうろついて帰りました。井筒屋で好子ちゃん用のリボンを探しましたが、あいにくと地味なものばかりで似合いそうなのは見あたりませんでした。その点、好子ちゃんに謝っておいて下さい。

この前の便りで忘れていましたが、土産をありがとう。皆、喜んで食べました。これからは暇を見つけて中津に行きますが、土産を買ったりしないで下さい。あまり頻繁で破産するといけませんから。

小生、今月の二八日で製鉄所の仕事も満一年となります。二年に進級ですね。

四日前、やはり小倉にいる兄が訪ねてくれましたが、満で四つ年上の兄よりも小生の方が老けて見えるそうです。下宿の奥さんの言です。後で鏡を見ましたが、それほど老けた顔ではありませんでした。

世間では花見の季節ですが、小生まだ桜の花を見ません。もし職場から花見に行くようなことがあったら、散った桜の花びらを下さい。枝を折ってはいけませんよ。

先刻、箱の中から貴方の写った写真を三枚引き出してきて、横に置いて書いています。いつ見ても可愛いと思います。精神的にもやはりそうです。

もう、そろそろ十一時になります。もちろん夜の十一時です。今週から一カ月ほど常昼勤です。読みかけの本があと十頁ほどで終りますのでそれをすませて、誰かさんのことを考えて、それから眠る予定です。

天使へ

和嘉子以上に嬉しい得三郎より

追伸

◎来月会えるのを楽しみにしています

下宿の奥さんの話では、小倉で遊ぶより折尾公園のつつじでも見に行ったら、ということです。来月の初旬に咲くそうです。小倉から電車で一時間、汽車だと四十分くらいだそうです。

◎矛盾した話ですが、返事が届いた時横にいたら、力一杯抱きしめたろうと思います。

◎手紙を書くのに苦心しないで下さい。今まで通りのもので満足です。小生はよく自己嫌悪に陥りますので、啄木の歌を真似て〝人がみなわれより偉く見ゆる日よ妹を想いて文をしたたむ〟の調子で書きます。

◎もうありません。

恋をするとき人は詩人になるようだが、私も例外ではなかった。島崎藤村、高村光太郎、佐藤春夫、山村暮鳥、萩原朔太郎といった詩人の名やその作品が、やりとりする恋文の中にさかんに引用されている。豊富な言葉や巧みな言い回しと無縁に生きる者にとって、詩人の作品は胸中の思いを他に伝える格好の媒体となる。

その年の夏、私たちは窮地に立つことになった。

ごくたまに小倉で会うことがあったが、ほとんどの場合、私の方が中津に出かけて行くというのが私たちのデートだった。

このときも中津で映画を見たり喫茶に立寄ったりして、暗くなるまで一緒にいたのだった。中津駅で別れることにして、そこまでの道を歩いていて、私たちは道路わきの神社の境内に入りこんだ。奥の方にあったブランコに腰をおろして話しているうちに深夜になった。小倉に帰る汽車はすでにない。

今度は逆に私が家まで送り届けることになった。何の連絡もせずに深夜まで一緒にいたのだから、どんなに咎められても一言もない立場だった。

「市内に住む友人の家で話がはずんで時のたつのがわからなかった。私はその友人の家に泊めてもらうことになっている」これがそのとき懸命に考えついた嘘だった。私たちが二人のことで思い悩んだのは、あとにも先にもこのときだけで、その意味では順調な恋だったといえるかも知れない。

どれほど思い悩んだかを示す手紙のやりとりがある。読者の皆さんがうんざりするのを承知で引用させていただく。


再度の便りに感謝します。先日、こんなものを書きました。

放したくなかった

あなたも別れたくなかったにちがいない
でも仕方がなかった
辛かった
でも二人だけではなかったのだ
あなたを待つ両親がいて
私には下宿の人たちがいた
どちらも遅いのを心配していた
思い切って家まで送ることにした
途中歩きながらいいわけに使う嘘を考えた
家の前まできて私は
ご両親に会うのを拒んだ
こわかったのだ
それをあなたは卑怯だといった
会ってよかったとしみじみ思った
嘘はついたが
ひとこと詫びることができたから
（所詮無益であったかもしれない）
別れたあとが心配だった
ご両親にはすまない気持で一杯だったが（どれほど気がかりだったことだろう）

それよりもあなたのことが気になった
駅のベンチ、蚊がいた
羽音をたてて私を苦しめた
夜中には少々冷えたが
それを辛いとは思わなかった
生まれて初めての経験だったが
ちっとも惨めではなかった
あなたのことだけが心配だった
ベンチは公衆電話のすぐ近く
何時だったろうか
ふと目が醒めた
電話で話している人がいた
おぼろな耳で聞いていた
ボックスの中は警官らしかった
垂水の市場橋とかいう所で
四人組が何かしたらしい
一人と三人に分かれて姿をくらましたという
それをこれから捜すのに
助けを求めているらしかった

聞くのは聞いたがそれだけで
憶測する気にもなれなかった
そうするにはあまりに疲れすぎていた
そんなことはどうだっていい
私は心配だ
別れたあとのあなたがどんなふうにしているかが
きっと私がどこにいるかと気づかっていてくれるだろう
夜更けの床の中で
私のことなど心配せずに
ゆっくり眠っていてほしい
かわいそうに
私が思い切って別れなかったばっかりに

今日は電話をしてくれそうな気がしてなりませんでした。それで昼休みの卓球（職場の日課になっています）をやめて、事務室で待っている間にこれを書いています。ついにかかってはきませんでした。まだ心配です。

この返事は二回書き直しました。これは三度目の正直で、このまま届くことになるでしょう。

話したいことが山ほどあるような気がしますが、本当にあるかどうかはわかりません。

母上が気にしている小生の両親のことですが、今月末に帰省して全部を話します。その上で、そちらのご両親には親父から話してもらうつもりです。

何を失っても貴方だけは放せない。生き甲斐なんだから。具体的なことは追って決めたいと思っています。今日はこれ以上書けそうにありません。

好子ちゃんには十分気をつけてあげて下さい。母上によろしく。二人が力を合わせて頑張る時だね。

愛する妻へキスを送ります。

和嘉子の思う通りに行動したい得三郎より

母親はしつけの厳しい人だったし、Nはその母親を悲しませまいと懸命に努める娘だった。そのあたりを際立たせたNからの便りがある。


別れたあとのことが何よりも気になっていたものの、ペンを握る気になれず、昨日やっと書き始めたところにあなたの速達を受取りました。読んでいくうちに涙が出てきて、二階で泣きました。何故だか分りません。私に勇気のない事が悲しいのか（両親に、あなたが駅にいることを言えなかった）こんなにも一途な私達の気持が理解して貰えないのが堪らなくなったのか。

涙が止んで落ち着いてから、あなたの手紙を母に見せました。あの晩のことも昨夜母に話しました。あとで全部分って貰えます。母が近いうちに便りをするそうです。決していい便りではありません。

あの晩のことは「許すも許さぬもとにかく行き過ぎだ」と言いました。「JさんやSさんを加えた四人で、友情をいつまでも保っていくと言ったから、それならよかろうと言ったけど、いつか深くなっていくとは思っていた。あまり深くならないうちに」と言われたのですが、これ迄母が寛大であったのは、私が〝友達〟だと言っていた故かも知れません。

手紙の回数や、この前のことから察して、それ以上になった、いつか言わなければと思っていた矢先だったようです。

私達が結婚まで真剣に考えているとは思っていないかも知れません。まだそんなことを考える年齢でもないし、まだ先がある、軽率だと思っているのでしょう。とにかく、私とあなたの環境の差が大きな原因です。父母兄弟、妹と一緒に暮らしている私と、親元を離れて自由な生活を送っているあなたとでは、毎日の行動がずいぶん違います。両親の結婚観も違いますし、他にもことなることが多いのです。それだけ苦労や行きづまりがあると思います。

今の人は恋愛結婚を大いに主張しますが、昔の人達は、「あの人達は好き合って一緒になった」と、さも不潔そうに言います。その理由がぼんやりと想像できるようになりました。母の言う、「深い間柄になって、どうにもならなくなる」と、結婚しなくてはならないようになってしまうからだと思うのです。

私のよく知っている先生は、多分あの人と結婚するのだろうと皆んなが言っていたところ、別の人と結婚して十カ月経たずに子供ができました。本当に純粋な関係で結婚まで発展する人もいると思います。しかし、他人はそうは見ないことが多いのです。特に大人はそうです。

恋愛結婚を「ああ、美しい」とは言いません。

現代の若い人達は純潔ということに割合無頓着になっているので、そんな関係になっても結婚しないこともあるようです。

私は、古いといわれるかもしれませんが、結婚しようと思っている人との間でもそんなことがあっていいはずはないと思います。
三、四年後に、どうしても結婚するのだと両親に言うとき、そうする外に仕方がないからということではなく、ほんとうに純粋で清純なまま結婚するのだということをはっきり感じさせなければなりません。友達にもです。後になって「あの二人は……」と後ろ指をさされるようなことの絶対にないようにしたいと思います。
二人きりの時間を過すことは私達に不利な行為です。それ故、今迄のようには会えなくなるかも知れません。又、会うときも二人だけでは駄目です。それが後の私達にとっていい結果を生むならば、その前の苦渋は当然味わうべきです。

ほんとうの愛を育てること。純真な心で清純な二人の愛を三年も四年も保つこと。どんなにか苦しいことでしょう。きっと多くの壁に突き当たることと思います。でも決して行きづまらないようにお互いにしっかり頑張りましょう。

ただ、途中に他の縁談がきて、私には梶原さんがいるからと、どこまで拒絶できるかと思うと三年、四年は長くてたまらないのです。

母はあなたの両親（この前、口まで出かかったのですが、あなたを困らせてはと思い止めました）に会ってないのが不満のようです。親をそっちのけにして、自分達だけで約束をするからだ、と言われました。

『智恵子抄』は一人でもきっと観ます。

昨夜、二枚書いて出そうと思ったのですが、朝読み返して、あなたからの便りがあんなに歓喜に満ちていたのにひきかえ、私の方は全く悲しい内容だったので出す気になれなかったのです。

局にいるときと先程風呂で考えたりして少し落ち着いたので書き直したのです。

母からの手紙が届いたら、きっと驚くことと思います。しかし、母を責めないで下さい。いつか分ってくれるものと信じています。決してあなたを悪く言っておりません。これは真実です。私の方が悪いと何かにつけて申しています。兄が帰省すれば力になってくれましょうが、いま教育実習で必死ですので。こんなことで頭を乱してもと思い相談するのを止めました。

あなたの（妻）より

PS　手紙は中津市宮島町中津電報電話局内として出すこと（今度だけです。それから後は私の親友宛にしてもらいますが、それについては後日かくことにします。差出人は下宿の奥さんの名前にして下さい）。

母親からの手紙というのを私は受け取っていない。書かなかったのか、書いたものの投函せずに終ったのかはわからない。

ともあれ、このときから私の手紙は彼女の職場に届くことになる。探してみたが彼女の親友宅に届いたものは一通もないし、下宿の奥さんの名で差し出したものも一通しか見当らない。どこかで思いを変えて、本名で職場に届いてもいいということにしたのだったろう。

最後に引用した手紙が一九五七年八月のもので、母親はその一年後から体の不調を訴え始めたという。あちこちの医者の門をたたいたが原因がつかめず、いよいよ立てなくなってから国立中津病院に入院したが、一七日後には息を引き取った。死後の検査ですい臓ガンだったこと、全身に転移していたことがわかったのだった。

一九五九年七月二六日のことだったが、一〇月二六日には四八歳になるはずだった。死の数日前、一度だけ私も病室に見舞った。

結婚

ようやく正社員となった一九六一年は、『年表昭和史』（岩波ブックレット）によれば、二月一日、風流夢譚事件で右翼少年が中央公論社嶋中社長宅を襲い、家人二人を殺傷。八月一三日、東ドイツ、ベルリンの壁構築。一二月一二日、無戦争・無税・無失業をとなえる旧軍人らの内閣要人暗殺陰謀が発覚、一三人逮捕（三無事件）。一二月二一日、中央公論社『思想の科学』天皇制特集号の発売中止といったことのあいついだ年であった。

この年の秋（一一月二日）、私はNと結婚した。二四歳になったばかりだったし、賃金の額もきわめて低かったから、結婚などまだ遠い先のことだと思っていたのに、そういうことになった。

彼女の方にも、市内の銀行に就職したばかりの弟・靖幸と高校生の弟・親弘、さらに小学生の妹・好子がいて、電話局の交換台に勤務しながら、一家の主婦と母親の役も担っていたのだが、その姉を見かねたらしく、靖幸が私の父に会って、話を決めたのだった。私は、このことをあとで知った。

魚の仕入れで毎日中津の魚市場に来ていた父は、数日後、彼女を喫茶店に呼び出し、「結納だが、これくらいでどうだろうか」と、片手を広げたという。五万円のことである。

このときのことは、今でも時折私を揶揄するために持ち出されるが、当時の相場としても少なかったということであろう。

話が決まったという連絡を受け、私は一度相談のために帰省している。

私には一円の預金もなかったし、借りるあてもまったくなかった。もちろん父にも金はなくて、すべて父の伯父にあたる人から借りるのだということだった。

こうしたいきさつのせいもあって、自分の結婚式ながら、私は一切を父の手に委ねるしかなかった。

結婚式前日の一一月一日、私は手ぶらで養家に帰った。母の手になる大輪の菊が庭いっぱいに咲いていた。

この頃ではよほど様変りしているようだが、当時の山里には暮しの中にさまざまな決まりのようなものがあって、冠婚葬祭のうち当主の葬儀と跡取りの結婚式は親類縁者と近隣の人々にとっても大変な行事になるのだった。

ひとしきり流行した農村婦人会の新生活運動もまだこの地までは達していなかったし、結婚式場も仕出し屋もなかった時代のことで、すべて手作りでやっていた。

田の字に仕切られた四つの部屋は、広間と座敷がつなげられて式場、宴席となり、納戸は控室兼手荷物置場、居間は台所と共に調理場となり、できあがった料理の一時置場となった。

親戚中の女たちに隣組の主婦が加わって、前夜から料理の仕込みをし、当日は早朝からほとんど深夜まで働き通しとなった。料理を作ってそれを運び、酒の燗をつけ、酌をした。使った器を洗うだけでも大変な作業だった。

男たちには祝儀という出費があったが、その代り、ただ座って飲み、大声で談笑し、酔っぱらっていればよかった。

結婚式

三三九度のあと、まず親族だけの祝宴〝本座〟が夕刻まで、そのあと〝タル〟と呼ぶ宴が持たれる。近隣の男たちと両親の友人などが招かれるが、人数はこちらの方が多くなった。それだけ賑わいも増し、遅くまで続くことになる。もっと以前は、一番鶏が鳴く頃までは続いたものだというが、さすがにそこまではいかなかった。

彼女の方には、挙式に先立って〝娘別れ〟というものがあって、数日前に自宅で、女だけの宴席をすませていた。

私は、何日間か休暇をとる理由として職場の同僚に知らせただけで、酒の飲めないこともあって、誰かと祝杯をあげることもなかった。

私たちの結婚披露宴には、当事者であるはずの私たち自身の交友関係からは誰一人招かれていなかった。費用の工面を含めて、すべてを委ねた手前もあって言い出せなかったのだが、私には、せめて下宿と職場で親切にしてもらったOさんだけは招待したかったという思いが残っている「そちらの方から招待する人はいないか」と聞かれなかったのが、今思えば不思議だが、多分、あの手の結婚式は、当人たちの将来のために祝われるものではなく、親族と地域社会に認知、受容してもらうための儀式であったということだろう。

この結婚式と披露宴の会場となった養家は、私にとって一五歳から一八歳までの三年間を過ごした場所に過ぎなかったし、しかもその三年間は、軽便鉄道で片道四〇分ほどをかけて中津市内の高校に通学する毎日だったから、集まった親族にも、近隣の人々の中にも馴染んだ人は少なかった。酒が主役の宴席で、私たち二人はまるで置物のように仏壇を背にして座り、いつ果てるとも知れぬ宴を人ごととして眺めていた。

新婚旅行の費用は作れなかったと言われていたが、式の翌日になって「まあ、記念になることだから、これで別府に一泊してくるといい」と言われ、一万円を渡された。

この金額について、私の方には一万円だったという記憶があったが、妻の方が、「いくらなんでもそれは少なすぎる。二万円ではなかったか」と言うので、それもそうだと思っていたのだが、最近になって父のメモが見つかり、やはり一万円となっていた。

式の夜、まだ一一歳だった妻の妹が伯母にあたる人と一緒に泊っていたが、その妹が、どうしても新婚旅行についていくと言って大人たちを困らせた。

何の予約もあてもなく別府駅に着いた私たち二人は、幸運にも日本交通公社別府営業所に働いていた同級生に出合い、旅館の手配をしてもらった。

私たちの目には高級な和風旅館と見えたし、夕食も豪華なものだったが、おそらく彼の力によるものだったろう。彼を交えて三人で食事をし、遅くまで誰彼の消息を確かめ合ったりしたあと、隣室に泊っていったのだった。

結婚のために借り入れてもらった金がどのくらいだったか正確な記録はないが、私たちは共稼ぎをしながら、数年がかりで支払っていった。三〇万円ほどではなかったかというのが妻の記憶である。

結婚後は、私が妻の家から鉄道で通勤することになった。

高血圧による発作の後遺症で、半身が少し不自由になった体で米穀店を営み、業務用の雑穀や砂糖も取り扱っていた妻の父は、市内の定時制高校生を一人雇っていたが、その父親にとっても弟妹たちにとっても、妻が家を出ることは許されないことだった。ちょうど店の上にあたる屋根裏部屋を改装してくれて、そこが二人の部屋になった。

中津と小倉の間は当時、鉄道で片道九〇分ほどを要していた。車中が往復で三時間ということは、家から中津駅、小倉駅から職場までの徒歩時間や、終業から乗車までの待ち時間を加えると通勤の所要時間は四時間から五時間となる。

ほとんどいつも、昼勤、宵勤、夜勤を一週間ずつ繰り返す三交代勤務だったから、自分も仕事を持ちながら家事一切をこなし、私にも向き合わねばならなかった妻は大変だったと思う。

私にとって、中津は、眠るためだけに帰って来る所というのが実感だった。夜勤明けでヘトヘトになって帰りついたところで、「アルバイトの高校生が休んだので配達ができなくて困っている。寝る前にこれを配達してもらえないか」と言われることがあったりして、それは双方の立場がよくわかる妻にとって辛いことだったという。

しかし、それは長くは続かなかった。私たちの結婚から二年たたずに妻の父が逝き、米穀店をたたんだのだ。

五市合併で北九州市が発足し、松川事件の再上告審で被告全員の無罪が確定した一九六三年は、また、三池三川鉱で、安全無視による炭塵爆発で死者四五八名、ほか多数の一酸化炭素中毒者を出し、ケネディ大統領暗殺で、アメリカがその暗部を世界に知らしめた年であった。

その年の八月、高熱が続いて意識のはっきりしなくなった妻の父は、日本脳炎と診断されて国立中津病院の隔離病棟に入れられた。

屋根裏の新居にも来客があった

職場に長い休暇を申し出て、私は妻と二人、泊り込みで付き添った。扇風機もなかった病室は暑く、半裸姿の看病だった。
入院する頃には、すでに意識はまったくなかったが、それは本人にとって幸いだったというべきだろう。汗をかく分、痰が粘って、ともすれば咽喉にからんで呼吸を止めるほどのそれを、頻繁に取り除かねばならなかった。病院から外に出る際にはクレゾール石鹸液の風呂に入らせられたが、これは体にしみて痛かった。
その月の終りに、一週間あまりの入院ののち、妻の父は息を引き取った。
妻とその兄、二人の弟が相談して、米穀店の権利と家・土地をひっくるめて売るということになった。買手はすぐに見つかった。銀行員だった靖幸が見つけてきたのだったと思う。買い取った人は、今もそこで米穀と酒類の店をやっている。

　親弘は、その前年に高校を終え、父親の猛反対を押し切って東京に出ていたが、今度は靖幸も勤めをやめて上京するのだといった。同級生同士で交際していた相手の女性は倫子さんといい、小学校の教師になって二年目の人だったが、こちらも退職して、大急ぎで結婚式を挙げ、旅立っていった。私たちは、中学生の好子と三人で、倫子さんの実家に移ることになった。母娘だけで暮らしていた家から娘をさらっていく靖幸の、たっての頼みということもあった。

　その家は中津市内にあって、広々と使わせてもらえたのはありがたかった。転居したのが一九六四年の三月だったから、好子は翌月に高校生となった。

　その年の六月、私は妻の懐妊を知らされた。結婚からようやく二年半だったが、この間、周囲の大人たちがさまざまに心配して、妻は北九州の産科病院で診察を受けたこともあった。「二人で温泉に行くと効果がある」と言われてそれもした。

　実父の兄嫁で、小柄な見かけによらず磊落な人柄の伯母がいて、この人からは、国東半島にある子授け地蔵にお詣りをするように言われた。そういうものをまったく信じない私だが、妻の熱意に負けて、そこにも行った。それからまもなくの懐妊だったから、私はよく、「地蔵さんの申し子かも知れないぞ」と言って妻をからかった。

　体温調節がうまくできない体質の妻は、つわりの時期が夏となったために辛い思いをしたようだった。仕事から帰るなり薄手のワンピースに着がえて、首のうしろに濡れタオルをのせ、ペタンと座りこんだ。

予定日の三月二六日を過ぎても一向に生まれるようすがなく、四月九日になって陣痛促進剤の服用をすすめられ、その日の夕刻、市内の病院に入院したのだった。

翌日が大分市に住む妻の兄の結婚式で、義弟たちも帰ってきていた。靖幸は、すでに六カ月の男児の父親になっていた。

家主のおばさんと私が、畳敷きの産室に入ったのが夜の一一時頃だったろうか。一向に強まってこない陣痛に、担当の婦長さんも横でひと寝入りしたりしたが、明け方になって腿《もも》のあたりに注射をした。それで一気に陣痛が強まって、出産を終えたのが午前四時だった。今は、どの産院も、院長のゴルフの予定に合わせて出産時期を調節するのがあたり前になっているらしいが、その技術は、すでに三〇年近く前から臨床医の手中にあったということだろう。

出産までに時間がかかったためか、娘は、さかさまに下げられて背中を叩かれるまで産声をあげなかった。

靖幸と二人で妻を抱え、六人部屋に運びこんでから、とり急ぎ身仕度を整え、結婚式に出席するため、大分市に向かったのだった。何ともあわただしくて、親になった感慨など味わうどころではなかった。

毎日、産院に通ったが、父親であることを実感したのは、何日かして名前をつけようと考えたときのことだった。

産院に行く途中で新しい『国語辞典』を買い、妻の横たわるベッドに腰かけて、何のあてもなくページを繰っていて、「玲瓏《れいろう》」という言葉にいきあたった。その持つ意味もすがすがしくて、私はその場で「玲子」を提案し、妻も同意したのだった。

あてもなく繰っていきあたった、と書いた。たしかにそうなのだが、そう言ってしまえないものが、心の片隅にはある。玲子という名の人に出会ったことがあったのだ。

まだ私が生家にいた頃、中学生になる前のことではなかったろうか。同じ集落に都会から移り住んできた一家があって、その家に三人の姉を持つ男の子がいた。その子は私よりも二つばかり年下で、よく一緒に遊んだが、下に厳しかった五人の兄にしごかれていた私には、弟にやさしい姉を三人も持つ身が羨ましくてならなかった。

その子のすぐ上の姉が玲子という名だった。私よりも三歳ほど年長の人で、何かを話したりしたことはなかったが、声をかけてもらったことぐらいはあったように思う。痩せていて、色の黒い人だったが、キリッとした顔立ちの美人で、聡明さを感じさせた。特に憧れたり、胸をときめかしたというわけでもなかったのだが、その人の名が脳裡にあったことは否定できない。

まもなく二八歳になる、当の娘がどう思っているかを訊いたことはないが、私自身は、語呂の上での姓とのつながりからいっても悪くない名前だと自負している。

妻は産後休暇が切れたあと、紹介してくれる人があって、一人のおばあさんに子守を頼んだ。背の高い物静かな人で、毎日通ってくれた。七〇歳をすぎていた人のように思っていたが、妻によると六六歳だったという。職場の昼食時には授乳のために帰宅していた妻は、そのおばあさんの持参する、ゆでたうどんにきな粉をふりかけたお弁当がおいしそうだ、と言っていた。

私たちが一女の親となった一九六五年は、二月に米軍機が北爆を開始し、四月にべ平連が初めてのデモをした年であり、九月に旧国鉄が〝みどりの窓口〟を開設している。山野鉱のガス爆発で死者二三七名が出たのもこの年である。

出産から半年後の一〇月、妻は中津電報電話局を退社した。これは私から強くすすめたことによる。それがよかったのかどうかは今もわからないが、当時の私には、母親には子のそばにいてやってほしい、という思いが強かった。折しも電話交換の自動化が進められつつあって、退職金の割増しをちらつかせての退職勧奨もあった。

部屋代も安くしてもらっていたし、その頃には、何とか私の収入だけで食えそうなところまでになっていたのではなかったろうか。

そう思って、妻に確認を求めたら、「そんなことをちゃんと計算してことを運ぶ人じゃないくせに」などと言いながら、当時の賃金明細書の束を取り出してきた。

繰ってみると、その年の九月に私の受け取った手取賃金額は二万二七〇〇円、年末の一時金が四万一二〇〇円となっている。これだけを見て、食えたかどうかを知ることはもうできないが、賞与を含めた年間所得全体で何とかなっていたということではあるまいか。ちなみに、妻の記憶では、米穀店の店頭価格で米一〇キロが一〇〇〇円だったはずと言っている。

この頃から、私は組合運動に多くの時間をさくようになっていく。

私に労働組合の何たるかを教えた職場の同僚Rは、すでに組合員の投票によって選出される執行委員の一人として情報宣伝を担当していたが、彼は職場委員をやめるにあたって、その役に私を推した。

正確には代議員という名称で、職場の問題点などを指摘したり、組合からの連絡事項を組合員に伝えるほかに、年二回の定期大会で、討論と採決に参加する権利があった。

企業寄りの度合いを強めつつあった組合の定期大会議案書には、御用化につながるものが多く目についた。

『十年史（一九五七〜一九六六）』によれば、私が社員となった一九六一年七月に、会社は社内誌「住友金属」第一号を発行している。

これより先、「三十二年（一九五七）の秋、賃金・退職金交渉における長期のストライキという大きな試練に直面しなければならなかった」（『十年史』）会社は、春闘や一時金交渉における労働組合との「交渉経過を全従業員に公正に伝達するため」（同）に〝交渉速報〟を発行するようになっていた。B4サイズほどの表裏各三段の印刷だったが、表の一段目に大きな活字で印刷されたものに目をやれば、そのねらいは明白であった。

十年史の中に第二号の写真がある。そこには次のような活字が躍っている。

「賃金・退職金・年末一時金一挙に解決」

「交渉を通じ表明された双方の労使関係推持の熱意を今後の安定に結実させ長期計画の達成に邁進しよう」

「長期計画は双方の福祉と繁栄のためのものである」

それればかりではない。さまざまな名称の企業内教育を開始して企業意識の徹底をはかっていった。

社内誌や交渉速報を通じ、あるいは企業内教育を通して、くりかえし、今こそ耐えるときである。労使協力して、分け合うパイを大きくしよう、と耳もとでささやき続けた。すさまじいばかりの洗脳作戦だったと言っていい。

そんな中で、私の組合運動は始まったのだった。

労働組合の連合体から、専従任期を終えて小倉に帰ってきたBさんとRという二人の執行委員を中心に、私たちは定例の学習会を作った。小倉に住むメンバーの家を使ったりした時期もあったが、のちには金を出し合ってアパートの一室を借りたりもした。

十分に準備をして臨む組合の定期大会で、私たちの発言は、私たちが第二労務部と呼んだ執行部を追いこむこともあったが、すでに極少数派だった。採決で私たちに賛成の挙手をする者は誰もいなかった。それでも私たちは意気軒昂だった。万人のために闘う一人としての誇りがあった。

活動家失格

分け合うパイをまず大きくしよう、労使は運命共同体なんだから、と、企業内教育や社内誌を通して吹きこみながら、住友金属工業株式会社は一方で労務管理のためのさまざまな制度を職場に持ちこんできていた。

その代表的なものが、私の社員登用より一年早く発足していた職分制度だった。これは、それまで職員、工員と呼んでいたものを、事務技術職掌、作業職掌と呼び方を変え、それぞれを四つの職分（階級）に分け、さらに各職分を一級から三級に細分して、各級ごとに賃金に格差をつけるものであった。一人ずつに分断し、逆らわない労働者にして思いのままに支配するにはきわめて有効な制度であったと思う。

『十年史（一九五七〜一九六六）』の中で、「とくに職務評価をとり入れた新しい制度は、その

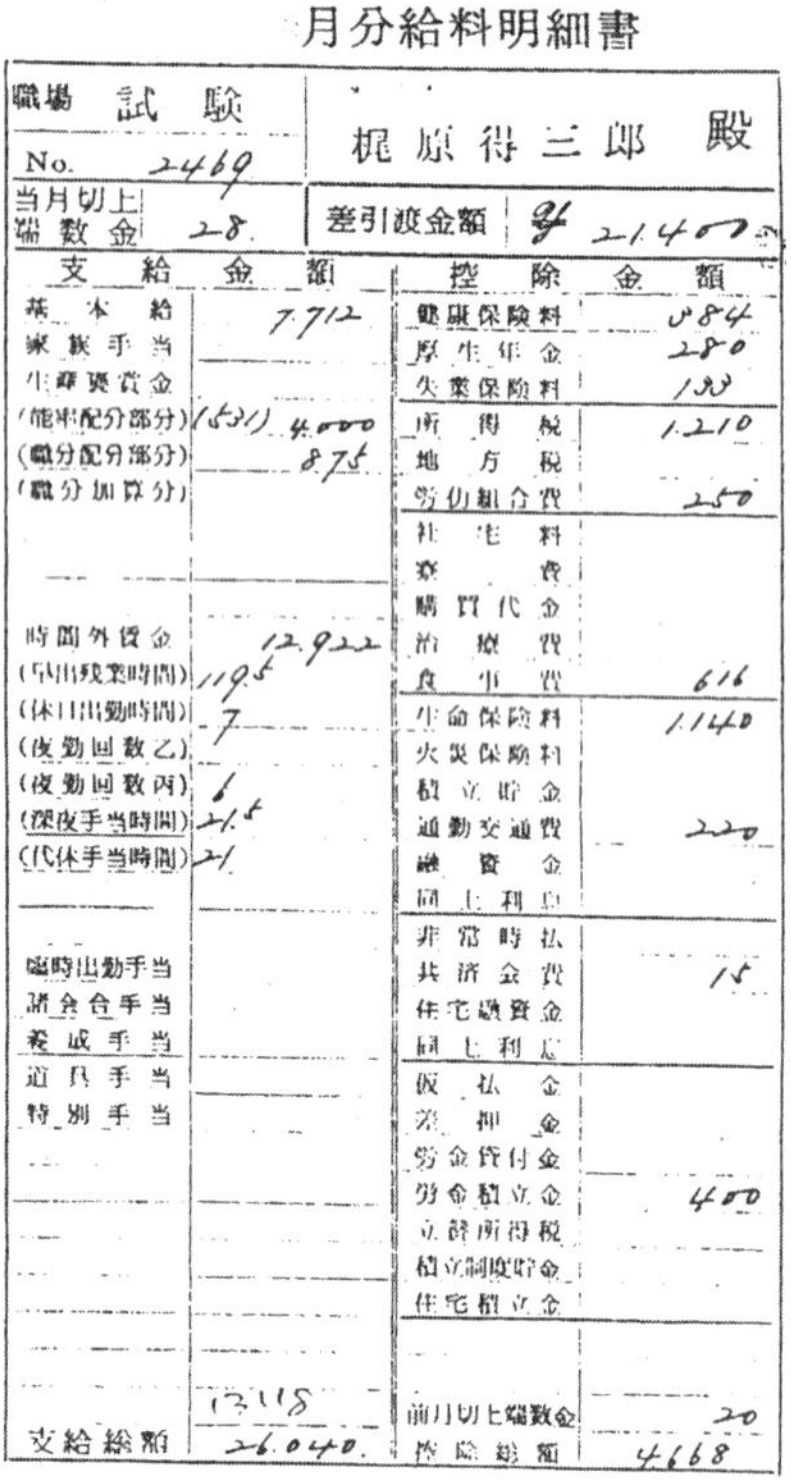
月分給料明細書

職場 試験　No. 2469　梶原得三郎 殿

当月切上端数金 28　差引渡金額 ¥21,407

支給金額		控除金額	
基本給	7,712	健康保険料	384
家族手当		厚生年金	280
生産奨賞金		失業保険料	133
(能率配分部分)	(1531) 4,000	所得税	1,210
(職分配分部分)	875	地方税	
(職分加算分)		労働組合費	250
		社宅料	
		寮費	
		購買代金	
時間外賃金	12,922	治療費	
(早出残業時間)	119.5	食事費	616
(休日出勤時間)	7	生命保険料	1,140
(夜勤回数乙)		火災保険料	
(夜勤回数丙)	6	積立貯金	
(深夜手当時間)	21.5	通勤交通費	220
(代休手当時間)	21	融資金	
		同上利息	
		非常時払	
臨時出勤手当		共済会費	15
諸会合手当		住宅融資金	
養成手当		同上利息	
道具手当		仮払金	
特別手当		差押金	
		労金貸付金	
		労金積立金	400
		立替所得税	
		積立制度貯金	
		住宅積立金	
	13118	前月切上端数金	20
支給総額	26,040	控除総額	4,668

給料明細書

後の鉄鋼業界の給与体系に大きな影響を与えることとなった」と自讃しているところを見ると、業界のトップを切って取り入れたものであったかも知れない。『十年史』は、この制度を次のように説明している。

「各人の職分・職級は、毎年四月の定期査定により、資格に達した者の昇進・進級が実施されるが、その査定にあたっては、評価要素（熟練の程度・仕事の実績・仕事の応用力・勤務状況・積極性・協調性）別の評定を行ない、これを総合して能力区分を決定し、能力区分別に定められた基本職分点を各人の職分点に付加することにより、各人の職分・職級が決定される仕組みとなっている」

評価要素のどの一つをとっても、恣意的な評定を免れないものばかりだが、中でも勤務状況以下の三つは、労使協調路線に乗らない私たち少数者に対して、アメとムチの両面で有効に活用された。

なにしろ、毎月の賃金総額の中で、恣意的な評定によって変動させられる部分をどんどん増やしていって、この部分が賃金総額に占める割合は、「発足当初二・五％程度にすぎなかったが、その後給与改正のつど基準評価の増額を行ない、その結果、(七年後の)現在では二〇%を超えている」(『十年史』)というほどになっていった。

これも並はずれた保存癖を持つ妻のお蔭と言えなくもないが、当時の賃金明細書がすべて揃っているので、私自身の場合にどうであったか、という計算をしてみた。

私が正社員として初めて満額の賃金を手にしたのは一九六一年の七月だが、当時の実態を知ってもらうとすれば、その翌月の賃金明細書の方がふさわしいように思う。

前ページのものがその明細書だが、支給総額のうち時間外労働によるものが実に半分(四九・六%)である。この中には、一一九時間三〇分に及ぶ早出残業手当のほかに、深夜業手当なども含まれているが、問題の部分(職分配分部分)が占める割合を計算する場合には、この時間外賃金は除外しなければならない。そうすると、支給総額一万三一一八円の中の八七五円ということになり、その占める割合はまだわずかに六・七%である。

そして、このときから一三年後、私がこの会社をやめた月の前月、この部分がどれほどに脹れあがっていたかというと、一二万七一九六円の中の九万四八〇七円で七四・五%になっている。

首根っこを押えて、「人並みの賃金が欲しければ、つべこべ言わずに黙って働け。そのかわり、言う通りにする者にはちゃんと色をつけてやる」というわけである。

私がやめたあとも、この部分が増大していったのかどうかはわからない。人は金に弱い。そこをついての労働者支配である。そんなことは百も承知の上で、組合はこの制度の導入に同意するところまできていた。

この頃のことだったと思う、定例の学習会に集まる者たち(人数は常に定まらなかったが、発足の頃は六、七名だった）で、月一回作っていた、わら半紙にガリ版刷りの機関紙に、金銭が憎いという詩を書いたことがある。もう、ほとんど忘れてしまったが、

僕ら夫婦の愛情は
僕ら仲間の友情は
金の力にビクともしないか
金銭は支配者の手
僕らの敵のぬめった触手
払いのけろ
叩き落とせ

というフレーズがあったことだけは覚えている。今もその思いは変わらないが、残念ながら、払いのけねばならないほど金銭に接近されたことはまだ一度もない。

三〇〇〇名を超えていた、当時の住友金属小倉製鉄所労働組合の中で、極少数派ながら、私たちの目ざすものは、もうこれ以上組合を会社寄りにしてはならない、ということだった。巻き返して、組合役員の多数を占める必要があった。そのためには役員選挙で多くの票を集めねばならなかった。

定例学習会の参加者の数が定まらなかったのは、それぞれに人を誘ってきたりしたからだったが、誘われてきた人たちは長くはとどまらなかった。

私たちは仲間を増やそうとして、よくピクニックを企画した。他企業の組合とわたりをつけて、若い女性労働者にも参加してもらうのが常だったし、アコーディオン持参で労働歌の歌唱指導をする人も必ずいたが、この人は地区の労働組合協議会に専従していた人ではなかったろうか。音痴の私に、ちゃんと歌える労働歌は何一つないが、いい歌がたくさんあった。

誰かが提げていったラジカセのボリュームをいっぱいにして、フォークダンスを踊ると、間もなく解散となるのだったが、私はそれまでに一度も踊ったことがなかった。高校生の頃、放課後の体育館で踊っているのを見たことはあったが、私にとっては見るだけでも照れくさいことだった。

フォークダンス

写真のダンスの輪の中に私もいるのだが、これはもう義務感というか、一人だけはずれて白けさせてはならない、という責任感のようなもので加わっているのであって、リズムに乗れないぎこちなさを恥じ入りながら、必死の思いで踊っているのである。

こういう場に誘えばきっとやってきて、美声を聴かせてくれたり、しなやかにダンスを踊ってみせてくれるが、肝心の学習会にはどうしても顔を見せない人がいたりもした。

私が、自分には人を動かす力などないのだと、骨身にしみてわかったのはこの頃のことである。

別の課の人で、出先の現場で一緒になる、私よりも三つほど若い真面目な人物に働きかけたことがあった。自分も一人ぐらいは仲間を増やさねばという思いもあったが、それだけでは決してなかった。私は、その人に敬意を払っていた。こんな人と心おきなく理想を語り合えたら、という思いの方が強かった。

いつも私の方が誘い出して、喫茶店や食堂で話した。スタンドバーに誘ったこともあった。誘えば応じるし、こちらの話にはうなずくのだが、ついに自分の思いを語ることはなかった。

数カ月の後、私はこの人に語りかけることをやめた。私たちが会社や組合の御用幹部にとって厄介者であり、したがって表立って私たちと個人的なつき合いを持つことには職場上司の介入なども始まっていたから、そちらからの圧力などもあったかも知れない。いずれにしても、私はこのとき、人に働きかけることに挫折して、今に至るも立ち直れずにいる。

組合の役員選挙もよく闘った。文字通り闘ったというのが実感である。

私たちが立候補するようになってから、投票用紙が姿を変えた。それまで短冊型の投票用紙に候補者の名を一名分だけ記入して投票し、開票の結果、得票の多い候補者から定数までが当選とされていたものを、幅広の投票用紙に全候補者の名を印刷したものに変え、しかも、頭から定数のところまで御用候補を並べ、そのあとに、私たちがつけ足しのように並んでいた。

そして、投票のやり方も変えた。各現場ごとに、あるいは各交替班ごとに、職分制度によって上級監督職、監督指導職と、いかにもありがたそうな肩書きをつけてもらった組合員（企業内教育でみっちり洗脳された）が投票場に部下を引率して集団投票をするようになったのだ。

当時、執行委員の定数は九名だったから、一番目から九番目までの候補者の名の上に○印をつけたところで、引率者のチェックを受け、それから投票箱に入れるのである。一人だけで投票に行ったり、チェックを受けずに箱に入れると、叱られたり怪しまれたりするのだという声は私たちにも届いてきた。それでも私たちの名に○印をつける組合員がいて、大いに励まされたことを覚えている。

御用候補が、申し合わせたように三〇〇〇票台で並び、私たちは多いときでも七〇〇〜八〇〇票だった。もちろんいつも落選だったが、それはそれで楽しかった。

選挙運動期間中は昼休みと勤務明けのわずかな時間に、候補者の腕章をつけて構内のさまざまな現場を駆け回った。各職場の、上級監督職や監督指導職が人集めをしたところに団体でやってきて、頭を下げるだけでよかった御用候補と違って、私たちは一カ所でも多くの現場に顔を出したくて、一人ずつ手分けをした。あからさまな敵意を示されることはなかったが、ほとんどの現場で表面的には無視されながら、労働組合の現状を告発し、その組合を労働者の手に取り返すために頑張る、と休憩中だったり作業中だったりする組合員の横顔や背中に訴えかけた。

きわめてまれなことではあったが、お目付役のいない少人数の現場で、心からの拍手をもらえることがあって、このときの感激といったらなかった。思わず涙ぐんだりして、「ありがとうございます、頑張ります」と言って頭を下げるのだった。

あるとき、ピクニックやレクレーションに別々に参加した人たちを一堂に集めて、ぜんざいパーティを開いたことがあった。私たちの方には企みがあって、集まった人の中から何人かを活動家として踏み出させようと考えていた。そのために私たちの考えていることをきっちり伝えた上で、活動家集団として発足させ、それぞれの役割分担まで一挙に決めてしまうつもりだった。

予想を超えて三〇名ほどが集まった。賑やかなぜんざいパーティーのあとで、確かに予定通りにことは運んだ。

このときの呼びかけ文は私が書かされたのだったが、今にして思えば、まさに極楽トンボの寝言というほかはない。その骨子は次のようなものだった。

「封建社会が資本主義社会に移行したように、次に社会主義社会に移っていくのは歴史の必然である。いま、生産点に立つわれわれ労働者に対する資本の合理化攻撃は、労働組合丸抱えに見られるような、なりふり構わぬすさまじさだが、仲間よ恐れることはない。われわれに対する攻撃のすさまじさは、それが資本主義の断末魔のあがきであるからだ」

資本主義の断末魔でなかったことはまもなくわかったが、しかし、遠からず労働者が社会を変えるのだ、という確信は捨てられなかった。

さて、ぜんざいパーティーのあとで、活動家集団を発足させるところまではいったのだが、どこからか会社労務の知るところとなり、芋づる式にたぐられて、それぞれの職場で上司から説教されたと知ったときには、私たちはまたふり出しの人数に戻っていた。

スパイに潜りこまれたこともあった。私たちが職場で仲間を増やすことを諦めて、社会党や社青同といった組織との交流を通じて横の連帯を求めていった頃のことだった。

私自身も社青同に加入したが、その集まりの中でとびかう専門用語は新鮮だった。マルクスやレーニンの著作がよく話題になって、ほとんど読んでなかったし、読んだものも、望むほどには理解がいきわたらなかった私には、どの人も偉大な尊敬すべき人物に見えるのだった。

そうした集まりに出席するようになっても、私たちは私たちだけの集まりを大切にしていたのだが、その中にまぎれこんできたのだった。

その頃、労務部に公安警察から引き抜かれてきたという噂の人物が配属になってきて、組合対策の責任者というような立場にいた。この人物のさし金であったことまでが明らかになった事件だったが、スパイが送りこまれたところから、おかしいと感じて突きとめるまでのいきさつは次のようなものだった。

私たちの仲間の一人が、学習会の席で、「製鋼工場に一人、職場の不満をよく洩らす労働者がいると聞いた。一度会って話してみたい」と言い、私たちは賛成した。久し振りに仲間が増やせるのではないかと喜んだのだった。

しばらくして、私たちはその新人を学習会に迎え入れた。私と同年ぐらいの背の高い男で、感じもよかった。私たちは彼に特別に親切にした。何しろきびしい状況の中で、私たちを頼ってきたのだと思ったから。

それからまもなくの頃、私たちが活動の一つとして、月一回ぐらいの間隔で続けていた社宅への夜のビラ入れに、保安課が大勢で待ち伏せており、私たちの後につきまとうということがあった。別に法を侵すわけではないのだから問題はないのだが、嬉しいことではない。どうしてビラ入れの日時が洩れたのかなァとは話し合ったが、スパイ行為までは思い及ばなかった。

二度目は、私の養家で合宿学習会を企画したときのことだった。仲間の一人が会社構内で、公安警察あがりという当の人物に呼びとめられ、「今度、梶原君の田舎で合宿をやるそうですな」と言われたという。「よく知ってますね」と応じたところ、「君たちの動きは自分のたなごころを見るようによくわかっています」と言って笑った。これはおかしい、ということになった。

しかし、これも別に法に触れるわけではないし、予定通りに実行した。

決定的な判断は、その合宿の夜に入ってすぐになされた。

夕食をすませて、孫の出産で東京に出かけた叔母の家（隣）に移って話しはじめてすぐのことだった。私には何が何やら皆目わからなかったが、仲間の一人が急に、「今夜は疲れた。もう寝よう」と言い出し、何人かが「そうしよう」と応じて寝てしまった。

もちろん、ビラ入れにも合宿にもその新人は参加していた。

翌日は参加者全員で川遊びをしただけで、夕刻には解散した。

中津までの軽便鉄道の中で、仲間の一人が私の横に来て「昨夜、あの新人がおかしいと気づかなかったか」と言った。聞けば、「社青同の話になったとき、どんな考えのグループで、何人ぐらいでやってるのかと、しきりに聞いてきたではないか。新人であんな質問をしてくるのはおかしい」と言う。

なるほどそういうものかと思っただけだったが、前夜、話し合いを中止したのはそのことに気づいたからで、すぐに同意した人たちもそれを感じていたのだという。

それから二、三日してからではなかったろうか、二人の仲間が、その新人の家に遊びに行くという形で押しかけ、部屋に通るやいなや、「ちょっとノートを見せてくれ」と家捜しを始めた。その新人が隠そうとするノートをもぎとってきたが、その中にスパイ行為の跡が明白だった。学習会ごとのメモのあとに、「ここまでUさんに報告済」という記入があった。Uというのが、もと公安警察だった男の名である。

そのノートの中に私たちの人物評があって、これも「報告済」の記入があったが、彼の人物評では、私は〝人道主義的社会主義者〟ということになっていた。

後日、当人と話し合った仲間の一人Bさんによれば、「職場で出世したくて、あの役を引き受けた」と語ったらしいが、私には痛ましいという思いが残っている。それから後を、彼がどう生きているのかはまったく知らない。

労働組合の御用幹部は、任期を終えて職場に帰ると、決まって上級監督職や監督指導職におさまっていったが、こちらは痛ましいどころではなかった。職場で地道に働くよりも、御用組合の幹部となり、組合員を踏みつけにして点数を稼ぐ方が出世の早道だという風潮はこのあたりから始まったのだった。

労働組合がここまで堕落し、私たちは完全に孤立させられていたが、それでも仲間の中の誰一人、弱音を吐く者はいなかった。虚勢などではなかった。人として恥ずかしくない生き方をしているのだという自負が支えだった。

こうして、ほとんどの時間を北九州で過ごしたが、寝るためだけに帰ってくる中津では、娘（玲子）に会うのが楽しみになっていった。ようやく立ち上がれるようになった頃から、私が夜勤で出かけるときなど、玄関まで抱いてきて畳に立たせ、バイバイをすると首を横に振っていやいやをしながら両手をさしのべてきたりすることがあった。それで別れられなくなり、出勤をとりやめたことも何度かあった。職場の同僚には迷惑をかけたし、妻には呆れ顔をされたのだが、これくらいのことは許されるべきだと私は思った。

出会い

絶望

永井荷風

絶望は老樹の幹のうつろより深し。
幾年月の悲しみ幾年月の涙。
おのずから心の奥の底知れず
うつろの穴をうがちたり。
されど老樹は猶枯れやらず
残りし皮残りし骨に
あはれ醜き姿を日にさらす。
屈辱にひしがるる老の身は
義憤にうごめき反抗に悶えて
あはれいたましき形骸を世に曝す。
死は救いの手なり虚無は恵なり。
吹けよ老樹にはあらし。

人の身には死よ。
されど願うものは来らず
望むものは去る。
あはれあらしと死よ。

唐突な引用だが、前から触れておきたいと思いながら、のびのびになっていたものである。

私がこの詩を知ったのは、一九七二年に七三歳で自ら命を断った川端康成の著書『小説の研究』の中でだった。求めた日付の記入があって、一九五七年一一月一九日となっている。これは私が北九州に出て、住友金属小倉製鉄所の日雇い臨時工となった年の翌年で、二〇歳になってすぐの頃のことになる。その年の一〇月に第二刷として発行された一八四頁の文庫本で、七〇円となっている。

終りの方にも赤エンピツの傍線が引かれているところを見ると、読んだには違いないのだが、ここに引用した荷風の詩以外のものは何一つ記憶していない。

二〇歳の私がこの詩に共感を覚えたのは、多分、先行きのまったく見えない不安な毎日の中で、時折自殺願望を強めていたりしていた頃のことだから、絶望という言葉に親しみを感じてのことであったろう。

著者自身もこの本の中で、「荷風氏といえば、私の忘れられない詩が一つある」と前置きをして引用しているのだが、私も以来三五年、折りにふれて口ずさんできた。そして、この詩に対する親しみは年を重ねるごとに深まっている。

私がこの詩を知ったとき七八歳だった永井荷風は八〇歳で世を去った。孤独な死だった。一人暮らしをしていて、たしか訪問者によって死後発見されたのだったと思う。

文芸雑誌のグラビアで、中折帽に杖がわりの洋傘、左脇に風呂敷包を抱えこんでいた姿や、よくヌード劇場の楽屋を訪ねるとかで、上半身裸の若い踊り子たちに囲まれて、ほとんど歯のない口を大きくあけて笑っていた写真などが印象に残っている。

これも当時の文芸誌で読んだのだったと思うが、誰かが永井荷風の行きつけだった食堂店主の話として次のようなことを書いていた。

亡くなる前頃には、隅のテーブルに来て、よくカツ丼を注文したが、一度ヘドとしてもどしたトンカツを口に運ぶのを何度も見たというのである。「老残」を人目にさらすことを恐れていたはずの永井荷風が、そのような姿を人に見られたというのは、当人が見られたことに気付いたかどうかは別にして、さぞ無念なことであったろうと思った。

「絶望」という詩を書いた永井荷風は、八〇歳でそのような生を終え、著書でその詩を紹介した川端康成は、それから一三年後に、七三歳で自殺をして果てた。こうした後日のできごとによって、一編の詩は私の身体の中にしみこんでいったような気がしている。

顧みて、私にはやや投げやりなところがあり、半分逃げ腰で生きているようなところもあるのだが、このことと、この詩を知ったために「老残」を人目にさらすことを極度に恐れるようになったこととの間に、関連があるのかどうかはわからない。「老残」は自然なものであり、恐れるべきではない、という思いもあるにはあるが、今はまだ弱い。

私は、この永井荷風の詩を、つきあい始めて間もない頃の妻に宛てた恋文の中に引用しているが、今にして思えば、一編の詩との出会いは一人の人間との出会いに勝るとも劣らないという実感がある。ただ、この詩を知ったことが私にとってよかったかどうかは、もう少し先になってみないとわからない。

話をもとに戻さねばならない。一九六七年の二月ではなかったろうか。私は二歳になる前の娘に怪我をさせている。

この年は、八月に公害対策基本法が骨抜きながら公布され、それを受けて九月一日に、三重県四日市市の喘息患者が、石油コンビナート六社を相手にこの国で初めて大気汚染公害訴訟を提起した年である。

午後から出勤する宵勤や、夕方になって出かける夜勤の日には、自転車の前に娘を乗せてよく外に出たが、そんなある日のことだった。娘のために使いやすいスプーンを買おうとして、陶器店の前に自転車を立て、店内に入っていった。抱いていけばよかったと、どれほど後悔したか知れない。店の人に声をかけようとしたとき、自転車が店の方に倒れて陶器の割れる音がした。ほとんど同時に娘の泣き声が起きた。駆けつけて、陶器の上にうつぶせになっている娘を抱き上げたときには、もう眉間の下あたりからの出血がひどくなっていて、吹き出した血は容赦なく目や口に入っていった。抱き上げるときに、娘の顔の下で中型の土鍋が割れていて、これに当たったのだと思った記憶がある。

道路わきの店だったため、通りがかった人がすぐにタクシーを呼び止めてくれ、私は誰かに渡されたタオルで娘の顔を押さえながらとび乗った。運転手は何も聞かずに、自分の判断で近くの

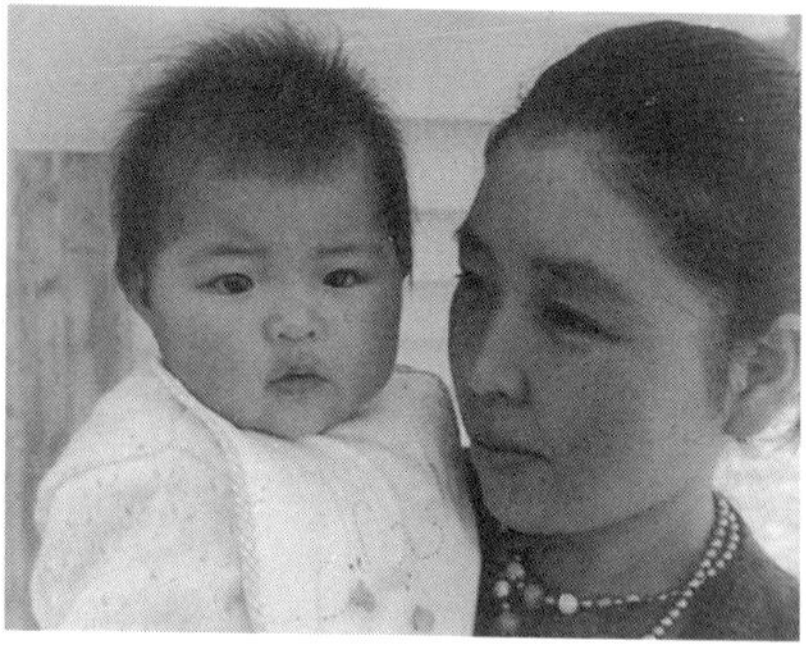

妻と娘

外科病院に運んでくれたのだったが、どの病院にするかと聞かれても、当時の私には中津市にある病院のことなどまったくわからなかった。

あまりの出血に動転した私は、泣き叫ぶ娘を左手で抱き、右手に持ったタオルを傷口に当て、ただ、「玲子ちゃん、死ぬなよ」とくり返すばかりだった。

病院に着いて手術台に乗せたとき、泣きじゃくりながら娘が、「おうちかえる」「おうちかえる」と叫んだときには本当に驚いた。それまでに一度もそんな言葉を発したことはなかったのだ。命にかかわる状況を本能的に感じ取って、初めてしぼり出した言葉だったのだと思う。

すぐに傷口が縫われて血は止まったが、その間も私は「死ぬなよ」「死ぬなよ」だけをくり返していた。二人いた医師の一人から、「あなたがそんなことでどうするんだ」と叱られたことを覚えているが、私がここまで取り乱したのは、後にも先にもこのときだけである。この日のことを思い出すたびに、私の体はギュッとこわばってしまうのだが、それは今も変わらない。

何の前ぶれもなく病院から連れ帰ったときの妻の驚きは大きかった。

翌日から抜糸までの一週間、私は仕事を休んだ。その間の毎日、私はねんねこをかけて娘をおんぶし、歩いて病院に通った。道すがら、遠くの屋根の上で作業している人たちを見せて、「おじちゃんあぶないよ」と言った私を真似て、娘が「あびいよ」と言ったときのことが印象に残っている。

娘の顔には今でも傷跡が残っているが、左眼と鼻梁の始まるあたりとの間から、鼻梁中央にかけて斜めの傷である。どちらにずれていても大変なことになるはずだった。

幸い経過はきわめて順調で、父親がそれほど休むとはよほどのことであろうと心配して、お見舞いに来てくれた職場の人たちには、少し恥ずかしい思いをしなければならなかった。


それから間もなくの頃、私に対して会社側からの働きかけが続いた。

最初は保安課の人で、私の郷里に養家を訪ねて両親に会ってきたといった。今のようなことを続けていては不利になるばかりだ。君にはこれこれのいい点があるではないか。このへんで考え直してはどうか、というようなことを何回かにわたって言われた。半白の五分刈り頭をした実直そうな人物で、誠意も感じたが、私の方に迷いはなかった。もし、言われるようないい点が私にあるならば、それを働く者のために使いたいというのが私の最終的な返事で、その人からの呼び出しはそれで終った。

それからしばらくして、今度は私の所属した課の課長からの呼び出しが始まった。いわゆるエリートコースを歩いてきた人ではなくて、学歴は持たないが、何かの研究で工学博士になったという評判の人で、どことなく暖かみのある人物だった。中間管理職に心を病む人が増えつつあった頃で、この課長にとっても、部下の労務管理というのは決して楽しい任務ではなかったと思う。この人のおごりで喫茶店、饅頭屋、中華料理店とはしごをしながら話したことがあって、それで私に対する働きかけは終った。別れるとき、「まあ、君も頑張りなさい」「はい、頑張ります」と言葉を交わしたことを覚えている。

仲間うちの集まりで、私たちは互いに、会社側からそうした働きかけを受けたことを、やや自慢気に報告し合うのだったが、そのあたりの心理も、企業の労務担当は先刻承知だったのだと思う。私が退職したあと、それまで、「働く者が主役になる日が必ず来る」と夢を語ってくれた理論家の二人は転向したと聞いている。

一九六八年の二月に、靖幸一家が東京を引き揚げてきた。米穀販売の権利ごと生家を売り、結婚式を挙げて東京に出てから四年目になっていた。すでに二人の男の子の親だったが、在京中に覚えたビル清掃の仕事を、福岡あたりでやってみたいということだった。雇い主との思いの違いが離京の直接の動機になったと言っていた。

私たちの間借りをしていた家が、靖幸の妻倫子さんの実家だったから、靖幸が福岡に出るための準備をした三カ月間、私たちは一緒に住んだ。

五月になって一家は福岡に出た。いずれは独立するつもりであったと思うが、とりあえず、雇われて働くことになった。時折一家で、雇い主の車を利用して帰ってきたし、私も一度訪ねて泊ったことがある。

才覚もあると思っていたし、人柄もたしかで、順調にいけば、どこかで一本立ちすることもできたのではなかったろうか。

その靖幸が交通事故で病院に担ぎこまれたという連絡を受け取ったのは、一九七〇年一二月一六日の深夜だった。電話は倫子さんからで、福岡に出てから生まれた一女を加えて三人の子を友人宅に預けて病院に付き添っていた。意識ははっきりしているが、電柱に激突してハンドルで内臓を強く打っており、苦しがっている、ということだった。
風邪を引いて辛そうにしていた娘を、一緒に住んで市内の歯科医院に通勤していた好子と家主のおばさんに頼んで、妻と二人タクシーをとばした。途中で何度か、公衆電話で容態を確かめたりした。

私たちが到着したとき、病室への曲り角のところで、出迎えた倫子さんが泣きながら私にしがみついてきたのを覚えている。それまでの時間がどんなにか心細かったのであろう。

病室には医師も看護婦もいなかった。別府橋という橋のたもとにあったA外科で、救急指定になっていたが、担ぎ込まれたのが遅かったのと、大手術になることから院外の麻酔医を招かねばならなかったことがあとでわかった。

腹部がだんだん膨張してきて、本人も苦しがった。見ておれなくなり、医師に会おうとして看護婦にきつく止められたときには腹が立った。多分、病院側の思いとしては、手術の態勢がとれる前に死んだらそれまでのことで、そこまで生きていれば手術をしようということであったろう。

実際に手術が始まったのは翌日の午後だった。医師に命じられて私が立会うことになった。

手術台から三メートルほども離れた高い椅子の上から、開腹の様子や腹腔内にたまった黒い液体の吸引、持ちあげられて調べられる腸管などを見ていた。見ているうちに現実感がどんどん薄れていくのを、私は不思議な気持で味わっていた。

手術は六時間に及んだ。前夜からの疲れもあって、最後の二時間ほどはうとうとしていたように思う。

その日から一四〇日あまり、翌年の五月四日に靖幸が逝く日まで、私たちの看護が続いた。妻は靖幸の三子と娘を連れて、よく博多～中津間を往復した。五歳、四歳、三歳の手を引き、まだ一歳にならない姪は背中におぶった。

親弘は東京での仕事を長期に休んで、ほとんど病院に泊った。倫子さんと親弘と私の三人でローテーションを組んだのだった。私はその間のほとんどを博多から通勤した。仕事を終えて病院に着くと、すぐに看護を交代した。過ぎたあとで、よくあんなことが自分にやれたものだと驚いたことの一つである。

職場の仲間にはずいぶん迷惑をかけている。前に私が下宿させてもらっていた人情家のOさんが、私の所属する勤務班のチーフだったが、この人にかばってもらえなかったら、とうていできたことではなかった。

二月になって、傷んだ部分を取り除いてつないであった腸が癒着し、靖幸は腸閉塞を起こした。このとき、高圧浣腸という治療を手伝ったが、これは荒療治だった。薬液を満たしたバケツにホースの一方の端を入れ、他の一方を靖幸の肛門にさしこみ、バケツを持った私が脚立に昇ってバケツを頭上に持ちあげると、薬液は体内に入りこむ。今度は床におりてバケツを置くと、医師が膨らんだ腹を力いっぱい押すのである。すると薬液はバケツにもどり、それを繰り返すのだが、そのたびに靖幸は苦しさに呻いた。

この療法が直接に効を奏したというわけではなかったが、思いがけず腸管が通って、またしばらく小康を保った。

四月には靖幸の長男が小学校に上り、私の娘は中津で幼稚園に入った。妻によると、このとき靖幸は病院内の公衆電話まで歩いて、入園のお祝いを述べたのだという。パイプを通して胆汁は外に取り出すようになっていて、回復した段階でもう一度、大きな手術をしなければならない身だった。

その後はしばらく順調な回復ぶりで、親弘も三月の半ばには東京に帰っていき、まだ先のことではあるにせよ、退院も夢ではないと思い始めた頃に危機はやってきた。

本人だけを病室において、たまに倫子さんも自宅で子供たちと眠る夜を持つことができるようになっていたが、五月一日の夜がそうだった。私も仕事に出ていて、その場にはいなかった。猛烈な痛みを訴えて転げまわっているので、すぐ来るように、という看護婦からの電話で倫子さんは駆けつけたのだった。

今度は腸捻転だった。とりあえず薬で痛みは抑えられたが、ゴールデンウィークに入っていたためか、手術の態勢がなかなか整わなかった。加えて院長の妹さんがストーブで重篤な火傷を負い、入院してきた。

結局、靖幸の二度目の手術は五月三日になった。このときも私が立会い、妻と倫子さんにその模様を報告したらしいのだが、私にはこのときの手術について何の記憶も残っていない。よじれていた部分の腸管は完全に壊死していて、それを切り捨てて、あとをまたつないだということだった。

私の記憶に鮮明に残っているのは、それからあとのことである。

酸素テントの中で、麻酔によって眠っている靖幸の横に付いていて、私は妻も倫子さんも引き揚げさせた。またこれから二四時間の付き添いが続くのだと思えば、複数の者が同時に疲れてはならなかった。

麻酔が切れて、靖幸が苦しそうな表情で「得さん、きつい」と言ったので、「そうだろうね、大変な手術だったもの」と応じたのが最後の会話だった。五月四日の朝が訪れようとしていた。容態が急変して、あごを突き出すようにして呼吸をし始めた。大急ぎで看護婦を呼び、走ってきた小柄な看護婦は体に馬乗りになって心臓マッサージを始めた。倫子さんに連絡をとり、家族が全員で到着した頃には医師による電気ショックが続いていた。

そのあと再び心臓マッサージが続けられて、そして終った。三一歳を目前にした臨終だった。過労による居眠り運転で左側の車輪が側溝に落ち、そのまますべっていって電柱に激突し、内臓破裂を起こしたのがことの起こりだった。

この病院の院長は、よく、「患者を治すのは医者ではありません。第一に治ろうとする本人の強い意志、第二にはそれを支える家族の熱意です。医者はただその手助けをするだけです」と言っていたが、たしかにそうだと思った。ただ、もう少しわかりやすく言うと、本人の意志と家族の熱意につき動かされて、ようやく医師は真剣になるものです、ということのようである。

八月になって、倫子さんは三人の子と中津に帰ってきた。

九月になって私たち親子三人と好子はさほど離れていない新堀町に引越した。近くにいて、力になってあげたいという妻の思いからだった。

古い家で、人の住めるようなものではなかったが、どうしてもという妻に負けて借りることにした。大工だった私の実父に頼んで家に残った三番目の兄と二人に来てもらい、あちこちに手を入れてもらった。

最初の約束では家賃は六〇〇〇円で、勝手に手を入れて使ってほしい、その代り家賃は先になっても上げないからということだった。これは大家のまっ赤なペテンで、これまでの二〇年間に五回の値上げをしてきている。

それはともかく、私たちが転居した一九七一年には、六月に富山イタイイタイ病の主原因が三井金属鉱業のカドミウムと認定され、一〇月にはNHK総合テレビが全カラー化されている。そして一二月二四日には、新宿の派出所横でクリスマスツリー爆弾が爆発している。後年になって、その主謀者とされた鎌田俊彦という人と獄壁を通して知り合うことになるとは夢想もしていない。

翌一九七二年は印象的な一年であったと言わねばならない。二月には浅間山荘事件があった。ちょうど夜勤を終えて家におり、テレビに見入ったことを思い出す。途中で娘と外に出て、自転車の練習をさせながら、どの家からも洩れてくる事件の実況放送を聴いていた。

四月には娘が小学校に入学している。

五月に沖縄県が誕生し、六月には当時通産大臣だった田中角栄が、政権構想の柱として「日本列島改造論」を発表している。

その田中内閣は七月に成立し、角栄氏はロッキード事件への道をつき進むことになる。同じ七月に四日市市の大気汚染公害訴訟で、津地裁は被告六社の共同不法行為を認定し、原告への賠償金の支払いを命じた。

そして、家業の豆腐屋を廃業して間もない頃の松下竜一という人と出会ったのも、この年の七月のことである。その後の経過からすれば、まさに運命的な出会いであったと言わねばならない。

それまでの私にとって松下竜一という人は、名前を聞いたことがあるというだけの人だったが、出会って後の私の人生は、二〇年後の今も、彼を抜きにしては語れない日々の積み重ねである。

出会いのきっかけは妻が作ったのだった。新聞記事の中に、七月三〇日、中津市公会堂において「第二回周防灘開発問題研究市民集会」を開くこと、同時に「中津の自然を守る会」を発足させる、というところを見つけて私に示した。

当時、すでに新聞紙上では水俣病をはじめ、四日市喘息、富山イタイイタイ病などの「公害」や開発と環境の問題が連日のように取りあげられていて、私自身も労働組合の問題だけにしか取り組めていないことで、後ろめたさのようなものを感じていた。

後日の話によると、妻は、家を外にするばかりの私を、地元の問題に目を向けさせることで少しは落ち着かせられるのではないかと思ってのことであったらしい。

ちょうど仕事も休みの日で、私はその集会に出かけていった。

自民党を除く各政党、地区労、連合婦人会といった、いわば中津市のすべての組織が関わった集会だったから、参加者の数は多かった。しかし、一〇年も中津に住みながら、ほとんど寝るためだけに家に帰っていた私にとって、参加者全員が見知らぬ人だった。

この集会に出て、私は初めて松下竜一という人を見た。

初対面の印象や、それからしばらくのことについて思い出す前に、ちょっと話題を転じておかねばならない。私の人生で最も頻繁に旅行した時期がこのあたりで、そのことにも触れておきたいと思うからである。

旅行といっても職場の勤務班（四名から六名）で行くだけだったから、日帰りかせいぜい一泊、ごくたまに職場のやりくりをしてもらって二泊という程度だった。

それでもずいぶんあちこちに出かけて行った。何人かの同僚が車を持ち始めた頃で、車を持つと人を乗せて遠出をしたくなるらしく、いつもそういう人が企画を立てた。九州と四国のほとんど、山口、広島というあたりが行く先だった。

気楽な観光旅行で、いつも強行軍ではあったが、それはそれで楽しかった。

後年、各地の住民運動とそれを担っている人の名や顔を知るにつれて、もうこれからはどこに行っても、ただの観光客にはなれないなァと思ったことがある。

人は何にせよ、やれるときにやっておかねばならないようである。それ以後、いわゆる観光旅行をしたことはない。

住民運動へ

一九七二年七月、当時の私にとって「開発」や「公害」は気がかりなことではあったが、まだ身近な問題ではなかった。労働者である以上、まず〃生産点における闘い〃(よくこういう言い方をした)を優先させねばならない、という思いが強かったし、何よりも私には時間がなかった。

そんなわけで、松下さんの提起した第二回周防灘開発問題研究市民集会に顔を出したときの私には、自分もその中に入って共に行動しようという思いはまだなかった。

無関心ではいられなかったことも確かだが、むしろ「開発」とそれがもたらすものについて知りたかった、というのが本音だったように思う。なにしろ、周防灘が日本地図のどのあたりに位置するのかさえ正確には知らなかったのだから。

この市民運動を知らせる新聞記事の中には、この集会が「中津の自然を守る会」の発会式を兼ねるものであること、記念講演の講師として、当時東大工学部の助手であった宇井純さんが来ることが書かれていた。

中津に住むようになって一一年目に入っていたが、私には中津市民としての意識はそれまでまったくなかったと言っていい。この集会への参加で、私は初めて中津市民であることを自覚したような気がしている。

集会の中味については、初めて見た宇井純さんの姿と、ノートを振りかざしながら大分新産都の公害実態を報告した藤井敬久さん（当時高校教師）が印象に残っている。

この日発足した「中津の自然を守る会」は、会長に中津市に唯一人の大学教授横松宗氏を、副会長には中津市連合婦人会長向笠喜代子氏、そして事務局長に松下さんを決めた。

集会に参加しただけで終りにしていたら、あるいは私は松下さんと親しくなることはなかったのかも知れない。集会の最後に、宇井純さんの宿泊する日吉旅館で、夕食後の交流会を予定している、という案内があって、その旅館は私の借家からすぐの所にあった。

引っこみ思案で人見知りもはげしい私を、その交流会にまで顔を出す気にさせたものは何だったのだろうか。思い返してはみるのだが、どうしてもわからない。顔を出しただけではなかった。事務局長である松下さんに入会を申し出て、住所と氏名を伝え、少額のカンパを差し出している。

旅館の一室に数名が集まった頃、宇井さんはようやく夕食の膳を前にしていて、それぞれに相手を見つけて雑談をする時間があった。私にとってはすべて初対面の人ばかりで、ただ黙って座っているしかなかったが、それでも耳に入ってくる話し声を頼りに何人かの名を知ったのだった。

本年（一九九三）四月一六日、無念の焼死を遂げた前田俊彦さんは、会長の大学教授と話していたし、松下さんはごろりと横になっていて、宇井さんの食事が終り「それでは始めましょうか」というときになって、豊前市の恒遠俊輔《つねとおとしすけ》さんにうながされて起き上がったのだった。

会発足に至るまでのさまざまな苦労（主として共産党からのクレームないし妨害）は後日聞いたし、集会の準備も大変だったろうし、何よりも体のあちこちに問題を抱えた人だったから無理もなかったのだが、そんなことをまったく知らなかった私には、そういった場で体を横たえるというのは意外な振舞いで印象に残っている。半ば呆れながら、「大物だな」と思った記憶がある。

この日の集会には三五〇人が参加したが、会員としての申し込みは五〇人足らずであったという。しかも、自民党を除く各政党の幹部、地区労、婦人会の幹部といったあたりが主で、無名市民の入会はほんのわずかだった（松下竜一著『暗闇の思想を――火電阻止運動の論理』朝日新聞社）という。入会はしたものの、なおしばらくの間、私は、会議を招集するたびに届く、松下事務局長手書きの案内ハガキを見て、勤務の都合がつけば出かけていくといった会員にすぎなかった。

知り合ってまもなくの頃、松下さんから、『海を殺すな――周防灘総合開発反対のための私的勉強ノート』という小冊子をもらった。これは、私がその開催すら知らなかった第一回周防灘開発問題研究市民集会（同年六月四日）における各講師の報告内容をまとめ、さらに関連した論文なども参考にしたというもので、この開発計画が周辺住民にとっては巨大な郷土破壊計画であることが正確に、わかりやすく伝わってくるものになっていた。

彼は、この第一回市民集会が、講師陣を破壊分子であると決めつけた共産党地区委員会によって中止させられそうになったときの苦労話なども話してくれたのだったが、そういった話題は、一個の人格として世間に向き合って生きてきた人と、少数にもせよ、団結・連帯だけを金科玉条として、単に集団で、たった一つの企業とだけしか向き合ってこなかった者との違いを、私に痛感させた。一人の人間として、自分に何ができるかと自問したとき、私には何もなかった。

労組内極少数派としての集まりも、まだ定期的に持ってはいたが、私には急速に色あせたものになっていった。集まりの中で、「集まって何かがやれるだけでなく、たった一人で何かがやれる個人が集まったときに本当の力になるのだと思う。そういう個人を目指すべきではあるまいか」という指摘もしたのだったが、その言葉の意味はよくわかってもらえなかった。

加えて、グループの理論的リーダーだったBさんが、集まりの最後には決まって、「上司から役付になるようにすすめられていて、もうどうにも断りにくくなってなァ」という話を持ち出すところまできていた。私は両方の用件が重なる日は、住民運動の方を優先させるようになっていった。

「中津の自然を守る会」は発足するとすぐに、豊前火力発電所の建設阻止を当面の目標として設定する。前年の一〇月に、隣町の豊前市議会が九電の根回しを受けて、巨大規模の火力発電所誘致を決議していて、それこそが周防灘総合開発のエネルギー基地であると気付いたためである。

工業開発が環境破壊をもたらすという指摘は、すでに声高になされていたものの、一方にはまだ、開発によって経済的な浮上を望む大多数がいた。そうした巨大開発計画を丸ごと問題にするよりも、火力発電所に的を絞った方が有効で、市民に反対を訴えるのもいくらかやりやすい面があった。

なにしろ、九電（九州電力株式会社）が当初発表した計画では、老朽化した築上火力発電所（石炭専燃）を廃し、その沖合い三九万平方メートルを埋め立てて、重油専燃火力発電所を四基（二五〇万キロワット）を建設するということになっていて、もし、これを許せば、周辺の大気汚染がどれほどのものになるかは容易に想像されることだった。

私はこれをあとで知ったのだが、「中津の自然を守る会」よりも先に、建設予定地が県境に近いこともあって、大分・福岡両県の関係地区労による「豊前火力誘致反対共闘会議」や、豊前市民による「公害を考える千人実行委員会」が発足していて、高校教師の恒遠俊輔さんは「千人実行委」の代表をしていた。さらに豊前市の西隣椎田町（現・築上町）にも、中津に続いて「公害から椎田町を守る会」が生まれたが、こちらは実体としては何も見えてこなかったように思う。

ともあれ、一九七二年八月に、豊前火力発電所建設に反対する組織は出揃ったことになる。

それを受けて、九電は多色刷りのビラを数回にわけて周辺市町村の新聞に折り込み、無公害発電所の宣伝を始めた。「中津の自然を守る会」は、四日市コンビナートの公害実態を記録した映画『あやまち』の地域上映会に取り組んだ。こうした具体的な行動が、ほとんど松下事務局長の発想によるものであったことも後に知った。私も何カ所かの上映会で準備を手伝った覚えがあるが、それ以上のことはしていない。

私がようやく行動に参加したのは、九月の定例市議会に「豊前火力建設反対決議」を請願した

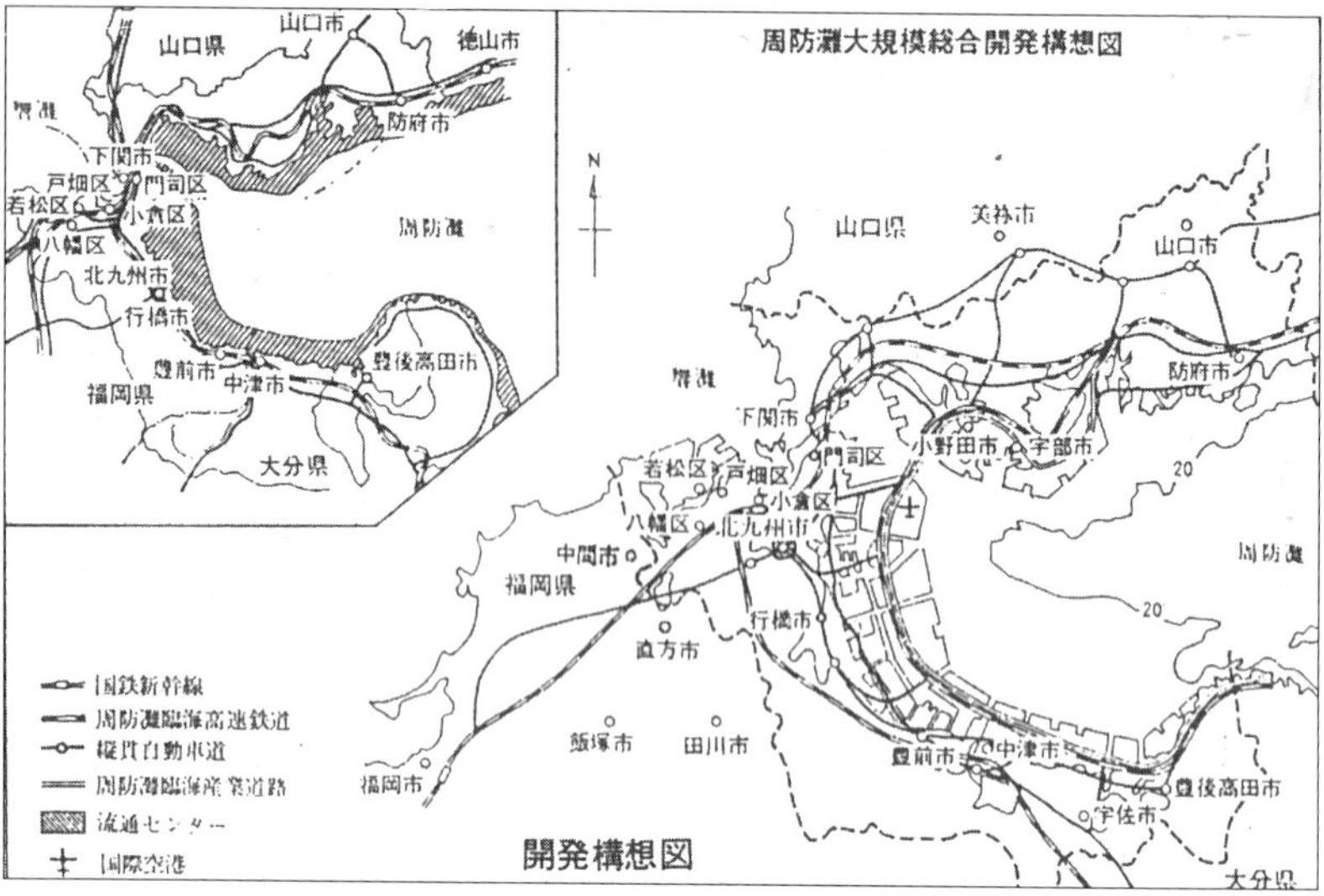

周防灘大規模総合開発構想図

発電所建設予定地

ときからである。初めて市議会の傍聴をしたのだった。

請願にあたって松下さんは、会長、副会長と共に三〇名の全市議宅を訪問し、署名捺印した紹介議員二一名を得ていた。

しかし、請願は結局採択されなかった。ふたをあけた市議会の冒頭で、反対決議の紹介議員として署名捺印した一人の議員が堂々と賛成論をぶちあげたのには、あいた口がふさがらなかったが、その論調は、根底に開発大賛成があり、その上での公害反対論なのである。その行きつくところは、発電所側が公害防止に努力するというなら、それを信じるべきで、まったくの無公害を言い募って開発を妨げるのは愚かなことである、ということになる。

請願は総務委員会に付託され、委員会のメンバーは徳島県に視察に行ったりした後、継続審議としてしまった。継続審議というのは体のいい不採択のことである。

三交代勤務の夜勤にでもあたっていたのか、市議会の傍聴には何度も行った記憶がある。後に、さまざまな行動を共にすることになる今井のり子さん（現在は原野姓）とは、開会を待つ間の議場前ロビーで言葉をかけたのが最初だった。

こうして年齢も職業も異なる多くの人々を間近に見るようになり、中津市民の代表的な何人かを知り、市議会の構成やそれぞれの議員の言動を知るに及んで、私には、にわかに中津市民としての実感が湧いてきたのだった。

「開発」や「公害」に立ち向かうときに力となったのは、私の場合、決して労働者としての階級意識ではなかった。

松下さんを訪ねているときに、新聞記者から運動への参加動機を聞かれたことがあって、「娘が喘息気味なので……」と答えたことを覚えている。たしかに最初の動機の一つには違いないのだが、行動に参加するようになってすぐに、動機など忘れてしまうほどに熱中していったのだった。

火力発電所というのは大気汚染の元凶であり、排煙中に硫黄酸化物、窒素酸化物、煤塵を含むものだが、豊前火力発電所の無公害を喧伝する九電は、それぞれの排出絶対量を常に隠して、住民を騙《だま》そうとするのだった。

大気や水を汚染する側の企業は、汚染物質が大気や水の中に占める濃度を、一〇〇万分の一を示すPPMという単位で説明するのが常だったが、このやり方が、どれほど被害住民を愚弄したものであったかを思うと、今でも怒りがこみあげてくる。「中津の自然を守る会」は、その手には乗らずにすんだ。これは松下事務局長のお蔭である。

彼が、九電の示した使用重油中の硫黄分と、設置するという排煙脱硫装置（排煙の半分量を処理し、硫黄酸化物の八〇％を除去するというふれこみ）から、「豊前火力発電所が年間に排出する亜硫酸ガスは二・六八万トンであり、これは四日市喘息で名を馳せたコンビナート全工場が吐き出す年間量の実に半分量である」と新聞誌上で指摘したときには、その着想と明晰な頭脳に驚嘆したことを覚えている。

彼自身にとっても思いがけぬことであったらしく、著書（『暗闇の思想を』）の中に次のような記述がある。

この日から、私には奇妙なほどの自信が居座ることになった。自分如きにはとても分からぬはずだと投げていた計算を解いたことで、いや自分如きでも積極的に考えれば必ず分かるのだと思い直したのだ。本当は誰にだって分かる単純計算でしかないのに、初めて自力で解いたという興奮のままに、私は「自信」という自己暗示を得たのである。

この後も、私は彼の持つ多彩な能力に脱帽することばかりである。

一〇月中旬、「中津の自然を守る会」は初めて九電の幹部一〇名と直接に話し合った。私たちの出席を一五名以内に制限し、しかも非公開という条件だった（『暗闇の思想を』）。私もその中に加わり、温排水が話題になったときに発言した記憶があるのだが、中味はもう忘れてしまった。そのような場に同席するというのはまったく初めてのことであったし、松下さんを含めて誰ともまだ親しくはしていなかったから、相当に緊張していたはずである。

豊前火力発電所の建設予定地とされた明神海岸を、初めて訪れたのはこの頃だったように思う。同じ頃、中津から耶馬渓に向けて走る軽便鉄道が廃止となり、それまで一日一回、一輛だけ連結してもらった貨車で魚の仕入れに通っていた父たちも、運転免許をとって自分の車で中津魚市場に通うか、廃業するかの選択をせまられた。六〇歳を過ぎていた父の場合はことの外の苦労だったらしいが、長い日数をかけて、どうにか免許証を手にし、軽トラックを購入した。それまで行商に使っていたバイクがいらなくなったというので、チャッカリ私がとりあげた。そのバイクで、しばしば明神海岸に行くようになった。まだ交通事情ものんびりしていて、私のバイク実技は無免許で走り回って磨いたものだった。

私にとって海は、なじみの薄いものでしかなかった。それまでに何度か、中津の海で貝掘りをしたことはあったが、それ以上の親しみというのはまだなかった。海の持つ機能を知り、何度か通って行くうちに、こうした自然海岸がどれほど貴重なものであるかが少しずつわかっていったように思う。

自然の海岸線というものが、それこそ幾百万年という気の遠くなるような時間の中で、いま最も安定した状態にあるときに、その一部を、さかしらにも人間の手で埋めるというのは、とうてい許されることではないと思った。

一一月中旬、豊前市民会館での九電幹部七名を前にした大衆団交は、私にとって衝撃的だった。「誘致反対共闘会議」の設定したこの団交の場には、豊前、中津の地区労の人々を中心に八〇〇人が集まった。

この団交で、共闘会議の幹部や「千人実行委」の恒遠さんらは、たった一度、九電の幹部連とのおだやかな話し合いに参加しただけだった私に、進出しようとする企業と、それによって被害を受ける住民との関係の、あるべき姿を見せてくれた。最前列で相手と向き合い、テーブルを叩いて怒声を浴びせることもあった。私は妙に納得しながら、後ろの席から見ていたことを思い出す。

四時間に及んだこの日の団交は、しかし、だんまりを決めこんだ相手に、何一つ譲らせることも約束させることも出来なかった。多分、こうした場というのは、企業からすれば、現地住民との話し合いは十分に重ねました、という体裁作りに利用できるものなのであろう。

この頃から、松下さんには匿名の電話や手紙によるいやがらせが続いたようで、私も一通の脅

埋め立て前の明神海岸。海水浴場でもあった

迫状を見せてもらったことがあった。雑誌か何かの活字を切りとって、一字ずつ貼って作ったらしいそれには、市民運動から手を引け、という文章のあとに「よあるき　出火　子ども　いくらでん手はある」という部分があって、ずいぶん不安な思いをしたはずだが、松下さんは私たちの前ではさほどの心配顔を見せなかった。

「中津の自然を守る会」の中心メンバーは、労組や政党、婦人会の幹部だったが、それとはちょっと違う思いの若者たちがいた。松下さんと私が三五歳になっていて、その人たちはほとんどが二〇代の前半だった。

花作りをしていた今井のり子さんと義妹・成本好子、その友人で家業の洋品店を引きついだ須賀瑠美子さん。ほかに労働金庫の男子職員が三人、中津電報電話局の男子職員数名も若かったし、小学校教諭だった女性や幼稚園の保母をしていた人もまだ若かった。

松下さんの発案で、若者だけの学習会を作った。それから後の九電との交渉に備えて学習をしておかねば、という思いからであったろう。彼が、準備した資料を説明し、一人が学んだことを全員のものにしていく作業だった。

「中津の自然を守る会」として第二回目の九電との交渉は、第一回の交渉について、「話し合って、納得してくれた人もいるようだ」との新聞談話を発表した九電の幹部に強く抗議し、謝罪をさせたのだったが、そうしたやり方について、「守る会」の会長は「困る」と言った。

そして一二月中旬、「守る会」は第三回目の交渉を待った。

この交渉で、私たちは初めて豊前火力発電所の公害防止計画なるものを問題にしたのだった。

その年の七月二四日には、四年の歳月をかけた四日市喘息患者たちの裁判が勝訴判決を得ていて、すでに裁判記録が出版されていた（『別冊ジュリスト』）。大気汚染という点で共通していて、その中の汚染物質の拡散に関する証人尋問の部分などは理解しやすかった。中津～小倉間の通勤の車中で、私はその部分を繰り返し読んだ。

さて、第三回交渉では、まず九電側が、絶対量として排出する硫黄酸化物（年間二万六〇〇〇トン）が、いかなる理由で無害の濃度にまで薄められるかを説明した。二〇〇メートルの集合型高煙突から摂氏一四〇度の排ガスを秒速三二・四メートルの速さで噴きあげると、その排ガスは四七〇メートルの高さまでまっすぐ上昇し、そこで初めて横に流れる。そして煙突から一八キロ離れた地点に降りるが、そのときの濃度は〇・〇一一七ＰＰＭとなり、これはもう無害といえる濃度であるというわけである。

千変万化してとらえることのできない気象の中で、そのようなことが言えるはずのないことは自明なのだが、しかし、その道の専門家がコンピューターを使って計算したとか、風洞実験によってそうなることを確認しているなどと言われると、つい信じてしまうか、信じないまでも反論ができなくなってしまうのだ。

しかし、このときの私たちは違っていた。〇・〇一一七ＰＰＭという数値を導いた数式のまやかしをあばき、風洞実験のでたらめさをついた。現地の気象調査などやっていないに等しいこともわかった。九電がこれで困ったわけではないが、私にとっては目からうろこの落ちた日だった。

環境保全協定

九電本社の幹部を相手に、「公害」防止に関して科学論を交わした第三回目の直接交渉で、私たちは語気を荒げたのだったが、それは無知につけこんで現地住民の反対を押えこむために科学技術を利用しようとする相手への、きわめて自然な、抑えがたい怒りからだった。

しかし、その場に同席しながら、ほとんど口を開かなかった「中津の自然を守る会」の会長や副会長は、まったく別のことを感じていたのだった。

その月の終り近く、「守る会」は教会の一室に集まった。

その頃には、九電と福岡県との間で「環境保全協定」なるものの最終案がまとめられつつあって、次に、関係市町村に締結調印をせまってくることは目に見えていた。

そうした事態に向き合うための緊急会議として、松下事務局長が招集したその日の集まりに、最大組織連合婦人会会長でもある副会長は顔を見せなかった。大事なときだからというので出席を要請することになったが、「あの人のことだから、うっかり忘れているのかも知れない」と言っていた婦人会の副会長は、「あなたから呼び出してもらえまいか」と言われたとき、「私じゃ無理です。これまでにも訪ねて行った玄関先で、お手伝いさんに『いないと言いなさい』と指図する声を何度も聞かされてきてますから」と手を横に振った。

ささいなことのようだが、私にとっては今も強く印象に残っている。結局、「守る会」の会長が電話をしたのだった。

そこでわかったことは、連合婦人会長が、私たち若者のやり方を過激であるとして、もう一緒にはやれないと言っているということだった。

「守る会」の会長は、席に戻ってそのことを告げた後で、実は自分もやめたいのだと言った。その理由を彼は、「会の内部をとりまとめることもできなくなりましたから」と言ったのだったが、そんなことで会長をやめるようなぶざまなことができたはずはない。本心は、松下事務局長の辞任を求めたかったのだと思う。その日の集まりで、あとがどうなったかはもう覚えていない。

一九七三年の初めに、「守る会」の会長は、なぜか私を自宅に呼んだ。奥に通されて、お茶を出されたことを覚えている。ほんの短い時間で、ほとんど一方的に、「私の方針に従ってほしい。それができないなら、別の組織になってもらいたい」と言われたのだった。

私たちなりに考えたし、話し合ったりもした上で、逼迫した事態に適確に向き合い、九電の動きに機敏に対応するために別組織になることにした。

松下さんには、運動の始まりからそこまでのつながりからして、分裂を避けたいという強い思いもあったようだが、私を含めて若者たちの間では、それは大した問題ではなかった。さまざまな組織の代表者で構成された「守る会」では、重要な議題になるとその場で結論が出せないのだった。それぞれが自らの組織に持ち帰って内部討議にかけ、次回にそれを持ち寄る、というやり方では相手の動きについていけなくなっていた。

私たちは「中津公害学習教室」という名で独自の動きを始めた。分派活動をするのだという後めたさなどは微塵もなかった。自分たちが頑張らなければ大変なことになるという危機感と、自分たちしか状況に向き合えていないのだという責任感に支えられていたように思う。

独自行動の手始めは、それまでに学習したものを「火力発電所問題研究ノート」としてまとめることと、それを市民の前でできるだけわかりやすく解説する「研究発表会」（私たちはこれを公開公害学習教室と名づけた）を開くことだった。どちらも松下さんの着想によるものだった。

いま思い出して、その機敏さに感嘆するのだが、一九七三年の一月二一日に、さまざまな図表や模型を使っての「発表会」をやりとげ、パンフレット『火力発電所問題研究ノート』一〇〇〇部もこの日には発行している。

加えて、その一週間後には再び宇井純さんの公開講座を中津市で開いている。

「発表会」では、九電が豊前市の海岸を埋めて建設しようとしている発電所の規模、環境保全協定の最終案を視覚化しての排出汚染物質の絶対量、各地の反対運動を、それぞれが分担して懸命に説明した。

もはや、どこからの動員もない中で、それでも六〇名の市民が集まった（『暗闇の思想を』）のだった。

このとき私が受け持ったのは、その発電所が一時間に排出する硫黄酸化物一一六一立方メートルを形で示すことだった。

一辺一メートルのサイコロを木枠で作り、それに模造紙を張ったものを示して、「皆さん、これが一立方メートルです。この中に硫黄酸化物が詰まっていると考えてください。豊前に発電所ができたら、毎時間、このサイコロ一一六一個分の硫黄酸化物が吐き出され続けるのです」という方法だった。これも松下さんの発案で、私が自宅で木枠を作り、会場である商工会議所の二階で、画鋲を使って模造紙を張ったことは覚えているのだが、木枠を自宅からの一キロあまり、どうして運んだのか思い出せない。中に入って、左右の上辺を肩のあたりで支えた姿が浮かんでくるところからすると、その格好で町の中を歩いていったのかも知れない。

その一週間後（一月二八日）、婦人会、守る会、社会党、公明党、共産党、地区労の六者で「豊前火力反対市民大会」なるものが開かれ、終ってデモ行進をした。これほど広範な勢力を結集したデモは、中津市で空前絶後のものとなった。五〇〇人を動員していた。

そのデモ行進から流れてくる人々を迎えて、私たちは宇井純さんの講演を始める予定にしていた。しかし、私たちの呼びかけに応じたのは、内輪を加えても八〇人に足りないほどの数であった。

私たちが、しなければならないことに真剣に取り組むほど、孤立していくというのが当時の中津のありようだった。

現地豊前市の方には、また別の状況があった。一般市民の参加こそ少なかったが、反対運動の先頭には、反動的な教育行政と文字通りの闘争を続けている高教組の活動家たちがいた。彼らは「公害を考える千人実行委員会」として、地区労や県評に働きかけていた。

後に手を携えるようになってから、彼らの組合活動の激しさを笑い話としてよく聞かされたが、スリッパの裏で校長の頭をひっぱたいたとか灰皿を投げつけたとか、物騒なことも少なからずあったらしい。

他にも市崎由春さんを責任者とする、周辺の自治労組織による「豊前火力反対現地闘争本部」があった。

その市崎さんたちが、豊前市当局に強く要求して、市内の公民館全部を使って、賛成側、反対側それぞれから講師を出し、集まった地区民に双方の主張を聞いてもらい、その上で賛否を問うべきだという企画を実現させた。主催は豊前市教育委員会で、名目が社会教育の一環ということだったらしい。形の上ではまさに理想郷のありようである。

賛成側の講師は、豊前市当局によって九大工学部講師N氏と決まり、反対側は、市崎さんたちのすすめで松下さんということになった。

これを引き受けるについては、よほどの自信と覚悟がなければならなかったと思う。ここでも私は、自分の足で確かな歩みをしてきた人の強さをまざまざと見る思いだった。

この豊前市での公民館学習会に、私は途中の一回しか顔を出せていないが、夜の八時から一〇時までを一時間ずつ分担して、その中で質疑にも答えるというやり方だった。

電気の専門家であり、かつて豊前市で稼動していた火力発電所の所長も務め、おまけに豊前市の名誉市民第一号でもあったN氏と対決した第一夜について、松下さんは著書『暗闇の思想を』に次のように記している。

この夜の対象地区は農村だったので、私は主に大気汚染による農業被害に焦点を合わせて話をすすめた。各地での被害例を、具体的に資料をあげながら説いた。九電が結ぼうとしている協定に基づく正確な数字を引きながら、それをわかり易い表現に置きかえて話した。

（中略）

いくつかの質問に答えてN講師に席を譲ったが、今の私の話がどのように専門家によって

論破されるのか、私はいたく緊張して聴き入った。（中略）
そんな調子の饒舌が果てしなく続いて、いつまで待っても本題に入らない。自分は九大で電気を教えている、その技術と理論は海外でも評価が高い。「ごらんなさい。これはドイツから招かれた手紙です」と、風呂敷包みから横文字の手紙をとり出して掲げてみせさえするのだ。ついには脱線してしまって、自分が八女市の市長に担がれかかった裏話まで飛び出してきた。
やっと私にはN講師の意図が読めてきた。豊前市という田舎町の人びとを相手に、己の権威ぶりを徹底的に見せつけようとしているのだ。その権威をもって、豊前火力賛成論を押しつけようというのだ。

結局、松下さんの公害予測についての反論は一切なくて、莫大な金額の公害対策費を用意している九電を信じなさい、としめくくったという。

「聴衆の反応を見ていて、はっきりと私の勝ちだと自信はわいた」と、松下さんは記している。

しかし、二月二一日、やっと三回を終ったところで、福岡県と豊前市は九電と「豊前火力建設に伴う環境保全協定」を結んでしまった。

その一週間前、三木環境庁長官のもと、「周防灘総合開発計画」は、瀬戸内海浄化のためにはこれ以上の埋め立て、工場の新増設は止めなければならないという理由でタナ上げとなった。

しかし、それは、沿岸の自治体がそこまで抱き続けてきた経済浮揚の夢をすべて捨て去ったことを意味するものではなかったし、当然のこととして、九電が豊前火力の建設を断念することにはつながらなかったわけである。

その年の三月、「中津公害学習教室」は、寺や公民館を借りて地域学習会を始めた。夕方、設定した会場の周辺各戸にビラを入れながら案内をし、会場に入って待つのである。一人も来ない夜が一度や二度ではなかった。

おまけに、私たちと行動を共にする若者の中には、社会主義理論で住民運動を指導するのだと考える人たちもいて、やっと一人か二人集まってきた市民をつかまえて、「資本主義社会を倒さない限り公害はなくならないのだ」などと言ったりした。私はもう、そんなふうには考えないようになっていた。

その頃、松下さんはしきりに自身の評判の悪さを気にしていたようで、地域学習会に人が集まらないのもそのせいだと考えていたようだ。そして、それを辛い家業をついだ模範青年から、世のありように口をはさむ活動家に転身したことに対する世間の反発であろうと受け止めていたようだが、周りにいた私たちの誰一人、彼のせいだと思う者はいなかった。それは同時に、孤独感や寂寥感に溢れた彼の胸中を十分には理解し得ないということでもあったのだが。

「守る会」が中津市議会に出した豊前火力建設反対決議の請願はまだ継続審議のままだったし、中津市と九電との間の「環境保全協定」も結ばれてはいなかったが、そのいずれも、すでに建設反対の有効な足がかりとは思えなくなっていた。

案の定、中津市議会総務委員会は、その請願を不採択とした。三月二三日のことだった。満員の傍聴席で、この結論を確認した瞬間、私は「お前たちは人殺しじゃあ！」と叫んでいた。

そして、三月三〇日、中津市と九電は協定に調印した。

「あれだけ厳しい協定を結ばせたんだから」という声が耳に入ってきたりして、中津の反対運動は私たちの「中津公害学習教室」だけになった。

こうなる少し前の三月一五日、これも松下さんの発案で、私たちの「公害学習教室」と豊前市の「公害を考える千人実行委員会」、「自治労現地闘争本部」の三者は、「豊前火力絶対阻止・環境権訴訟をすすめる会」を発足させていた。次から次と運動を作っていく松下さんの企画力も感嘆ものだが、それを確かに受け止める豊前市側の人たちのいたことが何よりも嬉しい。

この、やや長めの名を持つ会の結成にあたって、松下さんの書いた決議文がある。

今日、ここに参集する我らは、豊前平野に棲みつく土着人間である。我らの土地の歴史を決定する者が我ら以外にあってはならぬ。しかり、歴史の決定とあえていおう。我らの棲みつく環境を破壊しようとする巨大火力発電所を阻止するか否かは、まさに我らが我らの子孫に負うべき歴史の決定的決断である。我らの戦いは厳しく苦しい。我ら土着同胞の内部にあっても、土地の工業的繁栄を期して巨大発電所誘致に賛する者少なしとしない。現実的利益から発する彼らを説得するに〝清き空気を、深き緑を、美しき海を〟主張する我らは、心情的に過ぎるといわれるやもしれぬ。とはいえ、我らは信ずる——我らが頑迷なまでに守り徹すものの、はかりしれぬ尊貴は、ますます破滅的な国土現象の中で、歴史と共に光芒を強めるであろうことを。されば、我らはここに立つ。困難ははかりしれぬが、しかし共に闘う同志がここにこれだけ参集したことに我ら一人ひとりは奮い立つ。我らはすべて今日より友である。友よ高き理念をかかげて今日から出発しよう。我らの土地の歴史の決断を我ら自身の手中に勝ち取るため。豊前火力発電所建設阻止のため。

彼自身、この決議文について、「会結成の決議文を、私は高い調子でしるした」と述懐している（『暗闇の思想を』）が、ほとんど打つ手をなくして無力感の広がりはじめたところで、この文章が書かれたことに、私は言い知れぬ感動を覚える。「環境保全協定」がどれほど厳しいものであったとしても、そんなもので環境が守られるはずのないことを知りながら、それが結ばれてしまった後の方策は、彼以外の誰も持ち得てはいなかったと思う。

私たちは運動に空白期間をおくことなく、次なる目標に向かって心を集めたのだった。

当時すでに、企業による環境汚染で生命や健康を奪われて後の、損害賠償を求めた「公害裁判」では、住民側が勝訴するところにきていたが、その勝訴の空しさが指摘されはじめていた。「環境権」は、汚染を事前にくい止めるためのものとして、一九七〇年に初めて提唱されたのだった。

環境権訴訟の先輩がいたのも幸運だったと言わねばならない。一九七二年七月には、北海道で伊達火力発電所建設差止訴訟が提起されていて、環境権をよりどころとしていた。

「豊前火力絶対阻止・環境権訴訟をすすめる会」を結成したあと、松下さんは各地の反対運動を訪ねている。〝電力は国家なり〟といった実態の中で、「発電所建設に反対する住民側論理」を模索する旅であったという。旅先から時折ハガキが届いたりしたが、はっきりした目的があるにしても、初対面の人を訪ね歩くというのは、自分にはできないことだなと感じ入った記憶がある。

北海道まで足をのばして、環境権訴訟の先輩たちとも交流を深めてきたのだった。今から二〇年も前のことで、札幌から九州まで、まっすぐ帰っても三六時間を要したと書いている。

この年（一九七三）の四月に、今も発行が続いている機関誌『草の根通信』が発刊されたのだった。豊前市の「公害を考える千人実行委」がガリ版刷りで三号まで出したものを引きついで、四号からの出発とした。

この頃から私たちはビラやポスターを使って、さかんに市民に訴えていった。警戒心もないままに、白昼堂々と糊バケツを提げ、三人組でポスター貼りをしたこともある。すれちがった徒歩パトロールの警官が、そのときは何も言わずに行きすぎた。

しかし、それは最初の頃だけで、市民の苦情が出るようになって土木事務所に撤去されたり、電柱広告の代理業をしているという地元新聞の社主から、撤去を強要されたりするようになって、だんだんやり辛くなっていった。夜陰にまぎれて貼るようになってから二度、中津警察署に連行されて取り調べを受けたこともあった。取調べの後で、パトカーに乗せられて現場に行き、貼ったポスターの横に立たされて写真をとられたりもした。

ビラは主に新聞に折り込んだ。「公害学習教室」も労働組合の若者がほとんど手を引き、松下さんと私のほかには今井のり子さんと妹・成本好子とその友人の須賀瑠美子さんが中心で、あと労働金庫の若者が二人、ときどき顔を見せるだけになっていた。

そのかわりに、私たちは新しい人たちと出会っていた。

学内で松下さんの講演会を開催した縁で、下関水産大学校の学生たちが駆けつけて来るようになっていた。中津市内に安アパートの一室を借りて、自炊しながら二人が常駐し、何かの折りには多数の学生を招集してくれるのだった。松下さんの家や私の家にもよく出入りして、八歳だった娘はいい友達になってもらっていた。九州大学工学部の助手、坂本紘二さんもまた、自分の研究室に出入りする学生を連れてきたりした。

豊前市側の人たちとも親しむようになっていて、私たちは中津で孤立してしまっていることなど忘れていった。

三月末の「環境保全協定」調印のあと、私たちのポスターやビラによる訴えにもかかわらず、中津市民にとって火力発電所の問題はすでに終ったものにされつつあった。

まだ終ってはいないのだと言うために、松下さんは中津で「環境権シンポジウム」を開くことを思いついた。このときも彼は、立教大学に淡路剛久助教授（当時）を訪ねて相談をしてきた。

前年末に東京で第一回が開かれたばかりで、全国で二番目の「環境権シンポジウム」になるのだった。構想はどんどん広がって、全九州、西日本各地に参加を呼びかけ、前夜祭もやろうということになった。

前夜祭は豊前市内の公園で、たいまつとろうそくだけの、「くらやみ対話集会」にしようという案も松下さんのもので、まったく、この人の着想には果てしがない。

たいまつは、私が生家の兄に頼んで仲間と一緒に山に案内してもらった。六月の暑い盛りの山仕事だったから、枯れた松の根を掘り出したりする作業は大変だったが、本当に楽しかった。

山を下りたとき、案内をしてくれた兄の片方の足が大きく脹れていて、まむしに噛まれたのかと心配したことを覚えている。幸いことなきを得たが、まむしでなかったとすれば大きなムカデだったかも知れない。

北海道電力が伊達火力発電所の強行着工に踏み切ったのは、六月一四日の朝だった。私たちが、一六日夜の前夜祭と一七日のシンポジウムを控えて、連日多忙な日を送っている最中だった。

警察機動隊五〇〇名が出て、着工を体で阻もうとする者たちに暴行を加えたという。多数の怪我人を出した上に、一一名もの人を逮捕したのだという。

環境権訴訟を提起して、その審理が続いている中でも電力会社は強行着工するのだということを、そのとき知った。

実力阻止を想定して突撃隊を組織していた伊達漁民ですら押し切られたことで、体を張って着工を阻止することの困難さを実感せざるを得なかった。そのあたりを肝に据えた上で、最後まで反対の意志表示を続けようと思った。不思議に、どうせ建設されるのだからという無力感はまったくなかった。

豊前環境権裁判

「豊前火力絶対阻止・環境権訴訟をすすめる会」の機関誌『草の根通信』(一九七三年七月号)に、豊前市の恒遠俊輔さんが書いた文章がある。「反公害・くらやみ対話集会」(六月一六日夕)の報告である。当時の反対運動の状況と私たちの心意気を伝えるには最もふさわしいもののように思われる。

(略) 重々しく垂れさがった空を見上げては、いまにも降りはじめるのではないかと気をもみ、顔を合わせれば誰彼となく、「今夜はいったいどれだけの人が集まってくれるのか」と話し合った。確かに、豊前火力建設に反対するわれわれの闘いは、きわめて重要な段階を迎えながらも、いまだ市民的盛り上がりを欠いたまま、孤軍奮闘の感じが強い。とりわけ、われらの集会に対抗して、市当局と九電に操られた者たちによって、前夜に及んで突如「豊前火力賛成」のステッカーや横断幕が町々にはりめぐらされるにいたって、「くらやみ対話集会」の会場、平児童公園は、まさしく陸の孤島と呼ぶにふさわしかった。だが、われわれはなんとしてもこの集会を成功させ、それを契機に、我らの闘いはその低迷からの脱却をはからねばならなかったのである。(略)

われわれは、西日本・九州各地から二十数団体一〇〇名余の反公害闘争の仲間を迎えながらも、地元からの参加者が、それをわずかに上まわる数でしかなかったことに、確かにひどく落胆はした。しかし、だからといって豊前火力反対闘争の前途を、決して悲観し絶望しようとは思わない。(略)

大胆に闘いを提起し、主体的に挑むことの必要性を、われわれは多くの闘う仲間たちから教えられたのである。(以下略)

短い引用の中に〝闘〟という字の多用が目立つが、この思いは当時、行動を共にしていた私たちに共通のものだったのではあるまいか。私も、〝闘っているのだ〟という実感が強かった。

翌日の「環境権シンポジウム」(中津市福沢会館)は、悪天候にもかかわらず五〇〇名もの人が参加して、六時間に及んだ。四人の講師とそれぞれの演題もまた、当時の状況を示すものである。

淡路剛久　四大公害訴訟から環境権へ
仁藤　一　環境権の提唱
前田俊彦　里を守る権利
星野芳郎　電力危機説に反論する

各地で反公害運動を担う参加者からの発言が後に続いたのだったが、この日、仲間の須賀瑠美子さんと司会役を引き受けていて、大分新産都二期計画の反対で独自の活動を展開していた佐賀関町の青年漁師西尾勇さんに発言を求めたことを覚えている。

西尾さんとはそれまでに三度ほど、大分市や佐賀関現地の集会で出会っていた。出会ったといっても、松下さんと話している西尾さんと目礼を交わした程度で、ようやく顔を覚えたというところだった。

西尾さんは私よりいくつか若いはずだが、集会などでの発言は実に落ち着いたものだった。土地のことばで、考えながらゆっくりと話す態度が堂々としていて、この人にも自分の力で生きている人間の力強さを感じたものだった。

このシンポジウムよりほんの少し前のこと、大分市で持たれた集会で、豊前火力反対運動の報告をし、その中で「九電の強行着工も間近いと思う。体を張ってでも阻止したい。ご支援をお願いする」と決意を述べた松下さんに、「着工ん日にはきっと行くでェ」と言ってくれたのが西尾さんだった。

「環境権シンポジウム」も盛会ではあったが、地元中津からの参加者はほんのわずかでしかなかった。

この直後から、私たちの反対運動は相手側の動きに真正面から向き合ったものになっていく。海面を埋め立て、その上に火力発電所を建設しようとする九電は、そのつど、いくつかの法的手続きを踏まねばならないが、私たちの行動は政府による電調審（電源開発調整審議会）認可と、県知事による公有水面埋立免許に的を絞ったものになっていった。

豊前火力発電所建設のために埋立てを予定されている海域には、沿岸一八漁協が共同漁業権を保有しており、それらすべてがその海域の漁業権を放棄したところで、福岡県知事が電調審に「地元同意書」なるものを提出して、認可されれば埋立免許を出すことができる、というしくみになっていた。したがって、九電は各漁協に猛烈な働きかけをしたし、福岡県知事を意のままに動かした。

漁業者以外に実定法上の権利を持たない中では、私たちはその漁業者の心に訴え、九電や福岡県知事に圧力をかけねばならなかった。事態の推移と相手側の動きを正確に把握し、間髪を入れぬ行動提起が必要となったが、その大役は松下さんが引き受けた。

当時すでに、関係一八漁協のうち一七漁協は漁業権放棄を決めていて、隣りの椎田漁協だけが反対決議を掲げていた。

私たちは九電本社や福岡県庁によく通った。たとえ一漁協にしろ、反対している以上は電調審に認可申請をすべきではない、と言うための行動だった。

夜勤を終えて中津駅に降り立ったホームで、福岡に向かう松下さんらと一緒になり、そのまま同行したことも、そして福岡での行動から小倉の工場に直行して夜勤についたことも、一度ならずあった。豊前の恒遠さんたち（公害を考える千人実行委）や下関水産大学の学生、坂本紘二さんに連なる九大の学生たちが一緒だった。

九電本社では、ほとんどの場合、複数の幹部社員が交渉に応じはしたが、最後はいつも屈強な数十名の社員がやってきて、私たちを押し出すか幹部社員を連れ出すかして終るのだった。

福岡県庁には県知事に会うために何度も足を運んだが、結局会えずじまいだった。秘書課の前に座りこんで、長い時間を過ごしたこともあった。開会中の県議会に出席していることがわかって、議場の出口を固めたはずが、いつの間にか秘密の出口から姿を消してしまったということもあった。

椎田漁協役員らに対する九電や福岡県知事の働きかけも熾烈をきわめていて、私たちは一方で、漁協組合員に圧力や買収工作に屈することのないよう訴えた。漁民の住む地区に夜ごと通って、ポスターを貼り、ビラ入れをした。

電調審というのは政府の諮問機関という位置づけだが、その構成から見ると、政府そのものと言えるもので、当然ながら、ここでの認可がそのまま発電所建設に直結することになっている。

会長は内閣総理大臣、委員一五名のうち閣僚が七名、財界から二名、学界二名、電力中央から二名、大手企業から二名という構成で、一九七三年七月当時、会長は田中角栄、七名の閣僚の中には、先ごろ金まみれの正体を暴かれて政治生命を断った金丸信という人物も、建設相として名を連ねていた。私がその社員の一人であった住友金属工業株式会社の社長（日向方斉）もメンバーの一人で、おかしな縁だなと思った記憶がある。

六月の終りに松下さんは、東京に大分県選出の衆院議員を訪ね、豊前火力発電所について詳しい説明をして、公害対策特別委で質問に立ってくれる約束をとりつけていた。福岡県知事が電調審に「同意書」を提出すれば、私たちの反対行動は、いやおうなく主舞台を東京に移さねばならない。そこまでを読んでの松下さんの布石だったわけである。

七月に入ってまもなく、私たちは福岡県庁で知事が「同意書」を送付したことを知った。急遽、三人の人が東京に行き、電調審に直接訴えようということになった。松下さんの他に、椎田漁協の反対派監事と椎田町議会の革新議員が同行した。

このときは、福岡県選出の参院議員が自室に、関係する高級官僚を次々に呼びつけて、松下さんたちとの交渉を仲介してくれたのだという。この交渉で、その日の午後に予定されていた豊前火力の電調審上程は見送られることになった。さすがに喜びは大きかったらしく、福岡空港を経て帰ってきた松下さんもそのときの胸中を書いている（『暗闇の思想を』）。


すべての新聞予測をくつがえして電調審上程見送りを勝ち取った参謀の一人が、今その大役を果たしてここに立っているのですよと、内心につぶやきながら博多駅頭の人混みの中で何くわぬ顔をしているのが愉しくてならなかったのだ。

このあとも長く続いた豊前火力発電所建設反対運動の中心に居続けた松下さんにとって、数少ない勝利の味であったろう。

八月の中頃、ついに椎田漁協も反対決議をおろしてしまった。九電と福岡県知事による執拗な圧力に屈したわけだが、結局は金の力であった。

ちょうどその頃、すでに漁業権放棄を決めていたはずの小さな漁協が、「反対だ！」と言い始めたことがあった。椎田町に近い行橋市の稲童漁協だった。この一件は、私たちに漁協というもののの実態をあますところなく示してくれた。

漁協総会で賛成決議をしたという議事録が県当局に提出されていたのだが、組合員の中から、そんな総会は開かれてないと言う声が出たのだった。驚いたことに、組合長が議事録を偽造していたことがわかった。

新たな火種になったこの漁協にも私たちは出かけていった。若い漁師は、私たちに漁協の体質を語ってくれた。三〇歳前の若者には発言権などないこと。組合員の中に親族を多く持つ者がいつも役員に選ばれること。そうしたしきたりを破ったりすると、村八分にされて、海の上での助け合いから除外されること、などを知った。

八月二一日朝、私たちは七名の原告で九電を相手に「豊前火力発電所建設差止請求訴訟」を、福岡地裁小倉支部に提起した。「豊前火力絶対阻止・環境権訴訟をすすめる会」の結成から五カ月が経っていて、いずれその日の来ることはわかっていたものの、いざ提訴、といったときの決断は急なものだった。

私は一度も同行していないが、松下さんは提訴にあたって何人かの弁護士に相談したりしている。結局、弁護士の協力は得られないまま、素人原告による本人訴訟でいくことにして、七名を決めたのが八月一〇日のことだった。

「公害を考える千人実行委」から高校教諭三名（恒遠俊輔、伊藤龍文、坪根侔《ひとし》）、自治労現地支部の役員（市崎由春）、豊前市内で毛糸店を営む活動家（釜井健介）、そして、松下さんと私であった。最年長の市崎さんが四八歳、坪根さん三八歳、松下さんと私が三五歳、あとの三人は二八歳という若さだった。

原告になることにはしたものの、松下さん以外の者たちには、何をどうすればいいのか見当もつかなかった。あとで聞けば、前年の七月に、北海道電力を相手に伊達市の住民が提起した火力発電所建設差止請求訴訟があって、その訴状にならったということだったが、松下さんは八月一二日にはもう訴状を書き上げていた。

そのあたりから、私たちは原告団を中心に、裁判に関する学習を始めた。松下さんの家と釜井さんの家を交互に会場とさせてもらった。

原告という立場がどのようなものかもよくわからないまま、原告団学習会はいつも笑いに溢れていた。これには豊前側原告の人柄が大きく影響していたとも思うが、やはり裁判のことは松下さんを頼っていれば大丈夫、といった安心感があってのことだったというのが真相だろう。

それは松下さんも十分すぎるほど感じていたのであろう。著書（『暗闇の思想を』）の中に次の記述がある。一九七三年一〇月一日、急に血を吐いた朝のことである。


（略）妻を呼び、出来るだけ平静な声で告げた。

「喀血した。先生に電話してくれ」

まっ先にひらめいたのは、皆にすまないという思いだった。ここで私が入院ということになれば、同志皆の気落ちははかりしれまい。私以外の六原告の誰一人とっても、それぞれの勤務と組合闘争に時間の大半を奪われて、本当に疲れ切っているのだ。作品らしきものも書けぬ私が、さながら無職の如く、自由な時間の大半をこの運動に傾注出来て、それだけに同志たちから頼られている。その信頼だけは裏切れぬと思う。（略）

思えば、さまざまな病気を抱えた松下さんに、よくもあれだけ頼られたものだという自責の念が湧いてくる。

私たちの提訴をマスコミは大きく取り上げた。鉢巻きをしめ、幅広のたすきをかけた姿で、「豊前火力絶対阻止」と横書き二段に縫いつけた横断幕を押し立てて、裁判所の前庭を何度か歩かされた。新聞は「七人の侍」などと書いて、原告団を紹介したりした。マスコミの扱いによって、私たちは何やら大変なことを始めたのではないかと気付かされたのだった。

この頃、妻や八歳だったはずの娘にどう向き合っていたのかという記憶がない。勤務と活動だけで毎日が過ぎていたのであろう。

一一月二日に施行された「瀬戸内海環境保全臨時措置法」は、もはや死に瀕した瀬戸内海を何とか生き返らせることを意図したもので、その意味では私たちも大きな期待を寄せたのだったが、最終的に豊前火力のための海面埋立てを阻むものではなかった。

一一月二四日には、最後に残っていた漁協も全員一致の漁業権放棄をした。

五日後の二九日に、九電は福岡県知事に対して埋立免許を申請し、事態は急迫していった。

そんな中で、一二月一四日、差止訴訟の第一回口頭弁論が開かれた。

その前夜、中津には全国からたくさんの人が集まった。第一回の傍聴席を埋めてくれた人々である。熱気に溢れた交流会は、私たち原告団にとって何にもまさる激励となった。よその運動を訪ねることの少なかった私も、多くの住民運動活動家を知った。北海道から、東京から、四日市や高知から、さまざまな人たちが、私たちの第一回口頭弁論を傍聴するために集まってくれたのだった。

当日の朝、裁判所の前で、「今日は赤穂義士が討ち入りをした日だなァ」と言ったのは原告の長老市崎さんだった。入廷前の門前集会も溢れるほどの人波で、こみあげてくるものを抑えるのに苦労するほどだったが、これは原告全員に共通の思いであったと思う。

第一回口頭弁論では、原告それぞれが自分の思いを裁判所にぶっつけるということにしていた。自分の弱さと怠けぐせを何とかしたいと思っている私は、こんなとき、自分をまず逃げ出さないよう縛るために決意表明をしてしまうのだが、このときもそれをやっている。

私たちは裁判長に申し入れて、いつも法廷で録音をしてきたから、発言のすべてはテープから起こして文章化している。松下さんの著書『豊前環境権裁判』(日本評論社)の中から、私の決意表明の部分を引用してみる。


(略) 私が運動にかかわりはじめて、具体的には裁判を提起した昨年八月二十一日以降、私の勤め先である住友金属の直接の上司から、いろいろ圧力がありました。こういう運動をする社員を抱えることは、企業の利益にとってマイナスであるというわけです。で、できれば運動をやめてほしいと。私は、この運動は自分にとってどう生きるかというかかわりであると考えている。住友金属に勤めていることは、たまたまそうなっただけの話で、住友金属に職を奉ずる以外に私がメシを喰う道がないわけではない。とすれば、より自分にとって重要なこの運動の方を選ぶ。そういうふうに上司に答えたわけです。（略）いま私の会社としては、九電が着工する段階で、実力阻止に立ち上がったときに、なんらかの形で私が刑事訴追を受けるような事態が招来することを待っている。そうなれば、就業規則によっていつでも懲戒解雇ができるわけです。しかし、私はそれにひるみません。（略）

自分を縛るために決意表明をしてしまう、と書いたが、それは決して無理をしようというのではない。できないことを口にして、それに行動が伴わなかったときの自責が辛いものであることは知っているから、ただ、自分にできることから逃げたり、できることを怠けないようにするためのものにすぎない。

　そうした私の性癖は、まもなく五六歳になろうとする今もそのまま残っているが、若かった頃に比べて少しばかりずるくなっていて、できることの八〇％ほどのところを言うようになっている。

　一二月二〇日の電調審に豊前火力が上程されることをつかんで、一六日の夜から松下、恒遠、坪根の三原告は東京に飛んだ。電調審の実質審議は関係省庁役人による幹事会議でなされることもわかっていて、その幹事会議が一七日の午前中に持たれることを知ったからだった。

　三人は審議中の会議室に突入していったという。応援の人もいて一〇名ほどだったが、先頭を切ったのは松下さんで、帰ってきてから恒遠さんが報告してくれたところによると、このときの松下さんは勢い、形相、声のいずれにも、ものすごいものがあったという。ひと跳びでテーブルを越えたとか、役人の一人をつかまえてその首をしめた、といったあたりは恒遠さん流の誇張であったかも知れないが、行動を共にした写真家志望の女性が写したものを見ると、何があったかはおおよそわかる。四〇人からの中央官僚をにらみつけ、語気するどく迫っている姿には迫力がある。

並みいる役人をにらみつける松下さん、右端は恒遠さん

しかし、豊前火力に関してはすでに審議を終えており、取りあげたメモには「（豊前火力に関しては）問題点を残したまま（電調審に）かけることは問題であり、前例としない」という記入があったのだった。認可するにはまだ問題が残っていることを認めながら、しかし、強引に認可を決めていたわけである。

翌日もその翌日も、出かけていった霞ケ関の合同庁舎前で、機動隊相手の押し問答を強いられたという。そして二〇日、電調審は豊前火力発電所の建設を正式に認可した。九電は、あと福岡県知事による埋立免許さえ手に入れればいつでも着工できるところまで来たことになる。

埋立免許の申請は一一月二九日に出されていたが、その免許が出されたのは翌一九七四年六月のことで、九電の大番頭ともいえた知事の免許交付をそこまで遅らせたのは、歯止めにはならなかったが瀬戸内海環境保全臨時措置法であり、一九七四年三月に一部改正された公有水面埋立法である。

その埋立法は名の如く、一九二一年に国土の拡張を目的として制定されたような法律で、したがって、緊急事態に対処するために議員立法という形で作られた瀬戸内法とは相容れないものであった。だからこそ一部を改正して、つじつまを合わせなければならなかったということだろう。

改正点というのは、都道府県知事は埋立免許にあたって「その埋立てが環境保全及び災害防止に付き十分配慮せられたるものなること」を確認しなければならなくなった、という部分だが、法律の常として、運用する者の都合でどのようにも使えるものであることに変わりはない。

このときに知ったことだが、埋立法には「其の埋立てに因りて生ずる利益の程度が損害の程度を著しく超過するとき」には漁業権者の同意など得なくとも埋立て免許が出せる、という条文すらあって、実際に臼杵市の大阪セメント事件の裁判で、大分県知事側がそれを踏まえた主張をしていた。セメント企業が埋立てようとしている水域での漁獲高よりも、そこを工場にしてセメントを生産するときの金額の方が大きいのだから、埋立て免許を交付するにあたって漁業者の同意などいらないのだと言ったのである。

私たちはすでに、海がどれほどに貴重な自然環境であるかを知っていた。一九七四年三月四日、松下さんは、第二回公判（三月一四日）に向けて裁判所に提出した第一準備書面に格調高く記している。

「海が母の字より成るは、太古、最初のいのちを妊んだ海への古人の畏敬であったろう。その母への凌辱の今やとどまるところを知らぬ」

着工阻止

一九七四年。岩波ブックレット『年表昭和史』には、「春闘で空前の交通スト」の記述がある。六〇〇〇万人参加、国鉄初の全面運休という説明がついている。

つい先日、知り合いのJR職員から「今はもう、冠婚葬祭などやむを得ない場合のほか、有給休暇をとることはできなくなりましたよ」という話を聞いたばかりだが、まさに隔世の感がある。

ウォーターゲート事件で米大統領ニクソンが辞任し、朴韓国大統領が狙撃されたのもこの年のことである。そして、東アジア反日武装戦線のゲリラ闘争によって、東京・丸の内の三菱重工ビルが爆破されたのがやはりこの年の八月三〇日のことである。この件で、翌年の五月一九日に逮捕された大道寺将司、益永利明両氏は、今も確定死刑囚として獄中にある。

さて、私たちが豊前環境権裁判と称した火力発電所建設差止訴訟は、この年の三月一四日に第二回、六月二〇日に第三回目の口頭弁論が開かれている。

九電が豊前市八屋明神の地先三九万平方メートルの埋立て免許を願い出て、福岡県知事がそれを告示し、関係文書の縦覧を出先の土木事務所で開始したのが五月二五日であった。

縦覧期間は三週間となっていて、そのあと免許交付ということになるのだが、改正された公有水面埋立法には、「告示ありたるときは其の埋立てに関し利害関係を有する者は縦覧期間の満了の日迄都道府県知事に意見書を提出することを得」という一項が加えられていて、私たちはこれにも取り組んだのだった。

「豊前火力建設に伴う八屋地先埋立てに関する意見書」で、私たちは一六項目にわたって問いただしたが、福岡県知事亀井光はこれを黙殺した。「意見書の提出はさせてやるが、知事は別に、それに答える義務はないのだよ」というわけである。

環境権裁判第三回当日の六月二〇日といえば、すでに三週間の縦覧期間満了から五日を過ぎていて、いつ埋立免許が交付されてもおかしくない時期だったし、交付されれば間髪を入れずに埋立工事に着手するに違いなかったから、私たちは緊迫感をもって法廷に臨んだ。

この日の法廷で、私たちはそうした情勢を裁判長に伝え、「工事をすすめている段階で、原告である私たちがこの裁判に勝訴した場合、被告九電は海を元通りにもどさねばならなくなるが、そのための具体的な工法を今ここで示してほしい」と、相手側に強く迫ったのだった。

それに対して九電側代理人は、

「エー、被告は裁判の確定致しました状態については当然遵守したいと考えます。エー、しかし本件につきましては、さような結果になるとは全然考えておりません。その後のことにつきましては、会社としては具体的にはまだ何ら考えておりません」

そう答えて、あとは素知らぬ顔をしていた。傍聴席からも怒号がとんで、私たちは、「そんなことは許されないはずではないか」と、こもごもに立って裁判長に食いさがった。

こういう、いわば感情論をぶっつけるというやり方は素人原告の本人訴訟だからこそ可能だったわけで、これは原告団にも傍聴席にも快いものだった。一人の若手のほかはご老体ばかりだった九電側の代理人も、もてあましたような顔をしていたのだろうが、裁判長も私たちを扱いかねていた。

執拗に「きちんとした復原工法を示すよう、命令してほしい」と訴える私たちを裁判長はなだめたのだった。

「それに対しては、今の答えをどうとか言ってもですね、現実にそういう答えが出た以上、それ以上のことを、たとえば別の答えをしなさいというようなことを裁判所が言ったところでしょうがないでしょ。というのは、結局それだけのことしか回答が出ないわけですからね」

なおあきらめ切れない私たちの求めに対して、裁判長はほとんど同じことを三回答えている。

さし迫った免許交付、着工という事態にどう向き合うかを明確にはなし得ぬまま、この日の法廷は裁判長相手の抗議集会に終ったのだった。

海面埋立てという工事が、どういう形で始められるのかについて、私たちの誰も予測ができずにいた。いずれにしても海上での作業になるはずだったから、できればそこまで出かけていって抗議をしたいという思いは強かった。

しかし、それは諦めなければならなかった。私は直接には関われなかったが、松下さんは豊前側の原告たちと共に、沿岸漁民の何人かに相談をしてみたのだという。けれども、すでに九電から補償金を受け取っていた漁民の中に、埋立て反対派の私たちに船を貸す者はなかった。

六月二五日、福岡県知事は九電社長永倉三郎を知事室に招いて埋立免許を交付。九電は翌二六日の着工を表明したのだった。

この日のことを私はあまり覚えていない。暗くなる頃、「今夜は海岸に残るから」と言う松下さんと別れて中津に帰ったことだけしか思い出せないのである。

当時、私は五〇ＣＣのバイクを使っていたから、明神海岸に行くときにはいつもそれに乗って行った。自宅から一五分か二〇分ぐらいで行けたのではなかったろうか。

少し前から小型テントに寝て、下関水産大学や九州大学の学生たちが何人か駐留していたが、着工を翌日に控え、この夜はいつもより人数は増えていたのではなかったろうか。翌日の抗議行動に参加する学友を募るために、それぞれの大学に赴いた学生たちもいた。

このことは、なぜかすっかり記憶から抜け落ちていて、ずっと後になって妻から言われ、そういえばそういうこともあったようだ、という程度に思い出したのだが、この夜、海岸から帰って、佐賀関の西尾勇さんに電話をかけている。別れしなに松下さんから、本当に船で来てもらえるのかどうか確認しておいてほしい、と言われてのことだったという。妻の記憶はいつものように細かくて、当時、同じ家主の家を二軒続きで借りていて、離れの方をこの運動のために使っていたのだが、そちらにも親子電話の一方をつけていた。妻は私が「これこれの用件で西尾さんに電話をかける」と言って離れに行ったことまではっきり覚えているという。残念ながら、私の方は、その電話で西尾さんに何をどう話し、西尾さんがそれにどう答えたのかをまったく覚えていないのである。

着工当日の朝、早目に駆けつけたつもりだったが、すでに松下さんと学生たちとの間で作戦会議は持たれた後のようだった。

六月の下旬にしては肌寒さを感じる朝で、首にタオルを巻き、ジャンパーとヤッケのようなものを重ねて着た松下さんの姿を思い出す。私が到着したとき、彼は何かに腰掛けて新聞をひろげていたが、足元には略図を描いた紙が置かれ、その上にはあちこちに小石が並べられていた。略図は明神海岸と市街地の間をほとんど占め、新しく「豊前火力発電所建設所」という看板を掲げた老朽発電所（築上火力）の俯瞰図だった。

　作戦会議の結論は、海上行動を断念した上で、この建設所構内で多分、これ見よがしの起工式をやるのではないか、天下の九電がそうしたセレモニー抜きで着工するはずはあるまい、という想定で、その起工式を阻止する、というものだった。そのためには、いくつかある出入口を封鎖して、招待される地元名士などを入れないようにしよう、ということで、並べられた小石は、封鎖に必要な座りこみの人数だった。

　豊前火力の建設に反対する勢力が、一堂に会してこの日の行動について話し合ったことはなかった。それぞれに内部討議で、可能な行動を考えていたのだと思う。こうした局面では当然のことだが、どのような行動をどこまでやるかというのはきわめて個人的な事情に左右されるし、状況によっては偶然も働く。環境権裁判の原告団も、それぞれに組織の中心にいる人がほとんどで、私と松下さんだけが、いわばフリーの身だった。学生たちが最も鮮明に実力行使の方針を持っていたように思った。彼らには、仲間うちで相当数の行動隊が組めるという自信があったのだと思う。

　私についていえば、その学生たちと共に、おのれ一個の思いを体を使ってぶっつけたかった。ただ、それがどういう形になるのか、さっぱりわからなかった。

　構内の動きもあわただしくなっていき、ヘルメットをかぶった九電社員たちが二、三名ずつ組んで有刺鉄線の内側を回り始めた。一人はトランシーバー、一人はカメラという構えだったが、前夜の記者情報では、この日、九電は二〇〇名の社員を集結させるということだったらしい。確かにそれだけの数は見てとれもした。

反対派組織の組合員も集まり、報道関係者も多数やって来て、付近一帯の賑わいは恐らく空前のものであったろう。

午前一〇時を過ぎていたろうか。バイクによる連絡係を学生の一人に代ってもらい、私は正門の座りこみの中にいた。

誰からともなく、「建設所長に抗議の面会を要求しよう」ということになって、観音開きの鉄柵をはさんで、屈強な多数の九電社員とにらみ合っていた。

組織の代表を通して正式な要求も出したのだが、一向に応じる気配はなかった。業を煮やした私たちは一斉に立ちあがって鉄柵にとりつき、「ここを開けろ！」と叫びながら力まかせに揺りはじめた。押しあううちについに押し勝って、私たちは構内になだれこんだ。そのまま構内にスクラムを組んで座りこみ、さらに所長面会を要求したのだった。

しばらくするうちに、構内の奥から大型トラックが後進してきて、私たちの直前で停止した。それ以上侵入させないためのバリケードかと思ったのだが、そうではなく、私たちを排除しながら少しずつさがってきて、ついには押し出されてしまい、私たちはまた初めの状態で鉄柵を揺すっていた。

そのときだった。私を捜していたらしい顔見知りの学生が三人でやってきて、「西尾さんの船が来ました」と教えてくれた。

どう考えても不思議でならないのだが、この報告をどんな思いで受け止めたかを思い出せない。それに前夜、松下さんに確認を依頼されたのなら、朝、何よりも先に西尾さんの返答を松下さんに伝えたはずなのに、それもまったく記憶がない。

そうすることに決めていたように、私は呼びに来た学生たちと歩いて漁港に出た。岩壁に着いたとき、西尾さんの「真勇丸」はへさきを接岸していて、すでに何人かの学生たちが乗りこんでいた。

ここで初めて、私は海上での工事がすでに始まっていたことを知ったのだった。赤い布をつけた竹竿の束を積み込んだ小船が多数行き交い、その少し沖では、クレーン船のグラブが空中で開くたびに石が落ちて、海面に大きなしぶきを上げていた。捨石作業だった。小船は測量船の指揮に従って埋立予定地の外枠に、標識の小旗を立てていく作業船だった。

「真勇丸」に乗ってすぐ、操舵室の西尾さんに挨拶に行った。個人的な会話を交わしたのはこのときが最初である。西尾さんはやや険しい顔で、「あんたがここにおって、どこに行くか指示しなさい」と言った。

私と同時に乗りこんだ学生もいて、総勢一〇名ぐらいになったのではなかったろうか。「真勇丸」はすぐに岸を離れて沖へ向かった。

「クレーン船の所へ行ってください」と頼んだはずである。何はともあれ抗議をせねば、というのが、そのときの私の思いで、ほかのことは考えられなかった。クレーン船に乗りこんでいくことなど想像もしていなかった。

今もはっきり覚えていることは、「真勇丸」の船上に学生だけしか乗っていないのを見て、これは現地の住民として一人ぐらいは乗らなければと思ったこと。「真勇丸」の甲板があまりに清潔で土足を乗せるにしのびず、はきものを岸に脱いだまま、靴下で乗りこんだこと。クレーン船の近くまで行って、抗議のシュプレヒコールをあげること以外の行動が可能だとは夢想もしていなかったことである。

この日の、それから後の行動について、後年、刑事被告人となった法廷で、「ときの勢いと言うしかありません」と述べたが、まさにその通りだった。

岸を離れてすぐ、「真勇丸」の行く手に「ふじ」と船名を入れた灰色の、そのあたりをせわしなく行き交う作業船の中ではやや大型の船が迫った。

「真勇丸」は到着したときすでに何枚もの大漁旗をひるがえしていたし、甲板に腰をおろした私たちはそれぞれにゼッケン（「豊前火力絶対阻止」、「環境権裁判に勝利するぞ」など）を着用していたから、反対派の海上行動であることがすぐにわかったらしく、その船は「真勇丸」の進む方向にあわてて速力を上げて逃げ始めた。

このあたりからの展開は、いわばなりゆきである。

西尾さんも最初のうち、この「ふじ」を追っているつもりはなかったはずである。ただ、「ふじ」の方は標的にされたと思いこんだのではなかったろうか。早いうちに右か左に避けていれば無視されたものを、まっすぐに逃げるものだから、私たちとしては、そのあわてぶりに不審を抱いてしまったのだった。私から「『ふじ』を追って下さい」と言った記憶はないのだが、恐らく、私たちがこの船に関心を持ったのを感じて、西尾さんも途中から追うことにしたのだったろう。

西尾さんの操船は実に見事だった。レース場のオートバイがカーブを曲がるときのように、船体を斜めにしながら追いかけて、ついに接舷してしまった。

接舷したとなると今度はそちらに乗り移らねばならない。私を含めて約半数がそうした。

この船には操舵手と、その後ろにトランシーバーを持って立ち、指揮をしていたらしい男の二人だけが乗っていた。学生の一人がそのトランシーバーをとりあげた。「真勇丸」は残りの学生を乗せたままクレーン船に向かった。

これは後でわかったことだが、この船は、「豊前火力建設所」の屋上と交信しながら当日の海上作業を指揮していたのだった。トランシーバーを持っていたのは「建設所」の土木建築課副長であったらしい。私はその副長の横に立って、「船を停めさせなさい！」と連呼した。どこかに連れていかれるような心細さからだったことを覚えている。

ようやく船が停まってほっとしたときの記憶は鮮やかである。そこで最初の目的を思い出し、クレーン船に接舷するよう要求した。

後日の刑事裁判で、この副長は証言しているが、このときトランシーバーをとりあげられるにあたって、首をしめられ、足を蹴られたという。事実はともあれ、なにがしかの恐怖感を感じたのかも知れない。そのせいか、クレーン船への接舷要求にはすんなりと応じてくれた。

この船でクレーン船に向かう間に、猛スピードで右に左に旋回しながら、群れ浮かぶ小型作業船を追い散らす「真勇丸」を目撃している。

二隻のクレーン船が投錨していたが、「ふじ」はそのうちの「内海丸」に接舷した。船縁《ふなべり》の高さに相当な差があって、「内海丸」のロープにぶらさがるようにして移ったのを覚えている。

ここでも先に乗った学生たちが、すでに捨石作業に従事していたクレーン運転士のまわりに集まっており、私がようやく「内海丸」の船縁に立ったときには、クレーンはその動きを止めていた。

船倉にはまだ多量の石塊が残っており、どの石もドラム缶の半分を超えるほどの大きさで、角の鋭い割り石だった。その上に置かれたクレーンのグラブは、タコ足とも呼ばれる形のもので、ちょうど、下に置いたものをわしづかみにするときの手指の姿に似ていた。それで石塊をつかんでは海に落としていたわけである。船倉の端の石塊をつかみかけたところで作業を止めたものらしく、グラブは舷側の方にかしいでおり、その重さで船体も相当に傾いていた。

はきものを岸壁に脱いできた私は、さまざまな道具が乱雑に置かれた狭い甲板部から船縁をおそるおそる歩いて船倉への降り口を探した。

製鉄所工員としての私の仕事は、初めから終りまで原料や副原料の試料採取が中心だったたし、副原料のほとんどは内海航路の小型貨物船だったから、こういった船の構造には馴れていた。必ず備品として乗せてあるはずのハシゴを見つけて、それを使って船倉に降りた。私に続いて数人の学生も降りてきた。私の目的は、船倉内に座りこんで捨石作業の再開をさせない、というものに変わっていた。

石塊の上にしばらくいたのだが、そうしているうちに、目の前にあるグラブに昇れそうな気がしてきた。グラブは運転室の上に伸びたアームから、ワイヤロープで吊り下げられており、ワイヤロープの一方の端はグラブの爪が一カ所に集まった頂上部の分厚い円座に固定されている。その円座の中央には、上下させることで爪を開閉するためのワイヤロープを通した穴がある。円座の直径は一メートルはなかったと思う。

グラブがまっすぐに立っていたら、それに昇ることは絶対に不可能だった。爪の長さは私の身長を優に超えていたが、大きくかしいでいたのと、石塊をつかもうとしてやや開き加減になった

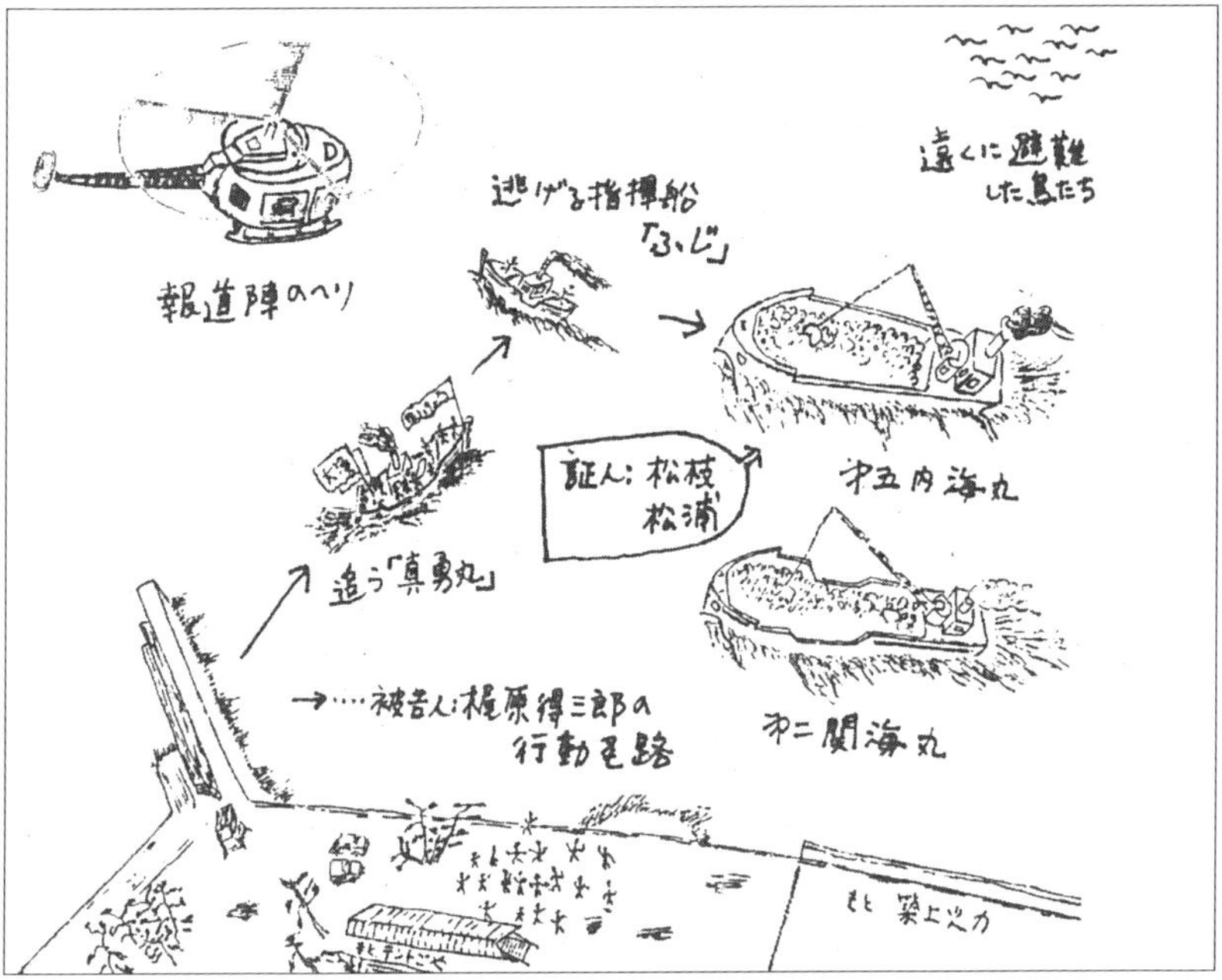

1974年 6 月26日午前11時50分豊前明神海上戦況図

分だけ低くなっていたのだ。それでもこわかったのを覚えている。両手でグラブのあちこちをつかまえながら、ようやくの思いで円座に立ったのだった。

穏やかな海だったとはいえ、船の揺れはあった。傾いた、狭い円座に立つためには、そこから上に伸びたワイヤロープにすがりつかねばならなかった。ワイヤロープは久し振りに使用したものか錆がひどく、どこを握ってもグリース油がべったりだった。

グラブの頂上部、円座に立ったとき、船縁にしゃがんだ学生たちとちょうど話しやすい高さになって、私から、なぜ反対するのかを乗組員たちに説明してほしいと頼んだ。クレーンの運転室にいた人が船長であったことは後日知るのだが、この人はにこにこしながら学生たちの話を聞いていた。石塊は裏門司あたりで積みこんだということだったが、積みこみ中に、「反対派が乗りこんでくるぞ」と言われていたと言った。捨石作業をしながら、「もうぽつぽつやってくるのではないかと思っていたよ」と言うのが聞こえて、私も笑いながら「それは待たせて悪かったねぇ」と応じたりしたのだった。船上での乗組員とのやりとりがそんなふうになごやかだったのは、私にとって救いだった。

上空には報道関係のヘリコプターが飛び、漁船を雇って乗りこんできた報道記者もいて、私はこのグラブの上でテレビカメラを向けられてインタビューを受けたりしたのだった。

しばらくして、船長から、「船の傾きを直したいのでグラブを船倉の中央に立てたい。すまないが、ちょっとそこから降りてもらえないか」と相談を受け、私は手をすべらせて石塊の上に落ちた場合の惨状を想像しながら、ゆっくりと降りた。

グラブの位置を変えたところで、もう一度昇るつもりにしていたのだが、まっすぐに立ったグラブはもう私を寄せつけなかった。

やむなく、それでも未練たらしく石塊の上にいたところ、新たにやってきた報道関係者から、九電は本日の作業の中断を決定した、と伝えられた。

やれやれという思いで甲板に上がってみると、いま一隻のクレーン船「関海丸」も、その船名が肉眼で読めるほどの近くにいて、そちらにも少なくない数の学生たちが乗りこんでいた。

この日、沖合にはなお数隻のクレーン船が待機していたということだが、九電としては陸上での起工式ではなく海上での捨石作業によって、セレモニーと既成事実を二つながら終らせたということだったのだろう。

手錠腰縄で

着工の日、私たちの反対意思は、佐賀関の青年漁師西尾勇さんとその持船「真勇丸」によって、より強く相手にぶっつけることができたのだったが、午前三時に佐賀開港を出て、八時間の後、豊前市の明神漁港に到着した「真勇丸」には上田倉蔵さんも乗船していた。上田さんは漁師ではなかったが、西尾さんが「オヤジ」と呼んで慕っていた人で、一緒に漁に出ることもあるらしく、時折り、エンジンルームに降りていったりしていた。

二隻のクレーン船に乗りこんだ私たちを何回かに分けて岸に運んでくれたあと、午後二時過ぎ、「真勇丸」は帰路についた。この直後、沖合に出たところで、「真勇丸」が海上保安庁の巡視艇による立入検査を受けたことは、後になって知らされたのだった。

「真勇丸」を見送ったあと、私たちはまた「建設所」正門前の座りこみに合流した。このとき、泊りこんでいる学生たちへの夕食の炊き出しを届けに来た妻と会い、言葉を交わしたことを思い出す。

この日、私たちが「着工」という既成事実を作られてしまった悔しさを噛みしめながら、座りこみの隊列を解いたのは夕暮れになってからだった。

座りこみには八ミリカメラやトランシーバーを携帯した多数の私服刑事の介入もあったし、すぐ近くには機動隊も待機していて、何度かきわどい場面もあったのだが、そのつど高教組の人たちが抗議して、私たちに対する襲撃を思いとどまらせたのだった。

こうして、豊前火力発電所建設反対の住民運動の中で、最も緊迫した一日は終ったのだった。

その翌日も私は明神海岸に行った。六月の終り近くだから、私の場合、年次有給休暇の残り日数は相当心細かったはずだが、そんなことはどうでもよかった。

この日の埋立工事を阻止する術は私たちにはなかった。前夜遅く、佐賀関に帰りついた西尾さんから、「必要なら明日も船で行こうか」という申し出を受けた松下さんは、それを辞退していた。いくら何でもそこまでは、という思いであったのだろう。

私たちの力量をはかり終えたゆえの布石だったと思うのだが、二日目の海上には二〇隻近くの捨石船が一列に並び、クレーンのアームをきしませながら一斉に石を落とし、その作業船を護衛するために、五隻もの巡視艇が、これ見よがしに灰色の船体を並べて威圧していた。

雨が降って、肌寒い日だったことを覚えている。その雨の中、海岸に集まった私たちは、海に向かって拳をつき出し、「海を殺すな!」「海が泣いてるぞ!」と叫び続けた。叫ぶうちに感情が激してきて、流れる涙を雨に紛らせたのは私一人ではなかったと思う。

海に向かって立つ私たちは二〇人に満たなかったが、その私たちの右横側には、ほぼ同数の乱闘服の機動隊が並んで立っていた。私服ももちろんやってきていた。このときの印象は強烈で、後に刑事被告人となった公判廷でも意見として述べたことだが、まさに「法治国家」の正体を見せられた思いだった。

たかだか時の権力が目先の利益のために作り、運用する法律によって、人類の発生など予想もしない太古からその営みを続けてきた海を、たとえ一部とはいえ埋立てて殺す行為は許され、悠久の大義を掲げてそれに異を唱える者たちの阻止行動は弾圧される。これが法治国家だと、この目で確認させられたのだった。

さらに、この日は私にとって、目の前で人が逮捕されるのを目撃した初めての日でもあった。

午後になって、私たちはまたいくつかのグループに分かれて、有刺鉄線に囲まれた「建設所」の各出入口に座りこんで、中の動きを監視していた。私のいた出入口は海側の裏門だったが、「建設所」の看板を掲げていくらか装いを新たにした表門と違って、有刺鉄線も板戸もほとんどボロボロになっていた。

中からは逆に、九電社員が八ミリカメラで私たちの動きをのぞいたりして挑発的だったことを覚えている。

なかば退屈しのぎだったに違いないのだが、学生の誰かが揺らした拍子に鉄線の一部がポロリと折れ、別の一人が、これも面白半分に蹴った板戸から、錆び切った釘が折れて板が一枚抜け落ちた。

これを中から見ていた九電社員がトランシーバーで通報したものであろうが、たちまち自動車が駆けつけてきて、数名の私服刑事が降り立った。続いて護送車も到着し、中から機動隊員がとび出してきた。

このとき捜査の指揮をとった背広姿の刑事の形相とやくざな言葉づかいは、私には不思議でならなかった。なぜたったこれだけのことで、こんなにも憎しみに溢れた表情ができるのか、挑戦的な言辞を弄することができるのか、どうしても理解できなかった。いま思えば、こういった弾圧のための逮捕では、威圧して相手を震えあがらせることで、その効果を高め得るわけで、そのための演技であったのかも知れない。どなり声で九電社員の確認をとり、二人の学生を私たちの懸命のスクラムから引き抜いていった。

そのあと、大げさな現場検証やわざとらしい修復工事が展開されて、私たちはそれを見ていた。

豊前警察署は国道から明神海岸に入っていく交差点の角にあり、その明神海岸と市街地との間を遮るように九電の敷地がある。九電の豊前営業所もその途中にあって、言ってみれば豊前署は九州電力豊前支店の門番といったところである。

二人の学生は豊前署に連行された。「あの二人なら警察のことは大体わかっているはずだから、心配はないと思います」と言ってくれた学生はいたが、私には、やはり当人にとっては大変なことであろうと思われた。

私たちは早速、豊前署の中庭に移動して、門前に立ちふさがる機動隊越しに抗議と激励のシュプレヒコールをあげた。

二日後、この二人は完全黙秘のため「豊前一号」、「豊前二号」と名づけられて小倉拘置所に送られ、七月六日の勾留理由開示裁判を経て七月九日に釈放となるのだが、その裁判と釈放の現場に私は立ち会えてない。七月四日に私が逮捕されたからである。

早朝だった。六時過ぎには通勤列車に乗っていたはずで、その私が寝込みを襲われたのだったから、多分五時から五時半の間であったと思う。「電報です」という声に起き出して、半袖のアンダーシャツとステテコのまま戸を開けたのだった。

外には四、五人の男が立っており、いきなり逮捕状を見せられたような記憶がある。いつの日か刑事訴追を受けることはあるかも知れないという漠然とした思いはあって、それにひるまないで行動をしようと考えてはいたが、まさかこの段階で逮捕されるとは思っていなかった。完全に虚をつかれた思いだった。

とるに足りないことで二人の学生を逮捕していった権力のありようを、この目で見たにしては甘かったと言わねばなるまい。

前日の夕刻、二軒続きで借りた古家の一方、私と家族が生活の場としては使わずに、この運動の拠点として、学習会や運動に伴うさまざまな作業の場として使っていた方の一軒の向かいに住む主婦から、「変な人たちがお宅の周りをうろついてるけど、警察ではないだろうか」という電話ももらっていたのだった。私の娘と同じ年の男の子を持つ人で、妻とも親しくしていたし、私が何をしているかはよく知っていたのだと思う。こういう電話をもらったんだが、と松下さんにも知らせたのだったが、彼もまさか逮捕などあろうとは思ってもいなかった。

夜中に二度、無言電話がかかってきたが、それが翌早朝に私を逮捕するために市内の旅館に宿をとった門司海上保安部の者たちによる、私の在宅確認のためのものだったとは思いも及ばなかった。

服を着るために一度引っこんで、そこで妻にことの次第を伝えたのか、話し声を聞いて妻が起きてきたのだったかは覚えていない。九歳になっていた娘は寝入っていて、私が手錠腰縄で、前後をはさまれるようにして、道路に停めた車までの狭い路地を歩く姿は、妻のほかに目撃した者はなかったと思う。

早い時刻だったから、門司海上保安部までの所要時間は九〇分前後のものではなかったろうか。

私と運転手のほかに何人乗っていたのか記憶していないが、犯人の護送だから、両脇に一人ずついたことは間違いあるまい。到着するまで、ひとことの会話もなかったと記憶している。

私自身は、愚鈍なせいか、ことが起こればうろたえるよりも先に観念してしまう方だから、まあいいのだが、あのときにああしておけば、こんなことにはならなかった、と何につけ遡って考えこむ性癖を持つ妻の胸中は複雑なものであったろう。そして、そのときの彼女の思いは、私が獄中にいる間、ほとんど間断なく松下さんに向けられたのだった。

私が連行されたあと、残った数名の捜査員は離れに回って家宅捜索を開始し、妻の電話で駆けつけた松下さんがそれに立会ったということだった。

二軒続きの借家にやってきて、間違えずに私たちが寝ている方の家の戸を叩き、家宅捜索は離れの方に向かうといったあたり、さすがに事前の調査が万全であったことを示している。

さて、このときの逮捕が私だけでなく、佐賀関の西尾さん、上田さんも一緒だったことを知ったのは、門司海上保安部に着いて間もなくのことだったが、二人の姿を見かけたのだったろうか。それとも捜査員間の会話から察したのだったろうか。

この日のことは、長かったような、短かったような、そのどちらともいえる不思議な記憶として残っている。

私を廊下のベンチに掛けさせて、その前をニヤニヤしながら捨石船の船長が通ったのが、〝面通し〟であったことはすぐにわかった。

黙秘権という言葉は何度も耳にしていたが、弁解録取書とか供述調書というものは知らなかった。弁護士が一人面会してくれたが、初対面の人だったし、多分先方は、私のことを住民運動の活動家で刑事訴訟法についてもいくらか知っているだろう、という思いこみがあったらしく、そっけない面会だった。「まあ、君がしゃべりたくなければしゃべらなくていいわけだし……」と言ってくれただけだったたような気がしている。もちろんこれは、黙秘権のあることを私に教えるための言葉であったろう。

私を取調べた二人の捜査員の名は、今でもはっきり覚えている。供述調書の終りに、司法警察員何某と署名するのを見て知ったのだった。

一方は三〇代でYといったが、目の前で書く文章に誤字が多くて、何度も「あ、その字は違います」と言わねばならなかった。

もう一方は五〇代で、見事な達筆に見惚れたことを思い出す。核心に触れる質問に対して、「それについては答えたくありません」と答えるたびに、けわしい表情で「えっ?」と聞き返され、「黙秘権を行使します」と、きっぱりと言い直さねばならなかった。

後年、冤罪事件に関わるようになって、このときの体験は役に立っているように思う。供述調書の作られ方にしても、たとえば、「お前がやったんだろう」と責めたてられて、やむなく、「はい」と答えてしまうと、調書には「私がやりました」と書かれることになるはずである。いかにも自らすすんで白状したようなものに変えられ、裁判官はそれを読むことになる。

捜査官の表情や語調で、どのようにも被疑者の心は操れるのではないかと思う。

私の場合、実感として、きびしい取調べだとは思わなかった。

午後になって、佐賀関と中津からたくさんの人が来てくれた。さほど大きな建物ではなかったためと思うが、取調室の窓から、廊下を隔てた別室で職員と抗議のやりとりをしている人が見えたし、声も聞こえたという記憶がある。

妻はどう頼みこんだものか、私のいる取調室にやってきた。着替えの下着を受け取ったことと、保温ポットから熱いコーヒーを一杯注いでもらったことを覚えているが、その妻にどんな言葉をかけたのだったろうか。

その夜、移されて一泊した場所のことは、いつまでも忘れることができずにいる。

「ここには留置場がないので……」ということで、門司警察署だったか水上署だったかの留置場に移されたのだが、地下室のような所だった。湿気が多くて何もかもじめじめしていた。

私が入れられた房には先客が一人いて、体の大きな人だった。一言の会話もなく翌朝には別れたのだが、どことなく、そんなことに馴れている人のように思われた。

通路をはさんで、両側に房が並んでいたような気がしているが、西尾さんと上田さんも一緒で、二人は私の房と同じ側の別々の房に入れられたように覚えている。言葉を交わしてはいないが、どちらからか声をかけてもらったような記憶がある。多分、私のことを気づかって、励ましてくれたのだったろう。

翌日、もう一度、門司海上保安部で取調べを受けたあと、午後には車で小倉拘置所に移された。その車中には、運転手のほかに、私を取調べた二人がいたが、年かさの方から、「会社の方はどうなるのか」と聞かれ、怨みがましい思いで、「懲戒解雇になるはずです」と答えたのだった。

私の所属していた住友金属工業株式会社小倉製鉄所労働組合が会社と結んだ労働協約が、会社の配布する就業規則と寸分違わぬものであったことは前に述べたが、その中の懲戒解雇の一項に、刑事訴追を受けた者は懲戒解雇とする、というのがあって、これは理由のいかんを問わず、有罪か無罪かも問わず、企業の体面を汚した者は許さないという趣旨だと理解していたから、逮捕状を見せられたときから、そのことを考えていた。

ただ、そんなことが許されていいのかという思いはすでにあって、そのときには地位保全を求める裁判があることも知っていた。

「懲戒解雇になるはず」と答えた私に、「それはおかしいなァ」と応じた相手に対して、もしかしたらこの人が、そうならないように何かしてくれるのかも知れないと、ふと、そんなことを思ったりしたのを覚えている。

拘置所の入所手続きでは、手指一〇本の指印をとられたことだけが印象に残っている。西尾さんと上田さんもこの日に移されたのだと思うが、そうすると門司海上保安部はこの日、三台の車を動かしたのだろうか。

入所手続きには時間がかかって、独房に入ったのはもう夕刻だった。

小倉拘置所は当時、下の数階を福岡地検小倉支部が使っていて、私は確か四階の房ではなかったかと思う。

もちろん手錠腰縄で看守と共にエレベーターに乗り、降りた所が通路の端だった。通路の右側には窓があったが、その外側に、近くに寄れば斜め下を見ることができる目隠しブロックがあった。左側に房が並んでいて、いくつかの房の前を通っていくとき、一人だけの房、四、五人が入っている房があった。ガチャリと音をさせて入口ドアの鍵を開け、中に入るときに手錠と腰縄ははずされた。

すぐに別の職員がやってきて、房内生活の規則を説明し、用があるときは「担当さん」と呼ぶように言われた。

そのときに雑誌を一冊渡してくれたが、読み始めて間もなく、その担当がやってきて、「君には接見禁止がついとった。本は読めないことになっている。返してくれ」と取り上げられた。

接見禁止という言葉は、このとき初めて知ったのだが、文字通りには面会をさせないという意味のはずなのに、実際にはある範囲の制限を意味する用語として使われているのだった。私の例でいうと、そのために禁止されたものは、面会、差入れ、官本閲覧、洗濯、筆記具の所持であり、運動も狭い檻の中で、足踏みと屈伸ぐらいしかさせてもらえなかった。そして、この制限は七月二三日に起訴されるまで解かれなかった。

食事を運んでくれる人が職員でないことは服装や言葉づかいでわかったが、彼らが服役中の懲役囚であったことは何で知ったのだったろう。一度だけ、中で散髪をしてもらったのだが、この仕事も別の懲役囚だった。何日かに一回、ひげ剃りのカミソリを入れてくれたが、刃をはずせないように細工した安全カミソリだった。

起訴までの、そんな日々の中で、刑事裁判の主任弁護人をつとめてもらうことになるN弁護士と一度だけ面会している。私と勤務先の会社のことについて話したのだったが、この段階では、会社が懲戒解雇を言ってくれれば、もちろん裁判で争いたいと言っている。その種の裁判が、長い年月を要することはいくつかの例で知っていた。

接見禁止が解けるまでの二週間あまりを、どう過ごしたのかは忘れてしまっている。日中は横になることが許されなかったのだから、ずいぶん退屈したはずなのに、それは思い出せない。

あの頃はフケの多い体質で、いつも頭が痒かったし、房内の流しに亀の子たわしが一個あって、よくそれでメチャクチャに頭をこすったりしたから、これも貴重な時間つぶしの方法だったのかも知れない。

それと、湿度の高い夏で、房内に敷かれた畳にはよくカビが生えたから、その畳をゴシゴシと空拭きしたのも退屈しのぎにはなったかも知れない。なにしろ、朝の光にすかして見ると一面に待針を差し並べたようなありさまになるのだった。

ふとんを敷く位置は決められていて、房内には夜も照明がついていたから、寝た顔の真上に、天井にはりついたヤモリを見つけたときは泣きたくなった。糞を落とすかも知れない、本人がポトンと顔の上に落ちてくるかも知れないと気になるのだが、ふとんをかぶることは禁止されていた。大きなゴキブリが空中を飛んで、顔にとりつくこともあった。ゴキブリが空を飛ぶことはあのとき初めて知ったのだった。

通路側を房の表だとすると、裏側は中庭に面していたように思う。そちらの方からよくハトがやってきた。金網の外に、畳を縦に半分にしたほどのコンクリート部分があって、その外側がガラスになっているのだが、そのガラスの上にすき間があって、そこに止まったハトがコンクリートの上に糞を落とすのである。ほとんどの場合、二羽でやってきて、どういうわけか水のような糞をベチャッと音を立てて落とすのである。金網越しにその飛沫が飛んできそうで気が気ではなかった。

このハトについては、新聞が読めるようになってすぐの頃に、ハトの糞には何とかいう細菌があって、人の病気を誘発するという記事が出て、たまらず、何とかしてほしいとその記事を見せて願い出た。対策は簡単だった。食事を運んでくれる人が言いつけられたらしく、裏側から入ってきて、古新聞を丸めたものをいくつか作り、すき間につめこんで塞いでくれた。若い看守から名前を呼び捨てにされるのはうれしいものではなかったが、たった一人の運動についてくる一人と言葉を交わすうちに、私の末弟と同級生であったことがわかったりもした。

私たち三名に関わる勾留理由開示裁判が開かれたのは七月一八日だった。

裁判官と傍聴者はそのままで、三名が一人ずつ、顔を合わせないように法廷に入れられて、同じ理由書を三度読みあげたということは後で知ったが、この法廷で私は接見禁止について抗議をした。どう考えても納得できなかったのだ。「合法的リンチだとしか思えない。なぜこんなことをするのか」という言葉を使ったが、これは実感だった。

私の前に入廷した上田さんは、抗議の声をあげる傍聴者五名を退廷させた裁判長の訴訟指揮に激しく抗議して、彼自身も退廷させられたのだという。上田さんといえば、検事の取調べ中にも怒って机を引っくり返したという武勇伝を後日聞いた。

ここまで、私はほとんど自分の体験だけを書いたが、本当に大変だったのは外にいた松下さんだったはずである。

獄中生活

当時も今も、逮捕された三人のうちの一人が私でよかった、助かったという思いは変わらない。これが逆に、私が外に残って松下さんが逮捕されていたらと思うと身のすくむ思いである。

それぞれに自分の意思によって行動し、そのために逮捕されたのではあったが、それは捕われた側の思いで、外に残った者がそんなふうに割り切って考えられるはずはない。獄中者とその家族に向き合い、行動の正当性と逮捕の不当性を世間に訴え、その上に保釈金のためのカンパ集めまで松下さんはやってのけた。

私たち三人に対する起訴が決まったのは逮捕から二〇日目、七月二三日のことだった。獄中に届けられた起訴状で、私たちは自分が問われた罪名を知ったわけだが、西尾さんが「船舶安全法違反」と「艦船侵入」。私が「艦船侵入」と「威力業務妨害」。上田さんが「艦船侵入」ということになっていた。「艦船侵入」が陸上でいう「住居侵入」と同じものだという説明は、弁護士から後日聞いた。

海上行動の間、一度も「真勇丸」から離れていない西尾、上田の両氏が「艦船侵入」の罪に問われていたのには首をかしげたが、事前に共同謀議があったという断定で、共同正犯とみなされたためだった。

こうした事件の場合、共同謀議があったかなかったかというのはよく問題になるのだが、そして、罪責の軽重に大きく響くことでもあるのだが、捜査側の一方的な認定でやられることがあるらしい。極端な例では「目くばせしたから共同謀議だ」というのを認めた裁判所もあるということだった。

阻止行動の当日、石材運搬船に乗りこんだ私がどのような行動をとったかについては前に書いたが、そのおっかなびっくりぶりと較べて、起訴状に記載された私の行動は実に勇ましい。犯罪捜査が事実をゆがめる一つの例として一部分を引用しておきたい。

被告人梶原得三郎は、ほか数名と共謀のうえ、折りから第五内海丸でクレーンを操作し海中に捨石作業中のMに対し、クレーンのバケットの上に乗ってすわり、クレーンのワイヤーをつかみ、あるいは船倉内の砕石上にすわりこむなどして、もって威力を示して右Mのクレーン運転ならびに海中への捨石作業の業務を妨害したものである。

起訴の決定と同時に接見禁止は解けたわけだが、外部から最初に届いたものは私の雇い主からのものだった。

当時の住友金属小倉製鉄所の労務部にあって、労働組合の丸ごと抱えこみに抵抗する私たち数名の動きに目を光らせていたのが、公安警察上がりと噂される人物だったことにはすでに触れたが、その人物からの伝言が外からの第一便だった。起訴状を受け取ったその日の午後のことである。

直接面会をしたわけではなく、看守を通して届けられた封筒に便箋が二枚入れられていて、一枚には「起訴されたことで会社は懲戒解雇を決めたが、もし希望するなら依願退職としてもよいといっている。その場合は白紙の方の便箋に退職願いを書くように」という伝言が記されていた。

この伝言を届け、私の返答を持ち帰るべく受付で待っていたのは、少数派として組合活動を共に闘い、理論や行動の先輩でもあったBさんだった。伝言を記したあとの余白に、「この件を裁判等で争うとしても、その支援はできない、というのが仲間内の結論だった」と書かれていた。

「依願退職にしてやってもいい」といってきたのは予想外だった。閉庁までにあまり時間のない時刻だったと覚えている。わずかな間に思いを決め、看守を通じて、待っている人に結論を伝えねばならなかった。会社の申し出が、一見温情を示したものに見えてその実は卑劣きわまりないものであることは、すぐに読みとれた。

懲戒解雇にすれば、私が地位保全を求めて争うかも知れない、という程度の予測は会社側にあったと思う。そうなると就業規則や労働協約が法廷に持ち出されて、公序良俗に反しないかどうかが問題となるはずで、そこまでのことは当然考えていたはずである。

私にとって懲戒解雇は、退職金ゼロと再就職への障害といったマイナス点がある代りに、その気になれば、労働者として誇りに満ちた闘いのきっかけを得ることではあった。

私が依願退職の方を選べば、会社としては後に何の面倒も残さずに厄介払いができるわけで、そうなることを願っていたはずである。

そこまでわかった上で、私は退職願いを書いて看守に渡した。何よりも妻と娘の生活が気になった。貯えなど皆無だったから、少なくとも退職金ぐらいは手に入れないと路頭に迷わせることになってしまう。

懲戒解雇の方を選んだとして、地位保全を求める争いが、ほとんどの場合長期にわたるという例もいくつか聞いていたし、発電所の建設差止を求めた民事裁判の原告であり、今また刑事被告人とされた上に、地位保全の争いを抱えることはとうてい不可能だろうという思いもあった。

外に出てから、「そんな状況で書かされた退職願いだと無効確認の裁判が提起できますよ」と言ってくれた人もあったが、それはやはり物理的にも無理だったし、私も終ったことにしたかった。

接見禁止が解けると獄中の生活はまさに一変した。面会と筆記具の所持が許され、文通が可能となり、本や新聞だけでなく、弁当の差入れが届いたりするようになった。

入浴や拘置所屋上での戸外運動が、起訴の前後でどう変化したかについては定かな記憶がないのだが、たった一人だけに浴場を占用させるはずはないから、これは起訴前も同じではなかったろうか。何人かが同時に入浴して、監視と号令つきでそそくさと上がらなければならなかった。

戸外運動の方は〝檻の中で一人〟ではなくなったが、みんなの中に入っていけず、一人で相変わらずの屈伸や足踏みの駆け足を繰り返していたような記憶が残っている。そのため檻から出されたという実感が弱く、その間の変化が印象に残っていないのではあるまいか。他の人たちも、四人が二人ずつに分かれて、中型の板ラケットとテニスの軟式ボールで、コンクリート面に書かれたコートを使って遊ぶか、そのまわりで見物するくらいで、健康管理という点では拘置所の無責任さが目についた。

運動時に何度か顔を合わせた人と、後年中津市内でひょっこり出会い、互いに挨拶を交わしたことがあった。同い年くらいに見えたが、何をした人だったのだろうか。それきり会うこともなく、もう顔も忘れてしまっている。

獄中に届く便りは心に沁みた。それが顔見知りの異性からのものだったりすると、何か特別な好意が込められているように感じられて嬉しかったのを覚えている。

松下さんとの最初の面会は起訴の翌日だった。三人で入ってくれたはずなのに、あとの二人がどうしても思い出せない。

三人が逮捕されてからの松下さんがどれほど大変な思いをしているかというのが、ずっと獄中の私の気がかりだったし、なすこともなく日を送る獄中生活が申しわけないと思っていたから、私は開口一番そのことを告げた。

このとき松下さんから、「高知生コン裁判の線で行こうや」と言われ、「まったく同じことを考えていた」と答えたことをはっきり覚えている。

高知生コン裁判については説明が必要だろう。

高知市内を流れる江ノ口川に汚水を垂れ流すパルプ工場があって、そのために浦戸湾は死に瀕していた。「浦戸湾を守る会」を組織してたびたびパルプ工場に警告を発してきた山崎圭次氏（会長）と坂本九郎氏（事務局長）の二人は、警告を無視し続けるパルプ工場に鉄槌を下すべく、一九七一年六月九日、工場と江ノ口川を結ぶ排水管のマンホールを開け、生コンを流しこんでせきとめたのだった。その行動に対する市民の支援は厚かったが、威力業務妨害罪に問われて刑事被告人の立場にあった。山崎さんが山崎技研の社長で詩人、坂本さんは退職教師で共に六〇代の幼馴染という二人だった。

これを機にパルプ工場は操業をやめ、浦戸湾も蘇生しつつあると聞いていた。

坂本さんは先年亡くなったが、私たちの環境権裁判第一回口頭弁論を傍聴してもらったときと、私が外に出てから松下さんと二人で高知に行き、生コン裁判を傍聴したときに会っている。高知ではもちろん山崎さんにも会った。

この裁判で被告の二人がどのような主張をしてきたのかを私はすでに知っていた。送ってもらった裁判資料が手元にあったからだが、これを知っていたことが私を強く支えてくれたのだった。

生コン裁判の判決の日、二人を前に立たせるにあたって裁判長は「お二人は前へ」と声をかけた。有罪判決を言い渡す刑事被告人に、裁判長が「お二人……」と呼びかけるのは異例であろう。審理の中で、被告人にこそ正義があることを十分に納得させ得たのはもちろん、二人の人格が敬意に値するものだったためであろう。私もそういう刑事被告人でありたいと思っていた。

話が前後するが、起訴に先立って私は検察官の調べを受けている。二回か三回ほどだったように思うが、忘れられないことがあった。

検事の質問の中に「海岸から海上の捨石作業を見ているとき、どんな気持でしたか」というのがあって、「涙の出るような思いでした」と答えたときに、同席してやりとりを筆記していた検察事務官がせせら笑いをしたのが印象的で、私はこのとき、「たかが海を埋めるぐらいのことに何を大げさな」という意味の笑いと受け止め、後日の意見陳述の中でひとこと触れたりしたのだった。

今、これを書きながら気が付いたことだが、それは的はずれな受け止めだったのではあるまいか。

検察官は続いて、「あなたの考えでは、実力阻止というのは具体的に言うとどういうことを意味しますか」と聴き、「それはたとえば、動き出そうとするトラックの前に寝ころがって動かさないというようなものです」と答えている。トラックの運転手に物理的な力を加えて車をとめるような発想が自分にはまったくないことを伝えたかったのだが、起訴状の中では、この二つの質問によって私の行動の動機を探ったことが読みとれた。

「私は暴力をふるうような人間ではありません」と訴えたわけで、一種の媚びなのだが、相手はまったく別のことを考えていたわけである。検察事務官のうす笑いは、だからきっと、「フフ、まんまとひっかかりやがって……」という意味だったと、今気づくのである。

この検察官を後年、神戸地方裁判所の法廷で見かけたことがあって、甲山事件の冤罪被告山田悦子さんと〝不思議な縁〟を確認したことである。

何であれ相手が権力の場合、媚びてお目こぼしを期待する生き方だけはしてはならないと肝に銘じている。起訴状の中に自分の〝動機〟を発見したときからである。

これも後になって思い知らされ、唸ってしまったことなのだが、己の人権意識がいかに希薄であったかをまざまざと見せつけられたことがあった。

獄中生活では朝夕の二回、点呼がある。三人ほどの職員が房の前に立ち、一人が号令をかける。その号令の言葉は忘れたが、すかさず、房の中から自分の番号を呼称しなければならない。しかも、あらかじめ房内の決められた位置に正座して、順番が来るまで待つのである。

私はこのことに屈辱感までは感じていなかった。逮捕されたんだから仕方がない、という程度にしか感じていなかったというのが正直なところである

そんな私の頭を、目に見えない丸太棒でぶん殴ってくれたのは荒井まり子さんという人である。東アジア反日武装戦線狼部隊を名乗った大道寺将司さんや益永利明さんのゲリラ闘争を支援したとして逮捕され、東京拘置所で長く獄中生活を送った人である。

彼女が獄中から上梓した著書『子ねこチビンケと地しばりの花――未決囚十一年の青春』（径書房）によれば、そのたびに複数の男性看守から殴る蹴るの暴行を受けながら、正座点呼という屈辱を峻拒し通したというのである。

繰り返される暴行のすさまじさと、それに立ち向かう荒井まり子さんの意志の強靭さには息をのむばかりだった。これから先、同じ立場に立つことがあったとして、やはり自分にはとうていできないことのように思われる。

そんな私にも、荒井まり子さんは人間の尊厳と誇りが、どうしなければ守れないものであるかを教えてくれた。直接のつきあいはないけれど、外に出てから結婚し、子育てを楽しんでいることまでは聞いている。

逮捕されたというだけで、何やら大事にされていた私と反対に、この間の松下さんは多事に揉まれていたようである。毎日、明神海岸に通い、悪意を持って話しかけてくる市民に向きあい、環境権裁判の進行を考え、立証準備をし、海岸に常駐を決めた下関水産大学を中心とする十数名の学生たちの生活に心を配り、豊前火力発電所建設反対運動の全体像を見失わないようにしていなければならなかったのだ。

病弱な体を酷使しながら、喀血やそのための入院を思わなかったはずはない。私から見れば、この人もまた強靭な意志の持主なのだと感嘆するほかはない。

私の逮捕を九歳の娘が知ったのは、八月二日のことだったと松下さんの著書(『明神の小さな海岸にて』朝日新聞社)にある。七月四日の朝からいないものを、よくまあ長い間隠したものだと思うが、多分、しょっちゅう出入りするたくさんの学生たちと親しくなっていたから、娘もさほど父のいない淋しさを感じないですんだのかも知れない。

その日、二人の息子を明神海岸に連れていく松下さんに誘われて、娘も一緒に行ったらしい。夕刻、環境権裁判の原告の一人でもある市崎由春さんの組織・自治労豊前京築総支部の現地集会が持たれて、そこで市崎さんの報告があり、話の中に私たち三人の逮捕と長期にわたる拘留の不当性を訴える部分があって、それでわかって泣き出したということだった。

当の市崎さんをはじめ松下さんや可愛がってくれていた学生たちは慌てたらしいが、それからあとは父娘の文通が始まったりした。

退職願いを書いたものの、身は獄中にあったから、会社や労働組合との事務手続きや私物の整理などはすべてOさんがやってくれた。独身の頃の小倉暮らしの一時期を下宿させてもらった職場の古参同僚である。この人も退職からまもなく、六二歳で亡くなってしまったが、面倒見のいい人だった。妻を職場に連れていってくれ、あれこれ説明してくれた上に、私物の一切を、これも同僚のTさんと一緒に、車で中津まで運んでくれたのだった。

このOさんは、その人望のために、上司に乞われて職場の責任者という立場に立つことになっていくのだが、上と下との板ばさみになって悩むことが多かったらしい。特に鉄鋼関係がダメになっていく中で、他工場への配置転換や他社への出向を説得しなければならないことが続いたりして、そんなことが命を縮めたのだと思えてならない。死因は胃ガンだった。昨年（一九九二）のことである。

社会主義革命などを夢想しながら共に語り合った少数の人たちとは完全に離れてしまったあとも、ずっと私のことを気にかけてくれ、亡くなるほんの少し前に話した私のグチを奥さんに伝え、何とかしてやりたいと言っていたというOさんは、私に人のつながりについて教えてくれたのだと思う。

私が逮捕されたあと、妻が松下さんにぶつかり、責め続けたときのやりとりは、『明神の小さな海岸にて』（朝日新聞社）に詳しいが、私が責められる立場だったらとても耐え切れなかったろうと思われる。そのあたりを、しかし、妻の方はさらりと獄中の私に報告している。

（略）今度出て来たら、当分私があなたを逮捕して運動の方には渡さないと宣言したら、松下さんが「そらあ困るなあ。保釈金なんぼ積めば出してくれるでぇ」といったので皆で大笑いになりました。あなたの逮捕のあと、ずいぶん松下さんにはぶつかりました。女同士ならきっとしこりが残って絶交といったところだったでしょうが、さすがに男の人は違うなぁと思いました（略）

妻との文通は十数年ぶりだったし、娘や同居していた義妹（好子）とは初めてのやりとりだった。

一度、妻と一緒に生家の兄が面会してくれたことがあったが、こういうときの感慨には特別のものがあった。

私たちを裁く法廷の第一回は八月一六日に開かれた。数日前の弁護士面会で、被告人として意見陳述ができるから準備をしておくように、と言われていた。

何日かかけて、便箋数枚に思いのたけを綴った。自分の思いを文章でほぼ尽せたと感じたのは、後にも先にもこのときだけだったように思う。

拘置所から隣接する裁判所に私を護送した三名の看守は、開廷までを過ごした別室で、意見書を読ませてくれないかと言い、私は快く応じた。単なる好奇心からだったろうと思っていたのだが、あるいは獄中処遇の告発の有無をチェックする目的があったのかも知れない。読んだあと、元通りに折りたたんで返してくれたが、感想は聞かせてもらえなかった。

松下さんは傍聴席の埋まり具合を心配したそうだが、ほぼ一〇〇席の大法廷を満席にして、なお三〇人ほどが入りきれなかったという。傍聴席に背を向けさせられていたから、落ち着いて見渡すことはできなかったが、あちこちの集会などで出会ったことのあるたくさんの顔があった。生家の兄と末弟の姿もあった。傍聴席の最前列にいて、私の肩をたたいて声をかけてくれた人があった。かつて三池炭鉱労組員で、横浜に住んでいた藤沢孝雄さんだった。

全員傍聴を要求して押し入っていた三〇名余りと、しつこく退廷を迫る裁判所職員との間に小ぜりあいが続いた。遅れて入ってきた裁判長も立っている傍聴者に退廷を命じ、その姿勢は強硬だった。ついに、待機させていたらしい三〇名ほどの警官を入れて強制排除を始めた。

訴訟指揮に抗議する怒号と、もみ合いの中から発せられる悲鳴で騒然としてはいたが、熱気と緊迫感が溢れていた。それによって、私の場合、どれほど励まされたか知れない。また、当事者の一人として粛然とさせられたのをはっきりと覚えている。

松下さんの提案でまず警官を外に出し、その上で傍聴券のない人が自主退去してその場をおさめた。開廷は一時間遅れた。

罪状認否のあとで、私は手を上げて裁判長に意見を述べたいと要求した。

少し長くなるが、意見書の全文を入れさせていただく。

被告の一人として、本裁判に対する考え方について一言述べさせていただきたいと思います。

今日、汎地球的規模で工業化による自然環境の破壊がすすみ、とりわけわが日本列島における破壊はすさまじく、世界中から巨大な人体実験室として注目を浴びている現状がありま す。ここに至ってなお、企業は全くの反省を示さず、間に合わせの法律は次々に作られるものの、全く骨抜きのザル法でしかなく、各段階の行政体は、みごとなまでに主権者を踏みにじって、企業利益のガードマンと化し、全体としてまさに破滅への近道をひた走っている姿があります。

われわれは二年余にわたる反対運動を通じて、この実態を体で確認させせられてきました。その中で得た結論は、自分と自分の子孫が生きるための自然環境は自力で守る以外にない、誰も守ってくれないということであります。

逮捕の理由となった本年六月二六日の阻止行動は、そういう背景の中でまさに万策つきた果てにとられたものであり、いうならば、身に降りかかる火の粉を手で払う、たったそれだけのことであります。

ところが、そのわれわれは逮捕、起訴され長期勾留をしいられる。一方では、いまだ確たる防止技術も開発されぬままに、巨大な自然破壊装置ともいうべき火力発電所の建設工事は、五隻に及ぶ海上保安部巡視艇と乱闘服の機動隊、私服刑事の護衛を受ける。

もし、この一連の権力の行動が法であり正義であるとすれば、日本民族はもはや救うべくもないと思います。この上はむしろ、一日も早く全滅することで全世界の人々の反面教師となることにしか意味は見出し得ません。

とはいえ、われわれは一億総ザンゲの形で諦めてしまうことは出来ません。確かに、この呪うべき社会体制を支えることによってしか生きられないという意味で、自らも加害者であることの汚点を持ちながらも、しかし企業の恣意の前には圧倒的な意味においてやはり被害者であります。

われわれはわれわれの生命や健康を奪うことによって肥え太るものたちと一蓮托生というわけにはいかない。たとえ最終的にはそうなることが避けられないとしても、われわれは、いま生きてあるものとして子孫に対する責任を放棄することができない。

そして、数年を経ずしてわれわれの行動こそが正しかったのだといわれる確信があります。いわゆる法律の専門家たちが、企業の利益よりも人間の命を大切にしてきたなら、ここまでの破壊はすすまなかったと思います。

しかし、私を取り調べた海上保安官の一人は、いかに最近の海上保安部が沿岸企業の公害取り締まりに積極的であるかを例を挙げて述べ、もっと信頼してほしいといったその口で、日本は人口が多すぎるのだから海なんか埋めてしまえば広くなっていいのだと語りましたし、また、捨石工事を眼の前にした時どんな気持ちだったかという検事の質問に、涙の出る思いでしたと答えたとき、同席していた事務官が低くせせら笑ったのを忘れることができません。

私はこれまで、環境破壊の元凶を企業活動として述べてきましたけれども、それだけではないと思います。真の元凶はその企業活動を許している法律であり、具体的にはその法律を企業に有利な方向でしか運用しえない専門家であろうと考えます。

私にとって今回の起訴は、「九州電力の金もうけの邪魔は許さん。お前らは黙って死に絶えろ」という検事の言葉ときこえます。もしそうでないのなら、検事はこの裁判の中で、現行法に全く触れずに環境破壊をくいとめ、われわれが子孫にわたって生き残れる方法を明確に示すべきだと思います。

そこで、裁判長にお願いがあります。

われわれの今回の行動は、これまでに述べました背景の中で、無法にも頭上にふりおろされる白刃を素手で防ごうとしたにすぎないものであります。したがって、単に二、三の行為だけを切り離して裁くことはできないと思うわけであります。その背景に十分な検討を加える中でこそ審理を願いたいと思うものであります。

さらに、はなはだ僭越ながら、本裁判の意義を構成員の一人一人が、いま生きてある者の一人として、どうすれば先祖から受け継いだこの自然を、これ以上汚さずに子孫に引き継ぐことが出来るのか、真摯に探る場とすることにおいていただきたいということであります。

本年七月、仙台で開かれた第一四回先天異常学会総会では、「先天異常児の増加を防ぐには、遺伝の側面から対策をとるよりも、環境の悪化をくいとめることこそ緊急で、しかも実効のある方法である」との意見が強かったといいます。

私も一人の子の親として、親の意志だけで生まれてくる子の、その健康な生存環境を破壊するもの、またはその破壊に手を貸すものに、子連れ心中や幼児殺しをとがめる資格は全くないと考えます。

最後に、われわれは現実には被告でありますけれども、しかしその志は、未だ経済発展が善であるとする現代文明の根底を、人間の名において告発する原告として本裁判に臨んでいることを明かにしておきたいと思います。以上です、ありがとうございました。

高知生コン裁判二被告の心意気を受け継いでの決意表明だった。

豊前海戦裁判

佐賀関の西尾・上田両氏と私の三名を裁く刑事裁判を、私たちは「豊前海戦裁判」と名づけたのだが、その第一回公判で読みあげた私の意見書に触れて、松下さんは翌年出版したその著書『明神の小さな海岸にて』の中で、次のように書いててくれた。

数日前の面会の時であった。得さんは笑いながら、「今までは作家センセイがそばについちょるもんじゃき、文章のことはいっさいまかせっぱなしで済ませる癖がついてしもうて、……今度ばっかりは自分一人で書かねばならんから、えらい苦労をしよるわ」と冗談をいった。それを思い出しながら、私は涙ぐんでいた。数日を集中して書きあげたという草稿は、鋭い怒りを誠実な言葉で抑制して得さんの精神がきらきらと光っている。傍聴席に深い感動の静寂がゆきわたっていた。

人目に触れるようなものに文章を書くなど、到底、自分の役割とは思えないままに、こうしてマス目を埋めているのは、ひとえに松下さんの、命令に近いすすめによっている。これまでずっとそうだったし、これからも多分、そうであり続けるのではないかという気がどこかでしている。ともあれ、第一回公判を終えたこの日、私たち三名の保釈が決定したのだった。三日後の八月一九日がその日だった。

傍聴のあと、近くの小公園で報告集会を開いていた人たちには弁護士から直ちに伝えられ、一斉に歓声が湧いたという。

私たち三名が拘留された期間は四七日間で、そんなに長かったとはいえないのだが、それでも身柄を拘束されたことで受けた負担は小さくはなかった。そして、それはむしろ、獄中の三名よりも外にいた人たちの方に多くかかったはずである。

保釈金は一名につき五〇万円で、松下さんの予想を超えた額だった。五〇万円のうち二〇万円は弁護士の保証書で代用できたのだが、それでも三名分で九〇万円の現金を裁判所に納めなければならなかったのだ。

国や企業にまつろわぬ者たちを法によって弾圧し、押し潰そうとする姿こそ、口に民主主義を唱えながら本音でそれを否定し続ける法治国家の実態であろう。そういったことを骨身にしみて実感した体験だった。

獄中の三名には、それぞれ書面で保釈決定が伝えられたはずだが、それだけで知ったのだったか、その前に面会で知らされたのだったかはもう思い出せない。嬉しかったはずなのに、その喜びがどれほどのものだったかも覚えていない。

八月一九日正午、たくさんの仲間に出迎えられて、私たち三人は四七日ぶりに外に出た。職場で同僚だった人たちの姿があったのは意外だった。そういった場に足を運ぶことはタブーだったはずである。ご本人の顔は見えなかったが、ことのほか人情に厚かったOさんが、上司にかけ合ってくれたのに違いなかった。Oさんという人はそんなところのある人だった。

飛びついてきた娘とその従弟妹たちを抱きよせ、誰彼と挨拶を交わしながら、こみあげてくるものを感じていたのを覚えている。

辛い体験には違いなかったが、それによって知り得たことや、それなしには味わえなかった感動もあったわけで、得がたい体験だったとつくづく思う。さらにいえば、そうした体験をしたことが、多くの敬愛すべき人たちとの出会いのきっかけにもなっている。

出所の瞬間。駆け寄るのは娘・玲子

私たち三名はそれぞれ独房に入れられていたし、接見禁止が解けたあとも獄中者同士の文通など思いつかなかったから、私は西尾・上田両氏の胸中を知ることはできなかったのだが、両氏には、その後の豊前火力反対運動のありようについて不満に思うところなどもあって、面会に行った学生たちにはきびしい言葉も投げかけられていたという。

西尾さんは佐賀関漁協の中で漁民同志会を率い、大分新産都第二期計画を、文字通り、体を張った行動で阻止してきた人だったし、上田さんはその参謀として共に闘った人だったから、二人の目には、これといった阻止行動の途絶えた豊前火力反対運動は口先だけのものに見えたのかも知れない。

松下さんの何よりの気がかりは、そうした思いの違いをそのままにして、数年にわたるはずの刑事裁判を共に進めることはできないのではないかという心配だったという。

西尾さんと上田さんが帰っていく佐賀関半島は、大分から車でゆっくり走って小一時間ほどのところにある。小倉拘置所のある北九州から大分市まで国道一〇号線を走るわけだが、豊前火力発電所の建設現場も松下さんと私の住む中津市も、その途中の道路沿いにある。

出所の日、松下さんは両氏にお願いをして豊前市に足を止めてもらい、海上行動から五五日目の建設現場を見てもらったのだった。埋立予定地の外枠となる二メートル幅ほどの石積みがまっすぐ沖に向かって伸びていたのを覚えている。

そのあと、市内の集会所に用意された質素な宴席を囲んだ。出所を祝っての乾杯をしたあと、松下さんから、短い上に監視つきの面会では伝え得ぬままに、西尾さんたちとの間に次第に広がり始めていた運動のあり方に関する思いの違いについて話し、共に刑事裁判を進めていくために理解と連帯を求めた。

両氏の同意が得られたとき、松下さんは人知れず胸をなでおろしたのではなかったろうか。何が何でもこの機会をとらえてぶっつかってみようと、前夜も仲間内で深刻な話し合いをしていたという。

西尾さんと上田さんが、はるばると車で出迎えた佐賀関の人たちと帰っていったあと、私たちはもう一度埋立て工事を眼前に見る明神海岸に出た。

面会で聞いていたことだが、学生たちが常駐する明神海岸では〝住民ひろば〟と名づけた集まりが週一回の割で持たれていて、さまざまな運動の当事者を招いて話を聴くということを続けていた。それで、この日出所したばかりの私は話し手として、敷かれたムシロの、皆と向き合う位置に座らされたのだった。

そこで何を話したかについて確かな記憶はないのだが、松下さんの著書『明神の小さな海岸にて』によれば、獄中生活が外で想像するほど大変なものではなかったこと。当時すでに獄中にあった韓国の反体制詩人金芝河氏や徐兄弟に対する、かの国の獄中処遇の苛烈さを思いながら過ごしたこと。妻が誰彼につきあたって困らせたことを聞いて申しわけなく思っていることなどを話したということである。

このときの私について松下さんはこんなふうに書いてくれている(『明神の小さな海岸にて』)。

海岸の夕空はこの日も茜色に彩られて、ムシロに座る得さんの表情を晴れがましく染めた。

勤続一八年で、住友金属工業株式会社の退職金が八〇万円だったことははっきり覚えているのだが、失業保険の金額はまったく記憶にない。

その二つを頼りにしたあたりが私の情けないところなのだが、生活をどうするという最大の課題について切迫したものを感じていなかった。

なるべくそのことを考えないようにして、逃げていたのも間違いのないところだが、一方で、もう自分を雇うような事業主はないだろうと諦めていたのと、いよいよになれば土木工事の現場にでもとびこめるという思いがあった。毎月一〇〇時間を超す時間外労働をこなした日雇い臨時工の五年間と、中津~小倉間を鉄道で通いながら三交代勤務を続けた一三年間の実績から、私はそんな自信のようなものを持っていたのだった。

　出所から数日の間、私と妻は多忙だった。保釈要請書に署名してくれた人や緊急カンパに応じてくれた人の中には、娘の通う小学校のＰＴＡの人たちや、かつて妻と職場を同じくした人たち、町内会の人たちもいて、そういった人たちへお礼の言葉を伝えねばならないと思ったからだ。遠方の人には礼状を書いた。

　町内会の人の中には、のし袋に「御見舞」と書いてくれた人がいたりして、私にはこういう人たちにこそきちんと礼を尽くすべきだという思いがあった。そういう人たちが豊前火力反対運動を見るとき、多分、その運動を担っている者の人物を通して判断することになるはずで、それを思えばおろそかにできることではなかったのだ。そうしたからといって何か目に見える効果があったわけではないのだが、妻と私の性格ではそうせずにおれなかったということでもあった。

　出所から一五カ月、私は失業者を続けた。定期的に面談を受ける職業安定所の担当者にも退職の理由は伝えてあったから、そのつど提出する書類の「どのような就職の努力をしましたか」の欄にはいつも、「豊前火力の反対運動が忙しくて何もできませんでした」と記入したが、一度も苦言を受けたことはなかった。

　失業中に思い立って自動車学校へ通い、運転免許を取得したが、これは、いずれは父のすすめを容れて家業を継ぎ、山里のさかな屋になるかも知れないという漠然とした思いがあってのことだった。それには運転免許が欠かせないのだった。

　失業してからは、顔を合わせるたびに「こっちに帰ってきてさかな屋をすればいい」と言っていた父は、後でわかったことだが、すでに体力的な限界を感じていたのだった。

ほとんど一本道を上り下りするだけのV字谷で大した戸数もなかったが、さかな屋が車で行商するようになってから、父の外に数人の同業者が入ってくるようになっていた。

旧満洲から引き揚げて以来、二五年続けた実績と、地つきのさかな屋としては他になかったから、土地の人々には何かにつけて頼りにされていた。

そうしたことから、父の思いとしては、一日も早く仕入れの手ほどきや客たちへの紹介などをすませて、後事を私に託したかったのだと思う。

しかし、退職金と失業保険が底をつくまで、私は運転免許を除いて運動以外のことを考えることができなかった。原告の一人として関わった環境権裁判も、被告とされた海戦裁判も共に一審判決はこのときから五年後で、二つの裁判の準備だけでもなかなかのものがあったし、各地の集会にもよく出かけて行った。

どうなっていくのかわからぬ生活を思えば、不安は募ったはずなのに、この間、妻は私をせき立てたりはしなかった。以前から続けていた地方紙の集金に精出していたが、胸のうちはともかく、よくぞ我慢してくれたと思う。

私は勝手に、人間一生のうち一年間ぐらいは、仕事をしなくても許されるのではないか、などと考えていた。

そして、翌一九七五年一一月下旬、さかな屋の見習いを始めたのだった。

そしてさらにその翌年、一九七六年の一月号から、『さかなやの四季』の元になる文章を連載させられる破目になる。この連載は一九八二年四月号まで続いて終るのだが、それは、その年の三月一杯で一旦さかな屋をやめたことによる。

この間に、二つの裁判はそれぞれにヤマ場を迎え、一審判決へと至るわけだが、環境権裁判ではさまざまな人たちに証言台に立ってもらった。

埋立ての進む明神浜の干潟がどれほど貴重なものであるかを、星野芳郎、讃岐田訓、柳哲雄といった瀬戸内海汚染総合調査団の方々や海洋生物学の秋山章男東邦大助教授（当時）に証言していただいた。

入浜権についてはその提唱者、兵庫県高砂市の高崎裕士さんが、火力発電所のもたらす大気汚染による人身被害については、関西電力多奈川火力発電所によって現実に健康を侵された人々と日々接していた生井正行さんが証言してくださった。豊前現地で行った大がかりな気象調査を指導してくれた、静岡県三島市の高校教諭西岡昭夫さんは、豊前火力発電所が建設されたときにどのような大気汚染が発生するかを語ってくれた。

特徴的だったのは、一〇人の豊前市民がそれぞれに明神海岸との物心両面にわたる密接な関わりを語った「市民証言」だった。弁護士のいない本人訴訟だったから、どの証人の場合も、七人の原告がそれぞれに質問に立った。

私たちはこの裁判を「法廷塾」と名づけ、『草の根通信』で傍聴を呼びかけたのだった。

海戦裁判の方も、ただ法を侵した側として裁かれることは拒否した。公判の前には必ず集まって話し合った。遠く名古屋と京都から、その話し合いに参加してくれる弁護士がいたが、私たちはその二人に旅費に足りないほどのものを渡せたにすぎなかった。

弁護士ではなかったが、いつも加わってくれた常連の中には、大阪からの尾崎充彦《あつひこ》さん、福岡からの坂本紘二さんがいた。二人共大学にいた人で、私はこういう人を〝人間の心を持った学者〟と呼ぶのだろうと思っている。

海戦裁判の中で私が最も感動したのは、第二回公判（一九七五年二月五日）で〝抵抗権〟の論陣を張ったときである。松下さんの友人に、大学の卒論に幕末の自由民権論者植木枝盛を取り上げた人がいて、その論文が手元にあったとかで思いついたことだったように記憶している。人民には天賦のものとして国家権力に抵抗する権利があるのだ、とする論で、私の思いにぴったり合うものだった。

たかだか時の権力がおのれの利害のみを考えて作った法律などに縛られていては、人民はどんな目に遭わされるか知れたものではない。そんなふうに考えるようになっていた。

〝抵抗権〟を主張した一九七五年二月五日の法廷では長文の書面を読みあげたのだが、扁桃腺炎の病後で、証言台においた両手で上体を支えながら、ようやくの思いで読み終えたことを覚えている。

裁判のある日には休業したが、そんな勝手も、前日に伝えておけば客たちは許してくれた。

さかな屋になったといっても、ほとんどの客が姿のまま新聞紙にくるんだだけで受け取ってくれたし、調理を依頼された分は、私が行商している間に母がととのえておき、最後に私が配達することでほとんどの場合がすませられたから、私が包丁を握ることはめったになかった。

山里のさかな屋として過ごした六年間は、私が生涯で最も自然を意識し、自然と親しんだ期間ということになる。生後一五年間とそれに続く三年間は山里の暮らしだったのだが、初めからそこにある自然と、一度そこから離れて、自然環境に特別の関心を持つようになって再びそこに帰ってきたときのそれとはまったく別物だった。季節の移ろいははっきりと目に見えたし、人々の暮らしがその環境にどのように順応しているかが、まだ家屋の新築にクレーン車など使わない風景の中でよくわかるのだった。

そしてまた、ここでの六年間は山里が大きく変化した期間でもあった。道路が拡幅舗装され、そのために岩肌が大きく削られたりした。いくつもの橋が架け替えられ、川も広げられたり底ざらえをされたりして違ったものになってしまった。

私が引き継ぐ前の稼ぎがどれほどだったかは聞かずじまいだったが、私に代っても商いの収入に大きな変化はなかったと思う。おまけに、日々の出費と必要経費を除いてあとは全部、私が中津に持ち帰らねばならなかったから、父母には不自由な思いをさせたのかも知れない。

それでも父は、私が銀行からの融資を受けて井戸をボーリングしたときの返済を、わずかな年金の中から半分受け持ったりしたのだった。

妻は妻で新聞の集金に走り回っていた。

さかな屋になって四年目、一九七九年四月一八日、四年八カ月を要した豊前海戦裁判が決着した。検察官は私に懲役一〇月を求刑していた。

私にとって記念すべき判決主文を左に掲げる（松下竜一著『豊前環境権裁判』）。

主　文

被告人梶原得三郎を罰金八万円に、
被告人西尾勇を罰金一万五千円に処する。
未決勾留日数中、被告人梶原得三郎に対しては三〇日を、その一日を金二千円に換算し、被告人西尾勇に対しては、その一日を金二千円に換算して右罰金額に満つるまでの分を、それぞれの刑に算入する。

被告人梶原得三郎においてその罰金を完納することができないときは、金二千円を一日に換算した期間、同被告人を労役場に留置する。

(中略……この部分では訴訟費用中一一人の証人に支給した分について、梶原、西尾の負担とすることが述べられた)

被告人梶原得三郎に対する公訴事実中、船長松野輝正の看守する第二関海丸に侵入したとの点については、同被告人は無罪。

被告人西尾勇に対する公訴事実中、臨時航行許可証を受有しない真勇丸を航行の用に供したとの点については、同被告人は無罪。

被告人上田倉蔵は無罪。

判決理由まで読みあげたあとに、裁判長は文字としては残さないコメントを述べた。松下さんが著書『豊前環境権裁判』の中に書き留めているところによれば、それは次のようなものであった。

このような環境問題は多数決原理だけでは解決されない。顕在化された少数意見も尊重しなければならない。埋立によって、程度の差こそあれ環境破壊の発生することは明白であるが、本件の場合、少数意見に対して企業や行政が真剣に対応したかどうかは疑わしい。被告らの行動はひたむきで真摯であり、犯罪性も強くない。それに対して、勾留が長すぎたことを思えば、実刑とすることはしのびないので、罰金刑としたものである。

判決公判の後、弁護団と喫茶店のテーブルを囲んでの雑談の中で、一人の弁護士が、「あの裁判長は梶原さんのことを礼儀正しい確信犯だと言ってましたよ」と伝えてくれた。

判決の後のコメントにしても弁護士から聞いた褒め言葉にしても、たしかに心地いいものではあったが、判決が有罪である以上、私たちの阻止行動は許されないと言っているわけで、私はその一点でこの判決を受け止めねばと思っていた。弁護団の言う、「現行法の枠の中では精一杯良心的な判決でしょう」という意味も十分理解しながら、私は険しい表情をしていたはずである。

検察側の控訴もなく、海戦裁判は一審判決で確定した。

普通に暮らしていれば、裁判など傍聴することもなかったかも知れない身で、民事裁判の原告と刑事被告人を体験し、本人訴訟の民事裁判では原告席と証人席を交代したりもしたわけで、ずいぶん裁判というものを身近に感じるようになった。

それだけに人間知らずの裁判官が人間を裁くことの危うさを痛感している。

行商

火力発電所建設のための海面埋立て工事を妨害したかどで逮捕・起訴され、そのために製鉄所工員を辞めたこと。一年あまりの失業期間中に自動車の運転免許を取得し、家業を継ぐ形でさかな屋になったことはすでに述べた。

自然の豊かな山里の風景の中で、そこに住む人々を客として六年四ケ月、さかなの行商をしたわけだが、その間のことにもう少し触れておきたい。

私にとっては、さかな屋はおろか商いの道に足を踏み入れることなど、失業するまではまったく予想もできないことだった。商人といえばあいそ笑い、もみ手といった思いこみがあって、そんなことはしたくないと思っていた。

丁稚時代からずっとその道を歩いてきた父が、「商売人は、相手が誰であっても、先に頭を下げるほうが得をする。とにかく物を買わせさえすればこちらの勝ちだ」と言うのを聞いて、高校生の頃、猛烈な反発を感じたことがあったし、同じ頃に読んだ本の中に、

頭一つ叩かれしとて物売れと教えられたる商人の子われ

などという短歌があったりして、まちがっても商人にだけはなりたくないと思っていた。

だから、さかな屋をやるしかないと心を決めたときも、自分のやり方で、商人らしくないさかな屋になろうと考えていた。

そう考えた理由はもう一つあって、むしろ、こちらの方が大きかったといえるかも知れない。それは工場労働者として働いた経験と、その間に学んだ賃金とか労働あるいは労働者の意味や、労働者こそが主人公であらねばならないとする経済学を根底で支える哲学「一人は万人のために、万人は一人のために」を知ったことだと思っている。

魚の市場価格は上下が激しい。すでに、船を出せば狙った魚種が必要なだけ獲れるという時代ではなくなっていたし、沿岸漁業に従事する小型船の操業は天候にも左右される。

魚市場への入荷量が少なければセリ値はハネ上がるし、漁場の悪化や乱獲でジリ貧の一途だから、最近はもうないことなのかも知れないが、たまに同じ魚種が大量に入荷して驚くほどの安値になることもあった。だから、こういう商売の要諦は、安値で仕入れたときも高値のときの売り値を保つことなのだが、私にはそれができなかった。自然の恵みとしての大漁なのだから、その恩恵は消費する人たちにまで及ぶべきで、業界だけで独占すべきではない、と思ったからである。

普段の行商ではほとんどの場合、丸ごと新聞紙にくるんで渡すだけでよかったから、そのせいではないかと思うのだが、ただ仕入れて売るだけで手元に「もうけ」を残すというのが後ろめたくて困ったのを覚えている。言ってしまえばそれこそが商売なのだが、長年の間に身についた〝労働者意識〟が、骨身を惜しまず働いたという実感を持たずに金銭を得ることをためらわせた。

軽トラックでの行商風景

その後ろめたさを打ち消すために、売り値は低く抑えたし、言われれば一旦買ってもらった魚を預かって帰り、注文通りに調理してもう一度配達するというふうにした。その分、私と調理係だった母の仕事量は増したわけだが、「安い」とか「無理を聞いてくれて助かる」と客に喜ばれることで、人の役に立っていることが実感できた。

何をするにしても、それが自分一人や家族のためだけであってはならないとする自己規制が働いてしまうのは、今思うのだが、生来のものかも知れない。そういえば、「一人は万人のために……」という言葉に出会ったときの感動は、わが意を得た喜びからくるものだったことを覚えている。

若い頃に読みふけった太宰治にも「家庭の幸福は諸悪の根源」ということばがあって、これも勝手に解釈して指針としてきた。

ことわっておきたいが、自讃したくて述べているのでは決してない。本人である私自身が、時折、その厄介さを持て余しながら、それでもそんな自分が好きだったり、やはりこんなふうに生きていきたいと思っているだけのことである。

生きている限りは、それだけで誰かを喜ばせたり、励ますことができたらなあと、つくづく思う。

一五歳までを過ごした生家は、町村合併の果てに今は養家の隣町になっているが、そこでの暮らしは大自然に包まれたものだった。

同じような山里だったにも拘わらず、養家での三年間というのは、軽便鉄道で高校に通ったためか、風景への親しみもいま一つというところがあった。

養家は、かつて津民《つたみ》村といった一つの谷の入り口近くにあって、学校や村役場のある中心部はずっと奥の方にあったから、この谷のことについてほとんど知らないまま、私は北九州に出ている。年に一、二度帰省することはあったが、養家より奥に行ってみるということはなかったから、どんな人たちがどんな所に住んでいるのか知らずにいた。

だから、さかな屋になってこの谷で行商をするということは、二三年振りに山里の自然に親しく接することだったし、そこに住む人々と初めて出会うことだった。

日を経るごとに少しずつ、人々とその暮らしが見えてくるのは楽しかった。

魚を載せた軽トラックを停める場所は父がやっていたときから決まっていて、そこでクラクションを二回鳴らせば集落の人たちが集まってくるのだった。魚を買うのは主婦や若夫婦の留守を預かるおばあちゃんだったが、ひまなおじいちゃんたちも退屈しのぎに集まってきて、俄かな社交場になることもあった。

そんなときに聞いて、今も思い出すたびに笑ってしまう話がある。怠け者という評判で、伝来の田畑を少しずつ人手に渡して暮らしている一家があって、よく噂になったが、その当主のことを、「あん男はミミズんような奴じゃ」と言う老人がいた。居合わせた一人が、「そりぁどういうこつか」と聞くと「土を食うち生きちょろうが」と応じてみんなを笑わせたあとで、「昔、お釈迦さんが生きもんを集めち、それぞれに食いもんを決めたときんこつじゃ。ミミズに、『お前は土を食え』ち言うたらミミズん奴が『土を食うちしもうたときは何を食うんじゃろうか』ち聞いたそうな。お釈迦さんが腹を立てち、『こん欲張りが、そんときゃ道に出て干死《ひし》ね！』ち言うたそうな。そじゃから、ときどき道路にからからに乾いたミミズが死んじょろうがな」

また、自宅の子をからかい半分に人前で褒めるときの言い方にも決まり文句があって面白い。一般に猫は人の役には立たないと見られていて、猫好きの人にとっては異論のあるところだが、たとえば母親のお手伝いをしているところを見かけて「偉いねぇ」とこちらから声をかけたときなどに、母親がニヤニヤ笑ってその子の顔をのぞきこみながら、「死んだ猫ん足ん折れたんよりちったぁましかなぁ」と言う。

そうかと思うと、道路の左側の家から出てきたおばあちゃんが、先に来ていた反対側の家のおばあちゃんに向かっていきなり、「とうとう死んだなぁ。かわいそうなこつしたなぁ」などと声をかけたりすることがあった。びっくりして「どなたが亡くなったんですか」と聞いて、「テレビドラマじゃら」と笑われてしまった。いつもはどちらかの家で一緒に見る午後の連続ドラマを、その日はそれぞれの家で見ていたわけである。

家を知り、その家族構成から家庭の内部までがわかってくると、客たちとの話題は豊富になり、親しさは増すのだった。

この里での行商をやめて、すでに一二年目に入ったが、大きな変化があったと思う。その間には、なぜかこの谷だけで四人の自殺があったと聞いている。年老いて逝った人も五人や六人ではない。私がやめたときに八歳だった小学生が二〇歳になるまでの時間である。

私に関して言えば、父が逝き、実母が逝き、養家の隣りに一人でいた叔母も実父も逝った。二年前に母が中津市内の病院に入ってからは、養家とその隣りは二軒続きで空家になってしまった。近くに住む親戚の人が、ときどき風を通してくれているが、私はほとんど行くことがない。相続の手続きをすれば養家とその下の土地は私のものということになるのであろうが、過疎の進む山里のことである。借りる人もなければ、まして買手のつくはずもない。私にしたところでこれから先、この家を利用することがあるようにも思えなくて当惑している。

隣家に住んでいた叔母には三人の子があり、一番下が男で、この谷の女性と結婚し、三人の子と東京に暮らしている。一番上の従妹が、つれあいの定年も近くなった今、帰ってきたいという思いでいるらしい。叔母は、早くに喪った夫の墓を建てた後、一年おかずに急死してその中に入ったから、その従妹は墓守りをしながら老後を過ごすつもりなのかも知れない。私の父母にとって従弟妹たちは、私よりも関係が深い。幼時から隣接する家に住んで助け合ってきたのだし、父は三人にとって父親以外の何ものでもなかったろう。

詳しいことはまだ聞いていないが、帰ってくるときには養家の方を譲ってほしいと言われている。母親が息を引き取った方の家は弟に、という思いでいるのであろう。

そのときには譲ろうと思っている。根太があちこちおかしくなっていたり、畳が傷みはじめたりしているが、今の私はそれをどうすることもできずにいる。

養家全景

話を元に戻さねばならない。私がこの山里で魚の行商をしたのは一九七五年一一月末から一九八二年三月末までで、その間に二つの裁判が第一審判決を迎えている。私が被告の一人だった刑事裁判（豊前海戦裁判）の判決内容についてはすでに述べた。七人の原告の一人だった民事裁判（豊前環境権裁判）の方は、その三カ月半後、同じ一九七九年の八月三一日だった。

前回の法廷（第一八回口頭弁論・五月一八日）で突然、弁論終結を宣告され、私たちは裁判官忌避を申し立てていた。私たちがこの裁判で立証したいことはまだ残っていたのだが、原告本人である松下さんを含めて八名の証人を不採用とし、原告の側に最終弁論も許さずに判決日を指定するという強引な訴訟指揮だった。
裁判官忌避は申し立ての四日後に却下されている。忌避理由は、重要な証人を不採用としたことなど四点をあげて、審理を尽さずに誤った判決を下す惧れがあるから、というものだった。それを却下した裁判官はその理由を次のように述べている。

そこで判断するに、申立人らは本件忌避申立の理由として、要するに、右裁判官らの右本案訴訟に関する訴訟指揮ないし証拠決定などに対する不服を述べるに過ぎないところ、右申立人ら主張の右裁判官の各行為は後日上訴等の手続きを通じてその当否を問われる余地はあるけれども、これらの行為から直ちに右裁判官らにつき裁判の公正を妨ぐべき事情があると認めることはできない。

裁判所が許さなかった最終弁論を、判決前夜、私たちは豊前市中央公民館での人民法廷で、三時間にわたって尽した。
七月の上旬に喀血し、国立中津病院に入院していた松下さんがベッドの上でまとめた弁論の終りの部分を引用しておきたい。

われわれは裁判官各位に心から訴えたい。あなた方一人一人が、いったい自分たちの愛する子や孫に対して、どんな世界を残そうとしているのかを真剣に問うていただきたい。なによりも自分自身の問題として。

なぜなら、この豊前火力問題は、あなた方から遠くにある豊前地域の問題というにとどまらないからである。この問題は、あなた方の英知と決断を問う問題である。

最後に、本年六月に日本環境会議が開かれ、そこで日本の学際的英知を結集しての討論の結果が「日本環境宣言」として発せられた。その冒頭部分を掲げて本件の最終弁論を閉じたい。

すべての国民は健康を保持し、福祉を高め、快適な環境の下で生きる権利を有するのであり、また、今日の世代は美しい日本の国土や貴重な歴史的文化財をこれ以上損傷してはならず、これをできるだけ原状に復元して子孫に引きつぐべき義務を有するものと考える。

にもかかわらず、戦後高度成長は稀少な環境資源を浪費し、自然や文化財に不可逆的な損失をあたえてきた。この反省の上にたち、一九七〇年「公害対策基本法」は、環境の保全が優先することを規定したが、近時の減速経済の下で、この政策理念が侵害されるかにみえる措置がすすんでいることは、まことに遺憾である。

われわれはあらためて、良き環境を享受する権利としての「環境権」を基本的人権として法制上確立することをもとめ、公害対策基本法にもとづく環境保全優先の理念が、政府の政策の中に義務づけられることをもとめるものである。

この人民法廷には二〇〇人もの人々が参加して、主催者である私たちを驚かせた。

そして翌日、一九七九年八月三一日午前一一時、福岡地裁小倉支部の大法廷は一〇〇人を超える傍聴者で埋められた。そこに現われた三人の裁判官は、三分と経たぬうちに判決主文を読み上げて退廷していったのだった。

開廷と同時に、松下さんから弁論再開の申し立てがなされ、他の原告たちも声をあげている間のことで、誰の耳にも届かない判決だった。

別室で受取った判決文の主文は次のようになっていた。

主　文

一　原告らの訴を却下する。

二　訴訟費用は原告らの負担とする。

裁判長はこの二行だけを読み上げて、逃げるように退廷したのだった。

判決理由書も、私たちがこの裁判にこめた思いに較べれば簡単なもので、次のように結ばれていた。

以上の次第であって、環境権なるものを法的根拠としてなす本件差止め等の請求は、環境権が現行の実定法上具体的権利として是認しえないものである以上、審判の対象としての資格を欠く不適法なものといわねばならない。

よって、原告らの本件訴は、その余の点につき判断するまでもなく、不適法であるからこれを却下することとし、（略）主文のとお

控訴審第１回の七原告（福岡高裁）

り判決する。

多くの、遠来の心ある学者や市民の証言を聞いた上で、訴えそのものが不適法だから、そんな証言は関係ないのだというわけである。判決理由がここに引用したことに尽きるのならば、私たちの訴状を読んだ日に判決が出せたはずではないだろうか。素人だけの本人訴訟ながら、世間の注目を浴び続けた訴えであったがために、極端な扱いもできなくて、そこそこに主張もさせて形を整えた上でバッサリ、という方針だったのであろう。〝バカにされた〟というのは、こういうときのことを言うはずである。

もちろん私たちには判決の予測はついていて、判決の朝、マスコミ用に携えていた大判の巻紙には、松下さんの発案で「アハハハ……敗けた敗けた」と大書してあった。原告の一人、達筆の高校教師恒遠俊輔さんが書いたもので、門前払いの判決にビクともしないぞ、という私たちの心意気が込められていたのだが、何人かの識者には不謹慎と映ったらしいということだった。

私たちは控訴した。「もう、こうなったら最高裁まで行こうや」などと話し合ったことを思い出す。まだ松下さんと私が四〇代に入ったばかりのときのことである。

そして、この年の一〇月に、私は長い間手にしてきたタバコをやめた。

吸い始めた動機というのはたわいのないものだったが、人と向き合うときの照れ隠しや、間をとって心を落ち着かせたり、気持に区切りをつけるのには有効だったような気がしている。

禁煙して初めて気が付いたことだが、人の中でタバコを吸うことがどれほど傍若無人な振舞いであったかを思うと、今も恥ずかしくてならない。

前年（一九七八）二月に、「嫌煙権確立をめざす人々の会」が結成され、この国で初めて喫煙者の横暴が問題とされるようになった。私の禁煙には、この会のことも影響している。多くの乗物や公共の場所が禁煙とされるようになったが、ひとえに、この会の人々の有効適切な活動によるものだと思っている。

同じこの年の二月に、無実の罪を着せられて、今年二〇年目に入った甲山《かぶとやま》事件の山田悦子さんが再逮捕されている。兵庫県西宮市にあった知的障がい児の施設・甲山学園で二人の園児があいついで行方不明となり、浄化槽から溺死体で発見された事件で、事故による可能性も否定できないにもかかわらず、なぜか警察は殺人事件と決めつけ、しかも犯人は園の職員の中にいるはずとした。

決め手になる証拠の何一つないままに、山田（当時沢崎）さんが逮捕され、一審では完全な無罪判決を得たものの検察が控訴、二審は悪意の憶測をほしいままにして無罪判決を破棄し、審理の差し戻しを命じた。私はその両判決とも法廷にいて、この耳で聴いている。結局、最高裁も二審判決を支持して、今再び、神戸地裁でやり直しの審理が行われている。

私たちの想像を超える苦難を負いながら、山田悦子さんが語るとき励まされるのは私たちである。

「世の中の、どんな辛いことでも、知らずにいるよりも知った方がいい」

「冤罪者とされたお陰で、いろんなことを知り、たくさんの人と出会えた。これこそ人生のごちそうです」

私も甲山事件を知って、いい人生になっている。

再失業

山里のさかな屋であった間、『草の根通信』に連載した文章のタイトルは、私の意気込みそのままに「魚類蛋白配達人日記」だったが、その、あまりの味気なさに自ら呆れて、途中から松下さんの最初の作品「豆腐屋の四季」にならって「さかなやの四季」に変えたが、その一九八〇年一一月のところですでに、さかな屋であり続けることが難しくなったと書いている。

中津市内やその近郊にスーパーマーケットが進出し始めた頃で、客を奪われた行商の人たちが奥の方に入ってくるようになっていた。そのほとんどが、やや大型の車に食料品一切を積んだ〝移動スーパー〟といったやり方で（実際に「走るスーパー」と大書きした車も来ていた）、種類も品数も豊富だった。限られた戸数の山里に、そんな車が何台も入ってくるようになった。

市場でも顔を合わせる人たちだったが、魚を中心とした荷造りの人が三人と、魚だけの人が私を入れて三人。ほかに肉を中心とした人が二人、週に二回ぐらいの割でやってきた。

それでも私の行商はなお一年余り続いて、直接には別の理由で幕を閉じることになるのだが、過当競争から来る限界もすぐそこまで来ていたのは確かだった。

一九八一年四月には娘（玲子）が高校生になった。私と妻が卒業した学校だから、三人が同窓生ということになる。

中学校の三年間をブラスバンド部でトロンボーン吹きにあけくれた娘は、今度は演劇部に打ち込んで母親をハラハラさせたが、私にはそんな娘が羨ましかった。

この頃のことだったと思う。さかな屋を続けることが難しくなったという私の愚痴を気にかけてくれた、九大工学部の助手坂本紘二さんが、「修理屋なんか向いてるんじゃないか」と、ある人を紹介してくれたのだった。この人は、福岡市の近郊で箱型の軽自動車に修理道具一式をのせ、定期的にお得意さんの地域を巡回していたYさんだった。

坂本さんから話を聞いたと言って、Yさんはある日、その車でやってきた。中津市内で実際に仕事をするところを見せてくれたのだった。私より一〇歳は年下だったと思うが、大変な腕前だった。レパートリーも広かった。刃物研ぎ、鍋釜・傘・靴・鞄の修理と何でもできた。一日、見習いをさせてもらって、なめらかな仕事ぶりに圧倒されたことを覚えている。

「ひとつひとつの金額が小さいのだから、モタモタしていては稼ぎになりませんよ」ということだった。

「とても、あなたのようにはできません」と言う私に、「坂本さんによれば、梶原さんは器用だそうですから、すぐに私よりも稼げるようになりますよ」と言われたが、私は決して器用ではない。けれども、修理屋になりたいと思った。

Yさんという人物に魅力を感じたのも理由の一つである。知性に満ちた人なのに、それを看板にしていないところが爽やかだった。一年ほどフランスで暮らしたことがあるということだったし、ドイツのゾーリンゲンに行って、刃研ぎの技術を極めてみたいとも言っていた。

おつれあいとの間に男の子が二人いて、当時二歳くらいだった下のお子さんが二階の屋根から落ちて無傷だったという話のとき、「日頃から整体の訓練をしてあるのだから当然ですよ」と、こともなげに言われたのには驚いた。

別の機会にも実技指導に来てくれて、一本の傘を完全に分解して、もう一度組み立てることを教わったことがある。なにしろ私は壊れたものを見ると無性に修理したくなるという性格で、それだけで毎日が過ごせるならばどんなにか幸せだろうと今でも思っている。

Yさんは、数人の仲間と組んで東京で修理屋をやっていたそうで、そのときの「大将」が今は廃業して古本屋をしているので、その人の道具をすべてもらってあげましょう、と言ってくれた。しばらくして、そのために東京まで出かけて荷造りをしてくれたらしく、数個のダンボールが届いた。「大将」と呼ばれるHさんからも便りがあって、「修理屋になれば、生活の心配はまったくありません。これは私が保証します」ということだった。

あらゆるものが〝使い捨て〟られる時代に、その方向は間違っている、と主張するにも修理屋ならば筋が通せる、という思いも強かった。結局のところ、そうはならなかったのだが、この時期は真剣に修理屋になることを考えていた。母の手を借りながらささかな屋を六年間やってみて、次に転職するときは一人でやれる仕事にしたい、とも思っていた。


一九八二年は、すぐ近くに住んでいた梅木千里ちゃんが小学校に通えるようになった年である。自宅から校門まで三〇メートルもない所に住んでいながら、足が不自由で車椅子を使っていることを理由に入学を拒否されていたのだった。

養護学校から週に二回、訪問教育という名目で一人の教師がやってはきたが、まったく熱意も学力もない人物で、こんな人に教えられていたら却って駄目になってしまう、という焦りも、ご両親は感じていたらしい。

梅木さんには倫子さんから紹介された。

倫子さんの学習塾に来ていた千里ちゃんが学齢に達した前年、入学を拒まれたことに疑問を持ち、ご両親と共に中津市教育委員会に何度も交渉を求めて行ったということだった。

私が初めて梅木さんのお宅を訪ねた頃には、すでにご両親は市教委を相手にすることを諦めて、県教委との話し合いに入っていた。

話し合いたい、といえば大分市から県教委学校教育課の主幹と主事がいつも同じコンビでやってきて、養護学校がいかに素晴らしい所であるかを繰り返し、そちらに行くように説得するのだった。私も同席した話し合いの中で、主事が「僕はちぃちゃんが好きだよ。養女にしてもいいと思ってる。どうだいちぃちゃん、僕の所に来るかい」と言ったときには、その卑劣な懐柔策に呆れ果ててしまった。

最終的に入学が決まったのは、ご両親と一緒に県教委に行って、ほとんど徹夜交渉をした中でだった。二月一日から検証入学とするということになった。検証入学というのは、新学期までの二カ月間、実際に受け入れてみて、どこにどのような問題があるのかを学校と当人の側で互いに検証しようということだったと思う。何の問題もなかった。しばらくの間、介護要員をつけてもらっただけで、千里ちゃんは頑張り通した。

中学校に進んだとき、梅木さん一家はその近くに引越した。小学校、中学校を通じて無理解な教師に辛く当たられたり、同級生のいじめにあったりしたようだが、千里ちゃんの心は少しも損なわれていない。自らのハンディに挫けるどころか、無実の罪を着せられて獄中にある人や、血友病の治療薬とともにエイズウイルスを注入された人、確定死刑囚として厳しい獄中生活を強いられている人との交流を通して、元気を配達し続けていることを知っている。

その千里ちゃんが先日（一九九四年二月二三日）、中津市内の定時制高校を卒業した。熱意のない教師が多いと笑いながら言っていた。

四年間は母親の喜与子さんが車で送迎したが、今度は千里ちゃんが運転免許に挑戦するという。三月二〇日頃には出発して、岡山あたりにある自動車学校に泊りこむらしい。半年くらいかかるかなぁ、と言っている。

卒業式の帰りに私の職場に立寄ってくれたが、ブルーのツーピースとイヤリングとネックレスで、すっかり大人の雰囲気を出していた。

千里ちゃんにはずっと生まれてきてよかったと思っていてほしいと思う。ハンディを負う人にそう思わせる世の中でなければならない。

話が前後するが、父が逝ったのは、その千里ちゃんが中津市立北部小学校に通い始めた日の四日後だった。七四年の生涯だった。

私が跡を引き継いだあたりから急に弱っていき、そういうものかと思ったりしたのだったが、気のゆるみというよりも、そこまでずいぶん無理をして頑張っていたということであろう。

前にも一度、長期にわたって病臥したことがあって、このとき私はまだ製鉄所の工員だったから、知り合いの息子さんを雇って凌いだのだった。それ以後、寒くなるときまって、咳き込んで寝られない夜が何日か続くようになっていた。

急な死だった。中津から山里に通勤していた私は、着いたときと中津に帰る前に寝ている顔をのぞいて声をかけるくらいで、本当の容態はつかめていなかったのだ。

この日、一通りの行商をすませた頃には、まだ特段のことは知らされていなかったのに、それから一時間ほど後、調理を依頼された分の配達が終ったときには、もう息を引き取っていた。

自分の責任で葬式を出すのは初めてで、貯えのないのが不安だったが、よくしたもので、収支は十分につり合った。本来、葬儀というのはこうなるようになっているのかも知れないと思った。

今でもこの里では、葬式は講組の人たちが準備から後片付けまでをとりしきる。

死者の家の入口に立てる一対の龍頭や小さな矢来垣、死者を黄泉へと導くための四つの門などは竹を使って手作りするが、直径が五センチほどの真竹を一節使って、鉈《なた》一丁で作りあげる龍頭は見事にそれらしい細工である。

葬式で思い出すことがある。今から四二年前、私がこの里に養子に来てすぐの頃だったが、近所の葬式に父の代役で出たことがあった。ほかのことは忘れてしまったが、死者を野焼きにしたときの印象は強烈で、今も、一緒にいた男たちの、一升瓶から湯呑みに酒を酌みながら交わした猥談まではっきりと覚えている。結核で死んだ、まだ若い母親だったのだが、内臓の一部がいつまでもくすぶり続けて、棒でころがしながら焼きあげるのを見ていたのだった。


三月末には一旦さかな屋をやめた。

このときの私には、修理屋になろうという思いが確かにあった。ただ、そのためには精神を集中した修業期間がなければならなかった。

私が強引にそうすれば踏み出せていたのかも知れなかったが、それはできなかった。修業中の生活費の問題があったのだ。まったく貯えのない生活というのはやはり厳しいものである。

迷っている私を見かねて、妻からの提案があった。住いに借りている家の近くに、古い家の内部を取りはずした八畳間の車庫を借りていたのだが、それを改装させてもらって、今度は一緒にさかな屋をしないか、というものだった。

持主が否と言っていたら、また別の展開があったと思うが、名義人になっているという義弟に手紙を書いた上で快く承諾してくれた。

当面の生活費と改装費には、父の生命保険金六〇万円をそっくり借りたのだった。借りたつもりでいるが、一二年後の今もまだ返済はできていない。

ちょうどその頃のことである。ある朝、テーブルの上に置いてあった鉛筆削り器の横腹にクサカゲロウの卵を見つけた。ウドンゲの花である。

初めて見たという妻は、大騒ぎをしてあちこちに電話をかけた。どれどれとやってきた松下さんも巻きこまれて、数日間はこの話題で賑わったのだった。

物書きの松下さんは、ちょうど依頼を受けた新聞の連載コラム欄の第一回に「クサカゲロウ」と題して取り上げた。

その第二回、「吉兆」と題した分を引用しておきたい。


告げたいことがあって、得さん方に行った。

顔を合わせるなり、和嘉子さんの方から先手を打たれた。

ほら、やっぱり、さっそくいいことがあったわ。お店を借りられるんよ。ねっ、わたしのいった通り、吉兆だったでしょう。

私もうれしくなって、まずは鉛筆削り器に不自然な格好で付いているクサカゲロウの卵たちに微笑を送った。

海岸の埋め立てに反対して共に阻止行動をした同志得さんが、逮捕され失職したのは八年前の夏である。以後、彼の生活は順調ではない。ようやく夫婦で小さな店を始めようとして、借用を申し込んでいた場所にOKが出たというのだ。吉報である。

一昨夜舞い込んで来て、その夜のうちにテーブルの上の鉛筆削り器に、黴《かび》の花のような卵を産みつけたクサカゲロウは、吉運を残してもうどこかへ飛び去っていった。

実は、おれにも思いがけないことがあってね。おれの旧作が初めて文庫本になるらしい。さっき出版社から電話があってね。

ワー、それはいいと、和嘉子さんと得さんが声をあげた。さっぱり売れぬものかきにとって、確かにそれは歓声を受けるに足る朗報なのだ。

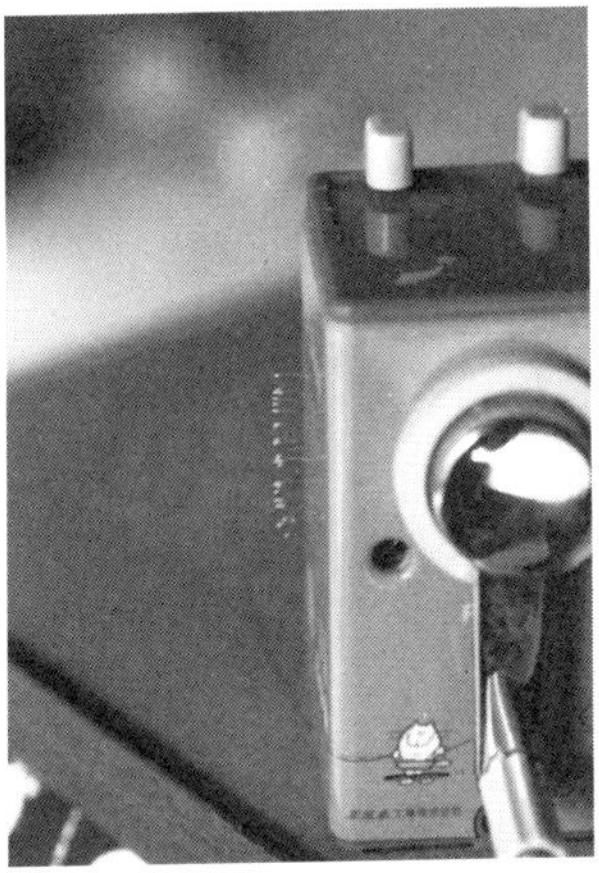
ウドンゲの花

おい、かあさんや、このウドンゲの花にそんなに吉運があるとすると、だれかれに見せてやりたいなと、得さんがいう。
周りには、ツキのない者なら一杯いる。
そして、その第六回も、当時のある日を語って美しい。「シャコの店」と題した分である。

講演の帰りに得さん方に寄ったら、来合わせていたちぃちゃんが、目を丸くした。

アーツ、おじちゃんがくつをはいてる!!

自動車を持たない私は、日ごろから下駄《げた》しかはかないので、たまに靴をはくとそんなふうに驚かれたりする。

だから、足音がしなかったんやね。

ちぃちゃんが一人でうなずいている。私の下駄の音は、遠くからでも聞き分けられると、だれもがいう。

車いすの千里ちゃんは、普通小学校への通学を希望して、いま〝話題の少女〟だが、そんな騒ぎは大人社会のこと、当人はなかなか冗談好きな愉快な子だ。

いまも、得さんをからかっている。失業中の得さんが格好の遊び相手なのだ。

かじわらのおじちゃんのお店は、シャコの店やもんね。

そういって、自分でクククッと笑っている。

あっ、ばかにしたな。よーし、開店の時には花火を打ち上げてみせるぞ。

ウソォ、線香花火でしょ。

アハハハ、そういうところかな。

得さんが、あっさりと降参する。

梶原夫婦が始めようとしているさかな屋は、いま借用している車庫を改装しての店だから、ちぃちゃんのいう通りシャコの店には違いない。自動車一台を納めるほどの広さしかないシャコの店から、四十四歳の得さんが再出発しようとしている。

改装といっても、最低限必要な資材だけを購入して、あとは自力で何とかしようと考えていた。まず、床をコンクリートにしなければならなかった。そのコンクリートの下に水道管を通しておこうとして、買ってきた塩ビパイプを裁断し、接着剤を使ってつなぎ終った日の翌日だった。われながら見事な配管だと感心しているところに市の水道課にいたという人がやってきた。塩ビパイプに水道管を接続することはできませんよ、といわれた。水道の配管は市が指定した専門業者でなければできないのだともいわれた。金と時間と手間を無駄にしたのは惜しかったが、諦めるほかはなかった。

水道管はコンクリートの上を這わせることにして生コンを注文。傾斜をつけてならしたり、排水口を作ったりするのは生家の兄に手伝ってもらった。

保健所に営業許可の申請に行くと、「ネズミや虫が店内に入らないようにしておいて下さい。でき上がったところで検査をさせてもらいます」ということだった。そして、壁面は必ず、床から一メートルの高さまでは防水のものにするようにと言われた。

古い家で、内部は荒っぽく取り壊されたままだったから、防水の腰板にしても、その上部の壁面にしても実際に当てがって寸法を合わせてから、合板を裁断して打ちつけるという作業になった。まどろっこしいその作業は、外国航路の船長だった知人が休暇中で手伝ってくれた。子供が同級生ということで知り合った人だった。

周りの建具は、バーやスナックの改装工事を専門とするM製作所で働く知人があちこちで集めてくれた。この人の長女も私の娘と同級で、しかも船長さんとは幼馴染という間柄だった。

このときの開店がどれほど多くの人々に支えられてのものだったかを思えば、粛然とさせられ

冷蔵ショーケース

るものがある。
冷蔵ショーケースは、これも思いがけないルートから中古のものが手に入った。二九万円だったことを覚えている。何度か故障したり、屋外に置いた冷却装置をそっくり取り替えたりはしたが、きっちり一〇年間、私がさかな屋をやめる日まで、最も重要な任務を全うしてくれた。
店内の飾りつけには、ベニヤ板を切り抜いて着色した魚やタコ、カニ、カメなどが吊されたが、これは娘と、そのいとこたちの作品だった。
六年あまりにわたって『草の根通信』に連載したものを一冊にまとめた本、『さかなやの四季』が出版されたのはこの年の一二月だったから、もうしばらく先のことになる。

当時のアルバムを繰っていて、山里での行商をやめてから「シャコの店」を開けるまで、わずか一〇〇日の間にずいぶんいろいろなことがあって驚いている。

松下さんの著書『ルイズ――父に貰いし名は』の出版記念会が四月二九日。五月三日には実母が逝った。父のすぐの妹だったから七〇歳をいくつも出てはいなかった。

六月二一日には、どうにか出来上がった店の完成祝い。七月三日は電源立地住民による対九州電力行動で福岡行き、六日には闇無《くらなし》浜神社の宮司に来てもらって御祓い式。これは妻のたっての希望だった。

中津を訪れた多くの人たちとの交流もあった。七月四日の夜は、『ルイズ』の主人公伊藤ルイさんがきて、松下さんと共にオオマツヨイグサを探しに出た。

オオマツヨイグサを見るルイさん

私はこの夜、初めてこの花を見た。

開店

一九八二年七月九日、借りていた八畳間の車庫は〝小さなさかな屋〟に生まれかわった。中津市での梶原鮮魚店はこの日に開店した。

一二年後の今、これを書きながら不思議に思うのだが、特別に魚の行商人の多い市内で開店したにしては、私に関する限り、先行きの不安はさほど感じていなかった。

スーパーの中には必ず鮮魚部門があり、バイクや自転車で行商する人の他にリヤカーで売り歩くおばあちゃんたちも大勢いて、露地のすみずみまで魚の行商は行きわたっていた。

先憂後悔の妻にしてみれば、身震いするほどの不安を抱えての開店だったらしく、今でもこのときの胸中を思い出して私を責めることがある。

妻は何度も、「市内のさかな屋さんに頼んで、一日ぐらい見習いをしといた方がいいんじゃないの」と言ったが、私の方は、なに、結局のところはやってみなければわからないのだ、と思っていた。第一、私は同業者の誰とも、そんなことを頼めるほど親しいつきあいをしていなかった。

中津魚市場の仲買人であることで、まがりなりにも生活を維持した期間はほぼ一八年に及ぶのだが、私はどうしてもその世界に浸り切れなかった。最大の理由は、私の性格が商人向きではなかったことにあったと思う。

開店の前夜、私は娘を誘って周辺の家々にチラシを入れた。三日ほど前から、店のガラス戸に張った〝開店のご挨拶〟を少し縮少し、娘の手書きした原版通り二色刷りになっている。丁寧に四つ折りにして、郵便受けや玄関に一〇〇枚ほど入れたと思う。

例によって、妻の手で数枚が保存されているが、単行本の表紙カバーほどの厚みを持つ上質紙に刷られている。きっと、松下印刷主人紀代一氏が、開店祝いに作ってくれたものだったろう。

開店の朝、私は一〇〇日ぶりに魚市場に行った。何人かの知り合いと久し振りの挨拶を交わしたあと、私の店から三〇〇メートルほどの所で永くさかな屋をしている人に、改めてことわりを言い、開店の報告をした。私よりいくつか若い人だったが、仲買人組合の役員もしていた温厚な人物で、私の先代である父とも親しかったと言って励ましてくれた。

そして、この日の仕入れだが、どんな種類をどれほど揃えればいいのか皆目見当のつかない、何よりも客が来てくれるかどうかさえまったくわからない中での仕入れだった。

思いきった品揃えをしたことを覚えている。高級魚から小魚まで、ショーケースにおさめきれずに、急拠持ち込んだテーブルいっぱいに並べるほどの量だった。

この日だけは原価で売ることにしていたが、山里での行商七年のキャリアがまったく参考にならない仕入れに時間がかかり、ようやく帰り着いた店先にはすでに何人かの客が待っていたのだった。それは嬉しいことではあったが、一方で泣きたくなるほどのことでもあった。

魚のセリというのは、ブリなどの大型魚かタイなどの高級魚、ほんの数尾しか入荷しなかった地物の中型魚以外は、一尾ずつではなくトロ箱で値段をつける。そのトロ箱の中味が何キログラムなのかは計ってみないとわからない。ほぼ同じ大きさのものが、すぐ数えられるほど入っている場合は、一尾あたりの単価がわかるから、売値もすぐにつけられるが、大小とりまぜて入っているものや、数があたれないものは総重量を計って、一〇〇グラムあたりの単価を知ってからしか売ることができない。

店に置いた上皿天秤は一度に二キログラムしか乗せられなかったから、一〇キロのものは五回に分けて載せねばならない。客を待たせておいて、のんびりそんなことができるはずはなかった。おおよその見当で売値をつけたものもあって、何がどうなるのかさっぱりわからなかった。

倫子さんも応援に来てくれたが、大変な混雑になったことを覚えている。

山里での行商と決定的に違ったのは、どの客にも丸ごとの魚をそのまま渡せないことだった。それまでの経験では、私は丸ごとの魚を新聞紙にくるんで渡すか、母が調理したものを配達するということしかしていなかったから、見よう見まねで大体の手順は身につけていたものの、調理係は初めての体験だった。当然、鮮やかな包丁さばきというわけにはいかないから、買手のついた魚が調理の段階で滞ってしまう。

この日のことで忘れられないのは、目玉商品として籠盛りにしていた小魚を、てんぷら用に開く羽目になったときのことだった。

市内に一軒、さまざまな種類の小魚を山ほどに仕入れて、何の手も加えずに籠盛りにして売る鮮魚店があって、今も大変な客を毎日集めている。午前中にそのほとんどを売り尽すという盛況ぶりなのだが、妻の意見をいれて、そのやり方を一部取り入れたつもりだった。

けれども、永年にわたってその商法を定着させた老舗と開店初日の私の店で同じようにいくはずはなかった。「これ、開いてもらえる?」と言われて、いやとはどうしても言えなかった。初日に来てくれた大切な客に、また来てもらうためには、どんな無理でも聞かねばと思った。

全長五センチか六センチほどのキスという魚だったが、これを開くというのは手間のかかる作業である。一籠に三〇尾ほどは盛られていたはずで、これを一尾ずつ、まずウロコを取り、頭を落とす。次にそこから内臓を引き抜いて水洗いをし、ふきんで水気を拭き取ってから背開きにして、尾ビレは残したまま骨をとるのだが、魚が小さいほどやりにくい作業である。

しかも、この作業は私にとって初めてのことだった。

「あ、そんなふうにしてもらえるのなら私にも下さい」という客が何人か出て、たまりかねた妻は、魚は自分で調理すると聞いていた近くの友人に応援を頼みに走ったのだった。

何かにつけて写真を撮る習慣はすでにあったが、アルバムを開いても、さすがにこのときの様子を写したものはない。

この日の仕入金額がいくらで、売り上げがどれほどになったのか。売り尽したのか、そうではなかったのかについてはもうわからない。大抵のことは記憶している妻も思い出せないと言っている。

アルバムには、この日の日付を写しこんだ写真が三コマある。これは住まいに借りていた家の茶の間に、昨年(一九九三)半身不随の身を炎に包まれて逝った前田俊彦さん(瓢鰻亭《ひょうまんてい》)と娘の賤《しず》さん、松下竜一さんの三人を迎えてのもので、写っていないところを見ると私がシャッターを切ったのだったろう。ストロボが光った写真ではないから、まだ明るいうちに売り尽して、早目にくつろいでいたのかも知れない。

三人が訪ねてくれたいきさつは記憶にないが、多分何かの用で松下さんに会いに来た前田さん父娘を、開店当日だからというので連れてきてくれたのだったろう。前田俊彦さんがわが家に来たのは後にも先にもこのときだけである。

倫子さんやその次男、私の娘も一緒に囲んだ丸テーブルの上には、缶ビールとグラス、日本酒の一升瓶とぐい呑みは写っているものの、刺身らしいものはない。刺身どころか、魚を材料にしたものがまったくなくて、卓上に見えるものといえば、前田さんの前の皿に赤飯、中央の大皿にいなりずしらしいもの。ほかにはつけものと野菜類の煮つけぐらいである。たしか、この日の朝、母からそういったものが人を介して届けられたのだった。

開店初日に前田俊彦さんがみえた

亡くなった後、前田俊彦さんが大変な美食家だったことを何人もの人から聞いたが、それにしては、粗餐を前にした前田さんの表情が実にいい。開店初日の騒動でも聞いて、よほどおかしかったのでもあろうか。この日、前田さんの訪問を受けて、粛然とした思いをしたことをはっきりと覚えている。

この日から一一年目に、前田俊彦さんは逝ったことになる。

一周忌の命日（一九九四年四月一六日）に行橋市で〝瓢鰻亭前田俊彦を偲ぶつどい〟が持たれた。これから毎年、四月の第二土曜日に集まることになった。

糊口をしのぐだけに終りそうなおのれをどう変えることもできないままに、そういったものをつき抜けたところで志のままに生きた前田俊彦さんに憧れている。

「人はその志において自由であり、その魂において平等である」

前田さんの有名な言葉だが、口にしたり、わかったような気になるのは簡単であっても、それを実践する人生というのは並大抵のものではない。

関係した人たちが大変な思いをして、ギリギリで一周忌に完成させた追悼録『瓢鰻まんだら――追悼前田俊彦』（前田俊彦追悼録刊行会編、農山漁村文化協会）のどの文章も、その実践を目前にした人々のものである。

話は、情けないが私の糊口のことに戻る。

開店初日を含めて、それからしばらくの間、商売としてどうだったのかが思い出せなくて、いつものように妻にたずねたところ、

「そのへんのことは私もよく覚えていないけど、新聞の集金をして貯えていた一〇万円ほどが、魚市場への支払いであっという間になくなったじゃないの」

という返事があった。やはり、それなりに、軌道に乗るまでには苦労があったようだ。

私がつくづく幸いだったと思うのは、開店からほどなく、腕のいい魚の行商人が毎日のように立寄るようになって、目の前でその技を見せてくれたり、手ほどきをしてくれるようになったことだった。

この人はバイクで得意先を回るというやり方だったが、客に買ってもらったものを預かってきて、注文通りに調理してからもう一度届けるために、知り合いの店に立寄ってその調理台を借りる必要があった。小学校から中学校まで妻と同級生で、中学校卒業と同時に住み込みの店員とな

り、下関市で働いた頃にきびしい修業をして腕を磨いたといっていた。

さすがに、この人の手にかかると、どんな形の魚でもアッという間に捌かれるのだった。それまでの私の包丁捌きは、母が自己流でやっていたものを見て覚えたものに過ぎなかったから、まったくゼロからの出発ということになった。「得ちゃんはスジがいいし、覚えも早い」と、おだてられながら少しずつ覚えていった。

「覚える気があるんなら、おれにできることは全部教えてやるから」と言ってはくれたが、私はフグの捌きなどを身につけようとはついに思わなかった。そんな注文を受けた場合には、この師匠にすべて譲った。

私には、たとえフグの扱いを覚えたとしても、師匠ほどのスピードがなければ別の客に迷惑をかけることになるという危惧があった。

一五歳からその道一筋で修業した人と、私のように四〇歳を過ぎて初めて包丁を握った者との間には、埋めようのない落差があった。何しろ、彼が右手に握る包丁の刃と魚を押えた左手の指は、まさに触れあわんばかりの距離で、猛烈なスピードでリズミカルに行き交うのである。「見事な舞踊を見るようだ」というのが私の正直な感想だった。

もしかすると、私が彼から技術のすべてを教わらなかったのは、彼があまりのスゴ腕であったために、自分自身のそれとの懸隔におびえてしまったからだったのかも知れない。

自分の腕に見切りをつけて、高度な技術を要求される注文を師匠に回してしまう私に、妻は不満を感じていたようだったが、仕方がなかった。

生活力が乏しい上に、パンのみのために生くるはあまりにみじめ、という思いがあって、さかな屋であることで体力と時間を費消し尽すような日が続くと、やり切れない思いになるのだった。

客のとぎれた店内で、妻と意見が対立し、大声で怒鳴ることもよくあったが、道路に面した店で、自分たちが奥にいると、正面から道を横切ってくる客には気付くが、左右から来る客は入口で声をかけられるまでわからない。中には黙って入ってきて、ショーケースの中をのぞく人があったりもしたから、店内での夫婦ゲンカには余分な気づかいが必要だった。

どんなに腹を立てていても、入ってきた客にそのままの顔は向けられない。妻はそんなときに辛かったと思う。調理台が、客にほぼ背中を向ける位置にあって、表情を見せずにすんだ私の方はその点で楽だった　注文に応じて私が魚を調理している間、客にはベンチに腰をおろしてもらうようにしていたから、お茶を出したり、何か話題を見つけて話しかけたりせねばならなかった妻の方が大変だといつも言われていて、それがまた、ときにケンカの種になったりもするのだった。

もちろん、そんなことばかりの毎日であったわけではなく、松下さんを筆頭にして、友人や知人の誰彼が立寄って賑やかに話すこともあった。

仕事上で、私と妻の考え方はよく対立したが、少なくとも、朝の仕入れは私一人の仕事だったから、それは独断でやれた。荷をおろしたばかりの店先で、「こんないい魚ばかり買ってきて！売る方の苦労を考えてないんだから！」と小言を言われるのはしょっちゅうだったが。

鮮度のいい魚ばかりを並べた日にはいい気分だった。客から、「お宅の魚はイキがいい」と言われるのが嬉しかった。ただ、そういうものは原価が高く、あまり稼げなかったことは確かで、そこが頭の痛いところではあった。

行商では、一部ではあっても売る側のペースで動くことができるが、店を出してそこに来てくれる客を待つというのは、まったくあなたまかせということになって、どうしても振り回されている感じがつきまとう。

午前中の客の少ない間に、刺身をある程度作って、三人分ずつほどの量で発泡スチロールの皿に盛り、ラップをかけてショーケースの上段に置き、その他の魚も少しずつ、そのまま客に渡せるところまで手を加えておくようにしていった。

そうするようになってから、朝のうちに自分のペースで頑張っておけば、売り役の妻だけで何人かの客をさばけるわけで、気持にゆとりを持てるようになった。手を加えたものがなくなりそうになると、また作り足すというやり方で、これだと追われる感じがなくなって、こちらがコントロールしているような気がしてくるから不思議である。

これはその後エスカレートしていって、関わった裁判の傍聴で大分市や福岡市まで行くために、市場から帰ると同時に調理にかかり、すべての魚に手を加えて、正午頃には抜け出すという芸当を何度もやった。

一人で店番をさせられた妻には申しわけなかったが、こんなことができるようになって私のイライラは相当に減ったと思う。裁判が終って特急電車にとび乗れば、夕方の配達や店の片付けにはほとんどの場合、間に合った。

それでもたまに、やり残したまま抜け出して、妻の馴れない手に包丁を握らせることもあって、そんな日は一段と小さくなって帰るのだった。

私がさかな屋になった一九七五年には、すでに養殖魚の問題点は指摘されていて、しかし、獲る漁業から作る漁業への転換、というスローガンのもと、養殖する魚の種類もその規模も拡大の一途をたどっていた。

初期の養殖魚といえば、ハマチとタイぐらいだった。よく新聞や週刊誌で、赤潮による大量死が被害額何億円というパターンで報じられたが、多くはハマチの場合だった。タイとは養殖の手法に違いがあったと思うが、何よりも養殖規模の圧倒的な差によるものだった。

ハマチでは時折、原因不明の大量死が報じられることもあった。

養殖魚の問題点というのは二点に絞られていたように思う。一つは餌に大量に混入して与える抗生物質や成長促進剤などの薬品が人体にもたらすかも知れない害で、ことに催奇型性が心配されていた。ハマチの養殖場では奇型が多く発生していて、中津魚市場にもそんな奇型魚がまとまった量で入荷することがあった。そして、それをセリ落としていく同業者がいた。客の目に触れないように刺身や切身にしてしまえば、ただ同然のセリ値だったから、その日の稼ぎは飛躍的に伸びることになったろう。

養殖魚の問題には関西の獣医師会が力を入れていて、資料を送ってもらったこともあった。九州では想像もできないほどの反養殖魚キャンペーンが展開されているようだった。

本来なら広い海を猛スピードで泳ぎ回って餌をとる習性の魚を、狭い仕切りの中に囲いこんで、しかも身動きもままならないほどの過密状態におくわけだから、そのままでは病気になって死んでしまうのだ。養殖場では、シャベルを使って抗生物質を餌にまぜるのだと聞いていた。

いま一つは資源利用上の不経済性で、養殖魚の餌は主としてイワシなのだが、ハマチの体重を

店の前で妻と

一キログラム増やすためには、七キロから八キログラムのイワシを与えなければならないと言われていた。そんな無駄をやめて、人間が直接にイワシを利用すれば、栄養価も高く無害なものをうんと安く摂取できるわけである。

そんな、誰が聞いても当り前のことが、歪められてしまっているのだ。人間の生存にとって何がどれほど必要か、という視点で生産が考えられるのではなく、どうすればより多くの利潤をもたらすかという、作る側、売る側の論理を最優先するありようは、農業にも漁業にも浸透しつつあった。

私はごく単純に、自分がその有害性を知って食べないと決めたものを人に売ることはできないと考えていた。養殖魚を置かない店として、そうした知識を持つ人たちから注目されるようにもなっていった。

ぎこちない二人三脚であり続けたが、私と妻の、それなりの営業方針を喜ぶ人もあって、固定客になってくれた。

こんなことは珍しいと思うが、中に一人、毎日高額の買物をしてくれた上に、「いつもおいしい魚を食べさせてもらって感謝しています。家中元気でいられるのはそのお蔭です」と言って、お盆と暮に贈物をくれる人がいた。私たちは恐縮しながらも一〇年間、店を閉じるまでその厚意を受け続けたのだった。

この開店から三カ月後に、私は四五歳になったわけだが、生

台風の被害に遭った鮮魚店の屋根を繕う

活基盤の心もとなさはこれ以後ずっと、一二年後の今も大差なく続いている。けれども幸いなことに、私はそれに打ちひしがれるということがない。生かすも殺すも天意にまかせたつもりでいる。

妻の手術と娘の旅立ち

余談になるが、一九七一年の九月からずっと借りている借家をとりこわすと言ってきた。ちょうど二年前（一九九二年）にさかな屋をやめ、女子短大学生寮の管理人として住み込んで以来、寝起きには一度も使っていない。

ただ、一カ所で二〇年暮らし、おまけに妻も私も物を捨てずに来たから、がらくたの量がすさまじい。それを運び出す時間がとれないままに家賃を払い続けてきた。私の方はできるだけ早く明け渡したいと思いながら、その時間がとれなかっただけなのだが、妻の方には別の思いがあって、手離したくはなかったようである。

庭続きの二棟を借りていて、あとから借り足した方を私たちは〝離れ〟と呼んだが、こちらの方は主として仲間うちの共同の場として利用してきた。話し合いの場、イベントのあとの休息所、宿泊施設、『草の根通信』の発送作業所、バックナンバーを含む「草の根通信」関係の資料置場と多彩な役割を果した家だ。

豊前火力発電所反対運動の高揚期には、九大工学部助手の坂本紘二さんが泊りこんでシルクスクリーンの版を刻み、みんなで見事なポスターを刷り上げた。

たくさんの人が訪れ、宿泊していった。旅館の宿帳みたいな「来訪者名簿」でも置いておけばよかったと、今頃になって思ったりしている。

娘が幼稚園に入って半年の頃に移り住んで、この家から京都に旅立っていった。妻の妹・好子が、私たちと豊前火力反対運動を共にした下関水産大学ＯＢの菊谷利秀君と結婚して出たのもこの家からだった。

大変なボロ家で、腐ったトタン屋根に何度もビニールシートをかけ替えねばならなかったり、くっつくようにして大家の家があり、その大家が早朝から借家のまわりをうろついたり、たびたび家賃の値上げをいってくるのには閉口したが、それでも、私たち家族と仲間うちにとっては大切な拠点であり続けたのだった。

九月までに明けてほしいといわれている。七月一一日から八月末日までの間（短大が夏期休暇で賄いがなくなるし、寮生はほとんど帰省する）に何とかせねばと考えている。

話は一九八三年の初めにもどる。いろいろなことのあった一年だった。

一月一五日、私の名で初めて世に出た本『さかなやの四季』の出版記念会の日である。

それだけのためにたくさんの人に集まってもらうのでは私の感じる負担が大きすぎるだろうと、

恒例の新年会を兼ねた形をとってはくれたのだったが、それは私の目をくらますための小細工で、当日のプログラムは完全に出版記念会のそれだった。

会場は松下さんが昵懇《じっこん》にしている日吉旅館の大広間だったが、思いがけない人や遠くからの人を集めて盛大な会となった。

求められてしぶしぶ立ち上がった挨拶の中で「いきなり、陽光の下に掘り出されたモグラの心境です」と言い、我ながら適確な表現だったと感心したことを覚えている。

山里での行商のお得意さんの一人に〝モグラ掘りの名人〟と言われる食料品店の女主人がいて、実際に掘るところを見たことはないのだが、何度か死骸は見せられていた。

店の横にくっついた畑で野菜を作っていたが、どういうわけかそこにはモグラがよくやってきて、土を盛り上げながら土中を走り回るということだった。モグラの通ったあとは野菜の根が浮き上がって枯れてしまうから、あとの手間が大変で、だから目の敵にされるのだった。

さて、そのモグラ退治の手順だが、トンネル掘りに熱中しているモグラの位置は土の動きで丸見えだから、鍬を下げてそっと近づき、進んでいる方向の、ほんの少し先に鍬を打ち込むというのである。このあたりが微妙な技術を要するところで、やりそこなうとそれっきり、どこにいるのかわからなくなってしまうという。

一瞬の早業で掘り出されたモグラは、なぜかすぐには動けないらしい。そこをすかさず、鍬の裏でぺたんと一撃して、モグラ退治の完了である。

そんな話が頭にあって、引き合いに出したのだが、もちろん鍬の裏で一撃されるところまでを想定してのことではなかった。掘り出されて、いきなりの陽光に目がくらんで動けずにいるモグ

『さかなやの四季』出版記念会

ラ、できれば再び土中にもぐってしまいたいと願っているモグラによく似ていると思ったのだった。
参加して下さったたくさんの人からさまざまな言葉をいただいた。そうした方々にはまことに申しわけないのだが、そのときの私にはどうしても自分に向けられている言葉だという実感が持てずに、ほとんど他人事のように聴いていた。

一冊の本の著者となった余波はその後もしばらく続いて、松下さんと一緒にテレビ局に出かけたこともあった。

自営業というのは自由がきくように見えて決してそうではない。業種にもよると思うが、日銭稼ぎの〝小さなさかな屋〟ではお得意さんに迷惑をかけるような勝手な休業は、よほどのことでもない限りできるものではなかった。

それでも当時のアルバムには、佐世保市内でデモ行進をしている写真がある。三月に米国の原子力空母エンタープライズが入港したときの抗議行動で、現地で一泊した記憶がある。

佐世保には九月三〇日にも行っており、これは同じ米国の空母カールビンソンが入港したときのことで、一〇月二日まで滞在したことになっている。

妻が一人で魚市場に行くことはなかったから、この間は休業した

佐世保にて（左が著者、マイクは伊藤ルイさん）

に違いないし、それなりのやりとりが妻との間にあったはずなのに覚えていない。

　こんなふうに、私の場合、大事な顧客に謝りながら休業する〝よほどのこと〟というのは、ほとんど何かの行動に参加することだった。それは、朝の仕入れから夕刻の閉店までまな板に縛られたような日常から私自身を解放して、そのとき最も関心のある問題の現場に身を置くという二重の意味で私の心を爽快にした。

　話を五カ月ほど前に戻さねばならない。

　四月には倫子さんの長男が京都に旅立っている。同志社大学に入学するためだった。

　母子家庭で、下に弟と妹がいたからずいぶんの無理を承知した上での入学だったと思う。早速にアルバイトを始めたようだったが、やがてそちらの方が中心となり、中退ということになった。当人も倫子さんも、私たちにすべてを話してくれたわけではないから、よくは知らないのだが、やはり経済的なものが主な理由だったろう。

　その長男も今は三〇歳である。そのまま京都に留まっているが、何とかやっているのであろう。

　この頃に、私はふと思いついて店の入口近くに日本国憲法第九条の看板を立てた。大分市で「赤とんぼの会」が産声をあげて間もないときだったように思う。毎年八月一五日の

店先に掲げた日本国憲法第九条の看板

新聞紙上に、憲法九条の条文とその意味するところをイラストなどで表わした意見広告を出そうという運動である。必要な費用は多くの人に呼びかけてカンパを募り、カンパに応じた人の名前は本人の了解をもらって紙上に並べる。その形式で今も続いている。その会の呼びかけに感じるところがあって、そこから思いついたことだった。

うまい具合に、店の入口横に畳一枚を立てたほどの出っぱりがあって、そこに打ちつければよかった。白塗りトタンに木枠をつけて看板は自作し、字は知人を通して本職の看板屋さんに書いてもらった。水性塗料で書かれた字に、自分で防水塗料をかぶせたが、それでずいぶん長持ちだった。

私には、日本国憲法の前文と第九条は、人類がその歴史に学んで到達し得た最高の地点だという認識があり、その憲法を持ちながら自衛隊を発足させ、存続させているところにこの国の政治家の不潔さと、私も含めた人民の側の力不足が見えているのだという確信がある。

それを売物にする気はまったくなかったが、私はこういう人間です、ということくらいは明らかにしておきたかったし、もしかすると、第九条を話題にするためだけに立寄っていく人があるかも知れないとの期待もあった。そうした私の思いはそれなりに通じたという実感がある。

しかし、この看板の果たした最大の役目といえば、目印として頻繁に利用されたことであろう。

「中津駅の北口に出て、駅を背にしてまっすぐ来て下さい。まん中で赤色信号だけが点滅している十字路から五〇メートルほど来ると、左側に憲法九条の看板があります。それが私の店です」

日豊本線で到着した人にも車でやってきた人にもそれで十分だった。ある夏、埼玉県の浦和からやってきた若い女性は、『草の根通信』の表紙に描いた簡単な略図だけで探しあてたと喜んでいた。

いろいろなことのあった年だったと前に書いたが、無実の死刑囚免田栄さんが三〇数年ぶりに再審無罪となったのが、この年の七月のことである。免田さんは今、死刑廃止を目指す運動の先頭に立たれ、精力的に各地をとび回っておられる。傍聴に行く福岡の裁判所でときどき会うこともある。この前名刺をいただいたが、お名前の右側には「司法・宗教・民主化人権運動者」という文字が印刷されている。そのいずれも、免田さんが永い獄中生活で肌で感じたものが基底にあるのだと思う。健康に留意されて、そうした運動の牽引車であり続けてほしいと願っている。

八月にはフィリピンのアキノ元上院議員が帰国直後、旅客機のタラップをおりたところで暗殺された。生々しい映像をくりかえし見せられたためもあってショックを受けた。

一〇月には、かつてこの国の総理大臣だった田中角栄という人物が、その現役時代の犯罪により有罪判決を受けている。この国の最大の功績は、逆説的だがこの国の政治の真髄をわかりやすく開陳したことにあると思っている。それから後もこの国では、政治家の金汚れは絶えることなく続いているのだが、いたちごっこであるにもせよ、私たちの目や耳にその汚れ具合が見聞きできている間は、よしとせねばならないだろう。

身近なところでも一騒動があった。

妻が不正出血を口にするようになってからずいぶん経っていたし、仰向けに寝ると下腹部のしこりは目立つようにもなっていた。子宮筋腫が少しずつ大きくなっていることは二人とも承知していたが、私の方はその事実から逃げて、なるべく考えないようにしていた。

大きくなるにつれて膀胱を圧迫するようになり、妻は頻尿に悩んだ。それだけでなく、客が続いたりして排尿を我慢すると、伸び切った膀胱が元にもどらず、そうなると排尿ができない。同じことが、ぐっすり寝入ったあとでも起こるようになって、何度か病院に駆けこんで導尿をしてもらったこともある。

　伸び切って元にもどらなくなった膀胱で、薄いゴム風船を水道の蛇口につないでパンパンにふくらませたものを想像してこわくなったことを覚えている。何かの拍子に破裂でもすれば大変なことになると思った。ここに至ってようやく私もすすめたし、妻も同意して手術を受けることにしたのだった。

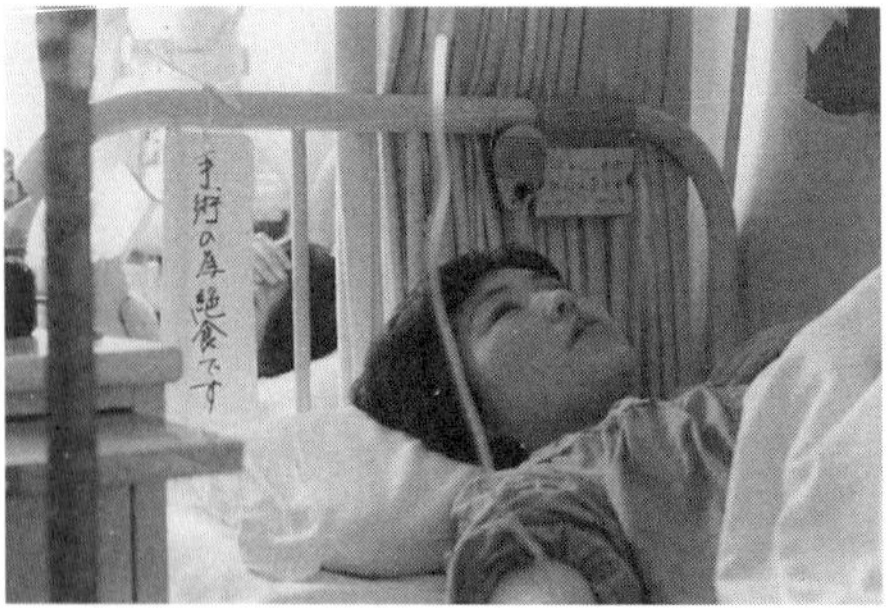

妻の入院

　北九州で二児の母となっていた妻の妹・好子が、お産のときによくしてもらったという市立病院の女医さんを紹介してくれ、入院中は倫子さんが店を手伝ってくれることになった。

　検査のために何日か前に入院したはずだが、それには同行していない。手術は五月二〇日で、この日は朝から私も病院にいた。どれほどの時間を要し、その間自分が何をしていたのか思い出せずにいるが、終ったあと女医さんが手術用手袋のまま、とり出した子宮を掌に乗せて説明してくれたときのことは、今もはっきり思い浮かべることができる。

　ほとんど全面に筋腫があったために子宮は全摘したことと、卵巣は一方だけ残したということだった。見せられた子宮は私のこぶしより少し大きいくらいで、重さは九五〇グラムだと言われた。

退院したのが六月一一日だったから、全体として一カ月に少し足りないほどの入院だった。松下さんや伊藤ルイさんが見舞ってくれたと聞いている。私も日曜日には顔を出した。

病院の支払いは妹夫婦が引き受けてくれたはずで、私自身は払った覚えがない。

退院後、あまり日をおかずに妻は店に出なければならなかった。倫子さんには塾の仕事があったし、私一人ではどうにもならない時間帯があった。「あのときもゆっくり静養させてくれなかった」と、今も時折私を責める。

この年の一一月に、私は松下さんを鍼《はり》医者に誘っている。

扁桃腺が弱くて、年に二度ほど高熱を発して寝込んでいた私に、いいところがあると教えてくれる人があって、店の合い間に通っていた。もう八〇歳を過ぎたおじいさんだったが、永い間の実績と評判から訪れる患者が絶えず、「やめたいのにやめられない」といっていた。この人の鍼が頑固な咳にもよく効くと聞いて松下さんを誘ったのだった。

今でこそ、めったに咳をすることはないが、当時の松下さんはよく咳き込んでいた。一緒に出席した集会などで録音すると、大事なところで彼の咳が入っていたものだった。

カメラを持参して、治療中の姿を写し合った写真が手元にあるが、そのおじいさんは数年前に亡くなった。

最初に松下さんを紹介したとき、おじいさんは、「あゝ、あなたが松下さんですか」と敬意を表したあと、「それではとりあえずその咳を止めましょう」と自信たっぷりに言ったのだった。

私の扁桃腺はそれ以来一〇年ばかり脹れることはなかったから、確かな効果を実感したが、松下さんの方はさっぱり効き目はないようだった。ただ、いつの間にか咳との縁が切れたところを見ると、あれこれの煎じ薬を試した後のことだったにしても、あのときの鍼が咳止めの遠因になっていないとは言い切れまい。

その松下さんだが、数年前までは圧倒的な差で体力に自信を持っていた私が、その体力で「これはとても敵わないなァ」と思うことが増えている。愛妻の洋子さんと一緒に三匹の犬を連れて散歩する日々が、知らぬ間に体を鍛えていったということだろう。ついこの間も、「ゆっくり歩くだけなら、どんなに長く歩いてもきついということはないよ」などと言って私を羨ましがらせたばかりである。

一九八三年一二月、第三七回総選挙で自民党が二五〇議席、社会党一一二議席、公明党五八、民社党三八、共産党二六で第二次中曽根内閣が成立している。この内閣は、鈴木善幸内閣のあとをうけて一九八二年一一月に発足以来、一九八七年一一月に竹下内閣にバトンタッチするまで満五年にわたって（組閣四回）続いている。

そして一九八四年は私たちの手元から玲子が旅立って行った年である。

学校側のすすめもあって、高校入学と同時に奨学金を受けていたが、私は学校のことについては妻にまかせっきりにしていた。

高校の卒業が近づいて、同時に進学のことも話題になったが、私にはどうあがいても進学させる力はなかった。妻が進学をすすめるのを聞きながら、へえ、何とかなるのだろうかと不思議な思いでいたことを覚えている。

京都精華短大は玲子が自分で選んだ学校だった。ちょうどその学校に決めた頃、松下さんが日高六郎さんを招いたことがあった。日高さんはその短大の教授として名を連ねていた。ほかにも、名前だけは私も知っている人が何人か教授陣の中にいて、その学校を選んだことが嬉しかった。

妻と娘は中津で日高さんから学校の説明を受け、娘は後日試験を受けて入学した。入学式には妻も行き、そのあと一週間ほども学生寮に滞在してきたのだった。

入学に際してとりあえず必要な金をどうして作ったのか、聞いたはずだが忘れてしまった。自炊だから寮費は月に四〇〇〇円ということだったが、それも含めて食事代やこづかいも、娘は三万円ばかりの奨学金で間に合わせたのではなかったろうか。せめて奨学金の支払いはさせてもらうということで、今も妻がやりくりを続けている。

京都が気に入ったらしく、それからずっとそこで暮らしている。気の合う相手も見つかって、もう一緒に暮らして六年ほどになる。

私が玲子に望むことはたった一つ、「生まれてきてよかった」と思える日々を重ねてほしい、ということだけである。

相手は「はいはい、まあね」と答えて笑うのだが、私がときどき確かめたいのは「元気か、いま幸せか」の二つである。幸いなことに、これまでのところ私の望みはかなえられてきた。連れ添う相手も含めて人間関係にも恵まれており、体のことについてはいくつかの健康法も実践しているようで、心配することは何もないようである。

その娘と、つい較べてしまうのだが、わずかの日差しも嫌って日傘をさした片手操作で自転車に乗り、交差点でも乗ったまま左折や右折をするという妻は命を粗末にしているように思えてならない。手術直後の写真を見れば、膀胱破裂もなく、子宮ガンでもなく、しかも術後の経過も順調であることが、どれほどの偶然かがわかるはずなのに。

高松行動まで

父の死去を直接のきっかけとして山里の行商をやめ、三カ月後に中津市内に小さなさかな屋を開店したのだったが、その三カ月の失業期間中に実母（文江）との永別があった。

実兄である父が逝った後、急速に弱っていったのだった。

毎年、一度か二度は墓参のために里帰りをし、そのつど数日の間逗留していくのだった。取り立てて何かを話し合うというのではなかったけれど、兄と妹で同じ卓につき、世間話をしているだけで満足そうにしていた。この二人の間には、私を養子にしたいと望んだ兄と、それに応じた妹という特別な信頼関係があったことは確かで、そのために父の死が実母にはこたえたのだと思われる。

実母は一九〇九年に生まれ、一八歳で嫁ぎ、四〇歳になる少し前に一番下の妹を産んでいる。二二年間に一一回のお産で一二人を産んだわけで、私たちの祖母が子守を手伝いはしたが、このことだけでも大変な人生だったと言わねばなるまい。

七二歳と七カ月の生涯だったことになるのだが、私にはなぜか、そんな年齢になっていたのだという実感がない。六〇歳を過ぎたところまでは何となく納得しているのだが、そこから先を数えた記憶がない。親の生年月日や結婚したときの年齢など、兄たちとの間で話題にしたこともなかったし、私も、他の必要から戸籍謄本を取って初めて知ったことである。

三反歩ほどの水田と少しの畑があったが、現金収入は実父の大工仕事によるものだけで、いつも貧しかった。敗戦後の食糧不足は、ちょうど食べ盛りだった私にとっても苦い思い出となっているが、大家族の食糧を確保するための実母の苦労は大変なものがあったはずである。

このときのことで、今も時折、しみじみと懐かしむ思い出がある。

寒い季節だった。私たちの通った小学校は家から四キロほどの所にあって、同じ集落の数人が何となくまとまって登校していたが、実母が何日間か途中まで一緒だったことがある。戦争にかり出されたおつれあいの生死が不明のまま、手広く農業を営んでいた知り合いの家に手伝いに通ったのだった。

麦畑の手入れが主な仕事だったと思うが、その家の麦畑というのはほとんど一カ所に集中していて、地形上、特別に気温の低い地点にあった。ほとんど道路と同じ高さの川が一五メートルほどの滝となって落ち、そこからすぐのところにあったから、強い風の日などは、吹きあげられた水しぶきが届くこともあったと思う。

冬の間、学校の往復にはいつも、桶のタガや自転車のリムを棒でまわしながら走って、寒さを忘れるのだったが、その中に実母がいて、「ようし、今度はかあちゃんがやってみる」などと言って加わってくれるのが嬉しかった。

別れたあとの学校では、麦畑に立つ実母の寒さを想って涙にくれた。授業中に、とめどなく涙を流して泣く私を、先生やクラスメイトは何と思って見ていたのだろうか。そのことで声をかけられたり、からかわれたという記憶はない。

私は実母の晩年をあまり写真に写していない。私の手元にフラッシュ付きのカメラがまだなかったためで、訪ねると、外で何かをしているときでも、すぐに家の中に入ってお茶をわかし、それを飲みながら話すことになったから、写真のために外に連れ出して写したものがほんの数枚あるだけである。

娘が三歳のときに、妻と三人で訪ねたときの写真がある。実母五九歳のときのことになる。一緒に写っている実父も実母の死から一〇年後に逝って今はいない。共に、わずかに肉親の記憶に留まるだけの人生で、それも孫までのことになるが、それで十分なんだと私は思っている。

死んだあと一〇〇年たてば、もう、その人を見た者は誰もこの世に残らない。語り伝えられるべき業績もなく、自らは何の記録も残さずに世を去る人の一人でありたいとつくづく思う。

実母が逝って今年で一二年になったが、たった一度、夢に見ただけである。落ち着いて回想にふける時間もない生活だから無理もないが、これはこれでいたし方のないことだと思っている。親子として世にあった間に、いい関係が保てたのだから、それでいいのだと思っている。

何やら話が抹香《まっこう》くさくなってしまった。

甲山事件については前に触れたが、私がその「無実の犯人」山田悦子さんに初めて会ったのは一九八五年二月のことである。北九州で持たれた集会のあと、場所を移した交流会で、私の隣に山田さんを座らせたのは伊藤ルイさんだった。

山田さんは高校生の頃、ＮＨＫの番組で若い保母の主張を聴き、それがきっかけでハンディを負う児童の施設で働くことを決めたという人だが、その山田さんを検察官は「冷酷非情・自己中

甲山一審判決の日
(左：山田さん、右：うまさん)

心的」な人間であると断じた。証拠のないままに、山田さんを犯人とする自作のストーリーを、マスメディアを使って世間に信じこませるためのキャッチフレーズにほかならない。

そのストーリーとは起訴状に書かれているものだが、おおよそ次のような筋書きになっている。行方不明になった二人の園児のうち一人について、浄化槽マンホールの蓋をずらしたまま数人の園児が遊んでいて、そのうちの一人が誤まって落ちた。それを離れた所から見ていた山田保母は、助けることをせずに上から蓋をした。そして、このままでは自分の責任が問われることになるので、非番の日に別の一人を無理矢理引きずっていき、抱えて落としたというのである。

およそ人間のとる行動として理解できるだろうか。私には荒唐無稽に思えてならない。それだけに、ここまで人格をおとしめられた山田さんの無念を思わずにはいられないのだが、一審で完全な無罪判決を得ながら控訴審で差し戻しとなり、事件から二〇年を経た今も、山田さんは無実を晴らせずにいる。

第一審の神戸地裁で、私は弁護側の最終弁論も判決もこの耳で聴いているが、入廷できない多くの傍聴希望者に申しわけないことながら、二つの公判とも途中交代をせずに最終まで聴いてしまったのだった。

判決の日のことで忘れられないことがある。

無罪判決を受けて裁判所前での集会を終え、場所を移す途中の出来事だった。神社の境内を通り抜けていた私たちの一団に向かって、反対側から歩いてきた中年の女性が「山田が無罪だって、馬鹿なことを言うな」と激しい言葉を投げつけていった。

この女性に山田さんを犯人と思い込ませたマスメディアの罪深さを思う。

なぜこの国のマスメディアは、警察が容疑者を逮捕したところで「事件解決」といった報道をしてしまうのだろうか。これまでに誤認逮捕や誤判によって多くの人の人権が踏みにじられたにも拘らず、なぜ警察発表を鵜呑みにしてしまうのだろうか。犯罪捜査や犯罪報道のあり方について、この国の刑事裁判の実態について心ある人々の指摘は絶えず続いているのだが、改善の兆しはまだよく見えない。

甲山事件の、心を洗われるような一審判決が一九八五年一〇月一七日に出され、一二月八日には伊藤ルイさんの著書『海の歌う日――大杉栄・伊藤野枝へ――ルイズより』（講談社）の出版記念会が持たれて、その年のいいしめくくりになっている。

福岡市内の会場だったが、ルイさんに乞われて、木村京子さんと二人で司会をしたのだった。たくさんの人たちが心のこもったお祝いを述べたことと、ルイさんの和服姿が強く印象に残っている。

一九八六年は旧ソ連のチェルノブイリ原発で大事故が発生した年である。

中津博覧会の期間中、四月二六日のことだったが、私たちはその博覧会の中で非核平和展をやっていた。労働組合と市民運動が手を結んだ取り組みとしては画期的なものだったと思っている。自営業の私はほとんど関われていないが、玲子がその間中津にいて、博覧会に出店した業者の店でアルバイトをしたり、つれあいの中川君がしばらく滞在して平和展を手伝ってくれたりしたことで、楽しい思い出になっている。

チェルノブイリ事故の大きさは、すぐには伝わってこなかった。目に見えず、においもない放射能の被害は、隠そうと思えばあるところまでは隠せるもののようである。人民の側に立ち、原発や放射能についてよく知る人の存在を教えられるたびに、救われるような思いをしている。

非核平和展のシンボルとしてパビリオンの横に設置し、入館者に鳴らしてもらった〝平和の鐘〟は、中津博終了後、中央公園に移されて今もある。

第一回〝平和の鐘まつり〟はこの年の八月一一日にとり行われ、ひめゆり部隊の生存者宮城喜久子さんを招いた。その鐘まつりもまもなく九回目を迎える。毎回、その内容と人集めに松下さんは苦慮しているが、今回はいい案が出ている。ペルー人労働者の支援活動によって逮捕勾留という弾圧を受け、目下裁判中の青柳行信さんに話してもらえることになっている。

東アジア反日武装戦線の思想と行動について考え、昭和天皇の戦争責任を問う行為を大逆罪として裁こうとしている最高裁を牽制するために〝反日ヤジ馬大博覧会〟という名の集まりが持たれたのは同じ一九八六年の九月だった。

何としても一〇〇〇人の人を集めるのだという向井孝さんたちの意気込みは大変なもので、くりかえし呼びかけ文が送られてきた。大阪中ノ島公会堂が会場だったが、中津からも五人が参加した。

獄中の大道寺将司さんに直接取材しながら『狼煙を見よ』を上梓した松下さんの講演と、そこで初めて会った大道寺幸子さんの発言が印象に残っている。幸子さんの、息子将司さんに寄せる全幅の信頼と、丸ごとの理解には圧倒される思いがしたことを覚えている。

後年、澤地久枝さんの著者で、「私の祖母は、たとえ全世界を敵に回すことになっても、私の味方になってくれることがわかっていた」という意味の文章に出会ったとき、幸子さんと将司さんのことを思わずにはいられなかった。そのときから、私は自分の娘にとって、そうした存在でいようと決めている。

大道寺将司さん、益永利明さんという自らの思想を貫くための行為を裁かれて死刑囚とされた人を知るところから、私の中に死刑制度への関心が生まれたのだった。

一九八七年三月一七日は私が初めて東京駅に降り立った日である。最高裁の確定判決が近づいていて、その前にどうしても大道寺将司さんに会っておきたかった。募る思いを抑えきれずに松下さんに相談し、彼が一切の手筈を整えてくれたのだった。

東京駅の銀の鈴の下で、幸子さんと将司さんの妹になっているちはるさんの二人と落ち合い、そこから東京拘置所に向かった。

三人で一緒に面会室に入り、用件の終ったところで私と将司さんは短いやりとりを交した。わずかながら、私にも獄中体験があったから、初めての相手と面会するときの獄中者の心遣いが気になって、落ち着かなかったことを覚えている。

面会を終えたところで、当時まだ大学生だった山崎博之君と出会い、その夜は一緒に泊ることになった。東アジア反日武装戦線の支援にあたっている〝支援連〟の事務所に宿を借り、その屋台骨を背負っていた藤木まり子さんのお世話になった。

翌日のことも、不思議なほどはっきりと覚えている。

朝のうち最高裁前でビラまきをし、東拘に行って鎌田俊彦さんに面会した。この人についても知るところがあり、一度会いたいと思い続けていたのだった。

どこか見たいところはありませんかと藤木さんに言われて、ずっと以前から、東京に行くことがあったら寄席を覗きたいと思っていたことを告げた。それではということになって、幸子さんと山崎君も入った四人で浅草へ。髪を短く刈り上げた少女の落語と江戸家猫八の漫談を聴いたのだった。

寄席を出たところで写した写真がある。今から七年前のものだが、写っている三人の人にも、写した私にもさまざまな変化のあった七年ということになる。

いま福岡に住む山崎君とは裁判の傍聴や集会などでよく顔を合わせるが、彼にしても、死刑廃止のための集会に参加した四国で、国道管理の不備により水の涸《か》れた川に転落し、命を落とさなかったのが不思議なほどの重傷を負った。今も後遺症に悩まされながら国を相手の裁判を闘っている。

私が初めての東京から帰った一週間後には〝Tシャツ裁判〟が提起されている。確定前の大道寺、益永両氏に、福岡の集会参加者が寄せ書きしたTシャツを差し入れようとして東拘当局に拒否され、それはおかしいのではないかと訴えたものである。私は原告に加われなかったが、原告団長の伊藤ルイさん、〝法務主任〟筒井修さんなど錚々たるメンバーが顔を揃えている。

原告団長の発案で、法廷を構成する三者の全員が自己紹介をし合ったり、原告席には二人の獄中原告の身代り人形が置かれ、ときには花束さえ置かれることもある。

弁護士抜きの本人訴訟ながら、筒井さんの法知識と裁判技術は確かで、傍聴するたびに唸らされている。

獄中者の外部交通権を取り上げたこの裁判で、これまでに獄中処遇の実態が明らかになっている。拘置所職員の恣意的な処遇を許さず、これまでに法的根拠を問われることのなかった内規を点検するという意味でも貴重な裁判になっている。すでに裁判所を通した書証のやりとりで、獄壁を超えた交流ができているだけでも、この裁判が獲得したものは大きい。

四月一日は国鉄が分割民営化された日である。私たちの身近にも国労組合員がいて、主として自らの生活をどうするかという視点からの話は聞くことができた。

そんな話の中からも、民営化の狙いの中に〝組合つぶし〟が大きなものとしてあることはよくわかった。さらに、国鉄民営化は官公労巨大組織に対する恫喝としても十分な効果をもたらしているように思う。

この頃から、私は〝障がい児教育権裁判〟に深く関わるようになっていった。

重度の知的障がいのため言葉を持たない一一歳の少女が、週二回訪ねてくる養護学校の訪問教師に性的ないたずらをされた事件で、ご両親は当の教師の刑事責任を問うのではなく、そのような教師の監督指導責任を問うために大分県を相手とした民事訴訟を提起したのだった。

証人として何度か出廷した当の教師は事実関係を否認し続けたが、これは大分県の教育史に汚点を残したくない県教委の思いと、当人の保身上の利益が一致したことによると考えている。

事件当日、教師が学校に帰ったあとで気付いたご両親によると、抗議の電話にあわてて駆けつけた当の教師の狼狽ぶりは特異なものだったという。その後の、校長や弁護士を交えた話し合いの中でも、言うことが何度も変わったという。

いよいよ裁判に踏み切ることになった、というところから参加したのだったが、この裁判を終始中心で支えたのは〝歩みの会〟の代表寄村仁子《よりむらとよこ》さんだった。宇佐市で、知的障がい児とその家族が共に助け合っていく場として機能している会で、多彩な活動によって私もその存在はよく知っていた。

毎月一回、裁判や県教委交渉に備えての話し合いを持ったが、その集まりに必ず出席する徳田靖之さんという弁護士を知ることになった。誠実な人柄には人を魅きつけるものがあった。

この裁判は一九九〇年四月の控訴審判決で一応の決着を見たのだが、私は裁判と県教委交渉のすべてに出席したのだった。

控訴審判決は、性的ないたずらまでは認定しなかったけれども、少なくとも暴力行為はあったとして県の責任を一部認めたのだった。上告せずに、そこで終りにしたのはご両親の意向だった。

一九八八年は『草の根通信』の一五周年記念パーティで幕をあけている。中津駅近くのオリエンタルホテルを会場にして、各地からの参加者を迎えていい集まりとなった。

そして、一月二四日は第一次高松行動。伊方原子力発電所で危険な出力調整実験をやるという四国電力に、その実験を中止させるべくたくさんの人が集まった。中津からも一〇名前後の人が出かけていった。

ただ、私には二月一一日の第二次高松行動の方が強く印象に残っている。京都から玲子も参加するというので、妻も一緒に行くことになり、思わぬところで一家三人が揃うことになったのはおかしかったが、私は家族と離れて四国電力本社の裏門に座りこんだ。

急ごしらえのフェンスに隔てられたが、私たちのところにもハンドマイクが確保されていて、

四電本社前の警備陣

時折立ち上がっては、構内に向かってシュプレヒコールをした。

ふと、私の前にいてフェンスにとりつくようにしている若者の背中が小きざみに震えているのに気が付いた。寒い日だったし、薄手のジャンパーの下にはスポーツシャツの襟が見えるだけだったから、そのせいだと最初は思って見ていた。

シュプレヒコールを繰り返し、拳を突き上げ、フェンスをゆするようになっても震えは止まらず、かえって大きくなったように思われた。たまりかねて、私は若者の背中を両手で上下にさすりはじめた。驚いたように振り向いた顔にうなずき返して、しばらくの間強くさすった。

ひとことも言葉は交わさなかったが、私には若者の震えが緊張からきていることがわかった。振り向いたときの顔も緊張感に満ちていた。おそらく、あのような場に初めて立った人だったのだと思う。警備の警官も多数だったし、集まった人の誰もが真剣な表情だったから、無理のないことであったろう。

警備といえば、私たちのすぐ近くまで走ってきて、数人の警官に取り押さえられそうになった人があった。すぐに回りにいた人たちが救出に割って入り、私もその中にいた。私の目に最初にとび込んできたのは、その人のベルトを腰のあたりで摑んだ制服警官の手だった。

つばきがかかるほどの近くで、その警官に向かって「放しなさい。この運動であなたの命もまもられるんだから。ねっ」と同じ言葉を叫びながら、両手で警官の指を一本ずつ剝がしていった。あるところで警官が指の力を抜いたのがはっきりわかった。立ち上がるときに苦笑いをしたのも確かに見た。

あの日、四電本社を取り囲んだ人はみんな真剣だった。その真剣さが若者を震えさせ、警官に手を放させたのだと思っている。

名付け親

一九八八年のしめくくりに、私は交通事故で高齢の男性に怪我をさせた。

一一月半ばのことだった。中津市観光名所の一つとして、福沢諭吉旧居とその記念館があるが、それは私の借家と松下さんの家を結ぶ道の途中にあって、道に面して広い駐車場がある。その駐車場の右奥に〝諭吉茶屋〟という名のレストランがあって、当時、妻の友人が切り盛りをしていたのだが、そこに惣菜材料の切身を届けて道路に出る直前、右からきたバイクと衝突したのだった。

広い駐車場の入口に観光案内板があって、それは道路に出る手前で一旦停止した私の左側に立っていた。その案内板に目をやったまま、ゆっくりと発進したとたんの出来事だった。割に大きな音がして、車の前にバイクが倒れ、男性が起き上がろうとしていた。

一瞬、私は自分の顔面から血の気が失われていくのをはっきりと感じた。

助け起こしたとき、男性は右の掌から血を流していて、私を驚かせたが、しかし、それ以後の行動はいま思い出しても、落ち着いたものだったと思う。

「前を通り抜けられると思った私の判断にも無理があった」と、先方は言ってくれたが、私の方には右側を見ずに道路に出ようとした負い目があったし、先方だけが味わった苦痛や恐怖感を考えれば、できるだけのことはしなければならなかった。すぐ近くの病院に運んだ。幸い約二週間の通院治療という程の傷で、救われた思いがしたのを覚えている。

何度か見舞いに行く中で話し合い、私の任意保険を取扱っている人の仲立ちで三日後には示談が成立したのだった。少しの見舞金とバイクの修理代、通院に要するタクシー代を負担したが、行くたびの手土産代を含めても五万円には達しなかったはずである。治療費は、先方と病院、中津市役所担当者の了解を得て、国保扱いとしてもらい、治療終了時に私が中津市に一括払いをした。これが一〇万円ばかりだったと記憶している。

第一次の失業中にやむなく取得した運転免許だが、二〇年間で体験した交通事故はまだ二回だけで済んでいる。二回とも相手の人柄にずいぶん助けられた。

一九八九年は、前年九月の吐血以来、新聞・テレビが連日病状報告を流し続けた昭和天皇の死去騒ぎで明けた。

中津で独自の行動は組めずじまいだったが、北九州の人たちが提起した天皇制反対のデモに何度か参加させてもらった。

昭和天皇といえば、日本記者クラブとの初めての会見（一九七五年一〇月三一日）で、自らの戦争責任について質問されたときの答えは、いろいろなことを考えさせる。

フォード大統領の招きで訪米し、帰国した日の会見で、

記者　天皇陛下はホワイトハウスで「私が深く悲しみとするあの不幸な戦争」というご発言がありましたが、このことは戦争に対して責任を感じておられるという意味と解してよろしゅうございますか。また、陛下はいわゆる戦争責任について、どのようにお考えになっておられますかおうかがいいたします。

天皇　そういう言葉のアヤについては、私はそういう文学方面はあまり研究もしていないのでよくわかりませんから、そういう問題についてはお答えが出来かねます。

（鶴見俊輔・中川六平編『天皇百話』下の巻、ちくま文庫）

というやりとりをしているのだが、狡智にたけた者の巧みなはぐらかしとも思えるし、米国での発言が、他人の原稿を棒読みしただけなのだから、その内容の意味するところは自分にはよくわからない、というようにもとれる。いずれにしても、「昭和天皇の戦争責任」という重いものを「言葉のアヤ」で片付けたことから察するのだが、自らの戦争責任など感じたことはないのではあるまいか。

多分、自らの意識の上では、帝国憲法第三条にいう「天皇ハ神聖ニシテ侵スヘカラス」の地位から、死ぬまで降りることはなかったのだと思う。

この年の参院選は、初めて身近に感じた国政選挙だった。

七月五日告示、二三日投票という日程だったが、比例区に「原発いらない人びと」から候補を出すことになって、九州からは福岡市の木村京子さんが名乗りを上げた。その事務所開きが六月五日で、玲子とそのつれあいの中川君も京都から参加している。

福岡市に設けたその事務所は、期間中二度ほど訪ねたことがある。町はずれの大衆食堂の二階にあって、一歩足を踏み入れただけで、クリーン選挙を貫徹する強固な意志が読みとれるものだった。

玲子たちは三日後に一旦京都に引き上げたが、中津にいた二日間で、かねてより妻に頼まれていたさかな屋の看板に絵を入れ、高い所に取り付けてくれた

さかな屋の看板（取り付け直前）

さかな屋に借りた古家の隣が空地で、そちら側に取付けた看板はかなり目立ったが、そのために客が増えたようにも思えなかった。何とかもう少し売り上げを伸ばさねば、という妻の一策だったが、この看板も遠来の友人知人にとっての目印という役目の方が大きかったようだ。

大きな字は、好子のつれあい菊谷君が前に書いてくれていた。身内の労作であるだけでなく、私も妻も気に入っていて、さかな屋をやめて二年を過ぎた今も大切にとってある。

「原発いらない人びと」の選挙だが、告示の日に再び九州入りした中川君と玲子が一一日まで選挙カーの運転手とウグイス嬢として関わり、私は投票日の午後六時から開票立会人を体験させてもらった。

「むし風呂の体育館で午前一時三〇分まで。日当一万一四〇〇円なり」と日記に書いているが、中津市で「原発いらない人びと」がどれほどの票を集めたかについては記録していない。

家業に追われて、私自身はそれ以上の関わりを持てなかった選挙だったけれど、木村京子さんについて、この人ならいつ当選しても大丈夫だなという印象を強くしたことを覚えている。彼女は本来、そういった場でのびやかにいきいきとした活躍をする人なのではないだろうか。

福島菊次郎さんに初めて会ったのもこの年だった。九月一〇日に北九州の戸畑でご本人の講演を聴いたのだが、その前後数日間にわたった写真展の中の企画だった。

偶然にも、この拙稿と同じ号に、その福島さんが近況を寄せられていると聞いているが、初対面の印象では年齢を感じさせない精悍さを秘めているように思われた。当時は体調を壊されているということだったが、あれからずっとお元気だったのだろうか。

あの日、「実は、これまでに写したものを『草の根通信』に預けようかと考えたことがあるのです」と言われ、帰って松下さんに話したところ、「とてもそんな大事なものは預かれないよ」と逃げ腰になったのだった。

あれから五年が経過している。今はどのようにして暮らしておられるのか、近況を読ませてもらうのを楽しみにしている。

福岡県田川郡赤村というところに、清水文《あや》さんが住んでいる。これまでに何度か、『草の根通信』に登場している人で、表紙の絵を描いたこともある。ひょんなことから、この人の第四子の名付親になったのが、この年（一九八九年）の一〇月のことである。

文さんのおつれあいからの電話で、「一〇月一〇日に生まれた女児の名を松下さんと梶原さんでそれぞれに考えてほしいと言っています」と言われたのが一三日。条件が一つ付いていて、それは、上の三人と同じように漢字で一字の名にしたい、というものだった。ちなみにその三人の名は、元（男）、結（女）、冴（女）である。

松下さんは澄《すみ》を提案した。清水澄として、透明感を強調したかったのだと思う。

一方の私は、娘の名を付けるときに買った『国語辞典』を繰っていて、「雪」という字にいき当った。すすぐ、洗い清めるという意味があり、人名の場合にはキヨと読むことがある、とあった。それを私の方の案とした。このとき、私は二つのものを思い浮かべたことを思い出す。一つは甲山《かぶとやま》事件で雪冤の日々を生きる山田悦子さんのこと。いま一つは、山里のさかな屋であった頃に写した一枚の雪景色の写真である。

魚市場から商圏に向かうとき、山里に近づくにつれて雪は深くなることが多く、途中でタイヤチェーンを装着することがあったが、その写真はそんなときに写したものだった。前夜からの雪空が晴れて、一面の銀世界が陽光を受けて目に痛いほどの朝だった。

「雪《きよ》の方を採用しました」という報告を受けたときから、その雪景色を大きめの写真にしてプレゼントしたいと思いながら、写真もネガも探し出せずにいる。その雪ちゃんが間もなく五歳になるわけで、時の流れはまことに速い。

本年（一九九四）三月二〇日の「草の根通信二一周年春のつどい」でそのご当人に会った。たくさんの知らない人の中で緊張したのか、滅多なことでは笑いそうにない生真面目な表情がおかしかった。元気に育ってほしいと思っている。

雪ちゃんの誕生から一年後、一九九〇年の一〇月一〇日には大分県内で行われた皇室儀式・抜穂の儀に抗議する行動に参加している。大分市在住の弁護士河野聡さんが提起してくれた行動だった。

それまでには何度か、大分市での市民行動に参加している姿を見かけたことはあったが、この日の行動を共にして、その解き放たれた行動派ぶりに驚かされた。この人を知るまで、弁護士が市民運動の、それも示威行動の先頭に立つことがあるとは思ったこともなかった。

河野さんはこの日、儀式の場に接近させまいとして阻止線を張る者たちに先頭で抗議し、儀式の間中ハンドマイクを使ってシュプレヒコールをリードし続けたのだった。

献穀田に植えられた稲はトヨムスメという品種だったらしく、それにからめて、「トヨムスメを献上させる天皇はいやらしいぞォ！」というコールもあって、集まった野次馬も大いに笑った。

この儀式には、地方長官として県知事らが参列していて、後日、知事らの行為は政教分離を規定した日本国憲法二〇条、八九条を侵しているとして訴訟を提起することになり、私も原告の一人に名を連ねることになっていくのだが、今はひとまず措くことにする。

一一月二八日、私の四番目の実兄が、大きな怪我をした日である。

K電設という電話線の敷設工事を主な事業内容とする企業で永年働いた兄だった。国内での需要が頭打ちになってからは、湾岸戦争前のイランやマレーシアにも出かけていったが、定年まであと二年というほどのところで、思うところがあるからと家族に説明して辞めていた。しばらくして、また仕事についたことは聞いていたが、怪我に遭遇したのは同じ町内で土建業を営むH組の工事現場だった。

その兄は、生まれ育った本家の上の畠に家を建てて住んでいるが、そこから奥に入った所で、谷川の三面張り工事に従事している時の事故だった。

事故の数日後に他の兄たちと現場に行き、社長という人の説明を受けたが、痛感したのは、そういった工事現場でいかに安全が無視されているかということだった。

三面張りに要する生コンを、谷川に下ろしたキャリアカーに移し、兄たちはそのキャリアカーから必要に応じて生コンをすくい取っていたらしい。キャリアカーは自重だけでも一トンを抱えるほどのもので、ごついタイヤの車輪が二重に取り付けられていた。上流から下流に工事は進められていて、生コンを積んだキャリアカーから数メートル下流で作業をしていたところに、ブレーキが十分に引かれてなかったそれが下ってきて、背後から襲われた形になった兄が下敷きになったのだった。

その事故を知らせてくれた本家の兄が、「もしかしたら駄目かも知れぬ」と言ったほどで、駆けつけた病院で説明を聞いて私も本当にそう思った。体の右半分について、鎖骨、肋骨、骨盤の骨折。肺、腎臓、膀胱、尿管の損傷などがあった。医師も損傷部位やその処置を時間が経過するごとに何度か説明してくれたが、そのたびに私たちの不安は増すばかりだった。

幸運にも命をとりとめて、車の運転に支障のないところまで回復しているが、尿管の接続ができなかったために管を入れている。ふとしたはずみで尿の逆流が起きて高熱を発するような後遺症もあるが、そういったハンディとは死ぬまでつき合っていくしかない。

兄の事故からまもなくの頃、私は何度か中津労働基準監督署を訪ねていった。零細な土建業者に対する安全措置がどのような形でなされているかを知りたかったからだが、何人か会った係員の誰一人、責任らしいものを感じる者はなかった。

形の上では一応の指導をしていることになっていて、それゆえに、たとえ所管内の労災事故で死者が出たとしても、心の痛みなど毛ほども感じなくてすむようになっている。

いわく工事現場の巡回指導（事前に業者に知らせておき、その日はほとんど掃除だけとなるらしい）。いわく各社の安全管理者を集めての講習会（安全管理者とは腕章をつけた作業員のことで、自分の仕事で手一杯）といった具合である。

当の兄はH組の誠意を汲んで一応の決着をつけたが、あの工事現場にたった一人でいい、全体に目を配る専任の安全管理者がいたら、大声を出して避難させることができたのにと思う。こうした業者に安全を重視させるには、労災が業者にとってその存続を危うくするほどに高くつくものとならねばならないだろう。

一九九一年は、先にふれた皇室の儀式への大分県知事ら三名の参列と、それに伴う公費の支出（旅費、日当）は憲法違反であるとして、知事らにその返還を求めた裁判を提起した（一月二五日）年である。

三年五カ月をかけて、知事らの行為が紛れもない宗教活動であることを明らかにした裁判だったが、本年六月三〇日の判決は原告敗訴となった。

原告団はめげることなく控訴した。つくづく思うことだが、この裁判は弁護士の河野聡さんと島田雅美さんという二つの類ない個性によって始まり、支えられ続けている。

訴状を提出した七月一二日には、大分地裁の前で抗議の座りこみもしたし、裁判官宿舎に行ってチラシを配ったりもした。そんなふうに、裁判官だからといって特別扱いをせずに、一人一人の名を挙げて抗議をしたり讃えたりすることで、もしかすると裁判官の心にゆさぶりをかけられるのではないかという気がどこかでしている。

野津原町に本拠をおく造形劇場（吉四六劇団）野呂祐吉さんのおつれあい池ゆう子さんが、魔がさしたとしか言いようのない交通事故で、若すぎる命を散らしたのが同じ一九九一年の二月一七日。私たちの娘宛てに心優しい文面の絵ハガキを何枚か下さっていて、ごく最近も手にすることがあった。

野呂さんも子どもたちも、はた目には見事に衝撃を乗りこえたように見えるけれども、お一人お一人の胸中には察するに余りあるものがあるのだと思う。

池ゆう子さんが逝った日から数えて四九六日目の日付で松下さんの著書が出版された。『ゆう子抄――恋と芝居の日々』（講談社）である。野呂さんと長いつき合いのある松下さんだから、池さんとも接する機会は多かったろうと想像していたのだが、そうではなかったらしい。松下さんはこの本の短い後記を次のように結んでいる。

――この作品をまとめつつ、ひそかに私は生前に果たせなかった問答をゆう子さんと交わしているのだった。

六月には、母と隣り合わせに住んで、何かにつけて頼りにさせてもらった叔母が突然に死んだ。三人の子はそれぞれに家庭を持っているが、遠くに離れていて一人暮らしをしていた。苦労をした人だけに肚《はら》もすわっていて、義姉である私の母とはしょっちゅう口ゲンカをしながらもよく支えてくれていた。

朝から誰も姿を見ないというので、親戚の若者が風呂場の窓から入っていき、寝間着のまま倒れているのを発見したという。傍に受話器が落ちていたことから、電話で話していて急死したことがわかった。

山里のことゆえ、電話をかけてきた相手はすぐにわかった。婦人会活動のことで相談することがあって電話をしたが、話しているうちに返事が聞こえなくなった。何かの用で台所にでも走ったかと思い、しばらく待って電話を切ったということだった。

あっけないといえばこれほどあっけない死に方もないだろう。葬儀で帰省した従弟妹たちも、予告も苦痛もなく訪れた母の死を喜んでやれたようだった。

生家の甥の結婚式で仲人をつとめたのもこの年のことで、もちろん初めての体験だった。『はじめての頼まれ仲人』というハウツー本を買って、にわか勉強をしたのだったが、この種の本が多色刷りで、こまかな説明をつけたイラストも豊富でよくできているのには驚かされた。

共に優しい心の持主で、ずっと仲良くやっている。

求人チラシ

中津市にたった一つ私立の女子短期大学があり、その学生寮に夫婦で住込める管理人を募集したのが七月のことだった。

私と妻は気付かなかったのだが、松下洋子さんが新聞に折り込まれたチラシに目をとめて、「この仕事、梶原さんたちにピッタリじゃないかなァ」と松下さんに話したらしい。

その頃、私と妻はよく松下夫妻に招かれて夕食をごちそうになっていたが、そんなある夜、そのチラシを渡されたのだった。

さかな屋としての仕事だけで一日が終ってしまうことに物足

りないものを感じながら、時間も体力もそれに奪われる毎日が続いていて、それは私の方の思いだったが、妻にはまた別の思いがあって、共にさかな屋であり続けることには疑問や不安を感じているときだった。

条件として示された五五歳には何カ月か足りなかったが、まあ、どんな仕事を要求されるのか、待遇がどうなるのか一度説明を聞けばいい、という私の意見をいれて、妻が電話で申し込んだのだった。

そのときの指示に従って、チラシを見てから二日後の七月二五日、妻は履歴書を持って短大の事務室を訪れた。まず説明を受けて、その上で応募するかどうかを決めればいいからと言って送り出し、私はその日もさかな屋をしていた。

帰ってきた妻の話では、別に一組の夫婦が来ていたが、これといって詳しい説明はなく、履歴書を提出するように言われ、「採否は追って通知」ということになった。具体的な仕事の中味も賃金額もわからないままの応募になって、何やら妙な感じだった。

七月三一日に電話があって、「残念ですが、今回は別のご夫婦に来て頂くことになりました」ということになった。この電話も妻が受けた。つまり、このときの転職騒動で私は傍観者だったと言っていい。

新聞に折り込まれた求人チラシを見て応募し、それで自分の生活が大きく変化していくこともある、ということが私にはどうしても現実感を伴っては感じられなかったのだ。そのせいで、不採用になったことも私にとっては何でもないことだったが、妻は違った。転職願望の大きさも私とは差があったようだし、自分が行動したことで責任を感じてもいたらしい。それからしばらくの間、妻の頭の中は転職失敗の一件で占められてしまい、そのことばかりを話題にした。

学生寮に住み込む

伊藤ルイさんの『必然の出会い——時代、ひとをみつめて』の初版は一九九一年九月一六日の刊行だが、一一月二四日にはお仲間の皆さんによる「出版を祝う会」が開かれている。

その日は日曜日で、私も参加させてもらった。ルイさんとの出会いを心から喜び、そのつながりを大切にしている人たちがそれぞれに祝辞を述べた。

それを聴いているうちに、なぜか涙が流れて止まらなくなったことを覚えている。どうしてそんなことになったのか、今思い出しても不思議なのだが、流したあとのすがすがしさが強く印象に残っていて、懐かしいことの一つになっている。

この本を刊行した記録社から横須賀忠由さんという編集者が出席していて、たまたま隣り合わせたことから月刊誌『記録』を紹介されたのだった。

数カ月後、この横須賀さんから強い働きかけを受けたことがきっかけとなって、今こうしてマス目を埋めているのだが、そのあたりのことについては冒頭に書いた。

中津で初めての「死刑廃止集会」を持ったのがこの年の一二月一五日だった。「法務大臣の足元で死刑制度を考える」というのが集会のタイトルだったが、内閣そのものが短命だったせいもあって、このときの法務大臣田原隆は死刑執行命令を発することなくその任を終えた。

まったくの噂だが、中津には松下竜一という過激派がいるので、どんな報復をされるかわかったものではない、というのが命令をしなかった理由のようだ、などという話もある。しかしこれは信じ難い。法務大臣も恐れる報復といえばテロリズムを意味するのであろうが、松下竜一をテロリストとする情報を田原法務大臣に吹きこんだ側近がいたと考えるだけで笑いたくなるのに、それを当人が信じこんだとすればまさに噴飯ものである。

前任の後藤田正晴、後任の三ケ月章両法相が処刑命令を発したことからすれば、執行を命じなかった理由は別にあるのだと思いたいが、それはともあれ、一人も殺さなかった法相経験者であり得たことを何よりも当人のために喜んであげたい。

死刑制度の問題点はあらゆる角度から指摘されており、私も人の世にあってはならない制度だと心底思っているが、その最大の理由はこの制度が卑劣極まりない統治の手段であり、さらに為政者の怠慢を正当化し、統治する側とされる側を、共に限りなく堕落させる制度だと思うからである。

人の世が人の世である限り、完全なものではあり得ず、したがってすべての犯罪を一掃することは不可能であろう。私には、犯罪発生件数の増減やその傾向、特徴の変化こそ社会の実像をうつす鏡ではないのかという強い思いがある。為政者こそが犯罪の背景を深く考察し、施政に生かすべきだと思っているが、現実はそうなっているようには見えない。マスコミも識者も捜査機関も裁判所も、挙げて犯人を叩くだけである。

もちろん例外がないとは言えないけれども、為政者の側に、すべての犯罪についてその責任の一端を感じるくらいの謙虚さがあって、敏速な対策が講じられれば、人の世はわずかずつにもせよ、いい方向に進むのではないだろうか。

重大事件で容疑者が逮捕されると、ワッと群がって「犯人視報道」を展開するマスメディアと、いともたやすくそれを信じこんで、口ぐちに指弾する私たちの愚かさがこのままにされていいはずはない。

こんな思いもある。中学生か高校生くらいの若者に、過ちを犯してしまった人が冷静に自らを見つめた手記を読ませたい。活字を読むのが苦手なら読んで聴かせたい。功成り名を遂げた人の伝記よりもずっと深く重いものを手渡すことになるように思えてならない。できればその年代の教科書に載せたり、副読本にしたり、あるいは夏休みの課題図書に指定したりがどこかでできないものだろうか。

幸いにも、今はそうした手記も出版されたものがある（『死刑囚からあなたへ』Ⅰ・Ⅱ、日本死刑囚会議麦の会編、インパクト出版会など）。私自身も、若い人にそんな働きかけをしたくて、うずうずしているところである。

明けて一九九二年。私にとっては激動の一年だったが、しかし、年明けからしばらくはまだ平穏な毎日だったと言わねばなるまい。

「みどり荘事件真相報告会」（第一回）に出席したのが一月下旬で、そのときまでにすでに一一年間、獄中で無実を訴えている輿掛《くつかけ》良一さんという人と出会うことになった。

一九八一年六月二七日深夜、大分市内のアパート（みどり荘）二階で、県立芸術短期大学の女子学生が強姦されたうえ殺害されるという痛ましい事件だったが、隣室の住人だった輿掛さんに疑いがかけられ、ほぼ半年後に逮捕。一審で無期懲役の判決を受けたあと、福岡高裁での控訴審が大詰めにさしかかったところだった。

『草の根通信』（一九九四年一〇月、二六三号号）にご本人の文章（「無実の罪を着せられて」）も掲載されると聞いているので、詳細には触れないが、この報告会に私を誘ってくれたのは「障がい児教育権裁判」でよく知った徳田靖之弁護士だった。徳田さんは「みどり荘事件」の弁護に初期より携わり、弁護活動を通して輿掛さんの無実を確信するにいたったということだった。

一審の判決書全文を読ませてもらったが、私の乏しい裁判知識からしても「こんな理由で犯人にされてはたまらない」と叫びたくなるような中味だった。有力な物証は皆無であるにもかかわらず、悪意の推測をつなぎ合わせ、最終的には、「従って輿掛が犯人であると考えても不合理な点はないことになる」として有罪としたものである。

事件当日の夕刻からウイスキーを飲んで寝入ってしまい、捜査が始まった頃に目覚め、アパート裏の空き地で犯人の足跡を調べていた捜査官を二階の窓から、「何しよるんか！」と咎めた輿掛さんを犯人に仕立てあげていく過程で、捜査側はいくつもの反対証拠を無視しているのだが、検察も大分地裁もそのことをまったく問題にしていない。この点が私には不思議でならないのだ。

警察の捜査に目に余るほどのミスがあっても起訴され、有罪とされるとすれば、検察と裁判所の存在意義とは単に警察の判断にお墨付を与えるだけのことになってしまう。この国の司法がここまで堕落しているのかと思うと鳥肌の立つ思いである。

一三人の弁護団によって、控訴審では輿掛さんの無実は明らかになりつつある。獄中生活が一三年目に入ったところで保釈となり、いま輿掛さんはお母さんと暮らしている。

第一回真相報告会の四カ月後に発足した「輿掛さんの冤罪を晴らし、警察の代用監獄をなくす会」には四〇〇人を超える人が参加して裁判を傍聴し、各地で真相報告会を開催している。

この国の司法の実態にも詳しい作家の小林道雄さんは、無実を確信して一冊の本を著した。『夢遊裁判――なぜ自白したのか』（講談社）がそれである。

保釈後、予定されていた公判が二回までも裁判所の職権で取り消されて、いずれも輿掛さんにとって大事な中味になるはずだっただけに、高裁の意図が読めなくてとまどっているところだが、一審が唯一のよりどころとした物証（被害者の部屋に輿掛さんの毛髪があったとする科学警察研究所の鑑定）が九大の柳川鑑定人によって完全に否定された上に、それではと高裁が職権で採用したＤＮＡ鑑定も弁護団の猛勉強でボロを出し、鑑定実務を担当した筑波大の助教授をして「鑑定書には一本の毛髪が被害人の血液と同一のバンドパターンを示したと書いたが、ここでいう同一は、類似性が高いという意味である」と言わしめていることからしても、有罪判決など考えられるはずはない。


一九九二年三月に話を戻さねばならない。

横須賀さん（記録社）からの話を断り切れずに引き受けてしまい、月刊誌『記録』に半生記らしきものを連載することになったこのときから、私の苦しみが始まったことになる。当時の日記には「原稿用紙に向かうも筆進まず」という一行が何日か続いたあとで、「朝五時、ようやく書き上げる」となっていたりする。

第一回分は、何度か催促されたためもあって、中津郵便局から電子郵便で送っている。「送料は五〇〇〇円を少し超えた」と書いているが、記録社は私に原稿料を払ってくれたから不満はない。ただ、その原稿料が月刊誌『記録』のバックナンバーを、一回分につき二〇部、現物支給するというものだったことは報告しておきたい。

第六回目が掲載されたのはこの年の一〇月号（第一六三号）だったが、月刊誌『記録』はこの号を終刊号として一時休刊することになった。記録社の方にはそれなりに大変な事情があってのことだったと思うが、私は正直なところ、ああ、これで原稿用紙を見なくてすむ、という安堵の方が大きかったことを覚えている。

だが、その解放感も長くは続かなかった。松下さんのすすめをこれまた断れずに『草の根通信』に続きを書くことになり、そこからさらに二年近くも書いてきた。

書く本人が、泣きたい思いで原稿用紙に向かっているわけだから、読んで下さる人は楽しめまい、といつも申しわけない思いを抱いてきたが、どうやら今回で終りにできそうである。そのためには、もう少し書いてキリをつけておかねばならない。

『記録』への連載が始まってまもなく、さかな屋の店に借りていた家の持主から、「母屋をこわすついでに取りこわしたい。条件があったら言ってくれ」と急な通告を受けたのだった。

母屋に住んでいたのはつれあいを亡くした女性と、まもなく三〇歳になるその娘さんだったが、私が借りていた方はその女性の義弟で関西に住んでいる人の名義になっているということだった。その義弟という人がいきなりとびこんできての通告だった。

「移転先を見つけるまでの時間は欲しい」と伝え、了解はもらったものの何の心あたりもなくて途方に暮れた。道路を挟んだ反対側に、二階に三室だけのゲタばきアパートがあって、松下さんはそちらへの移動をすすめてくれたし、千里ちゃんのお父さんは横の空地にプレハブを建てさせてもらったらどうかという案を出してくれた。

私にはそのときもう一つの思いがあった。二人でさかな屋を続けることに苦痛を感じている妻のことを考えると、この際、職安に日参してでも転職すべきではないかというものだったが、そのためにまず妻の意向を確かめねばならなかった。

「さかな屋を続けるか、それともそれはもういやか、さあどっちだ」と責めたてることになって、「何で私にだけ決断を迫るのか」と抵抗もされたが、私の方は妻の選択を尊重するつもりだった。その日のうちに「さかな屋を続ける」という返事があって、母屋の女性を訪ね、「関西に帰った義弟氏に、空地の端にプレハブの店を建てさせてくれるよう頼んでほしい」とお願いしたのだった。この女性は義弟の唐突な通告に驚いて、私たちに同情的だったし、同じ町内会でのつきあいも長かったから、そんなことも相談できたのだった。

結局、あと何年くらい店を続けるのかと聞かれて、体力からしても五年が限度だろうと答えたことで結論が出された。多分、義弟を説得してくれたのだと思うが、壊すと言われてから一六日後に、「あと五年、そのまま続けていい」と言われて、この騒ぎは一応おさまった。

それにしてもあれこれと思い悩み、多くの人に心配をかけた一六日間だった。

やれ一安心といった心境をしみじみ味わったことをよく覚えているが、その日から二三日目の六月一九日、またもや思いがけない話がとびこんできた。

店の前を通る道路の向う側に停まった車の助手席から、スーツにネクタイの紳士が歩いて店に入ってきた。

「東九州女子短期大学の事務長ですが、学生寮の管理人が急にやめることになって困っています。前にご応募いただいたこともあって、お願いできないかと思って来ました」と言う。とうてい即答できることではなかったので、私の方からは「考える時間を三日間下さい」という返事をしてその日は帰ってもらった。

そして、その三日目にようやく学生寮の中を見せてもらい、四日目の夜に「明朝確答をします」という電話を入れている。

五日目の朝、「引き受けましょう」と返答して、その日の午後、学長に会ったのだった。

六日目、店に来た客一人一人に事情を話して閉店を伝え、しんみりとした一日となった。

そして七日目。バイクで行商しながらほとんど毎日私の店に立寄って、自分の商品に手を加えながら何かと世話を焼いていく私の師匠に初めてそのことを話したのだが、そのために私はもう一度迷わねばならなかった。

師匠は大変な剣幕で、「バカなことを言うもんじゃない。これまでに身につけた技とたくさんの大事なお客さんを捨てていくというのか。これまでの苦労は一体何だったのか。考え直せ」と猛反対だった。

その熱情のこもった忠告を聞いているうちに、街はずれの建物の中に住み込むことで断ち切られる人間関係を含めて、失うものの多さと大きさがにわかに意識され始めたのだった。このときの迷いは相当深刻で、午後からの客には、「やっぱりさかな屋を続けることになりそうです」と伝えて喜ばせたりしたほどだった。短大からは何と思われてもいい、これはどの重大事では少々の勝手は許されるべきだというのが、そのときの私の思いだった。

翌日、誘いを受けてからすでに八日目になっていたが、自分の方から短大に事務長を訪ねて正直に迷っていることを伝えた。事務長は「それは当然のことです」と理解を示した上で、私の確認したいことについて丁寧に答えてくれた。

　賃金額とその内訳、自由時間の保障枠、必要なときに外出できるかどうか、訪ねてくれる友人知人に向き合えるかどうか、来客や肉親の宿泊について、寮生である四〇人の女子学生への接し方についてなどを聞いたあと、私の心は平静をとり戻していた。

　この日も事務長から「何とか助けて下さい」という言葉があり、前にも一度かけられた言葉だったが、この日は格別胸に響いたように思う。最終的に引き受けることを伝えて別れたが、もう迷いはふっ切れていた。

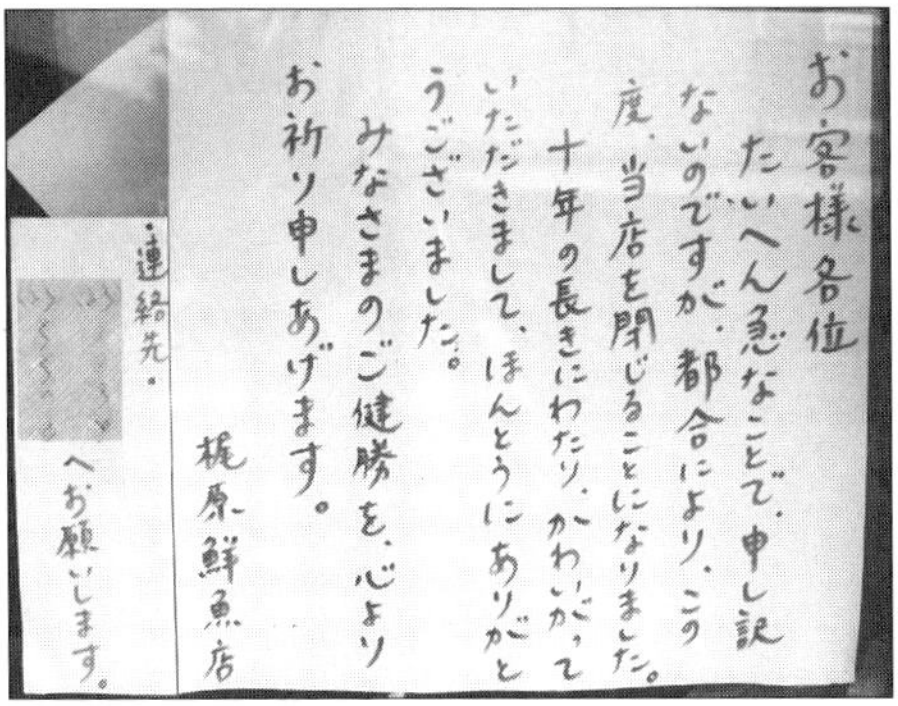

店の入口に貼った閉店あいさつ

　その日の深夜、なりゆきを心配して京都から駆けつけてくれた中川君と玲子は、二日ばかり滞在して店内の片付けを引き受けてくれた。店のガラス戸に貼った「閉店挨拶」は娘に書いてもらった。

　この年の日記の記述「六月二八日朝、寮の食事作りを見学したあと『記録』の原稿にとりかかった」という記入で終っている。

　せかされて三〇日の夜、ふとんと当座の着替えだけを持って学生寮に移り住んだ。雨の夜だった。まったくの手探りでやってきたが、大過なく二年という時間をやりすごしてほっとしているところである。

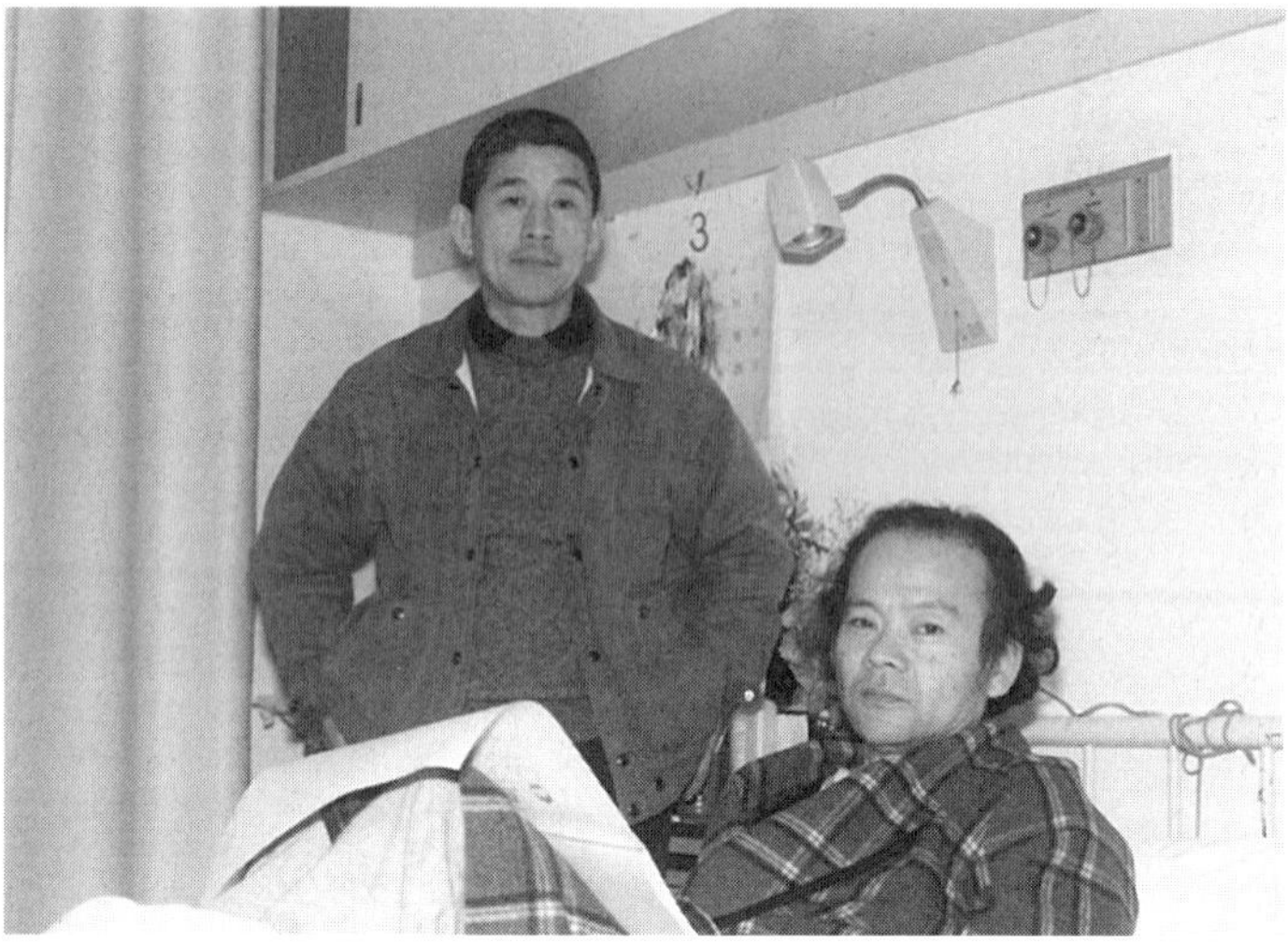

木下外科に入院中の松下竜一氏を見舞う著者。1988年３月24日

初出

・「さかなやの四季」『草の根通信』三七号（一九七六年一月）より一一三号（一九八二年四月五日）に連載。一九八二年一二月一日に草の根の会より単行本として発行。同書を底本とした。

・「ボラにもならず」『記録』（記録社）に一九九二年五月号より一〇月号まで連載（「組合活動」まで）、同誌の休刊により『草の根通信』二四一号（一九九二年一二月）より二六三号（一九九四年一〇月号まで、最初から掲載された。

思いがけない贈り物

梶原和嘉子

東日本大震災による原発事故のあと、松下竜一さんの「暗闇の思想」に関心が集まっているようです。

そんな中、どうしてもそうしたいという宮村浩高さんの熱い心に押されて、梶原得三郎の本が出版されます。

真面目で不器用、頑固な上に引っ込み思案で内向的というのが夫の性格ですから、三〇年前に松下さんが「さかなやの四季」を本にする、といい出したときも最後まで「うん」といわず、「自分の本が出るというのになぜ喜ばないのか」と呆れさせたのでした。

「ボラにもならず」を『草の根通信』に書いていた頃、読者の一人から「これはいつ本になりますか」と問い合わせがありました。それを伝えたとき、松下さんから「本にするにはまだまだ分量が足りない。もっと書かなければ」といわれました。私にはいつか本にできたら、という淡い期待がありましたので、古い手紙などを取り出し、それとなく夫に見せたりしたのでした。

『草の根通信』では、どちらも好評だったと聞いていますが、「ボラにもならず」は転職した学生寮管理人の仕事が多忙となり、やむなく連載を止めました。もともと遅筆で、落ち着いた雰囲気の中でないと書けないという性分でしたから、読者の期待とは逆に、本人は解放されてほっとしたようでした。

宮村さんから「さかなやの四季」と「ボラにもならず」を一冊にして出版するという企画を知らされたのは二〇一一年の八月でした。すでに出版社には話してあるということで、突然のことでびっくりしましたが、居合わせた友人たちがとても喜んで下さり、夫からも、そのときはなぜか「やめて下さい」と言う声が出ませんでした。私はその場の雰囲気に飲み込まれながら、三カ月後には金婚式を迎えるというタイミングのよさもあって、素直に喜んでしまいました。

そのお話の後で、私は、福岡の梅田順子さんからその年に頂いた年賀状を取り出して見せました。それには新年の挨拶の後に、「私は得さんの〈ボラにもならず〉が本にならないかなと思っているのですけど」と書かれているのです。偶然とはいえ、お二人が同じことを考えておられたことにも驚きました。

梅田さんは、松下さんより先に亡くなった伊藤ルイさんの親友ですが、ルイさんも生前、「得さんの文章、とてもとてもいいです。頑張って、続けてくださるように」と書いて下さっていました。

本人の自発的意思ではなかったにせよ、『草の根通信』に書いてきたお陰で、また本が出ることになりました。

私が見つけた新聞記事がきっかけで松下さんと夫は出会ったのでしたが、ずっと松下さんに敬意を払い続けた夫に比べ、私はときどき間に立って、松下さんに突っかかることがありました。住友金属を退職して、田舎で魚の行商をしたあと一旦廃業して、思案中のある夜、娘の鉛筆削り機に産み付けられたウドンゲの花（クサカゲロウの卵）を吉兆として、今度は中津市内でさかな屋を開店、一〇年後に短大の学生寮に移ったのでしたが、ここでも多くの方々との出会いがありました。

どこに身をおいても誠実で、体を使うことをいとわず、信念を枉《ま》げなかった夫は、自分がさかな屋をしながら、儲けることをまるで悪事を働くかのようにいうことがあって困り果てたものです。

「ボラにもならず」は、出世魚と呼ばれる魚の中から松下さんがつけた表題ですが、「ボラどころかその手前のイナにもなれないじゃないの」と、私はよく茶化したものでした。もちろん、人の生き方として「ボラになりたいとは思わない」という強い信念だったことはわかった上でのことでした。

このような本を手にとる人がいるのかどうか心配ですし、今になって思えば、すべてをさらけ出した恥ずかしさにもひとしおのものがありますが、どこかで「和嘉子さん、〈ボラにもならず〉を本に入れてもらってよかったね」と囁く松下さんの声がしています。

私たち夫婦は、これまで多くの方々に支えられて、いくつもの難所を越えることができました。心からお礼を申し上げます。

宮村浩高さん、この度は私たちの本を出版して下さってほんとうにありがとうございました。大層厚い本になるようですが、軽い気持ちで読み流していただければと思います。

二〇一二年五月五日

あとがき

梶原得三郎

二〇〇八年一一月二五日、未知の人からファクスが届きました。それは手書きで、次の文面が記されていました。

梶原得三郎様

初めまして。私は大阪在住の松下竜一先生のファンです。先日、購入した新木安利先生の本（『松下竜一の青春』）に『松下竜一追悼文集』のチラシが折り込まれていました。これは今でも購入可能なのでしょうか。

また、梶原得三郎様が著された『さかなやの四季』を手に入れることは不可能でしょうか。ご多忙とは思いますが、お返事を頂ければ幸せです。

ＦＡＸでも電話でも結構ですので、よろしくお願いいたします。

宮村浩高

松下さんの死去から四年が過ぎていましたが、追悼文集にはまだわずかながら残部がありました。このファクスに書かれている『さかなやの四季』は、一九八二年に私家版として刊行した時のもので、もう、手元に一冊残るだけでした。その頃、私たち（草の根の会）は、二カ月後に控えた二人芝居「かもめ来るころ——松下竜一と洋子」の準備に入っていて、遊び心から、そのチラシを一枚添えて『追悼文集』だけを送ったのでした。

この芝居は、トム・プロジェクトの代表・岡田潔さんが、「松下さんの思想と生き方を広く長く伝えたい」と熱意をこめて製作したもので、松下夫妻を演じたのは高橋長英さんと斉藤とも子さんでした。

二〇〇九年一月、東京江東区のベニサン・ピットで連続九日上演のあと九州に入って、福岡、鹿児島、大分と巡り、中津公演は二〇〇九年二月七日でした。いつの間にか、ごく自然に主催者として行動していた私たちは、地元で「過激派だ」、「民衆の敵だ」といわれた松下さんの芝居で、中津文化会館が満席になったことに驚いてしまったのでした。

その日の会場に、リュックを背負った宮村浩高さんが姿を現しました。まったく思いがけないご登場でした。

受付にいた梅木喜与子さんが大阪育ちで、お国訛りのやりとりができたらしく、初対面にしては二人ともずいぶんうちとけた様子で、梅木さんが笑いながら、「大阪からこんなところまで芝居を見にきた人がいるよ」と私に紹介してくれたのでした。宮村さんが中津好きになったのには、そのときの印象が多分に影響しているのかもしれません。

最初の出会いからようやく三年ですが、その間、宮村さんの中津訪問はすでに一〇回を超えています。

翌二〇一〇年三月、夫婦で住み込んでいた職場を退いた折のわが家の引っ越しは、多くの友人たちに助けられたのでしたが、その作業にも一度ならず駆けつけて頂きました。

同年一〇月には、「四万十川に足をつけるのが夢です」と漏らした私のために、大阪を前夜に出発して、夜通し車を走らせ、払暁に中津着。私と妻を乗せてさらに佐伯港まで走り、そこからフェリーで宿毛に渡りました。

四万十市に暮らしておられるご両親宅に二泊させて頂き、帰りも同じコースでした。

「四万十川を訪ねるときには、中流域に暮らしている旧知の人にぜひ会いたい」という夢も、このときに叶えて頂きました。

また、私が溜め込んでいた山ほどの古い写真フィルムを整理して、プリント・リストまで作って頂きました。

宮村さんは桁外れの読書家で、通勤電車の中はおろか、乗り換えでホームを移動する階段でも読み続けるそうです。旅先の古書店巡りや古本市で買い集めた本は厖大な数となり、ご家族はずっとご自宅の床強度を心配していると聞いています。昨年の3・11からほどなく、「被災地に本を届ける」行動を起こし、私たちにも呼びかけてくれました。

集まった約五七〇〇冊の本は、自ら車で運んだり要望を聴いて発送したりして、本年四月には終結したようです。すぐに、お人柄のよく見える、詳細な最終報告書がリーフレットで届きました。それにしても、一時期、部屋を埋め尽くしたという大量の本を、要望に応じるために分類する作業というのは、さぞ大変だったろうと思います。

そんな中で同じ頃に、今回の出版に関して宮村さんが私のために費やした時間と費用の大きさを思わずにはいられません。

宮村さんを紹介するとき、私は敬意と親愛の情をこめて、「本当に不思議な人です」と付け加えますが、そういうほかに説明のしようがないのです。

二十代の若さで、報道番組の編集を主とする会社〈フリー・フォーム・カンパニー〉を立ち上げた宮村さんは、松下さんの著書に出会って、社長の座を降りたといいます。

大量の生映像に目を通し、指定された長さの、しかも視聴者によく分かるものにまとめる編集作業には特殊な技術と能力が必要で、それを獲得するまでには相当な訓練と努力を要するそうです。素材によっては、不眠不休の数日間を過ごすこともあると聞いています。

この本は、そうした人材を育成しながら、自らも実務に携わる宮村さんの企画と、普通には考えられない献身的なご好意によって世に出ます。


著者の立場にある私には、これしきのものが本になっていいのか、という思いと負担をかけることの申しわけなさが、これを書いている今も頭から消えません。しかし、もう、後戻りはできません。

さて、この本は、松下竜一さんが三〇年を超えて発行を続けた月刊ミニコミ誌『草の根通信』に約七年間連載した「さかなやの四季」と、横須賀忠由さんの月刊誌『記録』に連載した「ボラにもならず」を併せたものです。

前に触れましたように、「さかなやの四季」の方は、そのあとがきに書いたような事情で、一度刊行しています。

一方の「ボラにもならず」は、連載を始めてまもなく『記録』が休刊となり、松下さんの意向で、それまでの分を『草の根通信』に転載し、さらにあとを書き継いだものです。


文筆などとは無縁の身で、なぜこんなものを書いたのか、そして、どうしてそれが本になったりするのかについては、そのつど説明を書きましたが、どちらの場合も連載したというより、連載させられたという方が実態に近いかもしれません。

どちらの原稿も、締め切りぎりぎりになって、穴をあけることは許されない、という義務感だけでページを埋めるのが常でした。

「さかなやの四季」を読み返すと、毎年、同じ季節には同じような内容になっています。魚市場に入荷する魚と行商で目にする風景が季節毎にほぼ繰り返すものですし、顔を合わせる人たちとの話題も、それに添うものになったとは思いますが、それだけではないようです。書きたいことが胸に溢れていて、自ら進んで書いていたなら、もう少し意味のあることも書けたろうにと今更ながら思うのです。

極め付けの内弁慶という厄介な性分の上に、そうした申しわけなさもあって、この本が出版されることにも最後までためらいに似た思いがあります。そのために、己のなすべきことが遅々として進まず、言葉に尽くせないお骨折りを頂いた宮村浩高さんと海鳥社社長・西俊明さんには多大なご迷惑をかけてしまいました。深くお詫びいたします。
また、校正その他で、あたかも当然のように手を借りた新木安利さんにも厚くお礼を申し上げます。

二〇一二年五月七日　この国ですべての原発が停止した二日後に

追記
一五歳で伯父の養子となったため、実父母と養父母がいました。表記の上では養父母の方を父、母としています。

刊行に寄せて

宮村浩高

裁判長、あなたはいまのような開発が進行し公害が増大すれば、日本はおしまいになるのだというようなことを、一人の人間として考えたことはないのですか。私は自分のなした行為を恥じてもいないし、まして罪だとは思っていない。むしろ、私のしていることは歴史的に評価されていいことなのだと誇りを抱いている。

（松下竜一著『豊前環境権裁判』日本評論社）

当時三七歳の梶原得三郎氏が、豊前火力発電所建設反対運動の中で、海面埋め立て阻止行動を威力業務妨害などの罪に問われて逮捕され、刑事被告人となった法廷で凛と言い放った言葉です。この一文を読んだとき、私の躰のどこかで何かが大きく動き出しました。己が信念を貫くためには職を捨てることすら躊躇しない不動の生き様に、私の精神は激しく揺さぶられたのでした。それからというもの「歴史的に評価される」という言葉は、いつも私の喉元に刃のように突きつけられているのです。「君はどうするのだ」と。

梶原得三郎氏が『草の根通信』に連載した「さかなやの四季」と「ボラにもならず」をどうにかして世に出したいと願っておりました。

本物の優しさで人の痛みを過敏なまでに感じ取り、ときには己を傷つける人々。この本には〝彼らにしか観えない〟世界が表現されており、時代の一場面を見事に切り取っていると感じていたからです。

時には、やむなく仕入れ値よりも安く売ることもあったという「さかな屋」が、その眼で見た自然と世の移ろい。そこには今読んでも先見性を感じる言葉が数多くあります。

「さかなやの四季」は一九七六年一月から一九八二年四月までの六年四カ月（三八歳から四四歳）の行商時代の記述であり、「ボラにもならず」にはほぼ半生が描かれています。この二つを合わせれば点が線となり、「梶原得三郎という生き方」が、より鮮明になるのではないかと考えていました。

そして、この作品を世に出すことで、松下、梶原両氏らのグループがやってきたことをもう一度世に問いたいと切望していたのです。二作品が書かれた当時の梶原夫妻の年齢を思えば、すでにそれ以上に年齢を重ねた私などは消え入りそうになるのですが。

今の世の中は何事によらず、真実も正義も、優しさまでも蹴散らして、加速度的に変容していきます。同時に、ものを見つめる感性が著しく劣ってきているように思われてなりません。

私も含め、多くの人たちが忘れ去ろうとしている「ものを観る眼」を、今一度再認識するために、この本はきっと役立つことでしょう。

得三郎氏の意志堅固な生き様、それを包み込み、支え続けて来た妻・和嘉子さんの愛情、それらに触れるたびに私は、まさしく生きる指針をいただいた気持ちになるのです。

その昔、修験者らは経典を経筒に納め、後世の人々がその教えを忘れないように土中に埋納したといいます。この本もそんな経筒の一つになるのではないかと思うのです。

梶原夫妻の〝生き様〟を後世に残すことによって、梶原氏らの活動を「歴史的に評価していく」作業に関わらせていただいたことは、私の生涯にとってかけがえのない幸運でありました。

二〇一二年四月一〇日

梶原得三郎（かじわら・とくさぶろう）　1937年，大分県下毛郡上津村（現・中津市本耶馬渓町）に生まれる。1956年，中津南高を卒業して，住友金属小倉製鉄所の日雇い臨時工となる。約六年後に正社員。1972年，35歳のとき，火力発電所の反対運動に立ち上がった松下竜一と出会い，以後，さまざまな市民運動をともにする。1974年，海面埋め立て阻止行動で逮捕され，37歳で失職。その後，さかな屋（18年），私立短大学生寮管理人（18年）を経て，72歳で無職となり，現在74歳。

さかなやの四季《しき》

■

2012年6月5日　第１刷発行

■

著者　梶原得三郎

発行者　西　俊明

発行所　有限会社海鳥社

〒810-0072 福岡市中央区長浜３丁目１番16号

電話 092(771)0132　FAX 092(771)2546

http://www.kaichosha-f.co.jp

印刷・製本　九州コンピュータ株式会社

ISBN978-4-87415-850-0

［定価は表紙カバーに表示］